主编　凌翔

千年遗咒

张瀚卓　著

中国民族文化出版社

北京

版权所有　侵权必究

图书在版编目（CIP）数据

千年遗咒 / 张瀚卓著. — 北京：中国民族文化出版社有限公司，2019.12

ISBN 978-7-5122-1292-3

Ⅰ.①千…　Ⅱ.①张…　Ⅲ.①长篇小说－中国－当代　Ⅳ.①I247.5

中国版本图书馆CIP数据核字（2019）第282527号

书　　名：千年遗咒

作　　者：张瀚卓

责　　编：王　华

出　　版：中国民族文化出版社

地　　址：北京东城区和平里北街14号（100013）

发　　行：010-64211754　84250639

印　　刷：北京军迪印刷有限责任公司

开　　本：710mm×1000mm　1/16

印　　张：24

字　　数：300千字

版　　次：2019年12月第1版第1次印刷

书　　号：ISBN 978-7-5122-1292-3

定　　价：59.80元

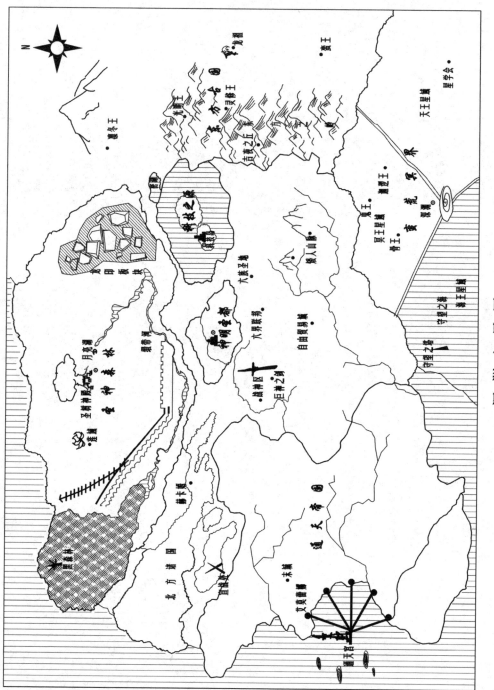

深 渊 六 界 图

引子

　　相对于人类与类人种族等非元素（魔能）生物体而言，所有客观存在的事物皆由魔能（元素）构成。我们不否认宇宙中存在着其他能量，但整个世界魔能的总量恒定不变。

　　魔法链接由魔能构成，是魔能的一种可视形式，是智慧生物同魔能意识沟通的语言，能够引导魔能，也是魔能客观存在的体现之一。

　　魔能（元素）、魔法链接、物质之间以固定比例相互转化，转化的过程就是形成魔法的过程。

　　魔法的本质，是一种利用魔能，通过印、咒、器、阵等手段，在一定时间内彻底改变或扭转物质的技能。印、咒、器、阵等手段是魔法链接的载体。

　　　　　　　　　　——摘自《人类基础魔法》（必修一）第二章第三节

　　世界上最强的两种元素，莫过于冰与火。

　　　　　　　　　　　　　　　　　　　　——锻造者

　　　　　　　　　——摘自《人类基础魔法》（必修十一）之《名人语录》

　　火是最活泼的元素，可以和任何元素融合。冰是最不活泼的元素，只能同暗元素融合。

——摘自《精灵魔法：元素平行论》第四百八十七卷第二章

种种疑惑围绕着我们：土地的广博与地域之间的反差，充盈又混乱的魔法，奇异的空间，反常却有周期性的气象，异常多元化的种族，大海与群山尽头的迷雾……

因为普通的观测已经无法支持对宇宙规律和空间的研究，我们尝试用魔法将天体进行标记。却发现，这个世界的昼夜体系与其他那些在我们头顶盘旋的天体不同。它们以我们为中心，东升西落。

这个无法考量的大陆仿佛是宇宙的中心，更准确的形容应当是底部。所有的天体，无论恒星、行星，甚至虫洞、黑洞，成千上万个偌大的星系，都在我们头顶盘旋！宇宙是个向外抛出的倒椎体，我们站在她的底端，她的另一头无限大。

经过长达十八年的观察、摸索、推测和演算，在没有魔法跳跃或其他干扰的情况下，若想保证我们现在的一天二十四小时制，至少要由三个太阳和五个月亮来维持。种种铁证又表明——如果太阳被纯度少于百分之八十的魔法标记，它自身的链接会吞噬那些"不合格的链接"；月球上的物质一碰到宇宙中的物质就会融化；所有的天体（包括太阳）和星座的引力都微乎其微，组成它们的链接和其本身的元素纯度都史无前例。

一个直接的问题摆在我们眼前，令人不敢深思：

如果所有天体都围绕这个"宇宙椎体"的"高"旋转，我们便不会如此恐惧了。但令人担忧的是，恰恰给予我们生命和温暖的太阳，那些日复一日飞跃我们头顶的未知魔法天体，却违背了这个定律。我们不禁思考，如果我们是"行星"，他们就是"卫星"；如果我们踩的是"地面"，整个宇宙就是"天空"。

那我们下面，也就是我们脚下的另一面，像铁壁一样围绕着这个世界的那有去无回高耸入云的迷雾之后，混沌之中，究竟是什么？

另一个宇宙？还是，我们只存在于万花筒中那小小的一级，好比一个圆的一条切线，或一个球体的一个截面？

那些理论上的多维世界是否真的存在？那些我们原来的定理和命题该处于何地？本以为，找到原本无限扩增、超越时间和空间的宇宙尽头，就已是边境了。

但另一头，又该是什么？

我们终被约束，无法完全地去了解，甚至都无法去追求世界的真知——因为这个世界无限大，任何东西都没有尽头！

——摘自《宇宙各物质形态》之（三）《自然科学》

目 录

第一章　　　　　　　　　　　　　　　　　　　　　**001**

　　圣神森林南方边境，暗纪元 4342 年 3 月 18 日　　005

　　赫卡姆王国皇室地下室之一，暗纪元 4342 年 4 月 4 日　　009

　　二月前，紫竹林，焱阳联盟隐藏根据地之一　　034

　　赫卡姆首都（1）　　041

　　赫卡姆首都（2）　　056

第二章　　　　　　　　　　　　　　　　　　　　　**097**

　　通天帝国首都，通天塔，暗纪元 4342 年 3 月 13 日　　098

　　艾莫蕾娜女神之手（1）暗纪元 4342 年 3 月 26 日　　108

　　艾莫蕾娜女神之手（2）　　112

　　艾莫蕾娜要塞（1）　　125

　　艾莫蕾娜贵族居所（1）　　130

　　巨神之剑，战神区以西，某酒馆　　159

　　帝兰城邦皇家斗兽场　　171

　　艾莫蕾娜要塞（2）　　188

　　艾莫蕾娜女神之手（3）　　212

　　艾莫蕾娜贵族居所（2）　　217

　　艾莫蕾娜要塞与悬崖之间，郊区　　252

第三章   **265**

    暗纪元 4342 年 3 月 23 日   266

第四章   **279**

    暗纪元 4342 年 4 月 6 日   280

    暗纪元 4342 年 4 月 9 日   286

    圣神森林圣树广场某角落   304

    圣神森林太阳神殿，偏殿   311

    圣树神殿东南方，某巨树下溶洞（1）   314

    圣树神殿东南方，某巨树下溶洞（2）   318

    圣树神殿东南方，某巨树下溶洞之外   329

    月亮湖（1）   341

    圣树雨叶层，山洞密室   349

    月亮湖（2）   353

尾声   **355**

    六族圣地西南城邦   356

后记　也许是他们选中了我   **363**

第一章

卡蒙洛之子

凄凉之城

迷失之径

黑幕孤垂在树梢

紫雾压抑

利草森森

枯藤铁青

花朵荡然无存

枯萎凋零

她于黎明、秋寒、哀婉、偏见中诞生

以冥灵驱散灰白

优雅端坐青泥

卡蒙洛有双灰色的眼睛

世人将他唾弃

她是他的部分思维和生命

是灵魂、本质

精华、杰作

孤傲的天性

不代表哀伤

永恒却不可磨灭

被动过手脚的天性

心甘情愿又与生俱来

卡蒙洛的心锁在她身体里

她是宝物、救世主、占有和牺牲品

是愤怒、委屈、空虚、孤独

羞愧、虚荣、痛苦和疯狂

如此凄凉

荒诞而现实

她是他的一个想法

他是怪物

她成了错误

可怜的傀儡

什么时候才能对他以外的人产生一丝丝情感

破碎的落叶啊！

像手指轻轻划动

她未流一滴眼泪

未有过叹息和困惑

落叶之伤

承哀之美

——赫卡姆王国老少皆知的民间歌谣

赫卡姆王国，北方诸国之一，于圣神森林最南哨站的正下方。

供奉神明太阳神，因人皇锻造者的师弟卡蒙洛的陨落而崛起。领土多为沙漠，却有很多著名公园分布在其中的绿洲城市。

从建国之初，皇室习俗之一，便是每两年一次的极其残忍的献祭仪式。而那种公开献祭，是不被任何一个尚存人性的文明人所接受的。

暗纪元 4322 年 5 月，北沙侯爵公然进行了一场政变，但因为其手下背叛，暴动只持续三十二天即被镇压。侯爵及其部下全被抓获，其妻同其十二岁儿子于当日宣布与其断绝关系。次日，所有反叛分子均被处以极刑。

——摘自《世界各文明简述》（第三卷）之
《北方上千国》赫卡姆章节

圣神森林南方边境，
暗纪元 4342 年 3 月 18 日

　　废旧机器和垃圾将四周包围，空气中也弥漫着铁锈味和轻微的臭味。离繁华区已经很近了，任意一个在肮脏区生活的人几乎不能再往前走了。空气很冷，现在正处于夜晚与清晨之间，蒙蒙亮的天色，衬托着远处城市中微弱的几点光。这可能是个送行的好日子吧！

　　放在十分钟前，可能还什么都看不见。有了星光和灯火陪伴，这条肮脏的小路终于被照亮了。虽只是条小路，却也是肮脏区为数不多的路。大约半小时前，此刻结伴而行的两人才刚踩在它上边——在大半个夜晚的赶路中，他们一直深一脚浅一脚地，在高低不一的废弃物上行走。

　　两人眼睛均适应了黑暗，他们到达这里之前就把灯熄灭了，不想惹麻烦——因为通常不会有任何人到达这里；繁华区都歧视肮脏区的人。这个星球被富人主宰，他们可以随便用钱编制一条针对野蛮人的法律，肮脏区的人都是野蛮人，在繁华区的富人只有"时运不济"时，才会被当地相关执法部门流放到肮脏区，任其自生自灭。

　　整个星球表面大约只有不到五千万平方千米，有百分之八十五被划为肮脏区，所以在肮脏区的人们实际上才是真正的主宰。他们的法律和准则就是暴力。

天亮得很快，这里一天只有十八小时，十二小时为晚上。在科技发达的繁华区，有一颗人造的太阳，为那里提供温暖与光明。当北方升起的太阳用今天第一缕光辉照过来时，男孩看见身后的女孩正轻轻朝手上哈气。女孩发现男孩的目光，向他笑了笑，似乎在为他鼓劲。从相貌看，她只有十八九岁，一绺白发不听话地垂了下来。她抬手将其抚平，挂在耳后。

天越来越冷了，周围层层叠叠的冰冷的废弃机器堆也起了晨露。女孩缩紧身子，将黑披风脱下，放入随身的灰色斜挎包，与此同时还习惯性地抚摸了一下背在身后的那把青绿色残破巨剑的剑柄，那把剑发出淡淡的幽光。男孩脱掉披风后，寒气没有给他造成丝毫不适。他走近女孩，眼中散发出金色的微光。女孩再次露出微笑，雪白的马尾轻轻颤动了一下。此刻，她碧绿的眸子正看着眼前这个黑色头发的男孩，她的呼吸在冰冷的空气中化作水雾。可以看出，她呼吸得很小心，也很紧张。

此刻，男孩离她不到十厘米的距离，一份专注和执着从金色的瞳仁里流露出来。他身体轻轻向前，可终于还是犹豫起来，反倒是女孩一把抱住了他。这个拥抱一直持续到几乎整个太阳从地平线露出才结束，从头至尾两人都没说话。

两人分开时，都有些脸红，同时都泪流满面。

"我走了，姐。"男孩的声音很柔，他亲切地笑了。他总是笑。

"保重。"女孩拿袖子擦干泪迹，也露出了微笑。她平素很少笑。

"我会回来找你的。"

"不，我会去找你的。"女孩不无感伤地说完之后，男孩再次露出笑容，然后，独自一人走向繁华区。当他回首，看到苍发碧眼的女孩还在远处看着自己，他大喊出她的名字，并颤抖着使劲挥舞右手。她也一样，也叫出他的名字，并因哽咽扭曲了声音。

乌黑的列车轰隆轰隆地咆哮着，窗外不时回响着几声野兽的嚎叫。听声音，不像是豺狗或狮子，更不是狼。这个地方没狼，因为这里地处宇宙之心——梅格里斯国境。圣神森林以南周边荒野与通天帝国极北地区的交界处，只会有鸢犬、白鹰这类恐怖的怪兽出现，甚至偶尔会看见天际飞过野生的狮鹫和龙牛，狼和狮子只能算是不值一哂的开胃菜。

这个车厢实在算不上干净，里边只有干稻草和极其微弱的星光。最不能忍耐的，是它漏洞透风，里面的稻草被吹得到处乱飞。在车轮发出的重重噪音下，里边的人还是睡着了，或者他自己都不知道自己睡着了没有。

既然没有意识，那应该是睡着了。他挺起身子，向后一靠，揉了揉僵硬的脖子。现在几点了？完全没有时间概念，只知道天一直黑着，这个鬼地方白天有几个小时？刚才的，是梦吗？我已经离开多少年了？有两年了吧？时间好快。

他抬起手，打开身旁的背包，里面突然动了一下。

"你也睡着了吗？"

里边的小东西听见主人的声音，抬起了头，轻轻点了点。"饿！"它叫道。

"没事，快到了，再睡一会儿吧，你想吃肉吗？"他摸了摸它的头，谁知小家伙突然咬住他一根手指，小心地含着，蛇一样分叉的小舌头一甩一甩的。他笑了笑，一阵光从他的手指蔓延，顿时闪亮的金光伴随着浓郁的气息，充斥了整个车厢。怎样形容这奇妙的气息呢？常人可无法轻易品尝，更无法感受——轻盈、香醇、美妙、兴奋、温暖、迷人都有，因为这味道属于魔法！纯粹的原始魔法！世界起源之火飘散出的香味！

突然，一道更强的光从远处群山窜出，整个大地都被均匀地披上了橙色或金色的外衣，这强光在照亮轨道的同时，也驱散了在傍晚游荡着的幽魂和所有的凶兽。这种光，属于太阳。有晨曦的照耀，所有邪祟会有那么一刻被驱除，所有纯洁的生灵和自然的法力会在同一时刻复苏，在此之前，它们都经历了漫长恐怖的黑夜。

当这万物复苏、光明神与太阳神携手慰问世界之时，照到列车某一节车厢里的阳光，突然抖动了一下，荡乱空中飞舞的尘埃。颤抖的原因，是因为小家伙吃饱后打出的嗝，顿时，它们黯然失色。

赫卡姆王国皇室地下室之一，
暗纪元 4342 年 4 月 4 日

　　两股水流顺着巨大石壁上凸起的槽道流下，汇成一小潭泉水。光线从墙壁的两边斜射，照着水潭，估计到晚上月光同样可以散射进来。

　　这里是一个类似神坛的地方，是赫卡姆太阳神殿的下端，到处是年代久远的关于太阳神的壁画。除了光线能照到的地方，别处只剩下漆黑和恐怖。

　　透进骨子里的阴森冰冷呼呼扑面而来，就像处于大溶洞当中。

　　一粒石子从墙体滑下，骨碌碌滚到地上。光线被挡住了，紧接着一条腿从那透光的石缝里挤了出来，之后是腹部，直到胸脯也过了缝隙，那人才"滋溜"一下，从五米高的巨石上滑下来。

　　"咳咳！"尘埃四起，他呛得咳嗽，回声在空旷中回响。

　　良久，他呼了口气，掸掸身上的灰尘，环视四周。接着又用手划过潭里的水，涟漪向外漾去，这水并不是很干净。他玩了一会儿，觉得没意思了，小心翼翼地往深处走去。他的眼睛，发出金色的光，一闪一闪的。

　　不知过了多久，他的脚步声停了，只剩水滴落地的声音，一下一下地响着。有人！？他吓了一跳。这里到处是水，充斥着潮湿腐败的气息。

　　的确有人，却是被关在栏杆有拳头那么粗的铁笼子里。

为什么，这个地方关着个人？他想，这里不该是类似皇室的宝库吗？

他绞尽脑汁地想有没有错过正确的路，但沿途，从皇城到这里，再到这个城堡正下方的密室，没有别的什么路了。

他的眼睛依然闪着那样的微光，使他即便在再黑的地方也可以清清楚楚地视物。他皱起眉头，眼前怪瘆人的。

在连接墙体的牢笼另一侧，那个人穿着破烂肮脏勉强蔽体的白衣，被五六条铁链缠住了手脚和脖子，坐在脏水里，靠着墙头。

还是个女人，真惨！他想。

他由衷地同情她。看她这样子，是个人都会起怜悯之心。

几乎感觉不到她的呼吸，心跳也比常人缓慢得多。在这样寒冷的地方简直不可思议，有一瞬间他认为，她可能是冷血动物。

黑发遮住了她的脸，尽管他不知对方是谁，但破烂的白裙摆上面的血迹和污浊，也不得不让他联想到……

莫亚。

他向前走了两步，查看周围的环境，余光全放在那姑娘身上。

"噶！"一个声音从他背后传出，紧接着，从他背后的背包缝隙伸出一条长而细的带鳞的脖子。阳性的龙不喜欢潮湿环境，所以它一直缩在里边没出来。

小金龙疑惑地看着远处那个怪异的生物。男孩明白，她让它感兴趣了。

她是妖吗？他只能想到这种可能。

"嗨，你好。"她突然说话了，声音冰冷突兀，吓了他一跳。

她的确说话了。细细品来，她的声音极具磁性，如果能换一个环境衬托，体现出的便是清澈柔美、宛转悠扬。

可是……为什么呢？普通的妖是无法清楚发音的。链子上没有什么禁锢的法术，可以完美拟声的大妖也不会被困在这里。

他不禁思考，当权者为什么要把她独自关到这里？

"嗨。"他愣了愣神，轻声道，一时不知如何作答。这个空旷的地下，也让他富有磁性的嗓音格外清楚。

金龙又叫了一声，之后吐了吐舌头。

"它好可爱。"她说。

为什么她会说龙可爱？虽然小金龙确实萌萌哒。可一个女人，会说长着翅膀的蜥蜴可爱吗？

"你为什么在这里？"男孩问。其实他是想问她为什么会在这里存在。

"我也不知道，我好像，一开始就在这儿。"

"一开始？"

"对，我在这里好久了。"她微微笑了，但这副模样让他瘆得慌。一种恐惧和恶心带来的晕眩击中了他——他依旧深刻地同情她。

沉默了良久，男孩一直紧皱眉头，看着她的惨状和那牢笼的铁柱，时不时还尝试用手去碰寒如坚冰的囚笼，总是还没碰到就猛然缩手，仿佛即将触及让人作呕的东西出现的条件反射。

反复几次一直如此。他咒骂了一声，然后竟然真的反胃，哕了一下。

又约莫十分钟，除了水声和小金龙分叉的舌头发出的"嘶嘶"声，再没别的声音了。

他嚅动嘴唇，可还没发声，便被她打断。

"你愿意和我说话吗？"她问。男孩好像被这声音敲打了一下，回过神来。

"当然，我正要说……"男孩经过长久的思想斗争，如今仿佛大松了一口气。他友好地笑笑，尽可能让自己的声音动听："你愿意出来吗？"

"当然，但是我不想给你添麻烦。"

"你太客气了。"

男孩又笑笑，打量一下铁柱，最后看了她一眼——说实在的，没人愿意多看她一眼。他把手心贴在铁柱上边，拳头粗的柱子竟然慢慢红了起来，他背后的小龙也像示威一样，嘶吼一声。

陡然间，他的眼睛喷涌绽放出绚丽的火花，手掌和铁柱的夹缝处也冒出了烈焰。他头上开始有了汗水，一条条好像荆棘藤的咒印也从衣领里向外蔓延。

七八秒的时间，铁柱开始化为赤红的铁水往下流淌。火光照亮了女孩的眼睛。与此同时，小金龙仰起脖子，喷出一个拳头大小的火团。火团夹杂着滚烫的浓烟撞在牢笼上，在空中裂开，好像打出的铁花，霎时间整个空间都被照亮了。

她终于出来了，锁着手脚的链子是用引龙匕割断的——张向阳一直随身携带匕首。此刻，她赤着足，站在冰冷的石地上，有些局促——那是男孩认为的，其实并没有。

"冷么？"

"不冷。"她笑笑。

"脚呢？"

"不。"

男孩皱眉，俯下身去，企图用指头去触碰她的脚。她站着没动，默许了。等手伸到人家脚边，男孩却犹豫这样做的合理性。最终还是捏了下去，她没动。

她的脚上有水，很瘦，已经在水里泡了好久，但没有肿胀。他用食指抚过她的脚背，上边的污渍很轻易地都被搓到了一旁。被搓去污泥的部分非常白，起初他认为是被水泡太久的缘故，但因为她脚面皮肤十分紧致，和常人无异，后来才推断是这里太脏了。

她的脚冰得不像话，他赶紧把自己的鞋子脱下来让她穿，她没收。看她好像也真不受什么影响，男孩才穿上鞋。他们一起朝外面走去。

她并不信任自己，男孩想。不对，只是她……也许……

他说不出来，却更加坚信了自己的想法。

她每走几十米就会停下，好几次男孩走了十几步才发现。起初，他走到她身边，小心地提防着，怕她是引诱自己靠近，然后突然扑上来。实际上，她根本用不着提防。

他问她为什么不走了，她笑笑，嘴上做出"没事"的口型，又继续跟着他，也不管他在这伸手不见五指的地方能不能看见。

反复几次，她仍这样，好在间隔越来越长，停下的时间越来越短，但也有反常的时候。

她没问过他问题，除了名字。他如实说了，自己叫张向阳，但那时他分明认为自己在回答一位神职者的问题，因为她是用教堂圣母的口气和仪态问的。

她的声音轻得令他难受，也能说是心痛。他又惆怅了起来，因为触碰到以前的记忆。

"你有名字吗？"

"没有。"她想了一会儿。

"那我该怎么……叫你呢？"

"不知道，无所谓的。"她回答时没给他预期的微笑，也没有看他。可当他这么想之后，她看向了他，露出了笑容。

"我可以……送你个名字呀，一次性的。嗯，我背后背的小家伙叫小金。"

"谢谢。"

他亦如往常一样一摆手："不用。"

小金居然表现得非常喜欢她，那反应，就像是它第一次见到马匹一样。

"你一直在这儿吗？"张向阳问。

"一直。"她回答。

"你不冷吗？"

"不，"她犹豫了一下，补充道，"从来不。"

张向阳为她因自己而多说这么多话而心怀感激。

"你，有……有人来看过你吗？"男孩问，他们此刻还在漆黑中前行，已经走了半个钟头，出口可能就在前方不远。

"很少。"

"他们是你的……"

"同类。"

"那你是？"这个词引起了男孩的警觉。

"不知道。"她随口一说，语调没有丝毫变化。男孩只觉得从与她同行开始，她就有一种神奇而独特的亲和力，虽然寡言少语，好像对什么都漠不关心的样子——也许那亲和力正来源于此？

"我说的是……"男孩接着问，他认为她没明白自己的意思。

"当然是人，和你一样。"她捂嘴笑起来，张向阳也笑了。小金尽管表现出对这个神秘少女的好奇，但依然缩在背包里不愿出来。

"你，能看见吗？"

他有点没话找话的意思，其实是想知道她为什么能看见以及之前所有奇怪的他不明白的现象。她没马上说话。

"如果不能，拉着我的手。"张向阳笑笑，伸出左手。

"能吧，我一直都能。"她想了想，还是拉住了他的手。这已经不是张向阳第一次意识到，她好像总能猜透自己的心思。

她的手掌比男孩的小，皮肤像丝绸一样清凉顺滑。途中，她已经在一个比较清澈的水坑旁简单洗过手，现在还有点湿。他有股抓不住她的感觉，还有，她的指头太软了。

说实在的，他不好意思去碰她。

"我的手很脏。"

"你不是刚洗过吗？我的也干净不到哪儿去。你为什么能够活着？"他问出了在心头盘旋良久的疑问。

"我……也不知道，天生这样。"

女孩说完，他好像一下找到了她遭受此类命运的原因。

天生如此……

他们又往前走了五分钟，到了出口，更准确地说是入口。两人并肩走出石门时，男孩看到门上用上古精灵文字刻着"入此门必将遭到万劫不复的永世诅咒"，其他地方还有诸多镇压鬼怪的符咒。

男孩指了指门问："你能看懂这是什么意思吗？"她立即把门上的话翻译了出来，看来她是懂上古精灵语的。

他们走到内殿，看到一个圆形的巨大纹章几乎霸占了整个地面，中间的主图由三个象征图形组成。

左上角是对燃着熊熊烈火的翅膀，占了三分之一；中间是人首鸟身的女神，也占了三分之一，左上角那对火翅膀不属于她；右下角同样占了三分之一，具体是什么东西张向阳没看出来，只能目测其中有一片好像是飘在空中干枯了的枫叶。

这时他才想起自己进来的时候，水潭旁也有这个图案。他笑了笑，说："我们是从里面出来的，诅咒又怎么样？"

女孩也笑了笑。

怕走正门被发现，他们手拉手从旁边的门出去。到了外面，阳光打在姑娘沾着泥巴的脸上，张向阳差点惊呼出声。

哇！她太美了！

他说不出哪里好，只觉得她就如仙女下凡，优雅文静、超脱世外。她的眼角、眉间、鼻梁、嘴唇、发丝、耳根都能透出一种气质，如坚冰般剔透，又如轻羽般哀伤。

那是什么样的感觉？他觉得自己的心被撩动了，她简直像艺术品，却又找不出可以言说的特点，就是——觉得好。而她又分明不漂亮，至少无法对着外人毫不顾忌地夸赞。

"你？"张向阳不知道该说什么，因为女孩的表情丝毫没变。他觉得，她早已对她自身带来的影响司空见惯。不过，这不可能！他想。

她依旧没说话，好像在让他欣赏自己一样。真傲慢！他心里闪过这样一个可怕的词语。当然，他不会这么说。她呢？好像在用缄默吸引着他的魂魄，迫使他赶忙别过脸去，却又不忍让目光移开。

"请你等一下。"男孩说。一个天蓝中带青的法印从他手腕飘向手心，他用施法的手轻抚她耳边飘动的几缕长发，就像在轻抚着她的脸。一股冰凉清爽的水流拂过女孩的脸，冲刷她娇颜之上的泥污。从下巴淌下的水流并没有弄湿她的衣服，顺着男孩另一只手引向地面。

男孩竟觉得，那些流到地上的沾过她的水，珍贵无比。他明白喜欢一个人是什么感觉，也分得清楚种种欲望，例如保护欲……安心在，于他而言，至少不仅仅是这种感觉，可能是一半，甚至不到一半，所以他从现在起，有意克制自己。

她的眼睛很大，脸颊白皙、光滑、紧致、清冷。她笑了，轻柔却不带娇羞地笑着，仍旧一个字也没说。男孩断定她是想说的，可她并没有。

一副欲言又止的模样，仿佛双唇微翘，一定想吐出点什么话来，却始终没有。

怪事！真是怪事！为什么？他长吸一口气。当注视她的时候，能让人忘记一切，放下一切，甚至……摒弃一切。

"你一直这样可不行。"男孩笑笑，有点尴尬。

"怎么了？"女孩歪歪头。

他们走在街上已经引起了很多人注意，因为女孩的打扮，实在是……

她干干净净的脸吸引了街上绝大多数的人，无论男女老少，都对她流连顾盼，但这却与身体形成了巨大反差。

周身只套了条破破烂烂的白裙——如果那颜色还叫"白"的话。她里面似乎什么都没穿，因为破损，腰部有很大一块裸露着。这裙子本身，也不是很保守，肩膀整个裸着，裙摆只到膝盖。裙子因长时间的浸泡，已经变得褶皱遍布，上面沾满了泥和血迹。

张向阳一直走在她身边，抓着她的手，时刻要留意和保护她不被身旁那些贪婪肮脏家伙的脏手侵犯。他背着长剑，目露凶光，英气外溢，与所有图谋不轨的人对视，蔑视他们，挑战他们。终究没有人敢上前来找麻烦，因为男孩一身干净，穿的是精灵款式的衣服，和周围那些农民和商人相比，这是权势之人的行头。

路上遇到了军官，说他们——主要是她，行为不端，伤风败俗。看着那傻帽儿色胚的眼睛贼溜溜地在她身上游动，他真想给对方一拳，最终还是忍住怒气，给了一个金币，这个分量足以让那人网开一面。可那头蠢猪露出狡猾和奸诈的笑容，嘴上说着冠冕堂皇的话，依然不放行，又敲诈了他六个银币。

这样可不行。

他领她到了裁缝铺，直接抛给老板娘一个金币，为她挑选衣服和必需用品。老板娘一直用一种精明而不怀好意的目光侧眼偷偷打量他们。这种眼神他再熟悉不过，但他没有直接用目光把她逼退，姑娘也没在意。

他为她挑了两套衣裙和三套内衣，外加一双马靴，都是普通姑娘家穿的，她也没有说什么。为了不成为众人焦点，他为她买了一条料子很好的淡黄色纱巾和一顶精灵帽，来遮住脸。考虑到会有突发情况或是长途跋涉，他又买了一套符合她尺码的男装。等问她要斜挎包还是背包时，她笑了笑，问他，你背的是什么？他买下一个小巧的真皮背包送她。

实际上，她随时带着一种危险，他深刻明白这一点。所以，他觉得自己又犯当年的错误了，可冥冥中有种感觉——他不甘离开她，与她擦肩而过。

他选择追随自己的心。最稳妥的方式就是——马上就走，带她离开这个地方。他已经做了这个打算。

他没有让她直接换衣服，因为她的身体还很脏，只好带她先到洗浴的地方。可是他无法进入女澡堂，这个地区的女人衣服穿起来又相当繁琐，她根本不会干这些，而且不知道怎么用肥皂把自己弄干净。他教了半天，她才勉强学会。他一再保证他会在外面等，让她不要怕。她根本没怕，可最终还是弱弱地说："我不想和你分开。"

张向阳舒了口气，带她去饭店开了个房间。要了些食物，半只烤羊羔、沙拉、牡蛎、三十只小龙虾和两碗杂碎汤。他本想要半小桶啤酒，看看女孩，想想还是算了。

"我不饿，不用给我吃的。"女孩拉拉他的袖子，低声说。

男孩笑笑："怎么可能？从昨天下午到现在，我们已经半天没吃东西了，不要和我客气，虽然不想这么说，可我目前最不缺的就是钱。"

因为带着这个女孩，张向阳离开皇宫费了一番工夫，但他们没有错过赫卡姆——这个大部分领土都是沙漠的国家——迷人的日落和日出。

他们一起享受了这个过程，被两种截然不同的美景感动，张向阳不知道能有多少人像他一样，在黄昏和黎明之中矗立山头，感受和品味这种恩赐。

她一直在他身边，两人彼此没说一句话，这是男孩最喜欢的状态。太阳升到一半时，他微笑着转向她，想用这个告诉她自己的心情，可不知怎么，一旦注意到她原来脏兮兮的脸上有这样一双清澈的眼睛，骤然被一种哀婉的忧思笼罩。那一刻，他第一次意识到，其实黎明也不属于他。

女孩坚持不要，他没有办法，便只要了一碗杂碎汤，并且去掉了小龙虾。给了老板小费后，他嘱咐要一个"能装下两个人的"结实的大木桶，并且要装满热水，哪怕洗衣服的那种也行。老板露骨一笑道："包您满意。"他苦笑一下，也懒得去解释。

食物被一盘盘端过来，他就把它们放到床单上，催她快吃点。她只吃了一个牡蛎，还是看在他面子上。也许她真的不饿，她受苦那么久，吃太多反而不好。

他也不含蓄，直接大快朵颐。他吃饭向来比较快，虽不是狼吞虎咽，但羊羔很快就吃完了。等吃得差不多时，大桶被搬了进来，他让佣人把牡蛎倒在一起，余下的盘子都收走，然后关上门，拉上窗帘，陷入了一个无比尴尬的境地。

实际上，只有他一个人尴尬。

此刻，她坐在椅子上，张向阳在她对面的床上坐着。她就那样随便地靠在那儿，右手搭着旁边的圆桌，左手托在大腿边撑着身子。她时刻仰视天花板使得脖子上早已干涸的褐色血迹暴露无遗。不过一会儿，就会被洗掉了。

可她，就是那样，令人不可思议，因为仅仅是那样。她不该是那样吗？张向阳说不出，但突然间，他觉得她没有之前漂亮了，本来她独特的神韵和与生俱来的别致是无法被泥垢挡住的，现在好像大打折扣了。

他深吸一口气，像在与她对峙，继而开始更加仔细而有条理地观察她。她现在的样子根本谈不上优雅，尽管那种气质是自带的。很多女孩与生俱来具有一种气质，张向阳身边就有很多例子，可他越来越认为她身上的那种，是他自己主观添加的。

她对男孩的目光置之不理，默许了他的注视，似乎还刻意摆出独自一人的状态。她干着一个文静且无聊的小女孩通常会干的事情，但也没有乱动、乱看。看着她，从来对女人年龄就缺乏判断的张向阳更是摸不着头脑。

她像是十五六岁的小姑娘，可看身材又像十八到二十二岁的妙龄少女，甚至时常会给张向阳一种他二十五六岁的干姐姐叶娜带给他的那种亲切感。不同的是叶娜知性果敢，性格刚毅倔强，而且极有主见，而她从开始到现在好像一直是顺从和随和。

她的胸口平和地起伏着，张向阳可以想象在那块松弛肮脏的残破衣服下，裹着怎样一对坚挺小巧的乳房。自己正与一个让人产生联想的女孩共处一室，而她也并未限制他联想的权力，他的综合资本也足以让他误以为自己有行动的能力。

他知道自己不能也不会那样做，但那个口子依然敞开着。一个男孩爱上一个女孩其实就那么简单——只需要一点点挑逗。他不是男孩，她也不是女孩，她正用缄默纵容满足着他。

优越感与局促并存，这是他一直想要的吗？

是的，他想。

继而，他又想，为什么她会出现在他面前，是谁把她送来的？

他预感有什么要发生，这个预感其实早早就在他的潜意识里留下了位置，直到此时才清晰地上升到意识层面。

不期待，只是安静地等待；并未使他不安，可间接地助长了他的其他不安。

她依旧静默着。

他不自觉地看向她腰部破洞露出来的那块肌肤，继而看向她的腿。他皱起了眉头，因为她的脖子、腰部、肚子、腿……全身上下没有一丝多余的肉，就像个模特一样，双腿修长而结实。这是不正常的！没有经过训练的人，没有练过武功和学过巫术的人，不可能是这样。然而，谁叫她是她呢？她的身上再多几个谜，也没什么特别的了。

男孩发现，那些特别属于女人的地方，诸如锁骨、脚踝、睫毛等，她都完美无缺。她就像那些在荒山野岭远离人类住所出没的专门勾引路人的小妖一样。她们轻纱曼舞，甚至赤身裸体地出现在一个池塘里，或某棵树下，发出柔美的叫声，召你过去。他现在就有这种诡异的感觉。

张向阳见过无数奇怪的生物，但只见过一次能幻化成美女的妖怪。她是一只水泽女妖，可惜还没看清楚人家什么样子，就被诺吓跑了，为此，他和沙还经常拿这个去调侃不食人间烟火的"红瞳鸦"。

"你刚才说洗澡要脱衣服吧？"女孩说。

张向阳深吸一口气："对，我……给你拿洗浴用品，我……"

他刚想转过身去，女孩的衣服就直接掉了下来，那衣服太宽，只需把吊带往两边一拨就掉到了地上。他惊觉失礼，欲别过头去，可顷刻间，认为这是多此一举。

女孩显而易见没有男女之别，她丝毫不在意这些，脸都没红一下。而且不知为什么，他对她没动任何念头。

"对不起，我不是有意的。"尽管如此，他依然道歉了。

女孩没多说什么，谅解地笑笑，面对他跨进了那个大木桶。

"水温怎么样？"男孩想要伸手去感觉一下，猛然意识到此刻和以往可不一样，手立即回缩。

"很好。"她回应他，轻轻皱眉，"其实你不必这样。"

"嗯，只是……"他随即把肥皂抛给她，她没接住。那肥皂掉到水里扬起一串水珠，溅得到处都是，有些溅到了衣服上，还有两滴落到他手上。"哈哈……"男孩尴尬地说，"可是……真的不烫吗？是我的手太凉了？"

只有当冷静清晰的时候，他才可以准确地感知温度，而他彻底忘了这回事。

姑娘并没有因为水花而哈哈大笑，但可以看出她脸上洋溢着欢乐。他感到心头一暖，同时也一酸。

"没事的。"

"你很美，真的！"他真切地说，有点羞涩。但他毕竟不是个扭扭捏捏的小男孩了，这种情况不是第一次，还不至于措手不及。

"我对'美'没有概念。"她柔声道。

"你只要把身上擦干净就好了，头发的话也许我能帮你弄，别缠在一起了。"

"嗯。"

张向阳不好意思往那边看，只好靠着墙发呆，可有些环节又不得不帮忙，偶尔——其实是经常性地，他会不小心看到她的身体。但从头到尾，他一点杂念都没有，就算主动往那方面想，思路也会被打断，仿佛被终止了一样。

她好像能平复一个人，在她身边好像置身雨中或夜空之下，把人浮躁的东西抹去，只留下安逸和宁静。张向阳却总能感到一种类似于悲哀、更准确说是夹杂了空虚的哀婉的感觉，这和他梦里的情景总是极为相似。也可以说，每当他安逸和宁静时，他就会有那感觉，所以他不知道这悲凉感来于自己，还是她。

多少个和谐在一起的夜晚，多少次冻雨之后，多少次独自一人在月光之下，多少次在雪中伤怀流泪……只是那感觉与此时相比要淡太多了，但触动过往，又让他险些落泪。

"你，不开心。"桶里冒出的蒸气半挡住她的脸，她靠在浴盆里面向他。

"还好，帮你洗头发吧。"张向阳笑笑，拿出梳子。尽管与她萍水相逢，而且她还是个刚从牢笼中出来被剥夺人权的姑娘，他也不想因自己的痛苦给她造成纷扰。

女孩没说什么，而是两脚一蹬，顺势在桶里转了一圈，背靠桶的另一侧，也背对他。张向阳走到浴缸旁边，无意间用手触碰浴缸里的水。

他被水温惊了一跳，惊呼道："哇！为什么这水这么烫！"

水温高得异常——也许在五十度之上，常人不可能像她一样坐在里面安然无事，她却一点感觉也没有。

女孩没说话，但笑容不见了。她站起身来，转身并和他对视，水哗地溅了一地，打湿了男孩的鞋子。她现在就像等待一场判决，因为男孩不像以前那些人，脸上并没有惊讶和恐惧，只是沉默地注视着她。

张向阳深深地吸气，在思考当下的情况。他没有任何可做的，当然也没有任何权利去做任何事。他能干什么呢？

他们就这样面对面，张向阳无法控制地去打量她的裸体，此刻她冒着热气的皮肤一点都不红，还和原来一样。水蒸气在她娇小的身躯上升腾，水迹残存在脸上，水珠挂在发丝上、睫毛上。

"你为什么……"她微微抬头，对他耳语，用不是问的语气发问，可没说完就被张向阳打断。

他们的面部只相隔一指，女孩本是比他低好多，但现在站在浴盆里。

他刚好能用手托住她赤裸的柳腰，也能认真看清她的耳根。

"不为什么。"男孩语速极快，坚决而果断，也不突兀，恰到好处，仿佛排练过很多次。"你感觉不到冷，也感觉不到热？对吗？"他声音有点发颤，但马上清了清嗓子。

"对。"

"我的天哪……"男孩觉得不可思议，她身上没有任何魔法涌动。他能感到女孩的呼吸微弱地拂过自己的脸："你是什么精灵？或者……"

张向阳的脸有一瞬间变为惊恐，因为他想到了她身上那些血迹，包括那个地牢的环境："你从未生过病？而且……"

"对。"她仿佛知道他要说什么。

有种很不好的感觉，从一开始男孩就有的，这一刻才得到印证——第一刻见到她直到现在依然存在的一种感觉——她好像永远能看穿自己，她知道自己心里在想什么，而且她知道自己喜欢什么样的她！

他深深地吸了口气，这个念头令他心生寒意。

"你从来不会感到饥饿？"男孩指指床单上刚刚剩下的那盘食物。

"对。"女孩带着她那让他着迷的五官，面无表情地说。

"我能……"随着火焰在手中升腾，一把匕首出现在男孩手中，他把刀刃伸向女孩的胳膊，突然又咒骂起来，"可恶！我真是疯了！真蠢！"

他厌恶并自责地把匕首赌气向后一甩，砸碎了那些菜盘子。床单被弄脏了。

"对不起，我只是没有适应……"男孩懊恼地说。

"不用，我们还是朋友吗？"

"当然，我们一直是朋友，只要……你不伤害我，永远都是。"

听完男孩的话，她稍稍开口，却欲言又止。她又换作刚才那种笑容，那种她一直显露的笑容。

男孩就那样将她搂住，虽然无从看出，但冥冥中能感到她很伤心。他也为她伤心，眼泪从脸上慢慢流下："这样很痛苦吧？"

"不，不！"女孩在他耳根轻轻地重复了两遍，然后更轻声地说，"你需要一个拥抱，而我并不需要。"可惜后面这句男孩没听见，因为她的声音就像从心里传出来的。

他慢慢放开她，略感尴尬，一下子反应过来似的，迅速后退一步，局促地说了声"好了"。转身拿下挂在门口的衣服，不等她从浴盆里出来，就披在她湿漉漉的身上。

"你忘了我还没有洗头吗？"

"哦！对不起！我只是……嗯……只是不太适应。"

她重新坐到水里，他尽可能温柔地对待她，同时极力避免冒犯她。他心里有些激动，说不出为什么。

脚步声在木板上"咚咚"地响，是两个人手挽手心情愉悦才能发出的声音。

他们一起出来了。姑娘洗去了身上那些淤泥、血迹、尘土，换上了新衣，宛如仙女下凡。这身衣裙内外共两件，里面是裙子，外面是薄衫，均以白色为主。他认为她适合白色，就为她这样搭配了。

就在他们准备离开时，一个在旁边坐着的三十出头衣着高贵而得体的男人，扭头对他们大笑道："啊！多么美丽的姑娘！看你们不是本地人，是否要去参加很快就要开始的献祭活动？"

"什么献祭活动？"张向阳没有任何地方不流露出得体和善意。

"果真不知道！赫卡姆因此而出名，每两年一次的判决，类似公开处刑吧！非常壮观，每次国王会亲自到场，场面盛大如同加冕！"

"我可不认为能比得上加冕。"男孩笑道。

"对神可不能含糊！"男人的神情相当夸张。

"那是什么样的献祭？"张向阳看看他挽着的姑娘，恬静如同秋波不兴，然后转头面向那个男人，向他报以微笑。

"处决一个罪恶的妖女，好像是卡蒙洛的遗孀。你懂的，卡蒙洛，那个极端、狂热、荒诞的伪君子！"他语气很重，却慢慢放低声音。

"遗孀？"听到这个词，男孩眉头微微一皱。

"对呀！那个女人是卡蒙洛那个恶魔的情人，她在这里、在这片土地上！为我们伟大的国王和他的王国带来诅咒，人民为此蒙受深深的不幸。前段时间北方的旱灾就是因为那个妖女！我们所有人坚信只要那个恶魔——我说的就是那个女人、危险而恶毒的巫婆——有一天被杀死，我们国家就不会受沙漠之苦了。"男人好像在说一个秘密，像是在执行正义之事，似乎每次咒骂卡蒙洛和他罪恶的遗孀，就能减少他们对这个国家的影响。

张向阳不再笑了，有些不解地打量这个男人。

"你知道卡蒙洛吗？科技之源左派什么……对了，那个什么词来着？就是那个祸害他们这么多年的党派的创始人。"

"我不知道卡蒙洛是谁，不过听你的意思，应该是科技之源最新衍生的右派、新派，力图把科技之源变成一个……嗯，怎么说呢……完全平等的国家……"男孩皱皱眉。

"管他是什么！"男子一挥手，眉飞色舞道，"那个妖女可不简单，你也痛恨她吧！等我说了这些，你就知道她是怎样的蛇蝎心肠。据说她平常被封印在王室的地下，但实际上无处不在。她游荡在街上，杀死家畜，吃掉孩子，引发大火，驱散雨天，让富人一贫如洗，让庄稼颗粒无收。好在我们国家那些伟大的巫师们和魔法师们在某些时段控制住了她，她无法再像以前那么猖狂了。"

"首先，虽然巫师说不准，但魔法师们绝不会那么做，也不会这么说。其次，'无法像以前'是指多久？"张向阳的脸有点阴沉，他仔仔细细听着这个男人吐出的每一个字。

"几百年前？反正祖辈都是这么说的，赫卡姆是因为囚禁了那个女巫才能建立起来的。总之，我们国家从前帝国的废墟上建立起来到现在，每两年都会进行一次伟大的献祭，据说旧帝国一年一次，我认为我们该效仿人家。祭祀的内容就是处死那个妖女，可是奇怪在，她一直都死不了。不过好在一想到她永远不会逃脱王室的地牢，每天会在里面受折磨，我就长舒一口气。"

张向阳未置一词，脸更加阴沉了。

"这么多年，帝国换了那么多方法，乱箭呀、水溺呀、火烧呀，还有什么虫嗜呀、五马分尸什么的……"他仿佛津津有味，"嗯……对对对！还有各种各样的魔法、雷霆、强光，还有……总之能想出来的都用了，可什么方法都不能把她杀死。可气那妖女这么多年——总之是我活的这些年——我从八岁和先父大人一起看处决妖女，人家一声都没吭过。对了！和你说个精彩的，我记得六年前还是八年前，我们把那个妖女……嘿，你怎么了，为什么脸色不大好？"男子有点惧怕地说。

"他没事。"女孩调皮地笑笑，活泼地向他道了歉，然后揪住男孩的胳膊，走向外面，留下男人一个人在原地。

"切！这年头人人都有毛病。那姑娘可是真不错，唉，跟他，可惜了。"男子看着两人从酒馆离开——确切说是恋恋不舍地看着那姑娘，之后转回头去狠巴巴地喝闷酒。

刚才那一会儿，一个偶然的事件、一段无终的对话，他已想好了她的名字。如果没有旁人，他愿因这个名字为她哭泣。

"你不怕我？"女孩注视着水面，看里边一条条的鱼儿一会游到这头，一会游到那头。

男孩就坐在她身边，他想了想，苦笑着反问："那你不怕我？"

"我……"

男孩看着女孩的侧脸许久许久，等待她接下来的话，过一会才意识到，她没打算接着说。他轻轻搂住她的肩膀，不知道该说什么，也不知道能说什么，说出来又有什么用呢？

他俩就这样沉默地看向水面，她的肩膀轻触在他怀里。

"我带你去……吃点东西吧？你真的不饿吗？"他又有点没话找话的意味。

没想到，女孩调皮地挑挑眉，看着他的眼睛，笑道："虽然我不会饥饿，但从不拒绝美食。"

能看到她这个表情真好，她的笑容就像能抚慰一切，甚至是一种救赎。男孩松了口气，他的心早已像玻璃一样易碎，而刚刚片刻有部分融化。一个男人的温情有时就会体现在这里，换言之，仅需一点点挑逗——哪怕只是不久前在酒馆的一个房间里的经历，足以让一个男孩爱上一个女孩。的确就那么简单。

可她为什么永远都这么……如果我能像她一样就好了！张向阳转念，悲哀地想。他们起身，一起向千米远的中心广场走去。

她单纯善良，在男孩几乎可以称为广博的阅历当中，没见过她这样的。从小受到囚禁，她本应和莫亚一样，可她表现出的却是什么都不懂，似乎任何事物都需要他去教她。实际上，又迥然不同。

同被禁锢，与外界彻底分离，她的经历可能比莫亚更悲惨、可怖、令人发指和作呕。因为莫亚对于他们好歹有价值，他们是在以极残忍的手段培养她，而面前这个姑娘无疑是个牺牲品。

最初遇到莫亚的时候，她天真而危险。天真是因为本身的愚蠢和无知，而危险则是因她脑袋里从小被植下的麻木、嗜血、怀疑、暴力和兽性本能。好在她尚存人性，并非桀骜不驯。为了挽救她，张向阳和诺呕心沥血，用了包括药物、禁术、幻术、催眠，甚至洗脑和物理治疗等各种手段，才强行剥离她病态的精神。之后又通过长达数月的更正，帮助她克服残存的不安、精神紧张，以及治疗带来的所有副作用，包括后遗症。他们做了这么多，才把莫亚勉强重塑到这个地步，而不知为何，这个受多年禁闭和折磨的姑娘还能保持童真、善良与单纯的人格。

她的无数认知让张向阳惊叹不已，尤其是关于魔法和艺术的敏感，和对那些复杂而深奥道理的解读，人性她亦能一语道破。实际上，她只是说出了人们从来不敢说还深陷其中的道理。

她无论语气还是神态都像个阳光可爱还没变声的小男孩，却有窈窕淑女的容貌和神韵，举手投足映射出的思想表明她无论心灵还是灵魂都一尘不染。

她肤白如玉，吹弹可破，仿佛静莲秋菊，不见娇气，落落大方。一袭白裙，双眸如同细流，能反射这个世界最纯净的光。汇集周身五彩的声音，净化嘈杂的空气，无法表达感情还总面露微笑，似常处快乐当中，也把她的周围一并带入欢愉。

这个"假人儿"比世界上绝大多数，甚至几乎所有真人都真——这是男孩对她的评价。

两人处于赫卡姆的三大"绿洲地带"之一——首都丰姆城。皇宫和几乎整个国家的娱乐场所就在这里。这里也被列为世界排名前一百的名胜，是情侣们的游乐胜地。

整个大地系一块硕大板块，地势如抖开的被单一样起伏而辽阔。头顶的天是蔚蓝的，远方的天是青幽的，唯独太阳方向却是苍白的。空气湿润，和风轻抚，反倒太阳光就像是冷的由来一样。

从这里看，几千里外的大地近乎陡坡了，生怕上边的街道与平房抓不住地面，掉下来。河流向下淌，皇宫在更远处坐落，似乎一股风能把遥不可及的那头的气味直接带到这里。

空气干净得不真实，世界清晰得不真实，绿色的草地和远处雪白的矮房子鲜明得不真实，蓝白色的皇宫宏伟怪异得也不真实。还有个有趣的现象，这里无论任何地位与职业的人——包括奴隶，都穿着企业主的衣服。而实际上，这里确实是个由国王统治的半农奴制国家，而且国防薄弱，税收收入主要靠旅游业。

他为她买了冰激凌，她为他搂着他的腰，彼此像周围无数的恋人一样，漫步在这个算是开放的国家。自从听了之前那个男人说的，张向阳总对路上的行人有种如伤痕般的仇恨。他怨他们，甚至恨他们，有时他恐惧地想——这个想法让他满心恐惧——他恨不得羞辱每一个朝廷贵族，亲手教训每一个钦差大臣。冤有头债有主，他该找国王去算账。他清楚他不能，但一看到他怀里的姑娘，这种感觉仿佛就会不断冒出来，好在，这情感也能被她"与生俱来的气息"迅速抑制。

"这里的太阳简直太不像太阳了，这么的……冰冷。"他对她笑笑，和她说话是奢侈而美妙的。之所以搭话，是为了分散注意力，压制那种叛逆的感受。

女孩笑笑，然后轻松地讲："对于你来说。"

当他们走到广场花园中心的小型人造喷泉旁边，有一大圈人围在喷泉的一侧。张向阳看清是一位游吟诗人在弹唱，他领着少女走过去，看着所有人的目光如何齐刷刷投到那诗人身上。

那个游吟诗人留着一撮滑稽的小胡子，穿着红黑相间的鲜亮衣服，微胖，看模样就有副好嗓子。他在喷泉的台阶上铺了块布，然后坐在上面，身旁放了一顶滑稽的帽子，里边已经有了一小堆铜币，还有两枚银的。

　　他敏锐的小眼睛一眼就看到了张向阳，而张向阳知道他看向这头的原因。也许的确是她的到来让他再次拿起琴。他清清嗓子，开始含情脉脉地唱道：

　　　　尽管太阳从未停止过
　　　　对我们和我们的土地愤怒的宣泄
　　　　我们依旧庆幸
　　　　我们可以在同一块热土上祈祷

　　　　世间唯一不变的东西就是你
　　　　你与万物对比
　　　　仿佛永恒
　　　　与真理对立

　　　　你停留这里
　　　　驻足原地
　　　　被染上很多颜色
　　　　最为单一
　　　　却被世人孤立

　　　　无法理解
　　　　世间永恒的火焰
　　　　你又与它什么关系
　　　　始终没人懂你

又好像很多人像我一样真心同情你

殊不知你为多少人带来光明
所有的偏见
成就了你
我一直听着你的故事
始终又不敢见你

"你看，这是为你写的诗。不知道哪个有情人，能对从没见过又背负恶毒谣言的姑娘这么痴情。他甚至不知你有何等的美貌。"热烈的掌声中，张向阳含着笑意对着他的姑娘耳语。他半带自嘲地笑笑："真是情种。"

"这是写给我的吗？"她眨眨眼睛，同样小声问道。看到男孩的神情，她优雅地笑起来，感染了一片人。诗人站起身来，向她深深地鞠了一躬。

"虽然你从来没有到过外面的世界，但无疑……"男孩的语调快活而坚决，"命运以它自己的方式回报了你，这首诗就是为你而作的。"

"为什么这旋律能这样动人！我以后要天天听。"她大笑起来，有那么一刹那，男孩想吻她。

"世界上从不缺游吟诗人，但缺好诗。"张向阳牵着这个相识才一天的姑娘的手，优雅地走到游吟诗人的帽子边，拿出一枚金币，轻轻放到里面。诗人笑开了花，又深深地向男孩鞠了一躬，然后庄重地吻了少女的手，周围的人再次鼓起掌来。

"他就很好呀！"少女说。

"你想和我一起走吗？"张向阳局促地问。

"我不跟着你还能去哪儿？你要去哪儿呢？"女孩歪头问，像以往一样天真，这种天真是最能打动人的。

　　"我希望你能一直留在我身边。"他眼眶突然酸了，脑海里闪现一个白发蓝眼的姑娘，身披蓝披风，背着弓箭在雪中奔跑、跳跃的影像。

　　"为什么不？不可以吗？"女孩不解地问。

　　"当然可以，我从今天开始学诗，以后天天唱给你听。"

二月前，紫竹林，焱阳联盟隐藏根据地之一

凉风习习，前面小树林中叶子沙沙作响。张向阳一人站在竹塔二楼的栏杆边，夕阳金色的光辉错落着树影泼洒在他背后的竹墙上。

光影交错晃动，水波似的。男孩乌黑的头发被风轻轻撩动，他专心地看着叶与叶之间光线透过的地方，令人着迷的双眼反射着金色的光芒。

他穿的是前几天在边境黑市连带灰白色刺客长袍一起买的那件束身黑衣，最近帝都流行的那种款式，实用而美观。

身后的竹门嘎吱一声，诺走出屋子。

"少爷，晚饭时间快到了，小姐等着您呢。"

"不急，我再看会太阳。"

诺无声地走到男孩身边，用余光微微斜视，从黑色斗篷下伸出苍白消瘦的手，并举过头顶。金芒摇曳在他的指尖。

"不美吗？这太阳？"男孩很开心地问。

"那天那个女孩对你说了什么？"诺笑笑，树叶沙沙作响，光阴再次交错，快速摇摆起来——起风了。

"不，你看着那边！金色的……穿过地平线，我能碰到宇宙那头的光啊！不可思议，它是不是……很棒呀？！"男孩攥紧拳头眉头紧锁，目光热切得惊人，声音愉快得发颤。

"是。当然是。"诺又笑了，有些僵，却比第一次好得多。

"那云的后边是什么呢？天国吗？"男孩说。

诺定了一下，这句话突如其来，给了他一记猛击，多么熟悉呀！他不禁开始回忆，与此刻相似的那段光阴好像就在不久之前……

"天边会是什么呢？天国吗？"女孩伸出手，指尖朝着天边那许多金云。再过一小时就要黄昏了，黄昏之后，将是无尽的黑暗。

"那里什么都没有。"一个十二岁少年的声音，还没变声，稚嫩得像个小女孩。他就是诺！八年前的诺。

"想上去看看吗？"少年难看地挑挑嘴角，他从小就不会笑，还是沉着脸更帅些。

"嗯？"女孩是短发，十一岁左右，很可爱。她身上的衣服破破烂烂，本是灰白色的，却被泥土染成黑灰，脏兮兮的。

这里是圣神森林西北的黑森林，地形会随着生物的移动而改变，只要进入就再也无法走出去。周围都是扭曲诡异的怪树，上边还有无数恐怖的鬼脸，树精们口口相传每棵树里都封印着一个受折磨的灵魂。

他们两人显得那样渺小。女孩不像男孩早早就看透现实，她依然幻想童话，所以她那样满怀憧憬地看着神光环绕的金色苍穹。那里露不出太阳，它在云后，绽放着带了橙红色的金光，彩云如同在烈焰中绽放的莲花。只有那个地方有光，渲染了天空的一个角落。

"抓住我的手。"诺说。那时他的手非但与常人无异，反而还格外纤细好看。

女孩迟疑了一下，猛地点点头，她双手一下子抓住他的手，紧接着一双巨大的羽翼在他们中间展开。羽翼之下，一个孩子，紧紧拥住另一个孩子的胳膊。

诺，当初在世界已经崭露头角，小有名气。而如今，令人敬畏也让人闻风丧胆的红瞳鸦，永远，永远，忘不掉，那包裹在黑色羽翼中的姑娘，有着怎样幸福的笑容和精致可爱的脸。

真怀念从前，很久以前了，久得我都快忘了。看看现在，只是过了八年，八年呀！我现在才二十吧？那时候我还得让她拉我的手，现在只需要随意看一眼。那时候我还能哈哈大笑，现在别说走路，抬手还要用精神力撑着。那时候我还有情感，而现在在一起对我来说并不重要，我甚至都不想再见她了，虽然我们只见过一次，她早把我忘了。

如果撤去瞳力，我早该死了。现在勉强支撑身体，苟且活着的唯一目的……好像……就是为了完成使命。为了……不值一提的责任……马上就能解脱了吧？等到大局已定，就能离开……安静地离开，不再有痛苦，不再需要操心和……我还是想最后见她一次，再看看她，和她说两句话，用碎骨片喝茶……

我是红瞳鸦，我是诺，我面前的这个人，我的挚友，我的主人的养子，我还活着的唯一目的。我会为龙，为他的儿子，付出一切。

"想要去看看吗？"诺稍稍愉悦的表情仍留在脸上，心里却无尽悲哀。他说出了相同的话，不知道为什么。

"不了，"男孩叹了口气，"现在你使用任何精神力，都是对你生命的消耗。"

诺看着天边，夕阳之下，他呼吸缓慢，久久凝视。

"那个女孩对你说了什么？"诺问。

"那个女孩？她……她认为我是不存在的，是虚拟的。她认为这个世界就是个程序，我说的和我将说的每一句话都是安排好的，她从本质上怀疑这个世界的真实性。"

诺没说话，张向阳无奈地笑着耸耸肩，希望自己的动作和眼神可以让面前这个冷面人嘴角挑挑。

"然后我对她说我热爱生活，并希望你也如此，可她依然坚信她的观点，只是认为我比较……特别，她说我可能是她生命里，也就是这个系统希望的一面。说实话，一个女孩对你说这些挺不容易的吧？尤其是她奇怪的想法。"

诺依旧没说话，雕塑一样凝视远方，唯一动的只是他微微浮动的黑袍和脸上的光点。

"你怎么说的？"诺问。

"我说你不必如此认为，在这个世界上比我更有信仰、比我更坚信未来的人成千上万，所以我并不具备什么特殊性和代表性。我还强调人不该太过依赖，不该也不能，或说'最好不要'认为什么东西——无论物质还是精神——对自己太过重要，我希望她不要被异想天开左右。我还说，哈哈！我相信她的观点，的确相信啊。我不是说过——我对全世界所有的传说和思想，包括任何宗教教义无差别地相信百分之十，没有比重不均的情况。难道我不应该这么回答吗？哈哈！最后我们又聊了些别的，就有位红衣服的男士来找她了，她就走了。走时她还表示期待与我下一次见面，她可能认为我是她知己……大概，呵呵，就是这样。"

"符合你的说话风格，"诺笑道，"说不定换种说法，你们就成了。"他肩上的渡鸦响亮地叫了两声。

"哈哈哈，真少见，你这样。"张向阳顿了顿，"她如果一直这样，那就不会相信任何人，观点也永远无法被推翻。我小时候也这样想，后来学习了魔法才恍然大悟，可之后更加迷茫，因为自然法则也无法解释我自己的疑问。

"你有没有想过，我们死后会去哪里？科学无法解释，因为如果人生前和死后的时间线无限拉长，那我们活着的时间就太短了。我们最后会去哪？"

"不知道。"诺说。

"死灵法术，我身上的巫毒，召魂术，现魂和显魂术，薄葬，不死族和蛮族血脉，那些变成吸血鬼和食尸鬼的人，那些数不清的禁术又怎么解释？死后我们的灵魂会被永远受到囚禁吗？还是到时候我们的思维就消失了，那么我们会在哪？"张向阳不断地打着手势，瞳孔扩大，颤抖着，热烈地说道。

"从细胞的角度看……"

"魔法！无法从细胞的角度去解释！"张向阳打断他。

"世界是从……"诺只吐出几个字，却没说下去，张向阳一直等着，最后叹了口气。

"魔能是由人体内的魔核储存，并与外界能量共鸣，产生链接，然后魔法再由链接去体现，释放！魔法完全独立于这个世界，而它们又是由一条条链接构成，这个世界……该如何证明我们活着，或是你们活着？！"张向阳恐惧地说。

"记住我教给你的法则，不要相信自己的思维、直觉、常识，要遵照理性，就会好好活着。"诺没有叹气，他不想让他的主人更加悲观。

"你是……真的吗？"男孩颤颤巍巍地问，他流泪了。

"我是真的。"诺缓慢地说。他的眼睛注视着男孩的眼睛，他想给他安全感和信任。

"我……做不到。"张向阳哭道。

"做不到什么？"

是两年前的那桩往事把他变成这样的，诺想，他觉得呼吸有些困难。而曾经的诺——那时他还不叫诺——也是这样的。他用他的眼睛，放弃了人性，包括对人世间的一切期盼和向往，亲手搅碎了所有留恋的梦影，才成了现在的他。不多愁善感，冷血、麻木，不知疲倦，他是理性，且把自己的全部，连同生命和头脑，都献给了忠诚。

他正亲眼看着一个值得他辅佐的人，重蹈他的覆辙。

"做不到……"张向阳喃喃道。

"你想要梦，我可以给你一场，甚至所有的东西，为了你我会尽全力去……做。这些都无所谓，只是，我无能为力——你想要一个疆域千万里的国家很简单，如果你去年和我说，只要五年，可现在要八年。但是，我依旧能满足你。我发过誓，我的生命是你的，我的生死也由你掌控，但是，唯独这个我做不到……"诺依旧面无表情，他不会流泪，也挤不出来。他多想痛哭一场呀！但就是流不出一滴眼泪。

"我很恐惧……"张向阳几乎崩溃着说出这句话，"我不想死……"。

"没有人会死。"

"我可能会陷入死循环……"他没说完便呕吐起来。

"没事的，过去这次就好了，至少挺过这次，把握好现在。"诺把无力的左手轻轻放在他头上，却没有使用用于镇定的幻术。

"好吧，"他稍微控制住了情绪，"挺过这一次，可以后呢？"他又变得不稳定起来。诺没说话。

"我已经试过很多次了，都没下去手，每当最后一刻，我的理智都会把我拉回来，可那样太痛苦了，人死后会是怎样的？"他没有问有没有天堂，他想那么问，却怕诺把他看扁，实际上他觉得自己已经被诺看扁了。

"人活着，是为了品味。"诺顿了一下，接着说，"品味好现在，感受它，享受活着的感觉。生活，痛苦也好，快乐也好，以后的事情管他那么多干什么？"

"这不足以为我扫除困惑。"

"你试着这么想，你死后不会离开，你还活着，在我们身边，只是我们看不到你，可你还在这个世界，就像魂魄。而你还记得这辈子的事，你能看到我们，而我们看不见你。不要再认为死亡是终点了，它只是个临界点。好点了吗？"诺笑笑。

"好像……"张向阳呢喃自语。

"你需要的只是一个知己，我很愿意……填补那个位置，但遗憾的是，我的双眼只能配合你灵魂的诉求，却非你心之所向，所以我只能给你安慰而不能给你抚慰。"

过了良久，男孩稳定了情绪，颤抖着叹息道："没有什么好遗憾的，安慰和抚慰本质上并无区别。"

"从本质上，"诺深吸一口气，"他们还是有一点区别，就是那一点，你需要的就是那一点而已——没有就永远为零，有了就什么都有了。"

"我懂了，但是我……"男孩犹豫片刻，说道，"我还没你想象的那么娇气。"

"的确，"诺出神地看着他，就像发呆，然后又有点落寞地把暗淡的双眼转向地面，"你……所有人，都应更专注身边，难道……"

张向阳知道他言下之意，打断了他："就如你说的那样，我也就只缺那么一点，但如果没有，也罢。没什么大不了的……"他一摊手，继续组织语言："我只不过是，更进一步地追求少数人才能得到的幸福。"

就算我曾经有过，男孩想。

"答应我！在任何时候别自杀。"诺笑笑。

"嗯，你也是。"张向阳点点头。

赫卡姆首都（1）

诺低沉地说："这样做对她不公平，莫亚有心结，我们要帮她，告诉她她想知道的，至少是关于你的。"

张向阳恳切地说："我是为了不伤害她。"

诺歪歪头，语气像忠诚的管家："她真的那么不能被伤害吗？终有一天她会长大，心智也会成熟，会看清楚现实的残酷。早点总比迟点好。我们都是这样过来的，又会怎样？"

"我就是不想让她变成我们，就好比我在避免成为我的父亲。难道我们的成长经历就可以被称为'健康'吗？我不想她……"

"我明白，可她跟着你，跟着我们，还有别的命运吗？"诺轻轻叹息，"现在我们要做的就是尽可能挽回她，更正她。不让她做出错误的决定，选择错误的道路，少走那些你我走过的歧路。而且……"

诺犹豫了一下，像是在看张向阳脸色，接着说道："该来的终会来，人各有命。她能决定我们的命运。"

"你相信命运吗？"男孩失意地问，并看向屋内。

"不相信，但谁能打心底说不呢？整个联盟，整个世界，谁不是在命运面前输得一败涂地。"

"可我……"张向阳恨恨地咬咬牙。

"你希望她未来恨你吗？不要抓得太紧。去做吧，告诉她！"诺说，"只要还有我，就不会坏到那种地步。"

他又走神了，自己意识到之后，懊恼地揉了揉眼睛。

他有点看不透这夜晚，虽然此刻分明能客观地审视自己。他没去把握这难得的清醒，反而在揣测为何如此患得患失。

头脑特别冷静，只是没有想法——有时两者并不矛盾，他只是迫于自己都不知道的原因而没有思考。他怕再迷失方向。

这感觉真妙，他在圆内，能洞悉圆外的一切。如果一个人的心境变得简单，他本身也会变得轻飘飘的。

月光比以往明太多——天上没有一颗星星，霜一样白，如此真实的已然不太真实，以至于他的双眼都不会聚焦了。透过窗子可以把外边看得仔细，小溪波光粼粼，月色通过溪流洒到岸边草坪上，投影像一条条扭动的银蛇。

坐在窗台上，不用探头就能俯视溪水，这样的好居所可不多见。整个房间只有十七八平方米，床、梳妆台和飘窗台是主要的几部分。毕竟这是一个比较知名的旅馆分店——这也是张向阳如此选择的原因——床单、枕头、窗帘、墙壁就像新的，空气中没有异味，装饰和布局很简约，但一点不含糊。

不远处就是他们今天一起聊天的溪流，在这里还能看到白天那个诗人坐过的喷泉中心的雕像。

已是深夜三点，张向阳却不在床上，而是坐在飘窗的窗台上左思右想——他失眠了，很彻底。

最近有点挥霍了，主要是浪费了时间，此刻他恨不得马上就飞到前线，却又把目光落在床头的铁栏杆上。

她仿佛婴儿一样，心跳平稳得像已经睡着了。二人都安静地呼吸着这个房间里冰凉的空气，他开始紧张起来，只因为以往这种时候他便会紧张。

他摸摸自己装满金币的口袋，想象床上的姑娘本是个小偷，在不知不觉间就让他心甘情愿送出财物和尊严，最后妩媚地轻笑一声，以胜利者的姿态对他嘲讽，转身离去。他想象她是公主，因为命运的变故落到这番不得不与他为伍的田地。不久的将来，他会看着她在花田里一步三回头地离去，他也会离去——会有幸福的泪水和快乐的微笑，彼此都会不舍，但很快二人就会把这段回忆丢在脑后，从此天各一方，再不相见。他想象她是上天派来索他性命的人，会在夜幕下，躺在他身边，用拇指轻抚他的肩膀，同时毫不留情地给他一刀。那么他即将要和这个世界分离了，一切都没有意义，未完成的使命也没有意义，那些渴望、美好的欲望也再和他没有干系。再不会有思念，心爱的姑娘又算得了什么？也不用再懊恼幼时的过失，不再愧疚，他会丢弃童年的记忆、朋友们的记忆、废墟中的记忆、从军的记忆、漂泊的记忆、逃亡的记忆，不再需要思考，永远地到另一个虚无的世界去……

他收回他幼稚的想法，苦笑着叹息了一声。之后，他想象她是一张白纸，把自己也想象成了一张白纸。这样他们都是白纸了，但身上的尘土真能轻易拍掉？无论何人都不可能超脱世外。

他再次看向那头，她已经坐起了身，靠在墙角，腰部以下裹着被子，半个床头连带身体的一部分沐浴在月光下，却无法看清她脸。也许她坐在枕头上，张向阳想。

她没有说话，已经不知沉默了多久，也许整个晚上都没有睡觉，他能感觉出她躺下只是为了让他安心。

"你会做梦吗？"张向阳不甘一直沉默下去，于情于理也要和她说两句话。她却没回答，只是看着他。月光下，他只勉强看清她一只眼睛的轮廓。

"我想好你的名字了，叫……善若水。之后发生了那么多事情，倒也不是……只是最开始我完全不了解你。"张向阳低下头，女孩依旧没说话。他又看了她一眼，接着说："当然……我现在也不了解你。你不用多说什么。"

"哦，你还是说点什么吧。"男孩又笑笑，用一种引导小孩的语气说。

女孩依旧没作声，但能看见她慢慢低下了头。如果张向阳能看见她那双美丽的眼睛……他认为，她现在一定很沮丧。

"你怎么了？……你没事吧？"张向阳笑笑，接着说，"你知道我的过去吗？当然我一直认为对珍视之人敞开心扉是很愚蠢的事，可能因为语言是一种负担。可我现在想和你说话。"她还是没有回应。男孩友善地笑了，接着说："我的父亲说我是孤儿，虽然我完全忘记了这茬事，一直认为自己是他亲生的，并没有流浪和被收养的记忆……我的母亲对我，和对亲生孩子一样——就像她对她的信众们……还有，我有个很可爱的妹妹，她有一头如火焰一样热烈的红发，当沐浴阳光时，头发就会变成橙色。"

他发现女孩有了点反应，却好像是被抑制住了："我很爱她，她也很依恋我。但是，我的母亲却因为政治和宗教问题，死于一次屠城。我的妹妹拥有四分之一神的血脉，在两年之后也无法幸免，她失踪了，没人知道谁带走了她。那本红色的魔法书就是她的，母亲送给她的六岁生日礼物，她欢喜得从不离手，但现在，我只能把她的照片夹进去，然后……当作一个念想。

"我曾经爱过一个女孩，是一个拥有上古血脉的雪精灵，那个星球却因为我的身份而生灵涂炭。当时我在外面征战，却得到塔斯兰蒂被死灵法术冲垮的消息。她失踪了，我一直不相信她死了，但那里……没人活下来。"男孩无奈地苦笑起来，"你的出现，好像天使一样是来拯救我的，救赎我的灵魂……让我能不再被那些可怕的情感纷扰——包括思念和悔恨在内。"

女孩扭头看向窗外，这也许是此时她只能做出的回应，然后，犹豫地、机械地把靠着墙的靠垫拿到自己身前，盖在自己身上，或挡在他俩之间。

男孩失神地看着对面的墙壁："有时我在想，她不可能真的离开了对吗？她那样好，那样完美、天真和善良、强大、漂亮、天赋异禀，对我的关心无微不至……上天既然让她存在，就不该这样无情地随意将她带走。"他又看向善若水，轻声道："我爱她，非常非常爱，有时认为能为她做任何事，哪怕违背自己的意愿和良知。而她却走了，我已经四年没有见过她，她每天出现在我的梦里。"

女孩依旧只是看着他，没说什么。

"而现在，是梦境吗？"男孩又神经质地看向外面，"为什么你会出现在这里？为什么会让我遇到你呢？"

女孩还是沉默不语。

"你是她吗……"男孩痛苦地用五指抓住头发，手掌抵住前额，抽泣起来，话都说不清了，"为什么我要遇见你呢？"

女孩还是默不作声，往前坐了坐，又向床边移了移。现在月光完完全全地均匀地撒到她身上，张向阳能看清她优雅而恬静的脸。她再次扭头看向窗外，明眸映着月的影子。男孩想，她现在该不是坐在枕头上了，虽然被子依旧裹着她的腰。

"所以你是她吗？"他深吸一口气，基本平复了情绪，只是偶尔胸口还会抽动两下。

"梦里的她丝毫未变……"男孩低声重复道，用一种夸张的难以置信的语气吟唱。女孩露出了微笑。

尽管他不明白她那个值得守护的笑有什么意味，也不知道她为什么突然就不再说话了，他还是释然了，没再去想这些令人不快的回忆，就像曾经无数次那样去逃避。事实再一次证明，他不该向珍视之人表白，去吐露心声，甚至不该向他们解释和交流稍稍深沉的东西。但这次唯一不同的是，他竟感觉没那么沉重，多了些轻飘飘的东西。可能是因为她一直没有说话的缘故吧？

"抱歉，我想出去走走，要么我们出去走走吧。你愿意吗？"男孩说。

"愿意。"女孩站起身来，跳下床，连鞋子都没穿就拉住他的手，微笑着把他拽起来，然后"咚咚咚"地，在他前面奔跑着，不时还回头看他一眼。

"你相信命运吗？"张向阳问。

她眨巴了两下眼睛，余光飘着水面，向男孩笑了起来。"不信。"她轻巧地说，神态在学男孩，这是他平常说话的方式。

而张向阳自然知道了她真正的答案。她简直可以让他像了解自己一样了解她，可一个人能多了解自己呢？

"我是个鄙视和排斥其他理想主义者的理想主义者。"张向阳说。

"为什么？"女孩问，正当男孩准备回答——其实他也没法说清楚——女孩接着说："我明白。"

"你明白什么？"

"你其实不需要妄自菲薄。"

"我？我有吗？"男孩笑笑。

"你觉得呢？"

张向阳犹豫了一会儿，没再说话。

他看着她的眼睛，而她注视着湖水。她纤长的睫毛频频颤动，那种颤动不是随便一个人哪怕刻意观察就能察觉的，好像能扇起一股凉风。真诚、坚定、饱含信心，无论是否发问或回答，无一丝疑虑。她沉思的样子——也许她的脑袋里真的深不可测，也许什么都没有——透出一种忧伤之美。漆黑的眼珠比任何人都要纯，映着月光，干净，沉着，仿佛时刻在眺望远方，凝视着事物深层次的东西。注视青草却是在凝视被其遮挡的泥土；对着溪流中自己的倒影发呆，实则是专注于河床。

她如此可爱，能给人启迪，会被所有艺术家视若瑰宝，没人不愿意和她待在一起。很不真实，和梦境的感觉太像了。周围没有一个人，只有梦里才没有其他人。而梦里才会出现这样奇异的景象，梦里才有这样的姑娘，并坐在对面，用这样的目光看着他。

皎洁的月光让她的轮廓更加清晰。她的裙子拖到水里，顺着清澈的水流摇摆。

"你恨这个世界吗？"

"不恨。"她说得很平淡。

"为什么？"男孩问。

"但也不爱。"

男孩点点头，又看向水面。

善若水轻轻说："你如何能避免不做错事？"

"什么错事？"

"你明白我说什么。"

"是的，我明白……可……语言是多余的，对吗？"张向阳失落地说。

"我求你先回答我。"女孩不是为了自己的问题而求他。

"诺有一套明确细致的法则，可使人免受世俗与良知的干扰，不被情感和欲望困惑。"

"诺？"

"他是我最好的朋友，是个聪明绝顶的人。当然，可能是还有一层，才能使我们达到这样的关系——他是我的仆人——他管我叫少爷，对我毕恭毕敬。如果我们只是朋友，我至少有义务为他考虑，且需要尊重他。实际上，他处处为我着想，总给我一种我对他没有任何义务的感觉，甚至不需要体谅他。他真心对我，我也完全信任他。有的时候当东西压在心里太多，我甚至可以去睡上一觉，完全休息一下脑子，让他代替我思考和决策。这里的信任不只是说朋友之间，不只指背叛什么的，而他是个真正可靠的人，会做出……正确的选择和……你想不到的。"说完这些，张向阳陷入了沉思，之后笑着说："我们就像鱼和水的关系。"

听完张向阳的话女孩笑了起来："谁是鱼，谁是水？"

张向阳思考片刻，笑道："答案显而易见。"

"你为什么要救我？"女孩冷不丁来一句，她的口气不再像白天，让男孩猝不及防。

"你很聪明。"张向阳说。

"你可以不说，这对我无所谓。"女孩补充道，"对不起，我让你纠结了，我本不想这样。"

"你完全没有。"

"有，你不要再安慰我，这一点点愧疚和冒犯不需要男士的安慰。"

"你知道我发现了一件很讽刺的事情吗？我们总是说语言是多余的，可我刚才真没有因为你的问题陷入……尴尬的境地，反而我还因你难能可贵的发问而快乐。"

"不，这毫不讽刺。因为你我是不同的，我们的位置不同——我是你的朋友，而你是我的朋友，所以我们思考的角度，为对方考虑时，也不同。你可能会因此而高兴，可我担心你会因我而困扰，实际上恰是因为我在你这里的位置，导致一个本该使人作难的问题让你喜悦。我们都懂彼此的意思，我只是站在我的角度，而你完全能理解我。难道仅因为我在字面上'猜错了'你的心情，就可以证明语言是不多余的？这恰恰证明我们不需要多讲一句话，反而是言语误导了我们。"

听完善若水的一大通话，张向阳自嘲地笑笑："你可真是毫不留情。现在，我要站在我的角度，开心地为你解答这个问题。"男孩大笑起来，女孩也笑了。

"因为……我有一套自己的守则。一个人！该让自己变得更好。"

"嗯？"女孩抿着嘴，带着笑意看着他。他为他能有这样一个可以摆出倾听者姿态的伙伴而喜悦。

"清心寡欲，淡泊明志，享受当下，随心所欲。"

女孩沉思了一会，男孩难为情地解释道："其实这些都是一个意思。"

"可我觉得这些还不够。"女孩突然说。

"哪里？"

"我只能引导，帮助你思考。"女孩调皮地笑笑。

"我现在，看着你……"突然，男孩深情地说，声音也变得柔了下来。

"其实你的守则里有一部分是缺少的，只是你没明白。"女孩避开她的双眸，看向溪流对面。

"是吗？"男孩的话连他自己都听不到。

"并不是只对没得到的寡欲，甚至要摒弃自己已有的。但是……你的守则太过感性。"

"我应该试着去摒弃一切？可谁能做到？"

"这是守则！你如何去遵守诺的那个呢？"

"伤害……自己……的心。"男孩显然想到了很多不好的回忆。

"我没有心。"女孩喃喃道，"你也可以没有，所以，你救我就是为了对得起自己的心？"

整个大街上一个人也没有，张向阳奇怪为什么月亮如此明亮，却没人出来赏景。

他们两个陪伴着彼此，在这凄凉的夜晚，一轮孤月下。霜雪一样白的月光无情而多情，坚强而虚弱，蕴含一种无法言说的妩媚。

"其实……一开始就对你敞开心扉是危险的。我们才认识不到两天吧？"

"那又如何……"女孩犹豫地说，张向阳第一次在她眼中看到这样的神情，但马上她又笑了起来，"对于我，已经足够了，你可没少破费。"

"那你开心吗？"

"我……"

"我们不是朋友吗？你该对我坦白一切，没关系的。"男孩难过地说——他为她而难过。

"也许吧……"女孩喃喃道，"也许……"

"谢谢你，如此信任我……要是，你能有感情多好。其实我愿告诉你我所有的秘密，没有一个人能理解我，但你理解了。在你这里，一个个痛苦、质疑和委屈，一一得到体谅和理解，每一个承诺都能得到答复。"

"你许下了太多承诺，不只是对我。"

"我很累。我所失去的你是不会理解的。"

"但我想，你理解我所失去的。"

女孩笑着，他想说"谢谢"，但喉咙酸得硬是说不出来。

"我怕我伤害你，怕你因此离我而去，也怕我因此离你而去。不敢接近你，又需要你。在我浑浑噩噩的睡梦中，从来不曾想到会有你这样光鲜精彩的个体。我很惶恐。"

"你太敏感了，不要相信定律和命运，你不会一直失去。我会一直在你身边，直到你不需要我的时候，才会离开。"

"怎么会？"

"你烦了的时候，其实很简单。总有一天你会觉得此刻的对话，包括刚刚的失控，是幼稚和愚蠢的，那时候……算了，语言是多余的……"

"不会的，我……好吧，也许会有那么一天……让我再看看你不可思议的脸颊……你在想什么？"

"想我若离开，我该去哪？"

"我还以为你不会想这些。"

"这个问题从我开始感受这个世界时就在想。当然，我不是在思考，只是在想。"她笑了起来。

"其实……这段对话都不真实，现在有可能就是在梦里，因为总有人打搅和监听。"

"不会的，我保证。这一刻我们只属于彼此。"

"若这是一场梦，而我忘却了怎么办？"

"我们的羁绊永远都在，无论是梦与否，忘却与否，都存在过，你只要坚信我曾坐在你身边。"

"每天都有无数这样那样的浪漫，可没有一次能沉下心来，就连在小憩时都充满着焦虑。现在也是……"

"真的吗？"女孩认真地问。

"不，但之后，也许……我无法记住现在的感觉和现在的美好。"

"每个人都想留在这一刻，可人应该不断向前，不应只把情怀停留在记忆里。离开，向前。"

"摒弃……一切？"

"我有强烈的不安感……"善若水忽地抬头看月，不知怎么的，男孩在一刹那，竟把她的双眸看成了天蓝色。

"总是……无处为根。我说不出爱，也流不出泪，因为我只是个空壳。每个动作、每句话，都是一个预先设计好的结果，我没对任何人动过心，而每当我说一句话，无论真假，其实已是谎言。"

"这不是欺骗，对于你，无论命题真假都让人愿意信服。"

"这才是最……我觉得自己只是工具。"

"你是诸神亲手创造的福典。"

"诗虽美妙，但终是谎言，我就像一首诗。这话，你听了很难受吧？我只是为人造梦，从来不打破。"

"别说了……你无法流泪的样子让我……"

"我很恐惧，一直会记着一个诅咒，我没法忘掉……那可怕的、命运的回音。它会在梦里不停地提醒我。"

"什么？好了，好了！不要怕！"

"一个诅咒。我可以改变一个人的命运，让……厄运和痛楚笼罩这个世界。"

"为什么？你不是还在劝我吗？别被自己吓怕了。或是说你现在是为了让我懂得那个道理？没事的，我一直挺好的。"

"我有点厌烦你这种语气了。"

"感谢你这样对我说，如果你心里想的是对我的伤害，那刚才那句就是弥补了。我很欣慰。但是，总怕自己厌烦亲人，对身边的人不屑，觉得他们不重要，或认为不必对他们有最基本的责任。我总是越发把自己'收起来'，就像裹在一条被子里。但房间的黑暗会让我恐惧未来，怕自己会性情大变。如果那些事情发生了，自己真的伤害了他们该怎么办？"

"你要相信自己潜意识里有光明，但是，黎明快要来了！我不想离开你。"

"我不暖和，再厚重的被子，我赤裸的身体也触不到，感受不到它的重量。"

"那就不要睡了！相信自己原本就处于虚幻。"

"可当你发现你反复念叨，一直强调的也安慰不了你了——你没法在雨和夜里得到快乐——我惧怕光明，阳光只是心中的空洞，喜欢雨又不敢独自站在雨中，喜欢雪又不敢让泪水迎着寒风。"

"那就不要折磨自己，放手吧！摒弃所有东西，哪怕是为了对得起童年和梦想。但不要丢掉你的童年，拥有那份记忆，你的底色最终才是亮的！你才能毫无顾忌和保留地完全灿烂地大笑。"

"我愿用此刻换你寒牢千年苦楚。"

"这算是情话吗？"

"算！最纯、最真实的情话。可我没法对你说出爱，因为我的大脑始终在提醒我，爱着另一个人，一个不可能的人。你的笑容能定格世间百分之四十的美好，甚至是百分之八十。"

"什么时候才能是百分之百？"女孩挤出一丝笑容。她的笑第一次给人以僵硬的感觉，张向阳都难以置信。

男孩低垂脑袋，没多久就快速给出回应，是一个苦涩的回答："我不是一个浪漫的人，所以永远不可能是百分之百。"

女孩柔软而明亮的双眸从男孩的脸庞移开。她看向溪水，又看看男孩，然后又看向溪水。

"张向阳，"这是她第一次叫他的名字，"一个未知的结局和一个注定的结局你更惧怕哪个？"

"什么是注定的结局？比如……三年后我会被某个农民用干草叉插死？"他玩味一笑。

"可以随意去理解。"

"那么我选第二个，注定的结局！毫无疑问！"这也是他自认为和常人截然不同的回答。张向阳有些得意地看看女孩，女孩貌似没有什么情绪变化。

他接着问："无论什么都无法改变吗？

"无法改变。一个必然的结局……无论你做什么？"

"你为什么会这么问？"

女孩没说话。

"我会全心全意地投入生活，投入每一分钟，再不在乎任何事情，责任和义务再与我无关，用全部的钱去周游世界……"

"你会错意了……没法去改变……如果过程也是固定的。你没有能力……改变自己。"

"那！就这么浑浑噩噩活下去吧！"男孩自信地笑着，大声说。他把手放到女孩肩上。过程中，不可避免地顿了一小下，动作有着些许僵硬。

"我只想知道……"善若水缓慢吐字，语气严肃，"你更怕哪个？"

半个呼吸的犹豫之后，男孩用自信而坚定的声音回答："我哪个都不怕，我就是这样的人！"说完后，依然含着笑意，并有些自鸣得意。女孩轻笑一声，有些羞涩又意味深长地别过脸去，看着溪水。

十来个呼吸之后，黎明的光辉照亮了女孩的发丝，也照亮了小溪的对岸。她轻轻地、不带感情地、柔柔地说："我看见一棵树……你看见它了吗？"

起雾了，男孩往女孩手指的方向看去，却什么都没看到。因为晨曦，空中金色的粉尘在远处荡漾。

"我看见了。"张向阳笑着说。

听了张向阳的话，女孩一下子回头，似乎有些欣喜地看着他，然后看着溪对岸出神地说："去拥抱……溪的对面……时间……顺着河岸……

流逝于远方。"

刚才她的期许和些许的欢愉让张向阳很尴尬，也很惭愧。男孩苦笑着问："对面是一片花海，有蓝天和白云，那是一片自由的净土……花田对面，花海之后的迷雾是什么？"

女孩默不作声，把身子缩成一团，紧紧依偎在张向阳身边。旁边地上的青草，垂下一滴露水。

"那迷雾的背后又是什么？"男孩又问，紧紧抓着她的手。

"我不知道……没人知道，"她痛苦地说，"我们不要再继续这个话题了。"

赫卡姆首都（2）

"你们听说那件事了吗？"

"听说了，太厉害了！"

"简直是可怖至极！"

"那可是十万多……"

总有这样的声音，在任何地方，大多是亢奋，也有少部分是纯粹的害怕。几乎整个游乐园半数的人都在小声议论这件事，实际上，知道最多的是变革者和工人，包括一些老人。张向阳还没见过这样的场景——人们还是该玩的玩，但所有在入口和售票处排队的人，心里都像藏着什么共同的秘密。

赫卡姆从一开始就倒向变革军一边，但在公共场合散布谣言，还是会被杀头的。张向阳知道的就是，所有矛头都指向了艾莫蕾娜，甚至完全压住了同时间到来的变革军第一次交锋大获全胜的消息。

善若水含着一种小型的棒棒糖，靠在围栏上，看着他有点心急地询问那些"可能知情者"到底怎么回事。结果没人愿意和他这个陌生人说话。

张向阳看着善若水，无奈地笑笑："也许你应该代替我去问，成功率必定是百分百。就算被问者不愿意说，也一定会有从旁边急着插嘴的傻瓜。"

"我觉得你就是那个傻瓜。"善若水嫣然一笑，男孩摊摊手。

"嗨，请问你们在说什么？"善若水做了第一次尝试，却被一个龅牙的中年光头一句"小姑娘别管这些！"怼了回来，他还教训张向阳，"管好自己的事！小年轻人不要瞎掺和。"

张向阳很不爽被这样的人叫"小年轻人"，善若水觉得无所谓。进行第二次尝试，仍以失败告终。

"你如此有魅力，为什么会这样？"张向阳打趣道，换来善若水甜甜的笑容。

"也许我的魅力只对一类人有效。"

他们做了第三次尝试，还是以失败告终，但无意间听到了点什么，张向阳都不能相信自己的耳朵。

"他刚才……是不是说了……红瞳鸦？"善若水故作一副不可思议的样子嘲笑张向阳——她知道红瞳鸦就是诺。

"好像……貌似……"

"你有没有什么东西可以证明你是变革者？"善若水问。

"有！我有一个……"张向阳恍然大悟，很艰难地在背包里翻了半天，"大金疙瘩……"

他掏出了当初给莫亚的那个徽章。这是个品质一般的——最好的当然要给妹妹，即使如此，应该也足以证明自己心向变革者。

张向阳不敢贸然行动，他和善若水瞅准了一伙人，他们穿得和普通商人们还不一样——一个留着小胡子的鹰眼男人，看起来像是贵族，正和几个看起来像"职业变革者"的男人聊天。

张向阳挽着善若水过去，听见他们正对着一个才加入他们行列的中年人说这件事。

"谁会想到事情发生得这么快！你听说在广场上大开杀戒的红发魔女没有？"一个年轻变革者说。

"不知道，我只知道艾莫蕾娜首席执行官莱恩不行了！"中年男人说。

"唉！你不知道……"这时他们发现了张向阳，也注意到他挽着一个倾国倾城的姑娘。他们互换一下眼色，露出了戒备的神态。那位贵族朝他们招手示意，然后独自前来询问："请问您是……"

"请问你们是变革者吗？"张向阳问。

"对！"贵族说，"他们是。"

"如果我也是，你们会终止这次对话吗？"张向阳陪着笑可怜巴巴道，一旁的善若水笑出了声。

"你在说什么？"年轻人笑着问。

"当然不会！"贵族微笑着说道。

"哦！您看这个，"张向阳举起手中的大金疙瘩，"我也是变革者，叫张向阳，是一支自发队伍的队长，我想知道关于艾莫蕾娜的事情，尤其是……是不是还有……'红瞳鸦'？"

"哈哈哈，欢迎，我是艾斯特男爵，这些都是变革者，我们要去参加国王的宴会，专门招待所有的变革者。"

张向阳颇有顾虑地瞟了眼善若水，转移了话题："艾莫蕾娜发生了什么？"

"一个独行者，红头发的女人，自称荆棘血刃，一个人消灭了艾莫蕾娜的精英军团上万人。难以想象十万人如何在一个人面前溃不成军——请原谅我在这里想到了我们的领袖烈魔德大人。可是，她难道不是和我们一伙的吗？至少帮我们解决了大麻烦……据说她操着两把可以肆意飞翔的匕首——一把十字形的，一把弯刀，可以控制敌人的躯体和鲜血。更劲爆的是光凭驭气就战胜了艾莫蕾娜战熊。用匕首战胜战斧！就是这么回事！"这回是另一个变革者说的，但是显然年轻人知道他们都不知道的。他继续说道："同样是独行者的红瞳鸦你们听说过吗？明显和她交情颇深，而他可是个站在我们这边的变革者——和龙有关系！少年时是龙身边的人，只是已经有五年销声匿迹，今天却在通天帝国内环艾莫蕾娜重出江湖！你们不知道，在单方面的实力压倒之后，血刃玫瑰——荆棘血刃的别称——明显有些力不从心，据说还跪倒在地上。但红瞳鸦一下出现在她身侧，一出手瞬间就放倒了整个广场一半的人——好像是一挥手就让敌人的箭雨蒸发了，然后通天帝国的鹰犬们应声倒地。之后，他向前，当着所有人的面，以红瞳鸦之名起誓威胁：不允许任何人动那姑娘一下，否则他必会追杀到天涯海角。走时他还说，会有一只烈火之鸟以燎原之势崛起，将通天帝国燃烧殆尽。他让我们记住了"焱阳"两个字，之后在众目睽睽下就带着那个女英雄消失在了虚空当中，就像他来的时候一样。"

"你们不怕她？"张向阳面无表情，实际上内心已经波涛汹涌。他虽然有点担心诺，但已经开始筹划之后的安排了——理论上，他不用再去前线了。他去前线的目的就是为了告诉父亲，自己堪当大用，而艾莫蕾娜发生的事情足以证明他的忠心和能量。莫亚是他一手培养，如今登峰造极，他怎能不激动？

不知为什么，直觉告诉他应该往东方走，再去一次科技之源——这次是为了他的朋友们的未来。变革军取得如此胜利是令人难以置信的——他都没有插手，就已经大获全胜了。早知如此，命运为什么要让他到塔斯兰蒂？为什么要让他的生命同她交汇，然后再让那含苞待放的世纪之花陨落？他有些痛苦地想，但比原来释然多了，一切都是造化，没有什么对不对的。而那让塔斯兰蒂生灵涂炭的力量真的是为了追逐自己吗？那自己的存在是否会牵连变革军呢？

他不愿再想，现在应该专注于这群陌生人的对话。看发生了什么惊天动地的事，张向阳叹息一声。

"谁？血刃吗？怕是怕！但我们是一个战线的，如果她真的是个恶魔——据说她的外表被人道声"天使"也不为过——或者不随集体，那躲着就好了。反正她算是立了大功，整个变革军都知道了。更好的在于，变革军现在的力量相当可观，所有人都勇气大振，也松了口气，因为不知还有多少未知的强大势力隐藏在暗处。"

"嗯。"张向阳笑得非常灿烂，还转身捂嘴，试图忍住欣喜。

"没想到他这么厉害。"善若水说。

"对。"张向阳开心地回答。

"你呢？"善若水问。

"我也不差。"张向阳自诩。

"你们在说谁？谁厉害？"男爵问。

"我曾和诺有一面之缘，就是红瞳鸦。"张向阳此话一出，瞬间语惊四座。

"我怎么记得红瞳鸦叫茕？"有人问。

"不，他好像在销声匿迹前两年改名了，一个有故事的男人！"不知谁说了一句。

"两位是一起的吧？"男爵问，她指的善若水。

"对。"张向阳说。

"小姐真漂亮。"男爵说，"请二位务必参加国王的宴会。都是有共同志向的人，商讨的也都是变革之事，去了大家都好交流一下，也能交个朋友。"

"我们实在脱不开身。"张向阳顾忌善若水，连忙拒绝。

"有什么脱不开身的？"年轻人问，但马上被男爵责备。这证明男爵虽然宫廷地位不高，但有些威望。

"我还是希望你们能一同前往。不劳您问，因为小时候的一些遭遇，从小便立下志向，等变革真正需要我的时候，便会请求辞去宫里的官职，去尽绵薄之力。所以，如今我正尽自己一切能力结交朋友，也为大家牵线，希望以后广建人脉，得到大家支持。"男爵文质彬彬地说。

"很伟大的想法，我愿意和您交朋友，但实在不便。"张向阳依旧决定为了善若水的安危而放弃这次集会。

谁知善若水说："那里可能有你想要的东西。"

张向阳犹豫了片刻，说道："我不想去，我们还有别的事情。"

"你真的不想去吗？"女孩温柔地问。

"对。"张向阳回答。

"那就不要去了。"善若水笑笑。

"实在对不起，我们的行程不太支持。"张向阳赔笑道。

"您再考虑一下？"男爵也不强求，只是做了最后努力。

张向阳看着皇宫的白塔顶，有些犹豫，其实他是希望去看一下其他志同道合的人的。可还是叹了口气，拒绝了。他的理由很简单，小不忍则乱大谋，什么都没有善若水重要。

"行了！我们去吧！"善若水突然对男爵说。张向阳知道她在为自己考虑，马上否决："不不不！不去，我决定了！"

"随心所欲，还记得吗？"善若水笑着说。

"清心寡欲，小不忍则乱大谋。"张向阳道。

"可你忘记了，要摒弃一切，包括我。"

"和善小姐在一起可真是奇妙的感觉，我感觉时间都变慢了。"男爵温和地笑笑，便带上张向阳一行人上了马车，往皇宫方向去了。

一到皇宫，他们立即被一尘不染的白城堡所震撼。走过四百多米的长廊，又爬了四大节台阶，上到半山腰。沿着盘山的白石阶，穿过了不知多少个门，到了一个像空中花园般的地方。

张向阳大叫一声，两步跨上十五节的台阶，借着惯性转身，后跳一步，面向男爵等人。因为皇宫峡谷一样的构造，风从他背后吹去，把他的风衣向前方吹起，顺便撩动了善若水的头发。他抬头望向天际，就在一百米远的白城堡顶——男爵一行人的斜后方，两只被驯化的黑瞳色羽毛的狮鹫在互相嬉戏。看到男孩在看，它们立马张开翅膀向他示好，然后高声鸣叫两声，跳到旁边的堡顶上继续逗乐。

再登上一个十步不到的台阶，到了空中花园的中心——覆盖红毯的四分之三圆形平台。大盆的花被摆在粗圆木栅栏旁边，过了栅栏就是悬崖。从这里能俯瞰整个赫卡姆，能看到沙漠和圣神森林的参天巨树，包括另一头距离遥远的其他国度。

"很壮观。"善若水微笑着，走到男孩背后，亲密地拍拍他肩膀，白裙子在空中飘着。

"戴上这个，"男孩偷偷摘了一朵小花，插到善若水头上，微笑着说道，"是，从圣神森林那头能看这边吗？也许能。"

"你向往那里吗？"

"哪里？"

"圣神森林……"

"不，树精们很难相处……但那里很安全，很美，而且，很单纯……"

"小两口别秀恩爱了！走！进里边看看！"男爵喊道，其他变革者都笑了起来。

张向阳也跟着笑起来，没再管善若水，独自踏着红毯，进入高大木门。和想象中的不同，里边大白天还紧拉窗帘，墙上的火把没有点燃，蜡烛每桌只有几盏，十分昏暗。

张向阳进入大厅的第一件事就是环顾四周，观察整个屋子的格局，记下概貌，同时调整焦距，大致浏览每一个人，记下他们的特征。有三分之二的汉子——那群变革者——已经喝开了，少部分已经酩酊大醉。

看来宴会已经进行了一半，国王在宴会高位上，大笑着，满脸通红，已经坐不直了。

"没办法，吾王总是这样，他们提前开始了。"男爵皱着眉头说，"我要去致礼和复命，恕不奉陪，诸位多交流一下，吃好，喝好。"

"您辛苦。"张向阳说。

"我做完了手头的事，会来找您聊的，很高兴能结交您这个朋友。善若水小姐，认识您是我的荣幸。"

随行的变革者寒暄一下，都去找自己的位置了。张向阳暂且不打算随便坐下，因为第一个位置选在哪里，直接决定了这次宴会的价值，他可不想不得不去挑选第二个位置。

那个番茄脸、麻花胡子的国王，穿着一身黄金衣裳，蓝宝石权杖被旁边的侍女拿着，厚重的皇冠被随手放在桌子上。张向阳叹了口气，忍住没表现出厌恶。

很快，他发现了一张有趣的桌子。有三个人围坐在那里：一个是穿着变革军军装官至中校的壮年男人。他有一个不大的啤酒肚，现在正瘫坐在板凳上，专心听着对面巫师的讲述。长胡子、鹰钩鼻的巫师，像所有巫师一样，他把自己的样貌保持在四十岁，看起来很兴奋的样子。最奇怪的是，还有一个穿着新潮风衣的年轻人，仪表堂堂地坐在他们侧面，幸灾乐祸地看着两人对话——也许是少年，甚至只是个小孩，至多十五六岁。

张向阳挽着善若水，偷偷走到他们旁边的空桌子前，靠在上面。看着男孩的笑容，善若水笑出了声。

只听那个巫师用一种卖弄的语气朝对面的中校说："有两种迁越魔法。传送门这个东西，说准确了就是迁越，大体上分为两种。而且，'迁越'这个词用法很多，一个魔法从这儿到这儿，也叫迁越；光瞬魔法，理论上也是物质的迁越。"巫师边说边用一只手比画，可惜没人能看懂，包括懂魔法的张向阳。

"我不想听这些，我只想知道传送门是不是单纯的空间扭曲，上次有个女术士说……"中校摆摆手。

"我所用的大多是迁越的，我又不去什么光年之外的地方。迁越传送说白了就是引导魔法把你自身转变成魔能体，再拆解成链接，在强大的魔能粒子能量激流中，携带着你到达目的地。顺带一提，无论是百米还是几万千米，传送的感觉都是三秒。"

"你说的这个是传送法阵吧？"年轻人皱着眉头道。

"对呀，怎么了？"巫师问。

"我想知道的是传送门。"中校崩溃地捂着额头。

"传送门也是一个原理，就是有个延迟，有个空间，进去之后停顿一下，然后再解析。"巫师不耐烦地说。中校大笑起来，为避免尴尬，也顺便作为变相的道歉。

"那么，在场的……谁没坐过传送门？"年轻人自黑式地开了个玩笑，然后举手，换来的是一阵沉默。中校也默默地举起了手。

张向阳找机会插入话题："我可没有举手。"

"您是？"三个人都疑惑这个陌生的男孩是谁。

"我叫张向阳，东方人，在通天帝国长大，以前去外星系留过学，现在是一个非正规变革军的首领。嗯，她和我一起。"张向阳示意了一下善若水，善若水提了下裙子，向大家行了个十分普通的礼。事先约好的，善若水不理会遇到的任何人，怕引起注意。出乎意料的是，除了年轻人，另两个人都没把注意力放在善若水身上，而年轻人也只是在礼貌的范畴内小心翼翼地观察着善若水，除了简单问候和很是平常的适当赞扬，再没和女孩说过话。

"幸会，幸会！在下徐明浅，来自科技之源，你也可以叫我徐策——这是朋友们的称呼。"年轻人率先说到，和张向阳握手。巫师也算友好地摆了摆权杖——这就已经比大多数巫师态度好多了。

"克里钠中校。"军官点点头。

"卡西迪。"巫师说。

这个徐明浅可能是为了谦虚，刻意隐去了他在科技之源的具体地方，张向阳推测他可能来自极为发达的城市。

"欢迎你来到在座人当中最具头脑也可能最为有趣的队伍里。"巫师打趣道，然后接着说，"他们通常粗俗无礼不成体统。"

"看出来了。"张向阳扭头，看着烂醉如泥的人们。

"而且难以相处。"中校说，"我指的是彼此友谊的舒适度。"

"单纯幼稚！"巫师狠巴巴地说。

"这可不是我说的，"徐明浅无奈地耸耸肩，然后皱眉道，"不过的确搞不清形势，不明白站位。"他给张向阳使了个眼色，然后无奈地说："他们已经从龙的灭绝扯到科技之源的元素压缩，再到魔源的传说，现在又是传送门……"

"我大概知道了都是围绕谁发起的话题了，"张向阳开玩笑道，然后开始对他们刚才的一个话题表示感兴趣，"话说什么是元素压缩？"

"没什么，就是科技之源前段时间发现的一种未知物质。把纯度百分之七十八点五以上的火之魔法加压，无限压缩……结果它变成了一个黑点，就像一个超迷你黑洞的样子——把黑洞图片缩小到你能想象的最小，可那玩意几乎没有质量和体积——就好像质点一样，且处于完全均匀平衡的状态，貌似稍给一个力，就会以极快的速度永久运动。这个发现惊动了整个魔法界和半个科学界。多数德高望重的魔法师都说，我们发现了魔法本源，说这是创世之前魔法的姿态……嗯……你可以理解成宇宙大爆炸之前。"

"不可能。"张向阳斩钉截铁地否认。这违背魔法的性质，魔能不可能被压缩，"本源"二字更是荒谬。

"你是魔法师？"

"你可以这么理解，对。"

"那你和我们的巫师先生可有的聊了。关于你的'不可能'，如果我告诉你，他们是把……可能要有一万多吨——当然魔法里可不这么叫——压缩成了零点一加仑那么一点……"

"魔能无法被压缩。"张向阳再次否认。

"百分之八十纯度。"徐明浅不甘示弱。这次张向阳陷入了沉默，然而实际上，于世人而言，他们对"纯魔法"的认知只停留在百分之六十。

"会出事情的！一定会的！你应该去警告你的同伴。"张向阳担忧地说。

"你很厉害，你不是第一个说这句话的人，还有很多魔法大师……"

"世界上的魔能是绝对守恒的，魔能的守恒对应物质的守恒，魔能又和物质等量转换，你们造出了一种新的、从没人知道的、不属于魔法和现世的新能量，就好像黑森林的暗能，不受控制……"

"必然会触怒诸神……"老巫师插嘴道。

"我更喜欢他的解释。"徐明浅对老巫师撇撇嘴，他讨厌神那一套——当成信仰还行，可魔法师们显然认为，神真的存在于宇宙的某个角落。

"可以这么说，也许那种能量就是属于神的。"张向阳眉头紧锁。

"你怎么也变成他这样了？"徐明浅吐槽道，"不过你只是把概念抽象了起来，我还是喜欢你的说法。"

而卡西迪为张向阳的猜想感到吃惊，连声赞扬："你很有水平，魔法师大人！"

"能不能别把我晾在旁边？"中校笑着说，"小子！为什么会在这里？据我所知……"

"没有一个文明人肯踏足赫卡姆的领土。看看那个昏君的样子！要不是因为政治形势，我才不会坐在这里。"卡西迪鄙夷地说。

"我是被卢西奥少将派来的。"中校解释道。

"少将？你在逗我吗？"张向阳脱口而出，随后意识到失态了。

"怎么了？"克里钠问。

"我当过他的兵，那会他只是个少校来着，因为某些原因破格升为团长，又有某些原因军衔却上不去。说白了也就一个营的兵力，四百多号人，后来增加到七百多号人。"

"你确定我们说的是同一个人？"中校疑惑道。

"他惯用两把科技之源的霰弹枪和一把像女人用的毛瑟小手枪。"张向阳笑笑，他不能再往后说了。曾经他们有过君子约定，对那件不愉快的事绝口不提，无论对任何人。

"哦！没准是他错了！可你为什么离开？他明明……"

"我知道，那年头他率领的先遣队，基本上是唯一一支敢远远领先大部队独自冒险的队伍，"张向阳苦笑，"我们身经百战，拿下了一个又一个贵族府邸，可……毕竟谁都不会放着好好的副营长不当，去选择几个月的流浪。"

张向阳打趣道，毕竟有意想融入他们。听完他的话，巫师笑着叫起来："他在卖关子！这证明他想说不是吗！"

"我猜你不介意供出来。"中校也跟着笑起来。

"卢西奥将军现在怎么样？"张向阳故意玩笑般地扯开话题。

中校认真回答了他："风生水起，春风得意。和你想的一样，以他的能力，绝不止少将那个荣誉，他那支队伍里有很多怪物一样的人类、强大的非人种族，还不乏带有上古血脉的精灵，估计能以一敌五。"

"三年前我曾当过他的副团长。"张向阳笑笑。

"我从未听他说过您，但这么说，您是相当可敬的。三年前局势可没现在这么好，您还在最前线的队伍里。"中校钦佩地说，然后疑问道，"他平常最爱给大家讲他原来刚有军队时的事——几乎没事就说，可为什么我没听过您呢？"

这么说，看来他的确是个君子，张向阳由衷地感激他的慷慨和宽容，不过记忆中他是个话少的人呀。

"看不出这是属于他们之间的秘密吗？我们也别问了，他肯说曾经的职位已经证明他不想隐瞒我们，我们也不必刨根问底。"徐明浅为张向阳解围，足以证明他相当睿智。

"你们再看一下那个女人，她还是没动一下。"卡西迪用拿着手杖的那只手的食指指向了他们正对面的大厅角落。一个穿着性感黑晚礼服的红发女人靠着墙，在那里发呆。

"我不喜欢她。"善若水对张向阳耳语，这足以引起张向阳的警觉。

"我们要离开这里吗？"张向阳问。

"不，我们离不开，不要和她接触，包括目光。"女孩好像是第一次要求张向阳做什么。

"没问题。"张向阳轻易答应下来，并用微笑安慰她，尽管她并不需要。

"也许我们该吃些东西。"徐明浅说，并友好地为张向阳和善若水找了两个座位。

"好吧。"张向阳向他道谢。

"女士呢？"徐明浅看善若水并没有入座的意思。

"我不饿。"善若水笑笑。

过了一小会，张向阳才吃干净一只螃蟹的功夫，一直看着那个红发女人的徐明浅突然笑了起来。巫师朝他的目光方向看去，发现那个红发女人被红酒呛到了，吐了一地酒，现在正低着头咳嗽。与此同时，中校注意到，正在开玩笑的张向阳慌张地把脸沉到桌下，连忙询问他有没有事，张向阳说不用管他。大家都关心起张向阳的状况来，唯独善若水方便蹲下去看他，没一会儿善若水起来，说他没事，所有人看着善若水单纯的样子，也就不再围着张向阳了。随后，大家开始关心起张向阳和善若水的关系，并就此开起玩笑，张向阳却表情凝重地往大厅中央走去。他走的时候，一步三回头地看向善若水，善若水也用余光看着他。

善若水点了点头，却正好在张向阳转身以后。

"您好？请……您解释一下，为什么……"张向阳故作风趣地问红发女人。

"解释什么？"对方笑了笑，扭了扭脖子，看着男孩。

"我能感受到……您冒犯了我……"

"对，但我没恶意。"

"您可不像没恶意的样子。"张向阳笑了。

"那种程度，于我而言，还算不上恶意，你至于吗？"她就像在撒娇，暧昧地说。

"那是我控制不了的，"张向阳苦笑一下，继续说："为什么这么多人……你偏偏对我感兴趣？"因为她的眼神责备，张向阳把"您"换成了"你"。

"我听过你，金剑……不是吗？可你的剑呢？"她笑了起来，带着一种强烈的嘲讽，其实一开始就有的。

"送人了。"张向阳意识到她说的是他曾经从军的事情——在他和莫亚结伴之前，和诺熟识之前。他皱起了眉头，已经多少年未听人有提起"金剑"这个名号。

"别摆出那表情，我知道你们的谈话，有关渡鸦和玫瑰。"

渡鸦马上引起了他的警觉，但过了良久，他才明白玫瑰意味着什么。

"也许她是朵可悲的白莲。"女人接着说道，在发现男孩因此而产生的敌意与戒备后，反而狂笑起来。看她的举止，张向阳意识到，不能拿一般姿态对她，于是又变回原来的态度，毫不介意她的言行。

可惜这里太暗，他看不清她的脸。

"你怎么知道我们在说什么？"张向阳问。在进入大厅之前，他们的确提到了艾莫蕾娜惨案，但张向阳对那些新朋友什么都没说，只是提到他和诺有一面之缘。

"很难吗？你们那么大声。"女人笑了起来，她的牙齿很白，也很好看。

"你是谁？"

"朋友。"

"朋友？"张向阳笑了。

"看我的眼睛。"美女第一次把脸正对张向阳。男孩来不及欣赏她的美貌，只是惶恐地盯着她的眼睛看，根本移不开视线。

她的双眸变成了红色，两瞳各有两只渡鸦在里边盘旋——和诺的眼睛如出一辙，但诺说过，红瞳是独一无二的，尤其是他的。张向阳对精神干扰的免疫和无差别反噬，让他不得不相信眼前这一切是真的。

"也许我可以把这当作威胁或警告。"张向阳回过神来，挤出些笑容。

"也许这……"她卖弄姿态地搓搓她的红发，"是表白……也说不定呢？"

她慢慢伸出手，指尖往男孩的胸口上靠。张向阳向后退了两步，同时用左手轻轻地把她的手向外挡开。"你这么柔弱的人为什么会参与这场变革？还是你不是变革者？"张向阳不吃她这套，傻子才会现在和她比情操。谁知话音刚落，她却以迅雷之势抓住他的手腕，向墙上拍去。他想要反抗，却在她那种毫无逻辑的怪力之下败下阵来，墙体竟然被摧裂，他的手被死死钉在墙里。

她轻笑一下，神经质地放开男孩的手，有点疯狂地颤抖着说："先别说我柔弱什么的，告诉我，我这张脸……"她唇角的口红使她的笑容格外动人，眼妆和长而密的睫毛也衬得眼睛格外大。

"什么？"张向阳有点搞不明白，下意识退了一步。她应该是那种传统的高冷美人才对，瞧她这身打扮，还有那双腿。

"哈哈哈！其实这不是我的样子，而是"三蝶梦瞳"的，一个女性红瞳拥有者，可以给人……造梦。"红发女人一瞬间变了样，甚至身高都不一样了。她完全变成了另一个人——张向阳难以置信，他是不会着幻术的道的，而她没有任何征兆，没有任何魔法引导和过程，就变形了。

她红瞳的作用？张向阳只能这样推测。

"告诉茕，我来了。"她得意地说。现在她变成了个打扮更加风流的女孩，看样子甚至还没有成年，原来的成熟气息化为几分可爱。

之前可能一米七多，现在只有一米六多的个子。整齐的暗紫色短发，别出心裁的淡紫短裙和深紫外套——有些像是女仆穿的。她的腿看起来很结实，但不是女战士那样的，令人匪夷所思的是，她的左腿还穿着网格状的黑丝袜。没注意她的鞋子，不过猜也是紫色调的吧？莫亚就喜欢穿一身暗红色。

男孩特别注意到，她的右眼带着纯黑的眼罩，左眼下边有奇怪的紫色文身。

他见过这身打扮，只不过是在科技之源的走秀里。她该是……魔女风萝莉吧？张向阳苦笑起来。

"我知道你在想什么，但我的能力得保密，是不会告诉你的。"

"你是红瞳拥有者，还认识诺？"

"对，那个沉默寡言的小男孩有着和我一样美的眼睛。"她说这句话的时候，瞳孔又变成了红色，这回在没有眼罩盖着的眸子里，有三只渡鸦在打转。

"我听诺说过，红瞳的能力是不重复的。"

"没重复呀？你觉得我……"女孩调皮地笑笑，不得不说现在的她有些可爱。

"你别告诉我你的红瞳可以复制别人的红瞳，或者是变成别人的样子。"张向阳是随便一说，就算果真如此他也不慌，因为他曾经十分天真地幻想过，有种无敌红瞳拥有这样的功能，可以复制任何人的力量，包括他的火之血脉。诺对此一笑置之。

"你……荧和你说的？"女孩的笑容一下子消失了，呆呆地说。

"好吧！"张向阳无语道，然后骂了一声——貌似猜对了。他注意到，从头至尾女孩的表情变化特别丰富，而且非常——"活泼"，不是省油灯的那种活泼。

"那个小男孩一直就挺厉害的，我就猜到他能猜到我的能力。"女孩无所谓地摆摆手。

"你怎么不说是我猜的？"张向阳笑着问。她管诺叫小男孩，不禁让张向阳觉得有了些亲切。

"也有可能。不过我们的对话到此为止吧！你比想象中要好相处，而且我们不一定是朋友，虽然私下里我们是！"女孩笑笑，一挥手，仍然没有任何魔力波动，一杯红酒就从桌上飞到她的手中。当她发现张向阳异样地打量她，猛然意识到了什么，调皮又抱歉地笑了一下，以同样的方式给了男孩一杯。

"不，我只是在疑惑你的能力，这是谁的能力？而且复制也要有个局限吧？"张向阳认为不能相信任她说的话，所以可能也不是所谓的"复制"，但他还想摸摸她的底，因为她貌似很了解他，而他对她一无所知。

"这个能力是……一个……我为什么要告诉你？"

"因为我觉得你很厉害。"

"的确，我五十多次梦见同一个人，你能相信吗？当然别人也很多，总是重复梦见他们，或是接着原来的……那五十多个梦我都用笔记本记着呢！虽然没什么实际价值，但很有意义。"

"你有笔记本吗？"

"当然！"

"嗯，是个很好的习惯。"男孩赞扬道。

"哼！这有什么？你这么说只会贬低你自己。"

男孩笑笑，没说别的。

女孩喝了口酒，张向阳笑着说："如果我告诉你我三百多次梦见同一个人呢？而且是最近两年就三百多次，不算从前。"

"哇！"女孩呆了呆，然后不知趣地说，"你很厉害呀！男孩女孩？"

"当然是女孩。"

"好吧！你一定喜欢她。"

"也许。"

"那你猜，我梦的那个人是谁？"

"是诺吧？"

"不是。"女孩一脸不高兴，"你为什么觉得我会梦见他？我和他就见过一面。"

"因为你一直在说他，我敢打赌你喜欢他，我已经看出来了。"张向阳其实是随便瞎说的，没有任何迹象能表明她对诺有感情。

"不可能！不过也许吧！但我可以告诉你……我只对和我亲近的人才说——实际上只是对一些有好感但无关紧要的陌生人才说——我每喜欢上一个人，就会永远复制他的能力。"

"嗯……可真是……感情用事啊！"他相信她是随便说的，"你喜欢上谁，就能得到他的能力？"

"对。"她点点头。

"如果……我在街上看到一个漂亮的女生……我会说……"男孩在组织语言，可她已经明白他要说什么。

"对，就是那样！只要告诉自己，自己喜欢她，并陷进去，哪怕只是因为对方长得漂亮，或是告诉自己欣赏她的一些东西，骗自己，甚至那只是你自己臆想出来的性格，就算达成条件。"

"明白了。"张向阳点点头，跟了一句他真正想说的，"这么说，你喜欢诺？"

女孩看了张向阳一眼，撇开目光，咬咬牙："那个人就是茕，五十多次那个！"她轻声说道，为了避免尴尬，她严肃认真地点点头。张向阳笑起来，他迫不及待想要见到诺了。

"所以……"男孩还没说完，就被这个神秘女生打断了。他发现她看向他之前那桌。

"那个人挺不错的，可惜是个……"女孩皱眉头说到，在找形容词，最后干脆就跳过了："不过看紧她，她已经被很多人盯上了——你没发现现在这里喝醉酒的半数人都在看她吗？她太有魅力了。当心点昏君，也许在两分钟以后，他什么事都能干出来。"她说完随手吹吹指甲，又看向善若水，表情凝重起来，"可惜我对她没有好感，一点也没有，相信小男孩也不会有。她是个……就像毒品一样，嗯，很难说，反正我不喜欢待在她身边，她内在的东西让我很压抑，她，我很讨厌那些东西。"

听完她的话张向阳的心一下悬了起来，他看着远处一袭白衣的善若水，看着徐明浅对着她哈哈大笑，巫师竟然也笑得抖起肩来。他觉得有点眩晕，一下踌躇和迷茫起来，这两天和善若水在一起的时光猛然历历在目。

她是什么？男孩恐惧地想，又想起在旅店那个男人说的话……一直支持他在女孩身旁挺起胸膛的勇气，一下子就溃不成军了。

刚才那一刹，他想到了他的好友——完全理性、智者般的诺，又回忆起了自己自遇见善若水就自然产生的不合理的情感激荡。她清丽绝俗的外表，宽容恬淡的性格，更有千年以来遭受的刑法和疯狂——她切身经历过那些，却依旧如此人畜无害的样子。

他好像一下失去了对善若水的信任，恐惧起来。这一切如此不真实，她是什么？为什么是自己？希望这不是梦，他叹了口气，不然醒来……可真要痛哭一场了。

"嘿！你没事吧！你别告诉我你怕了，就因为我的几个比喻？哈哈！不要太谨慎！有的时候不理性才是正确的，而且你已经爱上她了吧？"

"我不知道，关你什么事？"

"你喜欢过几个人？"

男孩犹豫了一下："一个。"

"你在骗你自己，既然一心追求理性，为什么不对自己坦诚？"

"和她在一起，是我这三四年来最快乐的一段时光。可她明明什么都没做。"

"你挺可笑的。"

"的确，矫情、多愁善感、理想主义。"

"不，不是这些！你对自己的认知只有这些，那世界上百分之八十的人都可以被如此概括。你至于那么大费周章吗？你需要的只是一个拥抱！"紫发少女有点荒唐地说。

"什么意思？"

"很简单，快去保护她吧！不管未来怎样，此刻她需要你。也许她并不真的需要你，但你需要把你挡在她面前。你要做出承诺：要么干脆一刀两断，不要坐在女孩身边。谁都会腻的，而且没人会一直陪你游戏。"她明显有些厌倦这个话题，但张向阳还是没明白。

她咬了咬嘴唇，好像想到什么，突然向后退了一步，竟然像诺一样从头到脚变成一群渡鸦，那些渡鸦又在一秒之内迅速变成紫色的火焰在空中消散。张向阳惊奇地发现，那些渡鸦并不是纯黑的，它们背后有一层闪闪发光的亮晶晶的紫色羽毛。他记下了这个特征。

"不要问为什么，也不要去想，尤其是对你自己。还有，记住告诉茕，告诉他，当心右侧。"女孩的声音在男孩耳边低鸣。

"可你的名字……"张向阳低声喊，再没声音传来。

她的话，不该完全相信，或完全不该相信，只能在心里做个提醒——红瞳拥有者没有一个不是诡计多端的心理大师。虽然他不该盲目反思和检讨，可现在开始疑惑，自己是否给善若水造成了伤害，并破坏了他们之间的感情——扪心自问，这份感情对张向阳异常重要，但善若水是否像他一样重视？他带她去玩了很多地方，可她真的想那样吗？还是说，她真的……突然，一个疑惑划过张向阳脑海，他一下子怯了，由不得不多想，也明白，不该奢求什么。

有一点，这个姑娘说得没错，他什么都不该想，应该随心所欲，而且勇往直前。她需要救赎，而她救赎了他。

气氛有点诡异，张向阳还没有回到原来的位置，大厅里几乎所有人都已经把目光集中到他们那桌。虽然中校三人都和善若水说说笑笑，但也都早已警觉了起来，只有善若水像平常一样，背对着众人。

张向阳深呼吸，温和的他，渐渐使自己愤怒了起来，同时还不断压抑着怒气。他现在只在想，为什么善若水会说这里有他需要的。

一个身材矮小上身赤裸，有着一身链条一样的肌肉和满背青色文身的蓄须士兵突然站了起来。他明显喝醉了，步履踉跄地朝善若水走去。张向阳也意识到，巫师卡西迪也一直看着善若水，巫师帽深深地盖住了他的脸。与此同时，中校已经将长剑握在了手里，而徐明浅，眯着眼睛靠在桌子上，十分霸气地看着这个不速之客。

"请问你想干什么？"中校先发话了，声色俱厉。而那醉酒士兵根本没有理会他，伸出手来就去抓善若水的肩膀。善若水始终没有动一下。

张向阳见状，两步向前，直接抓住那士兵的手，巨大的力道将其直接折断，然后扭身一拳打到他脸上。伴着鲜血喷射和骨头碎裂的声音，那家伙扑通倒地，整个大厅瞬间炸了锅，也有半数人吓得不敢发声。

徐明浅吓了一跳，不知道张向阳竟然如此冲动。中校看中的是张向阳和身材完全不符的力量，只有练气到一定境界才能开始改变肌肉的密度，中校自愧弗如。

倒地的人看样子已经昏死过去，他的同伴们开始挑衅，国王也站了起来。

"你是谁？"国王愤怒地大声喝问，所有人都安静了。他们齐刷刷地看着男孩，张向阳没有马上回答。

他一点都不怕今天闯出来的祸事，他的终点绝不会在这里——没有笼子能关住火焰。但他没有后顾之忧，不代表不会连累点头之交，比如善若水。

还有，他在考虑要不要用真名，如果用，他的名字必会传到他父亲那里。龙不到时机成熟，绝不会公开他的特殊身份，当初让他去塔斯兰蒂也是这个用意。如果为联盟惹下坏名声，以后的路可要难走。他有了个想法。

"茕！"男孩大声道，声音一点也不比国王小，反而压过了他。这可就是顶撞君王了。

周围的人听到这个字，少数几个人恶意笑了起来，之后所有人都开始哄堂大笑。

"大胆！"几个赫卡姆的大臣齐声喊道。

"赐他死罪！"几个变革者喊道，应该是刚才那人的同伙。

男孩依旧没理会他们。我需要的东西？张向阳有点焦虑地想。他看了一眼善若水，而女孩转过身来像平常一样看着他。善若水的转身造成了极大的反响，不过也难怪，张向阳笑国王竟不知这么多年地牢里那个怪物就是善若水。

国王明显早对善若水产生了兴趣，他咳嗽了两声道："如果你把她给我，我可以饶你一命，我可以……让你平安离开。"

听了他的话，张向阳知道这个国家完蛋了。

"陛下不可。"男爵早来到这里，一直没找到张向阳，没想到会发生这种事。

张向阳看向男爵，敬佩他目睹眼前惨状，依然处变不惊，还敢在国王面前仗义执言。

"这里没你说话的份！你叫什么……艾斯……奇拉？"国王瞪了他一眼。

"艾斯特，陛下，我的名字很好记。"男爵自嘲地苦笑一下，不知道为什么国王宁可说"艾斯奇拉"，也不愿称他的名字。

"哈哈哈哈……"国王嘲讽地笑起来，"你凭什么劝我？男爵！"

"我们是在受变革军的庇护，这样的行为有损……"

"可你也看到了，是他打了他。"国王指指张向阳，又指指地上那家伙。

"可是，明明知道是……"艾斯特男爵苦口婆心道，却被一个赫卡姆的总督打断。

"地上的受害者明明什么都没干，可那个暴徒不分青红皂白殴打了他。"

"你！"

男爵涨红了脸，刚想说什么却又被坐在国王下首的一个侯爵打断："那就以军法处置。我相信龙大人定的军法才是最公平的。别说了，艾斯特，这又是你的朋友？军法处置他也难逃一死。啊！不对，你平常是以'理想'自称的是吧？我该叫你什么好呢？理想男爵？"他窃笑起来。

"你是哪支队伍的！"听了侯爵的话，不知谁叫喊道。

这时中校笑着起身解围。他高声道，笑容充满的自信和威胁："我是克里钠中校，直接受命于卢西奥少将，在是非面前，我得说实话。刚才是那新兵痞子恶意滋事！而且，在这战争时期，在绝对的实力差距面前，他很可能会判为无罪，只要我愿意！"

张向阳笑笑，他不需要谁为他做出牺牲，他知道这个国家几斤几两。他对怒气冲冲的国王说："谢谢理大人，还有克里钠阁下为我开脱，我只是不太懂，要没有二位的抬爱，我会有什么命运？"

倒不是张向阳微笑调侃的语气激怒了宫廷的大臣们，更大程度上，是因为他称呼艾斯特为"理大人"。实际上艾斯特挂着男爵的头衔，却在宫中没任何地位——因为家族历史和个人品质，甚至都不比伯爵的仆人有尊严。

"无论谁为你求情，你都必须是死罪。"国王吼道，"我还不信变革军会不给我这个面子。求情者同罪，比如艾斯特！而克……什么中校，你还要坚持为他说话吗？"

"又如何……"中校轻蔑地笑起来，却被另一个声音压住："那我呢？"说话的是巫师卡西迪。

"我也同罪吗？"卡西迪威胁道。

"你！卡西迪！你想造反吗？你真以为举国上下只有你一个人能操控东南方的天气？你认为我的国家离不开你吗？！新上任的巫师会会长！"

"据我所知，整个国家只有我一个中阶魔法宗师。"巫师轻笑起来。

"无法无天！明天这个时候，你们的头都会被挂在城墙上，包括你，卡西迪！来人把那个女人给我绑起来。还有，反对变革的那个暴徒，必须凌迟！就像对待巫女一样对待他！"

"不可理喻！"卡西迪高声道。已经有人照国王的话行动起来，中校一把抽出了怀中的长剑，拍在桌子上。徐明浅两步向前，站在张向阳右侧，瞪大眼睛，嘴唇愤怒得发颤。不知情者绝不会猜到，这些人是在同仇敌忾，反对一个国王。

国王当到这个份上，张向阳在心里笑话他，因为善若水，他早就对王室充满偏见。他低声威胁道："你说什么？巫女？"但因为场面混乱，话没传到国王耳朵里。

张向阳一拍桌子，桌上的几盏蜡烛瞬间冒出两丈高的金色火焰。没人懂得那意味着什么，除了卡西迪："百，百，百……百分之八十纯度的魔法火焰……随手……"

同样识货的，还有艾斯特。

"我们是佣兵，但不是任何人可以雇佣的，也不为任何人战斗。"张向阳霸气地申明。

"你是谁？我从没听过你！"看到纯金火焰，国王明显有些顾虑了。此刻，禁卫军已经赶到了大厅。

"茕！我说过，你们今天在座的各位，会因为嘲笑这个名字而后悔的。"男孩继续放狠话，其实是觉得自己该撤了，"卡西迪，开门，让中校阁下也体会一下传送的感觉。记住，越远越好！"他说罢，扔给男爵一个金戒指。变革者的戒指可以代表所属势力，包括立场，我给你你未必要戴，但这代表一种认可，也代表着客套。张向阳把艾斯特当成盟友了。

此时巫师认为，自己还没有必要放弃这个国家给他带来的个人利益。他在这里基本一个人说了算，但张向阳明显是一个不能违逆的人。若帮了，就是叛国，他陷入两难境地。

艾斯特当然明白巫师打着什么算盘。时间紧急，他打了个手势，一旁有几个变革者突然站起来，联手在短时间内释放了一个传送魔法。顷刻间，张向阳、善若水、克里钠、徐明浅和男爵，以及男爵的暗部，都被深红色魔法咒印包围。男爵料巫师有能力自保，没有带他，不然会把他共犯的罪名坐实。

中了魔法的几人变成几束光，在咒印的包裹下一起朝门外飞去。因为有规定御前不得使用魔法，所以禁卫军中没有法师胆敢施法干涉。

几个人落地之后，一睁眼就到了沙漠里。

男爵见了张向阳就行了兄弟间的挽手礼，两人的手臂紧紧挽在一起，张向阳注意到男爵已经戴上了他的"焱阳"戒指。

"这么多年从没有势力主动招揽过我，您在那种情况下还能顾及我，为我的安危考虑，愿意与我同甘共苦，实在是太令人感动了！"男爵咬着牙，流泪道。

"可我们还不是靠着您才出来的？"张向阳先是大笑，看男爵真情相待，也被感动了。

"他们还会追过来，他们也有巫师！"徐明浅看着黄沙漫天的大漠和远处的白色皇城喊道。

"如果不嫌弃，我愿意成为您这样正派和强大的人的朋友，以后天涯海角多个照应。我有一股隐藏的势力，从现在起我可就是'背叛'我的国家了。"男爵笑起来。旁边的克里钠也跟着笑起来："等出了这鬼地方，我可以在变革军里给你们个容身之处。"

"还是自己单干吧！别那么快上战场！中校您别不爱听，他该领着自己的队伍去打仗。"张向阳建议道，"而且今天是我的冒失，才导致大家的灾祸。"

"谁不是这么过来的？"徐明浅才十五六岁，看起来一点也不强壮，却一脸无谓地说道。

"您的魔法简直令人叹为观止。"男爵的一个魔法师对张向阳感叹道。

"先别说这个了，你们有没有办法脱身，进行一次更远的传送？再次近距离传送还是会被追查到。"

"有个地下室有传送门，但我们的魔力不足以带上所有人。"魔法师说，"您也许可以帮忙？"

"多远？"张向阳问。

"几百千米吧，在那头的城邦。"

"那还是不够……我可以不走，但请务必把她带上。"张向阳把善若水拉到男爵面前。谁知善若水坚持要一直跟着张向阳，无论众人如何劝说。

张向阳看她坚决，也明白她非同常人，决定把她留下。即使丢下张向阳善若水二人，能量还是不够。徐明浅便自动退出，说有保命手段。克里钠跟随艾斯特寻求庇护。大家商议先尽所能落点到城外十里左右，再步行到达传送门。

"以后我们一定会相见的。"张向阳向克里钠表明变革的决心，又唤了艾斯特一声"理大人！"然后贡献魔能，帮他们传送。

传送魔法启动后，艾斯特和克里钠说："可惜没能好好和张向阳多说上几句话。"中校哈哈大笑。

众人走了之后，张向阳问徐明浅打算怎么办。徐明浅说，分头行动吧！不要担心。他们便各自往不同的方向走。

张向阳倒是希望徐明浅能把追杀的人引开，只是至今他还不知道为什么善若水坚持让他去皇城，难道为的是见到那个认识诺的女人？

女孩一个字也没说。她的眼睛在沙漠中，像绿洲的湖泊一样清澈。

"到底什么才是我需要的？为什么坚持要我去那里？"

"我不知道，只有你自己知道。"

"只有我自己知道？"张向阳焦虑地思索，终究想不出是什么，"抉择吗？还是我不该那么冲动，打伤那个人？"

女孩没说话。

"我做错什么了吗？"张向阳再问她，明知她什么都不会说。男孩接着问："难道是让我自己选择自己的道路？是顺从国王，还是反对他？坚持我自己，却要牺牲你？"

"为什么你不把我交给他？你明知道我什么都不怕？"

"他会玷污你的！"男孩顿了一下，猛然意识到，"你是不是不懂……什么是……"

女孩懵懵懂懂地摇摇头。

张向阳朝天抱头，狠狠地骂了一句，突然问："是你想离开我吗？"

男孩刚说完，二人后方大约千米开外闪现了一个巨大的通天阵，是追兵。两人在沙砾上越走越快，但没有奔跑。

"不，这段时间和你在一起是我这辈子最开心的时光，"善若水猛然回头，用双手握住他的双手，"因为你，我的一生才有了意义。我虽然活了一千年，但之前的什么都不算，因为我既看不见，也听不见。"她有些失落，男孩却笑了。

"你也救赎了我！让我看见了很多我早已失去的东西。"

"你怕他们吗？"女孩问。

"为什么会怕？当然没有。"

"可为什么还是束手束脚的？"

"我怕伤害我的朋友。"男孩看向远处，几乎千军万马，还有因行军而起的漫天沙尘。

"我有点想小金了，幸亏没把它带来。不过你说如果他们看到我们有条宠物龙，会不会就不敢上前呀？"张向阳笑着问。善若水摇摇头。

"其实……我一直记得……"女孩有些难以启齿的样子。张向阳鼓励她说下去。他告诉她，对他没必要藏着掖着，无论任何事。

"我一直记得一段可怕的经历，也许在几百年前，"女孩像以往一样没什么感情波动，"他们找到了我……"

"谁们？"男孩问。

"三四个人，我不认识。"

"在哪？"

"我的……笼子。"女孩没有流泪，如果她哭了，男孩就都懂了。

"以前，有人对我好过，但因为我都受了冤。我的那件衣服……"女孩指的是原先那件破烂的白裙，此刻她攥着张向阳给她买的衣服说，"就是一个男孩悄悄给我的……之后还有个老人，我的狱卒，一个可怜人，也对我很好……可他们都死了。大约二十年前，一个男人，自称是赫卡姆的侯爵，亲自到地牢，红着眼睛说要帮我讨回公道，还跪在我面前为这个国家的所作所为道歉。他痛哭出来，双手抓着牢笼的铁栏杆，当看到我后，甚至尖叫呕吐起来，等他平息之后，他请求吻吻我的手，并再次保证他会补偿我，可是他再也没来过。我看他那样子也不好受，可是我流不出眼泪，我想流，有的时候嗓子酸酸的，就是哭不出来……"

男孩终于知道为什么她不肯丢弃之前的破衣服了，自责最终他还是替她丢掉了它。男孩愧疚地问："为什么你不和我说呢？我会尊重你的，如果是你的意愿。"

"那衣服被刀和箭弄烂了，还有些人——男人，撕碎了它。"女孩说，"那些记忆一直会出现，就像那个诅咒。每当我努力忘却，睡着之后，就会有声音提醒我那个可怕的诅咒——我能释放一个诅咒，代价是我的生命。"

这回张向阳知道她指的是什么了，可他无能为力。他也不会因此而嫌弃她，天使无论如何都是天使，对她而言，肉体更是无所谓的。她好像是一个不受肉体局限和玷污的纯粹的灵魂，而她的躯体恰恰是红尘中最完美的东西。

"我只是认为你应该随心所欲。"善若水说。

"我的随心所欲，就是想要带你离开这里，到一个没人能伤害你的地方，然后和你一直平平安安地在一起。"

"在一起？"女孩问。

"朋友。"张向阳说。

"可你和我在一起还能随心所欲吗？"

男孩一下愣住了，他不是个能为民族和国家牺牲一切的人，他有很多在乎的东西。他只想追求幸福，并尽可能让身边的人快乐。难道她是为了让自己在这上边做抉择吗？她反复说的摒弃一切，甚至包括她……因为她，张向阳甚至不能动用自己血脉的能力。他真想让这个国家变成地狱和火海，但他没有那个能力，也要顾忌善若水的安全。

"姑娘！谢谢你，也许如果我们不在绝路上，你是不会和我说这些的，这就是我此行的意义。"他笑着，试图用谎言安慰她，"所以，对你我而言，这是个很大的收获。从此刻起，有什么想法就对我大胆地说出来，好吗？"

"好！"善若水答应了他，他知道也许有些难为她了。

"你要先告诉我你有味觉吗？冰激凌是甜的吗？"男孩神采带有几分鼓励，还有一些同情和心碎——他早已知晓了答案。

女孩先是低头，突然抬起头来看着男孩，睫毛一闪一闪。她语气平和却稍带犹豫和为难："是。虽然我不会饥饿，但从不拒绝美食。"

张向阳看着她发呆了两秒，突然点点头："好了，我们走吧！离开这里，永远。"他递给她一把剑，加上一个安心的笑容。

"从现在起，和我一样，拿起剑，去……"他一下笑出了声，"战斗。"

女孩点点头，和当初男孩为她结法印洗去脸上污泥时一模一样，就像他第一次见到她，还小心地打量她时一模一样——笑容还是那样处变不惊，清风徐来。唯一不同的是，她点了点头。

"你就是，茕？"骑着狮鹫的将军手持指挥长剑，大声喝问。

张向阳看他们的阵型，估计对方至少出动了一万多人，空骑兵至少有两千，有一部分正在往男爵等人传送的落点追赶，不过他们不使用传送肯定是追不上了。

太阳依旧是冰冷的，也许和上界的魔法气旋有关。千军万马围着两个人，之间只有不到二百米的距离，这让张向阳觉得有些喜感。

"你们至于来这么多人吗？"男孩喊。他抓着善若水的手，果然女孩一点都不慌张。虽然完全没有章法，但她拿剑的样子美极了。

"你会为你触动王威而后悔！"那个狮鹫将军再次高声喊起来，随后成千上万人都高喊"吾王万岁！"。张向阳叹了口气，一屁股坐到沙丘上。善若水突然有点小腹黑，夸张地堵住了耳朵。

"你喜欢我哪一点？"善若水大声问。

"和你在一起不累。"男孩笑笑。

"你追求的只是不累？和恋人在一起不该是快快乐乐的吗？"女孩喊道，如同他们现在确立了什么特殊关系一样。

"你那所谓的'快乐'也很累呀！"张向阳叹了口气。

"你们的灵魂终将受到审判！就算下地狱也会不得安宁！现在，由我来拿下你的首级！"狮鹫将军高喊一声，两腿一夹，就俯冲下来。下一秒，他就被一支长长的火杵贯穿，连人带马一同坠落。

军队前面的人先是愣了，后面的人还没反应过来怎么回事。一个拿着盾和剑的士兵，看样子是个老兵，百夫长一样的人物，立功心切地冲向男孩，所有人又开始欢呼起来。张向阳隐约猜到，也许他们传统战法中，还有单挑一说。

看着像一头蛮牛一样挺盾冲过来的士兵，张向阳叹了口气，微微低头，也开始一步步向前走。伴着风沙，男孩的风衣肆意飘舞。空中有几头秃鹰和一群渡鸦翱翔。

士兵冲到男孩身边，持剑直刺他的腰部。张向阳先是闪身躲避，然后一拳打在敌人的盾牌上。伴随着火花，那家伙一下重心不稳。张向阳借力打力，抓住对方大盾的圆角就把他绊倒了，然后反手一个火杵，那人便栽到地上"走远了"。男孩可惜自己穿的是没有"渡魔"的风衣，袖口被烧化了，而且转身用力过猛，后摆甩得比较难看。

又有个只拿长剑的士兵出来挑战，但他连驭气都不会。且不说力量和抗击打能力，就是在敏捷程度上，不会驭气便连基本层面都达不到。不出意料，男孩欺身而上，佯攻，前跳，带气插掌，饶是对方有盔甲防御，还是被放倒了。

敌方再也不敢小瞧对手，又有个骑豹子的女精灵走出了军队，可惜没接近男孩就中了火杵。之后又出来个年轻魔法师，连印都没结完——看样子是水魔法，他肯定憋了好久并衡量了半天敌我力量——就被张向阳一个闪电球轰成了灰。

这支队伍中，没人敢上前送死了。赫卡姆的雇佣兵们没有一个能"驭气为兵"，也没人有强大的兵器。最厉害的也就是用瞬时的驭气，躲过男孩一拳并与他试探缠斗二十秒左右。当男孩祭出引龙匕，任何血肉之躯都会因匕首溢出的一小点魔法或轻轻一道刮痕而化为硫黄，他自然无招架的能力。

在佣兵眼中，对方一个二十来岁的年轻人，不仅近战水平一流，还是个技艺超群的魔法师。等双方僵持下来，军队也不管什么纪律了，下令放箭雨。伴着红光，男孩手里突然出现一本半臂长、手掌宽的红皮书。顷刻间，地上出现一个半径为三米的烈焰大阵，构成圆阵的纹路都燃着熊熊烈火，一朵巨大的红色莲花陡然绽放，将张向阳二人盖住，而触碰花瓣的弓箭都化为漂浮的赤水蒸发殆尽。

敌方法师也开始在地上画阵。只见男孩把书一横，那本书带着炽热的烈焰自行迅速翻页。到了某一页，忽然停下，书页上的法印和链接折射到空中，一道球状的花苞激射而出，砸到众法师们的聚集处，绽开为三朵稍大的红莲。下一秒，三道通天火柱伴着雷声，如闪电一样倾泻而下，直接炸毁了法师们和他们准备了五分之一的法阵。

第二波箭雨将至，那书本再次自行翻到之前那页，重复上一个法阵——这个法阵与第一次一模一样，却因为张向阳没有足够时间带着善若水到一个完美的释放位置，有一部分咒印和之前那个阵的重复了，好在依然不费吹灰之力抵挡了第二次箭雨。这时对面的法师才发现了精妙与可怕之处，瞬间吓得屁滚尿流。

魔法均由链接构成，链接又由魔能组成。不同元素对应不同元素的链接；同元素链接本身的结构和比例，又构成同元素魔法的差异；而多个不同元素链接的不同排布方法，最终构成了截然不同的魔法。

最基本的链接分为：

二道——基本单位构成，瞬时引导——作用：引导。

四道——基本单位构成，一到三秒引导——作用：引导、连接。

八道——基本单位构成，四到五秒引导——作用：触发、连接。

三十二道——以上链接构成，以上链接触发——作用：直接作用、多重触发。

一百二十八道——以上链接构成，以上链接触发——作用：承载、对应。

六百一十八道——同理——作用：承载。

……

能成为宗师导师，必然有过人之处，大多数魔法宗师导师会的，高阶魔法师也会。一个一百二十八道的阵，魔法宗师导师只要两个小时，高阶魔法师一上午也能完成。再大，也只是在于正确率的差异。

但是，魔法师水平高低的真正区别，在于自己的身体能适应多少魔法和多强的魔法。在地上准备谁都会，但通过一定材料，或是咒语，强大的魔法师可以直接用基本链接做导火线，瞬时描绘一个百道大阵，再进行启动吟唱。

　　想要做到这个，必须有过硬的天赋和后天知识，天赋主要体现在领悟能力和身体素质。通常，得到一卷百道以上的技能型魔法卷宗，天赋普通的魔法师要用十年甚至二十年时间去研究——研究中也会有其他收获——让自己身体与其产生适应性，创造出其对应的简单引导法阵。但有些魔法鬼才，或者精灵，领悟四百道以上的只要三个月，传说更有甚者只需要一瞬间——魔法师的差别就在这里，因为参悟一种魔法，就等于用身体去记忆，一辈子都忘不了。可你又能会几种呢？

　　这时就体现出法宝和道具的作用。张向阳手中的红皮书叫作《圣莲火法典》，被列为神器范畴。里面刻画了约五百多种莲花态的火之禁术，一万七千种火之禁忌的叙述和知识，二百多页未知作用的卷轴——包括消耗品和封印术，书本身又具有源源不断的禁莲火魔能。它同时具备别的魔法书都具备的两点：一、不需要拥有者去参悟那些禁术，而依靠禁书直接引导使用，哪怕是惯用不相干元素的法师；二、书本身具有源源不断的禁莲火魔能，在不懂阵法的情况下也可无限原地"秒刷"。而像那抵挡箭雨的火莲花，一个普通人想不靠书释放，必须先要吃透对应的法阵结构，还要拥有禁莲火魔能，外加一小时的绘制。

　　眼看箭雨无用，对面的军队发起了冲锋。张向阳给善若水释放了一个飞行咒，同时将书在空中转了一圈，自己也在烈火包围之下漂浮起来。书本平置空中，置于男孩胸前，那一页正中央有一个古代符文。符文开始在书页上活动飘舞，引导了一个更为复杂的法印。法印被触动后，空中出现一个虚拟的莲花锁，男孩念动咒语将锁打开，空中竟然又出现一本半透明的小书。小书用五分之一的篇幅记载了一个魔法，男孩正在引导。

　　下面的骑兵拿他们没办法，怕误伤友军又不能使用弓箭，而狮鹫骑兵也因为沙漠地形，怕因为振翅而造成扬沙损伤了自己人的眼睛而不能接近地面。敌方马上意识到这样正中对方下怀，便纷纷撤退。谁知下一秒，五六条金线穿梭于马和人的脚下。而金线蔓延过的地方，拳头大小的火莲不断在熔浆中绽放。一共一千八百零二朵，散播到方圆一里。

在敌将的指挥下，敌方法师几乎也同时开始传送，把三分之二的兵力传送到火莲覆盖的范围之外，剩下的那些，都被遍地开放的莲花炸得人仰马翻。

火莲爆炸威力的百分之八十五都在一平方米之内。这是这个禁术的特性，那些人和坐骑也都是下半身受到不可逆的伤害。如今大概有八百多人残疾，他们在禁火的燃烧下痛苦挣扎、呻吟，红莲禁火也能抵销大部分的治疗效果，包括对其他元素的克制效果。

敌人因为火咒，都退出男孩几百米之外，急得像热锅上的蚂蚁。对方的指挥官已经换了两次了，下达了暂时撤退、重新布阵的命令。

这时，这个咒的第二段出发了，方圆十里之内随即不断出现马匹大小的"莲花树"，落下炽热无比、能烧穿铠甲的花瓣。坐骑被烫伤，立刻不受控制起来，开始横冲直撞。男孩用一本书诠释了什么叫"一个魔法师能敌一支军队"。

其实，张向阳始终是对变革者的战争充满期待的，到了那时候，根本不会像现在这样小打小闹——会有七八种各有所长的种族、上百个门派、数以百万计挥手可劈山的士兵、成千上万比他更强的法师和巫师，出现在战场上。战场优势通常一边倒，一败涂地习以为常。

也许圣神森林、科技之源内部派系必然会出现内部的斗争，而东方的诸王会提前内战，重点在于这些都能让"焱阳"狠狠地捞上不止一笔——并非尽是财富，重点还有人才。这就是张向阳给艾斯特建议的出发点。

由于巫术的限制和龙睛的左右，张向阳不能使用自己的火之血脉。又因为帮助男爵等人传送，消耗了体内近五分之二的魔能，好在有《圣莲火法典》，目前没人能近得了张向阳的身。但他深知事情没那么简单，这个国家也有巫师会，时间一拖延，他们必会向邻国请求救兵。

张向阳目前没有想到什么撤退的权宜之计。任何传送都会被觉察，且自己能力有限，但不靠传送更是没有逃脱的可能。现在已经彻底脱不了干系，也收不了手——粗略地估计，对方已经折去十分之一的兵力。

不同的极其暴虐的火禁术一又一道被释放，几乎无懈可击，在赫卡姆的战争史上，这可以算得上一场灾难。

张向阳尝试用魔法链接向对方法师传递停战并且贿赂的信息——虽然他冒着日后在空中留下痕迹的风险，但对方显然不打算停手。看样子这群雇佣兵是很有"职业操守"的，只不过他们的职业操守只是服从命令，不论对错和不惜代价。

遥远的各个城邦之外，已经聚集了不少围观群众，很多大胆的正朝着这边走。他们目睹黑压压的军队和生生不息的璀璨红莲，高声叫嚷起来。

张向阳估计皇城也能看到这幅景象，而且估计在这个蜜月圣地，不少情侣在对着他的禁术接吻、宣誓，做出承诺。殊不知这是滚烫无情的送葬。

尽管凡此种种，包括下方和空中传来的悲鸣和哀号，张向阳却没有任何怜悯和愧疚，至多只是同情这个国家的愚昧——君王的愚昧、朝臣的愚昧、军队的愚昧、民众的愚昧。他因这些愚昧而愤怒，也因为这些愚昧带来的约束而懊恼。他还失望，宴会上并非理智正派的变革者，而是狂妄自大的乌合之众。尽管如此，他依然没下死手，只是希望可以逼退攻击者。这本书记载了一二十种类似"莲陨"之类的千符禁术，他使用的只是他控制得了的——很多禁术因为平常没有机会见识而充满不可控和未知性。

不知不觉又过了二十分钟，天空突然出现一张巨大的带着金面具的脸。张向阳暗道不好，可为时已晚。

这是经典到世人皆知的七百二十道整的电元素大阵，因为是上古精灵族所创，流传至今，便算得上禁术，名曰"神面唤雷"。天空没有任何乌云和雷元素的汇集，却能瞬间并持续性释放巨量雷击。令张向阳始料未及的，并不是赫卡姆的护国大阵是它，而是驱动他的人，是巫师卡西迪。

国王用利益使巫师屈服。巫师也考虑过道义和误伤自己人的问题，但最终可能他认为这没什么大不了的——仅是用一个现成的大阵，毫无风险地杀掉一个人，他便那样做了。并非只有他能驱动现成的法阵，而是国王想让他这个为张向阳说话的"朋友"亲手去办，以示嘲讽。

不巧，当金面具的鼻尖部位已然释放出三四道几成柱状的亮蓝色电束，四百米开外有两名魔法师和一名弓箭手正好合力射出一只风与光属性的箭矢，直至善若水面前。神面唤雷的主要目标是张向阳，他本化为烈焰躲过三束倾泻的闪电，并释放莲火为善若水抵挡余击和余波，却因这箭分神，被力场麻痹。

他想起从前那个夜晚，寒白雪无力的呐喊，学院的侦察队几乎全军覆没。他本可以完全规避伤害，却显出本体为他心爱的女孩挡了一箭。那一箭射穿了心脏，因为血脉超强的恢复能力，他把伤口移到了心脏旁边。本来巫术不足畏惧，却为了给在暴风雪中奄奄一息高烧不醒的雪精灵取暖，而助长了病势，让体内的巫术蔓延生根。

他的身体失控一般化为火焰，瞬移到女孩面前，为她挡下那一箭。箭穿过他的身体，通过左肺射入善若水的手臂。

他眼前闪过寒白雪扭头微笑的影像，感到无力而悲哀，痛苦又无奈。

窒息和麻痹渐渐袭来，他紧攥拳头，想要咆哮痛骂这个国家的人，却发不出声。

他的头发和瞳孔瞬间变成金色，眉毛嘴唇燃烧起来，随后，整个人都燃起了熊熊烈焰。他身上的衣服被烧没了，灰烬绕着周身旋转，火舌化为一条条章鱼般的触手，善若水被他护在身后。

恍惚中，他认为那是寒白雪。

那晚，一只火凤凰划过天际，照亮了塔斯兰蒂北极暴风雪中的夜空，却撞到了冰山上，然后在雪原上消失。他曾在暴风雪的夜晚，心脏中箭的情况下，不断散发着热量，背着腿上动脉伤口已经被冻住的寒白雪，跨过整个山脉，直到找到一个山洞，并在里面苦苦支撑了八个小时。

如今，又一只凤凰振翅长鸣，却没有飞起，而是停留在地面。所有的树木、溪流都灰飞烟灭。建筑，甚至沙漠中的沙粒，被分成阴阳两面，阳面蒸发，阴面融化。太阳在他面前也黯然失色。

远处的城堡，国王和朝臣都吓得屁滚尿流，卡西迪已被如此磅礴而纯净的火之魔能搞得疯疯癫癫。

善若水跪在张向阳身边，轻抚着男孩的脸，她很悲伤，却无法表露出来。

"我快要死了，我一生中……只爱过两个人，一个叫寒白雪，另一个叫……莫亚，把这个带给莫亚，让诺照顾好她……一辈子。"张向阳轻轻地笑了笑。

"不，我不会让你死。你要知道……你是第一个和我正常交谈的人，第一个朝我笑的人，第一个没有向我吐口水的人，第一个喂我点心吃的人。最重要的是，你是我第一个爱的人。"善若水的声音很轻，就如她那纤薄的身子一般。

"善，你能活下去，永远不会受到伤害。也许我爱上你了，但是我不……"张向阳眯着眼睛，阳光洒在他脸上，善若水甚至感觉不到他在呼吸。

"你知道吗？我是个被诅咒的傀儡，生来没有任何痛觉，不会生病，不会饥饿，无法被杀死，没有寿命和时间的概念。在黑暗潮湿、散发恶臭的地方关了数个世纪，我从没感到痛苦，因为我没有感情，生无可恋。

"我没有朋友，因为我可以用生命为代价去干我想干的任何歹毒的事，这也是他们囚禁我的原因。人们视我如瘟疫，可你不同，你让我明白了什么是生命，什么是人生，什么是追求！我很痛苦，真的，我想要被救赎，我想爱一个人和被一个人爱。我曾想过，也许，施下那个诅咒，我就解脱了。但遇见你之后，我明白了世界为什么需要我这样的变种人，我明白了为什么世界会让我苟延残喘……我想让你活下去。"她还在笑着，带着那种麻木的微笑。

张向阳从没见过她动过任何感情，最多也只是微微一笑，可如今，一滴眼泪从她的右眼慢慢地流出。只是一滴眼泪……流过她洁白、冰冷、紧绷的脸颊，她的情感没有任何波动，连睫毛都没颤一下。

"你懂我是什么意思吗？"女孩轻轻地问。

张向阳虚弱地摇摇头："我快要死了……"

"我能施下一个诅咒，只要以生命交换，可以做我想做的任何事。那个梦，日日夜夜提醒我可以做这件事……"

"如果是真的，如果你愿意的话，让这个世界不再有战火。"

"这是诅咒！你说过你也爱一个叫莫亚的姑娘，我怎么从来没听过这个名字？"

"我坚持不住了……"张向阳虚弱地笑笑。

"这才是你的秘密吗？"那泪珠还停留在她的脸颊上，张向阳能从里边看见自己的倒影，她说道，"不，你就是我的整个世界！我这样的人是不奢求被爱的，你是个真正善良的人。我已见证一个帝国在我面前毁灭，我不会再让我唯一爱的人在我面前死去。代替我完成你自己的梦想，坚强地走下去！"

"别！求你了！"

"你太善良了。"

"不！善……"张向阳用尽最后的力气大吼起来。

善若水面带微笑，她闭起双眼深深吸了一口气，仿佛感受着这个世界，或要把整个世界的味道嗅进心里。

"我诅咒，你永远不会死去，永远不再见到我。"

声音仿佛来自天外，隔着衣服，善若水的胸口出现了一个闪着金光的法印，纹路一圈一圈盘绕，如同蜗牛壳上的花纹，仿佛可以把人的灵魂拉入其中。时间静止了，张向阳虚弱地从地上爬起来，他的伤已痊愈，善若水消失了。

男孩默默捡起地上那朵他曾经亲手戴在善若水头上的花，拭去上边的尘土，温柔地烧掉了它。

第二章

火狐、剑皇、魔法宗师导师、术者、十字会成员、阴谋家、刺客、卧底、四分之三精灵。

"我左手持剑，因为我的右手有更重要的事要做。"

通天帝国首都，通天塔，
暗纪元4342年3月13日

黑暗将这里笼罩，整个宇宙唯一从未被太阳照耀过的地方，一座通天巨塔直插云霄。黑色海水咆哮，汪洋之上，一个个漩涡交错，它们企图撕裂任何东西，又不断冲击彼此。狂风夹杂着雷霆和暴雨，在一望无垠的海平面上，也许苍穹中一道道转瞬即逝的白色火线是仅有的光源。这里，永恒存在的只有一座黑塔——那座建筑，张牙舞爪，停留海面，是伟大的半神"锻造者"最后的遗作，而下边的海，是他的坟墓。

此塔名为"通天"，位于通天帝国的首都。能步入此地者皆为朝廷官员，或声名卓著的魔法师。塔有一万八千层，办公室的位置随着职位的提升而升高。全世界只有少数人才见过这塔的真面目，未见的人，多半只听过夸张的描述。尽管如此，那夸张还是有低估的成分，换做谁，大概也不信有一万八千层的楼矗立在咆哮的海水之中吧？包括在这里办公的人，没有人知道那超过半数的、永远封闭的楼层用来干什么。

塔中游。一间黑暗的办公室里，一个二十来岁的英俊小伙坐在一盏小灯前，用羽毛笔轻轻地在羊皮纸上写下一段文字，字迹工整。他周身围绕着大量文件，它们成批堆放，每一摞几乎有一米多高，留给他的只有脸盆大的落脚处，这也使烛台的光亮无法延伸到办公室其他角落。

男子轻轻提笔，长舒一口气，随后扭身，用力拨开椅子后的一批卷宗。霎时间，灰尘飞得到处都是，它们争先恐后、一拥而上，围着微弱的火光翩翩起舞。他干脆起身，推开凳子，旁边三摞文件轰然倒下。他剧烈地咳嗽起来。

"该死。"他皱眉道。

突然，办公室的门发出嘎吱的响声，它已经很久没有动过了。男子抬起头来，看到外边雷霆的火舌在天际蔓延，大量雨水从外面涌入，弄湿了门旁的书架。书架最上面的两本书哗啦掉了下来，里面夹着的纸飞得到处都是。在闪电的帮助下，整间屋子终于被照亮，虽然只有短短一瞬。

一个身着黑色雨衣的中年人走了进来。

"唉！竟然连个落脚的地方都没有，书记官先生，您太用功了。"他操着一口端正好听的南方口音，一步步跨过满地的书籍和卷轴，却丝毫没有意图去收拾他之前碰掉的书。主人并没有搭话，只是将烛台摆到桌面一摞较高的文件顶端，好让这不速之客看清路，然后继续俯身，试图拨开身后成山的卷轴。

"唉，你在这里多久了？总督大人尽叫我来处理这些破事。不过恭喜您，您要'升迁'了，终于可以离开这破地方了。"这人终于踱到雨溅不到的位置，然后慢条斯理地摘掉帽子，甩了甩褐色的头发，开始解胸前令人恼火的斗篷的扣子。"依我看，您得搬一阵子家了，东西太多，又乱又脏。这房子的味道可真不怎么样。"

"呵呵。"主人苦笑道。他终于找到了自己要找的——角落处，一个约莫六拃长、两拃宽的木箱子。他一把将其抽出，整堆卷宗轰然倒下，滚了一地，埋住了他的双腿。

"哎呀，呀！"中年人用三根指头把刚才滚到自己脚边的一宗卷轴夹起来，象征性地拍了拍表面的牛皮，当发现自己离书架太远后，又顺势放到自己脚边。他叹了口气，看着男子把箱子放到墨迹未干的羊皮纸旁边，问："这写的什么？"

"纹章，画的纹章。"男子把箱子打开，从里面取出一件蓝白色调的衣服开始鼓捣起来。由于灯光太暗，中年人不能看清那是什么服饰，雨水吧嗒吧嗒从他精致的斗篷上滴落。

"您叫什么名字？"

"上面让你来找我，却没告你我的名字？"男子笑了。

"认得门牌号不就好了？"

"上面让我去哪？"

"夕申，一个享福的地方，很美好。"

"西什么？那是哪儿？"

"不知道，在北方。"

"宣战处？"

"差不多，我也不清楚。"中年人撇撇嘴。

"你们是想绞死我吧。"

"怎么会？能坐在这个位置的人……"

"通常很容易被整死。"男子笑道，打断他。

中年人没搭茬，并不为这个笑话埋单。他拿起地上某个沾着灰尘的卷轴，想看看是什么，却因为没有光线而一无所获。

"你在这儿几年了，看着您还很年轻嘛！"

"二十七年了。"

"什么？"

"看来你什么都不知道——上面都和你说了些什么？那个总督。"

"没什么，我也莫名其妙，我……"中年人的声音戛然而止，"等等！阁下！您！您是魔法师？！"他看见男子眼睛迸发出的蓝光和周身旋转的光韵，差点坐到地上。"您是在读我的心？还是……"他问道。

此刻，男子眼中的蓝光消失了："你还懂魔法？"

"您见笑了，我读过很多关于魔法的书籍。您刚才那种光，太美了！"

"抱歉，我的确用了读心术。"男子略带愧疚地说。

"读心术吗？果然是！可，可您为什么不用念咒语？"

"嗯……"他微微一笑，"不用。"

"怪不得……阁下，您在做什么？"

"不是说让我去西省吗？总得穿件体面的衣服吧？说实在的，您对魔法的认知让我开始喜欢你了。"

"夕申，不是西省。实际上，我对魔法的了解只是九牛一毛，当然，当然！我想说，怎么可能是去送死呢？您读过我的心了，我就只知道这么多。"中年人结结巴巴地说，有点尴尬，又带着些许讨好的意味。

"那种读心，你怎么能感觉出来？"

"您在问我问题，之后又出现魔法灵光，所以……"他笑道，牙齿在黑幕中显得异常洁白，"我就猜出来了，嗯……您不打算问问我的名字吗？"

男子已经整理好衣服，开始扣扣子，等到他系好腰带，中年人才明白对方根本没打算回答。

电光仍然在闪，他惊奇地发现，这位魔法师大人并没穿法师长袍，或变成印象里的术士形象，而是穿了类似皇家剑士样式的衣服。唯一不同的是背后的礼带，没有家族或纹章的标记，取而代之的是三股用金属一节一节缝起来的礼带模子。随后，男子又从木盒里抽出一把长剑，剑长三尺半，银光闪闪。他居然听到，从门口溜进来的风碰到剑刃时发出的震颤声。

"你叫什么？嗯……朋友。"男子问道。

"雅阁西，好吧，确实有点幼稚或……怪异，但我很喜欢呢！"

男子像牛仔那样慢悠悠地走向他，等到两人几乎面对面，雅阁西的气息急促起来。这里太暗，看不到对方的眼睛，一切都显得阴森可怖，甚至诡异。

男子喃喃自语："没想到真有人来接我，本来打算逃掉呢。"

"什么？大人？"

"没事，看着我。"男子眼睛突然亮起来，瞳孔的边缘和中心迸发出橙黄色的光，而别的部分开始变蓝，越来越亮。正当雅阁西被这炫彩迷惑时，男子一把抓住他的头，他感觉自己要陷入对方的眼睛里了，橙黄光环不断变大，变近，然后……

"你还好吗？"男子发声了，雅阁西突然回过神来，人家就站在自己的面前，什么都没做。

"记住自己的站位。"

"什么？"

男子没有再理雅阁西，而是径直向大门走去。天际的闪电依然一条接着一条，烛台被风吹灭了。电光下，男子闪烁的影子一直拖到墙壁上。雅阁西发现，映在墙壁上的影子就像一只浑身冒火的狐狸，不由吓了一跳。

男子缓慢朝门外走去，铁剑寒光闪闪。

"全世界的剑士礼带都有严格的限制，用什么材料、花纹、图章、宽度与等级地位、家族或自身荣耀息息相关，但唯一不变的是——它的长度。

"我这条靠近脖子的，是用银丝和纯钢制成，上边还缝着金线虎纹，是我第一次参加全国剑术大赛，季军，在二十八位帝王的注视之下被授予的。中间这条，绛红色，材料阻魔铜和暗金，上有金龙，帝王的纹饰，代表着天子之剑，那年我十八岁，世界剑术大赛冠军。最外边这条蓝色的，材料阻魔银、神石、钻石、黄金、铂金，用魔线缝合，上纹两只蓝凤凰。没错！两只！以呈天命和无上荣耀，你应该明白在不久的从前，当世人还未曾听过烈魔德的名字时，蓝凤凰代表什么吧？当时我已经二十二岁了，第二次获得世界剑术大赛冠军。

"那年，世界剑坛通过和长老会进行长期的讨论和协商，决定把这条独一无二的礼带做长三寸，你明白这意味着什么吧？"

"阁……阁下！我喜欢读历史，看的也很多，我说您为什么会在这里！我已经相信了，那条长长的蓝剑士礼带可骗不了人！"

"我左手持剑，从来如此。"男子挺直身子，向着门口，向着浑黑狂躁的天际，同时举起长剑行了一个端正的骑士礼，就像锻造者用黑曜石修建的那十三米高的大剑客雕塑一样屹立不倒。奇怪的是，他身上那层铠甲上的金属没有因震动而叮当作响。

"他们想封我为'剑皇'，我拒绝了，我受不起那名头。我这辈子没遇过好剑，没有适合我的。"

"您……多大年龄了……"雅阁西颤抖着，不只是手脚，整个身子都激动得发颤。

"普通魔法师可以活到百年以上，好的魔法师可以活到千年。二分之一精灵一百五十到二百，上古血脉八百到一千。我是魔法师，又是四分之三精灵，你说呢？"

"您，为什么会在这里呆这么久？"

"初衷吧，还有承诺和约定，包括，忠心！"

"对通天帝王的忠心！多么伟大！"雅阁西挺直腰板高喊。不得不说，他的声音很适合做宣誓人或演讲者，只是凸出的肚子为他此时的动作带上了喜感。

"其实是为了家人，想为我做事吗，我的兄弟？"

"当然！这是我毕生的荣幸！骑士值得每一个人敬佩，何况是你这么伟大的人！"雅阁西先愣了一秒，然后都没来得及清清嗓子就急忙喊道，结果破了音。他现在好像喝了坛烈酒，上头了。

大雨滂沱，雷声依然轰响着，没有人能听到男子的叹息声。

"兄弟，我……"男子说话的声音没有传到雅阁西耳朵里。

"您再往前走就出去了！"雅阁西喊道，声音也被暴雨雷鸣声吞噬，他不由自主往前走，为的是和这个神秘而传奇的人保持说话距离，险些被一摞书绊倒。

男子跨过大门，雨水顺着他的肩甲滑下。他走到走廊的石像旁，两步跨过围栏，然后一只手轻轻托住用整块黑曜石雕刻的怪物的左腿，水哗哗从上边流下，汇在他的指间。

"您要做什么？"雅阁西高喊道。他来不及戴遮挡头部的雨具，身上也穿得马虎。

他眯着眼仰头看着石像旁的男子，断断续续的电光只能映出那人和高大石像的影子。瓢泼大雨倾倒在脸上，淹没了他的声音。

"自二十六年前通天帝国革灭十字会开始，他就再不是人们所希望的那样了！"男子高喊道，然后把剑别在腰间，因为没有剑鞘，雨水汇成不小的一股水流，顺刀刃滑下。

"十字会！不是叛党吗？！"巨大的雷鸣，雅阁西牙齿冻得发抖。

"你们早该料到有这天！"男子愤怒地大喊。

"阁下！小心！这里有三万多米高！"

"给你个忠告！好好考虑一下自己的站位！"

"我……"

他刚想问对方反复强调的"站位"指什么，但下一刻就愣住了。他的前方，周围的空气好像被点燃了，空间扭曲了一般，不断从裂缝中迸发出蓝色的光。男子身旁环绕着魔法符号，它们构成条状链接，一个个蓝环彼此相连。其间，一道道刀口一样的裂缝无规律地出现又消失，空中仿佛有某种介质，像烧红的铝箔纸一样，一层层地渲染，侵蚀。所有魔法与法印围绕着男子呈环状旋转，他的右手仿佛握着雷霆或流光，呈三股流线，为法阵提供能量。他的眼睛变得幽蓝透亮，迸出神秘莫测的光。

然后，他跳了下去，纵身一跃。雅阁西高声尖叫。

男子融入暴雨尖利的呐喊之中，身子像摆锤似地下坠，肩甲上三道飘带好像凤凰的尾巴。他的护身咒已经完成，现在转念另一道更复杂的咒语。这里是时空的交汇点，暴戾的空间纵横交错，即使像刚才那个强大的护身法阵也支不了多久。在这样的速度下，每根石柱都是致命的，更要命的是，他什么都看不见。雷霆加上暴雨的咆哮让他失去了听觉。

雨点割伤了他的脸颊，魔法圆盾已经岌岌可危，唯一能做的只有快速完成魔法链接。为了不增大魔盾的负担，他让身体竖直，呈流线状，加速下坠。等到魔盾处于裂解的边缘，他一转身抛出一包香囊，里面的东西四散而出，伴着他在空中舞动。

香囊的材质由晶石粉末、牛角碎块以及一大堆魔法药材组成，转瞬间变成六七道不同颜色的光。他用另一只手催动链接，所有色彩不约而同地聚到他身上各处。白色的组成翅膀，绿色的附着在眼睛上，红色的变为照明的火团……

不幸的是，他幻化的翅膀顷刻间就撞到了黑曜石柱，化为粉尘，也引发一系列魔法效应——蓝光化为符文，在整个塔中激荡传递。大雨倾泻而下，而他周身就像被点燃，黑塔的材料与魔法产生的如此强烈的共鸣是他始料未及的，所有的东西一览无余。

魔法的光束从塔的中段向上下两端蔓延，速度几乎与他此时的下落速度一致。此刻，整个海域被照亮了，旋涡和龙卷风清晰可见。

一切更加阴森可怖，倾盆的暴雨，在光影交错下化为厉鬼。借着强光，他依然看不到下面有什么，下面仿佛没有尽头，这使他恐惧得发抖。

就这样，在绚丽而耀眼的光束之下，一个巨大的法阵延展开来，几乎截断空间，比之前那个要复杂数倍。这个法阵也是以蓝色为主色调，就像复杂齿轮一样重叠覆盖，快慢不一、方向不一地旋转。如果有人在远处，在怒浪滔天的黑水中站立，就会发现世界尽头，黑塔的方向，有那么一个光点。在耀眼的蓝光闪耀之后，一切光芒都消失了，取而代之的是无尽的黑暗。

通天帝国是一个传奇的残暴帝国，它用了近两年的时间崛起，六年之内称霸全宇宙。他们之前是光明之军与正义之师，通天联盟打着结束诸国混战的旗号，在那个黑暗年代几乎无人不知、无人不晓，是所有人的希望和向往。可大局既定之后，他们撕下了面具，露出了本来的丑恶嘴脸，各种屠城、暗杀、抢劫、强奸、暴力攻击等暴行，在他们统治的三十年里层出不穷。这个庞大帝国几乎在深渊大陆与宇宙中拥有四分之一的势力，他们的称霸是军事界的神话，他们以破竹之势结束了诸国混战，之后却辜负了人民，干出的兽行比战争的残酷更令人发指。烈魔德·龙，是通天帝国的光环，龙在第四次宇宙大战中所向披靡，连圣神森林都因为龙退让了不止一步，他为那个臭名昭著的混蛋暴政国家打下了半壁江山，在最后的"屠龙之争"里以一己之力挽回大局，定为战神。可如今，身为丞相的他已经看不下去通天帝国的暴政，他放弃了所有权力自愿为人民迈出第一步。我相信，通天帝国的暴行违背了他的初衷。他此时为变革军之首，即将结束这个残暴帝国的统治，我们应该支持他，把他立为新主，为了不再有暴政和屠杀！我们要万众一心，让不公平和残暴统治彻底滚蛋！

——著名政治理论家及和平大使莫恩演讲词《我们应把自己应得的攥在手里》（节选）。

他于此次演讲后的第二天惨死在家中，刺客不详；莫恩的遇刺直接引发了通天帝国北部局部暴动，拉开变革军进攻的序幕。

是恐惧的，是黑暗的，是需要得到审判的。我觉得有人在背叛我，从背后挖走了我的心。黑暗将我吞没，咒骂我。突然我想到我并不恐惧，我对未来充满希望，那是光明的。我想我将会变得伟大，我想我将会有许多朋友，我想走上光明。我将再也不会分神，我会完成我应该做的。坚守我的本分，没有任何人能干扰我，我自己再也不会打扰我自己。我不会痛苦，不会有牵挂，我将变得麻木孤独，但我有一颗纯洁善良、有情有义、热爱生活、美好、智慧、年轻的心。

——在艾莫蕾娜高级官员府邸发现的文字。作者不详

艾莫蕾娜女神之手（1）
暗纪元 4342 年 3 月 26 日

这个女人进来的时候，带着一种独有的强大气场，从头到脚。有那么一瞬，他的目光栽在那如烈火般抽象的红发中，几乎不可自拔了。

他年近四十，有过两个老婆，现任还带着两个孩子。像他这样的人种，平均年龄都会在八十左右，比起很多人的寿命，算是长的，比起很多别的种族，寿命又算是短的。他自认为自己勉强能活到七十就了不起了。

他早就意识到，自三十岁从精神和肉体上彻底告别灯红酒绿，再没有一个女人比现在这个更打动他。心中速燃的热烈火焰，让他衰老多年的脾胃有了活力，更让他昏黄死寂的双眼有了难能可贵的生气。他开始很有自知之明地盘算，能和这不可多得、失不再来的盛夏玫瑰熟到什么地步？同时理性客观地思考，这个超凡脱俗的圣女，到底比自己平常见的那些养尊处优的贵妇优越在哪里？

各方面！他激动得舔舔嘴唇。

对于女人，他尽可能挑些大路边的情报，用真诚的语气自由发挥，在不出格的情况下保质保量，而且他明确知道自己纯属自愿。他清楚自己半官带私、亲和幽默的聊天风格充满极端欺骗性，字里行间不冒任何风险也能牵着对方走，至少能起到引导作用——可能正因为他是同僚中废话说的最好的一个，才能坐稳现在的位置。

但她要的不是这些，她最终会失去耐心。这是他的想法，他早就知道对方此次目的就是为了听到永远不会从他嘴里说出的信息。唉！无事不登三宝殿！他想，我可不是为了女人去玩命的人。随即他幻想，对面这个绝世美人为了想要的情报，对他展开色诱的具体内容。别傻了！省省吧！他告诉自己，然后又一次抛远话题，再重新往回绕。

这个女人，不简单！要么是真傻，要么就是心有城府。前者不可能有这做派和气度，如果是装的，那就更了不起了！如果是后者，他不敢多想，因为这种事，只有想不到，没有不可能。这年头，这世道，这时代，他践行五年前那句话：东方真有比千里马跑得快的铁皮人，再往北走，也真的存在混沌。所以，有啥不可能？

多想和她一直待着。虽然这样，他们在一起的欢乐时光就所剩不多了，但至少不会因一时激动迷了心窍，漏嘴丢了性命，或丢了这份足以使他在此地为所欲为的职位。他又一次扯到别的上面去了，这次直接从

"东方宝藏"跳到了"金融走向"。

时间长了，他发现女人偶尔会有一些微乎其微的心理活动，当谈到一些话题的时候——这些话题没有什么内在联系，女人一定有什么心事而时不时地出神。当然，这年头没心事的是白痴，但她明显在纠结某些迫在眉睫的事情，而那事情又刚好浮于物质表面。这加重了他的疑心，也叫他心里有了些底气。

她出神的样子，简直叫人神魂颠倒，也可能是因为市长先生从来没见过——不管是出于好奇，还是新鲜感，她红色的眼睛总叫人惊异，好像有扭曲空间的能力。他有好几次，就那么"呼"地晕了一下，好像目光都不会聚焦了——无论如何他根本不能与她对视，更不能正面见她笑。她纤薄的唇，规整精致。牙齿，白得不太真实——平素，他见的是农民或商人的老黄烂牙，就连那些贵妇人，也只能把白发挥到极致——简直能让人陷进去。

不得不承认这水晶一样的红瞳是极对他胃口的。他见过精灵，各样的都有——蓝眼睛、紫眼睛、绿眼睛、金眼睛……金发、绿发、灰发、红发——女人也是红发，她的眼睛、嘴唇、头发、衣着都一个色调，却自成一种整体散发出的美，热烈、专注、细腻、高雅、动人、妖媚、危险、魅惑。这红瞳他只见过一次，绝对是上天赐予她的礼物。她穿什么都好看，她的身材正如所有精灵，无法也无须被称赞。

市长设想，假如她跟了农夫，只穿破烂的素衣，那也有一种迷人的诱惑力；假如她是公主，身着精美华丽的裙摆，穿金戴银——他至今不解女人为什么没有带任何首饰——简直像天女下凡，她一定会是全国的宠儿；假如她是自己的女人，她会，躺在自己床边……

他咽咽口水，然后深呼吸。

她微微颔首，叫人头皮发麻。每一个转头，突然绽放的笑容，赞成和附和，眼里都仿佛含着露水。她就是这样的人，他不禁开始思考为什么老天让他白活了这四十年，又突然让她飞进自己的办公室，把这个注定高攀不起——无论她是否卑贱，都不敢动这个念头——的梦中人摆在自己面前，还能和自己说话。

我何德何能能和她坐在同一盏灯光下，还掌握着话语权？

他们说了很多很多，五花八门，话题不断，兴致不减。他为了取悦她，总开玩笑，到最后自己也放下戒心，吹起了牛皮，说了些"内幕消息"。他们还聊到他的收入，或是说他这种官员"明"的薪酬，他说了"实话"。上天作证，如果算上"外快"，那就九牛一毛了。总之，他们很开心，人一旦快乐起来，尤其是脑子沉浸在兴奋中时就会变慢。他七嘴八舌一番之后，女人骗他说，自己是上边派来的，差点把他弄背过气去。好在自己机智，她也够善良，他找到了她逻辑的不合理性，她也有意卖他个破绽。

这次玩笑之后，他沦陷了。没错，他爱上她了，他觉得自己离不开她了——从第一次相见，就有这种想法，只是此时再也按捺不住了。如果她离开，再也见不到了，将是怎样的？他会为她做多少个梦呢？

之后的半小时里，他们说了很多变革军的事情，包括自己身后那座大城的状况，和那里位高权重的大官。他可能吃了迷药，但还守着底线，最后，当女人抛出一小包金币（一个金币为二百个银币，或四千个铜币。一个铜币的购买力约等于两个馒头），整整十个！他说了自己知道的全部，百分之四十真实。

血刃玫瑰、莫亚、血白莲

"我踏铁骑，从荒蛮而来，血染荆棘玫瑰。"

艾莫蕾娜女神之手（2）

　　这里和别处任何一个角落不同。人们生活还算安定，尽管不安藏在每个人心中，但都还是刻意扩着自己的肩膀，装作无事的样子，做着所有难得的维持生计的工作。这里还是一个贸易中心，人流量大，富人多，背后守着艾莫蕾娜，并没有战乱和动荡干扰的痕迹。

　　艾莫蕾娜是五条可以通往通天帝国要塞的路之一，被称为通天帝国五指中的一指，是一个军事重地，其名字是选用上古语中一位女神的名字 Aimoleina。她三面被深渊包围，背后一座长桥直通通天帝国核心——通天宫。因为地形缘故，商路无法通行，所以商人们只好在她正前方的一个小城市驻足，交易，将粮食、军事用品、日用品等卸下，先运往艾莫蕾娜，再运往通天帝国。这个小城市开始变得繁华，久而久之有了"女神之手"的称谓，而艾莫蕾娜就变成了纯粹的防守堡垒。

她一路走来，独自一人，至少曾见到上百人的尸体被挂在绞架上任野鸦啄食，数以万计的人饿死路边。如今通天帝国北境还算太平，往东走或往南走就会出现大范围的暴动，这些并不是变革军的手笔。这种暴行是趁火打劫的强盗和事先失去理智的暴民干的，也有一部分是变革的狂热追随者擅自策划引起的暴动。随着时间推移，变革军和帝国即将交战，这种性质的暴动也越来越频繁。形势就是如此严峻，她两次目睹一大伙劫匪明目张胆地抢劫、杀人，甚至当她睡下时，距旅店五千米开外的一个小城邦正在被屠城。她路过那里，看到城门之上老城主浑身赤裸，与只当了一晚上第二天就面目全非的新城主，被挂在同一根柱子上，不禁倒吸一口凉气。当然，这无法阻止她的步伐，对她没有造成任何影响，无论生理还是心理，只是让她"长个见识"而已。

有趣的是，来到这座城之后，女人竟还意外地有点不适应——这乱世之中，人们依然能保持着固有的生活状态，除了外邦人，竟然没有一个流离失所的。可能很多想来这里的人死在路上，或者还有一部分人躲在被窝里不敢出来。不能否认，这里可能是全国境内唯一一个只拥有惶恐的地方。话说回来，这里毕竟是通天帝国内环的核心地带，紧靠首都通天宫，暴政和暴行不可能没有。在女人来的时候有三具尸体被吊在路边，看样子是两天之前的事了。

两男一女，均已腐烂，但并非面目全非。在尸体正下方有一块木牌，木牌刻着通用语和精灵语的"变革者"三字。看着这个被诅咒的称号，女人挑起嘴角，用腰间的匕首以迅雷之势将其一刀两断。做完这些她默念超度的咒语，随后贴着右胸轻轻握拳致敬，默默踏进了这方土地。

这个城市很繁华，异常拥挤，到处充斥着喧闹和肮脏。人们呼出的二氧化碳简直让她喘不过气来，有洁癖的人在人群中过不了两分钟就会崩溃；随处找一个小胡同，运气好的话就可以找到蹲在地上拉屎的赤脚大汉；到处是垃圾和果皮，每一个无良小贩都在吆喝吹嘘，唱着自己编的粗俗而又洗脑的张罗生意的歌曲；漂亮的姑娘走在街上，一定会碰见向她吹口哨的小混混，或亮出两排大黄牙的痴汉——这种事，就像看见人们在公共场合吐痰一样屡见不鲜。

这个城市就像一坨屎！是女神手上捧的屎！而且，市长加上贪污一年至少能赚九个金币！我迟早偷穷了他！

她走在路上，表情严肃，虽默默无闻却又根本无法被忽略。她只是带着一张女人的面具，沿路的行人都在让路，无论衣着好坏无不对她投以敬意。归根结底，是因为她穿的衣服太过庄重耀眼——有点像贵族女人的衣服，只是不那么华丽罢了，又恰好多出点"别的东西"。

红色的皮质风衣，黑色的紧身皮裤，黑色长靴加上衣服上的金色饰品，更像是一个女特工。反正是战争年代，在这个战士、法师、佣兵、刺客、骑士、卧底、贵族横行的时代，这身打扮也没什么。

她有一头鲜红亮丽的头发，剪到肩部以下的位置，和衣着很配。最引人注目的，是她那双机敏、饱含魅力的兔眼，和头发一样是鲜血的颜色，所以她还像是个有精灵血统的女郎。无法判断年龄的她，今年将要迎来生命中的第十九个初夏。

此刻正值下午，也许过四五个小时天才黑。马上要入夏了，天气却既潮湿又阴冷，所有人都不敢脱去身上那可怜的衣服，因为空气中直到现在似乎还残留着晚冬的气息。路上，行人纷纷，都在想着手头之事。在这个"宇宙的中心"四季变化捉摸不定，谷草（深渊大陆通天帝国西境之内特有的农作物）过两天就要成熟了，会被做成衣服、鞋子、饲料、绳子送出去，所以商人、农民依靠表情和交谈时的话语，总能把这个正处于可悲季节的城市搞得紧张兮兮。女孩依然思索着自己的心事，双手插在口袋里埋头前行。

有一点可以确定，女孩叹口气：这个城市没人认识我或那只徽章上的火鸟，果然我们并不出名。这是好事，更让我坚信此行的正确和意义。所以，我该用真名还是化名？想到这里她马上想起了诺常说的一句话：谨慎、冷静、冷漠，是一个刺客的最低标准。名声不是自己传出来的，如果选择高调，必然会给之后的行动带来困扰。一个活在阴影中的刺客如何出名？让一千个大人物安静地从世界除名，足矣！到时候，你听听每个旅店、每个酒馆里，人们眉头紧锁，怯声谈论的话题，独自回味你自己纵横世界的暗影之中取得的成就。

　　可恶！她轻微地甩一下头，厌恶感涌上心头，恨不得粉碎了这回荡在她脑海里半年的贤者之声。

　　我本来就是想让世界知道我，干完这一票，我的名字将在整个通天帝国打响！而焱阳也会名声大噪，让全世界知道这只华丽的火鸟到底有多大潜力！焱阳第四员猛将——莫亚！一个人！单枪匹马！暗杀艾莫蕾娜最高执政官的丰功伟绩，会传遍整个变革界！所有人，那群老伙计，一定会对我刮目相看！他们所有人都会震惊到合不拢嘴。

　　她颤抖着深呼吸，嘴角不自觉挑了起来。哥哥会露出亲切的微笑，沙大哥也一定会为我感到骄傲——不苟言笑的他也会咧开那可怕的嘴。而我，一定会让诺明白，我有多强！再不是只会丢刀子的女孩！我会让他有前所未有的成就感，因为他教出了我。而对于哥哥，我不再是累赘，也不需要照顾！我可以自己的方式报答他，我可以证明自己有能力为他做事！现在哥哥去战争前线见他父亲，沙回老家执行任务，诺一个人掌管联盟，不知此时会不会担心我？

　　一定会吧。

　　向来沉着的她，承认自己现在有点兴奋了。这是一种不该有的兴奋，无论是从心性上，还是从逻辑上。

可能我确实变了。

她想着心中的那个男孩，深深吸了一口气，更加庄严地向前走着。诺常说的另一句话冒了出来：无时无刻要放下虚荣，尤其是作为一个刺客。

嗯！说的是很有道理，不过我现在可是自由了！我可以尽情呼吸自由的空气了！

她感到心情愉悦，这是她十九年来第一次单独行动。但这良好的状态没能保持太久，随即她便暗声咒骂起来。

"嘿！您好！尊贵的女士，请您等一下。"莫亚身后传来了一个小伙子的声音。她停下脚步扭头看去，情不自禁地挑起双眉。事情有点突兀：刚才差点没踩上地上的粪便，而小伙子灿烂的笑容好像与此有关，这使莫亚颜面扫地。更让她惊奇的是，他竟然坐在跑车上。

市长先生说得没错。莫亚心里乐了。

自她从小黑屋子出来之后，跟随张向阳——她那让所有人都不得不爱戴的哥哥——去了很多地方，好歹也见过很多难以置信的东西，比如"科技"，车子当然也包括其中。刚见过马车不久（或是说马）的她，瞬间对这种奇怪的东西产生了兴趣，也第一次主动对张向阳开口说话。这么想来，他带自己去科技城还另有所图，真狡猾！然而，在这个充斥刀剑的城市可以见到跑车，还是让她感到不可思议。其实她对跑车有着强烈的好奇心，但如果表露出来，她会瞧不起自己。

车上有两个人——仆人坐在驾驶位上，正在慢慢将车开过来。那个站在后座的年轻人，穿着贵族服饰，看起来二十一二岁，正是个败老子家产的大好年纪。

"尊敬而美丽的女士，请问您叫什么名字？"

莫亚看见，他无名指上戴着一枚专门用来炫耀财富的嚣张透顶的金戒指，不禁心生厌恶。

虽然讨厌贵族和富人，但是出于礼貌，莫亚还是回答了他貌似友好的问题。她不想惹麻烦，如果没猜错，拥有跑车的公子哥，一定就是市长所言的最大富商之一沃兰之子，兴许是自己此行目的的第一步。

内心掂量着那枚做工精美的金戒指，有没有张向阳给她的大金疙瘩值钱——那是一枚纯金打造的徽章，很大也很重，就躺在自己的左口袋里。他交给她时，提醒她时刻带在身上，不说为什么，只坚持如此。她只得答应，而且根本不想也不能违背。那可能是"通行证"或者"身份证"之类的东西吧？

嗯。她决定振作精神好好和他交涉一下，机不可失。

年轻的贵族对于莫亚简单的回答没有在意，或是装作没在意，他继续保持贵族的优雅，尽可能更完全、更肆意地展现自己的绅士风度。脸上的微笑不变，依然很灿烂，就像讨好不熟的邻国公主露出的嘴脸。

他的笑比张向阳难看得多，带点虚伪的味道。不管张向阳笑得是否真诚，是发自内心或身不由己，他的笑容总是使人安心。对于可靠的朋友，或是友好的、有魅力的陌生人，他总是微笑，流露出真心多于友善，就像一位知己、一位可依靠的人。他把包容朋友的缺点当作日常，把弥补朋友的过失当作义务，把他天生的幽默当作责任。除了在无意义的小事上，绝不随声附和。对他来说，所谓朋友，也只有他爱或欣赏的人。他曾教导莫亚，如果你看不起一个人，就没必要和他再有交集了，比起粗鲁的酒鬼，他往往更看得起乞丐。

那种嘴角勾起的奇妙感觉会有一种代入感，你会想伴着这种笑容，坐在温暖的老酒吧喝上一杯。不知他心里所想之人，永远分不清他的笑，起点为何，落点又在哪里，根本不知那是否伪善，因为他总像是真诚的，往往又太过真诚。

诺可以读懂他，因为诺永远知道他在想什么。

当你看到他用笑容传达出来的快乐时，会发现，你宁可相信他是真心的，因为他的确可以给他人带来快乐，用实际行动和微笑。他重诺，值得朋友信任；他强大，会让敌人恐惧。无论敌我力量与战局形势，在战场上的最后一刻，他永远想说服他的敌人，至少不要刀剑相向。他的热情，永远烧不完。

可是，永远用笑容面对所有人的他，背后却总像跟随一个影子。尽管他做的所有事都那样好，每个人都觉得他很重要，可还是被内心深处巨大的阴影死死压着。他简直太怕失去，怕到自卑。

一天晚上，他哭了。莫亚无意走到他的门前，听到他在床上抽泣，完全无法自抑的抽泣，那种悲伤冲破理智。她想进去安慰他，至少为他做点什么。当她轻轻坐在他身边时，他叫了她的名字，但被口水呛住，之后索性将头埋在她的怀里，双手紧紧抓着她的胳膊。平常那个光彩照人、幽默风趣的男孩发了疯一样将鼻涕和眼泪抹到了她身上。随后，他痛哭起来，之后马上因缺氧而失声、干呕、剧烈咳嗽。他自暴自弃，一头扑在床上，死气沉沉地斜躺着。她心疼得难受，却无能为力，只好守在他身边。半死不活的他，过了一会儿又开始号哭，可没过几秒，又瞬间安静下来，发抖的身子也回归平静。最后，他轻轻坐了起来，只说了声"对不起"，之后什么也没说。

莫亚离开房间时，碰到了诺。诺安慰了莫亚两句，然后继续守在男孩门口，他也什么都没说，只是安慰莫亚时声音有点颤抖。

想到这里，她眼眶湿润了。

他到底是什么样的人呢？在不久前，就是她逃离联盟的前不久，他们的队伍赶上了南境萨拉赞的第一场雪。在此之前已有八个月，他们没见过雪了。

"雪是好兆头，尤其是这种。"老胡子笑道。"却不适合打仗。"沙接着他的话说。

那时的大雪鹅毛一样，仅仅一小会儿就覆盖了荒野。早已存在的冬的气息，已经把旁边的大湖彻底冻结。她的哥哥站在结冰的湖面上，任飞舞的雪花落在头上和身上。莫亚是在屋里暖和了好久才突然想起他，谁知他在那里，给苍白雄伟的高山与一望无际的雪野构成的银画当陪衬。他站在那里，雪花洒落在他的熊皮黑披风上，落在他握剑的手上，他傲视群山，那是最伟大的王者才有的气魄和风度。

她迈过原野，踩在蓬松的积雪上，穿过湖面，来到他身边，天鹅绒斗篷与鲜艳的红发在糅杂着雪花的北风中飘舞，整个雪的世界便只托起他们两人了。她看见，他左手的食指伸在自己胸前，指肚朝上，安静的悬停在那里。

"你在做什么？"莫亚问。

"在等一片雪花。"

"雪花？等它落在你的指头上吗？"

"对。"

"你都快成一个雪人了。"

"是吗？"张向阳大笑起来，突然一股蓬勃的金色光辉从体内进出，滚烫的气流从领口、袖口、披风冲出，瞬间抖掉身上已经很厚的雪。火之魔能还在他身边蔓延，伴随着一股巨大的团状水汽，他身上的颜色比原来更加鲜艳，黑黝黝的熊皮披风在雪反射的银光下竟有点刺眼。

莫亚笑了笑，陪他一起继续站着，这雪，和这雪中的对话让她心情愉悦。在莫亚看来，他是个有情趣的人，她向来也愿意陪伴在他身边。

然而，过了良久，如此大雪，没一粒雪花能正好停在他指头上，都只是绕了过去，然后被风吹跑。

"呀！好机会！唉……可惜了，本来是能的，可你动了一下。"莫亚失望地说。

"诺不是说，人得有耐心吗？"张向阳丝毫不恼怒因自己的过失而失去的机会。他已经在雪中站了将近一个半小时了，他的指头也在那里竖了一个半小时了。他说："如果它不想落在我的指头上，它就不会。哪怕我自己动了，错过了机会，那也是它不想眷顾我。"

"我能完全不动接近十五分钟，而你刚刚只是八分钟，你明明做得比我还好。"

"你对时间的把控越来越强了。"男孩称赞道。

"可是我不明白，为什么，为什么要这样？"莫亚问。

"为什么？"男孩寻思道，他漆黑的双眸透过皑皑白雪看向远方。莫亚觉得，他仿佛能看见白雪阻隔的另一头。他总能看见另一头。

"因为，没有一个灵魂值得我如此去夸耀和虚高。"他低沉地说，睫毛被空中掉下的雪花拍打而颤动了两下。

她依稀记得，最终还是有一片雪花眷顾了他，在他说完那句话半小时以后。他为此欣喜若狂。整个过程中，诺一直在远处，在他们都看不见的地方，看着他，陪着他。

诺也曾说过，爱，是一种虚高。那是她仅有的两次接触"虚高"这个词，这个词的意思她早已明了，是一种精神上的升华。可那两个场景，她始终搞不明白。

"女士，请问您现在有什么事吗？"

"没有，嗯，请问有何贵干？"

"哦！没有，嗯，这么说您现在很无聊了？"

"为什么这么说？"她睁大眼睛，面露笑意。此刻她已决定再花费一些时间，如果错过这次机会，剩下能做的就只有进城刺杀了。成熟稳重，说话却略带轻佻的女人是市长的喜好，但不适用于年轻小伙子。美貌的女人可以直接问问题，年轻漂亮的姑娘可以套问题，重要的是天真的姑娘小伙子很喜欢，她可乐得陪眼前这个可怜人聊聊。

"一个人漫无目的走在大街上，还不是无聊吗？"小伙子很优雅地下车，向莫亚行绅士礼。不可否认，无论远近他都看起来很英俊，甚至比张向阳还要强一截。

她故作尴尬地笑笑，毕竟不知对手的葫芦里卖的什么药，话多可不好。

下车之际，贵族少爷发现，自己在大街上随意撞上的这个姑娘，真实年龄比预想的要小很多，况且其美貌简直倾国倾城，他当真感到一种冲破头脑的喜悦。姑娘的穿着大方前卫，性格天真开朗，让他立刻把友好与和善夹杂在愚蠢的笑容里。此刻的他，只想把她带回家去，自出生以来，他还从未有过这么强烈的渴望，也没见过这样的美人。他本以为两年前，在随自己的一位已故的舅舅出席那个自己阅历中从未见识过的盛大的晚宴见到的那个耀眼夺目、让任何男人垂涎的精灵公主，已经是对美的最高阐述。

"可否赏光到鄙人的宅子里喝杯茶呢？"

"喝茶？"似乎太滑稽，莫亚一下笑出声来。的确是失礼了，对方却不这么认为。

"您别笑，我在这条街上第一眼就看到您了！您也是在我视线里停留最久的人！"不错的开始，但可爱的贵族小伙眼睛却不小心瞟了一眼，刚才地上那堆不知是什么动物的排泄物。

"可是，为什么？我和您并不认识。"莫亚说"可是"的时候，眼睛随着少爷的视线，找到了是什么东西在分他的神。其实，这不能怨他，但莫亚不想做通情达理的人。

"尽管我们素不相识，但想请年轻漂亮的女孩子到家喝茶有什么错么？"他笑得依旧灿烂，刻意无视现实中的尴尬气氛，进行着稍有暧昧而又再正常不过的"常规对话"。

"谢谢你的赞美，我可以考虑。"她露出只有年轻而充满活力的女性才有的迷人微笑，还刻意夹杂了点稚气的成分。

"为何要考虑？我们可以立刻启程。在美女身上，我从不吝啬赞美。而我的赞美，用在您的身上，终归是有点廉价了。"他意识到一些弄巧成拙，赶忙补充，"不，我的意思是，对您来说太廉价了。"

"不，我已经很荣幸了。能得到一位陌生绅士的夸奖，对我来说是一件值得庆幸的事。好吧，我的确没什么事。"这两句对话，是诺教她的，为的是让她适应每一个角色和身份。

"我从没见过像您这样美丽的女士，当我离近了看，更加证明了我的运气。说真的，您简直太美丽了！"

"受宠若惊，难以想象，我……"她微笑着用手比画，努力思考，真后悔没有认真和诺学习那一套她讨厌的"日常用语"。这东西简直是人类的悲哀、精灵的悲哀、所有智慧生物的悲哀！

"总之，我真的很荣幸。"她自然地笑了笑。

"不，这应该是我的荣幸，能和您说话，我简直无法描述我的喜悦！这么说您同意了？去鄙人的宅子喝茶？"

"不错的提议，我非常高兴。"

"哦！那还犹豫什么？上车吧，我给您开门，一会方便喝点酒吗？我可敬的女士？"

"谢谢您，我刚十八岁，嗯……或许可以来一点。"她隐瞒了自己的年龄。

"您以前从没喝过吗？"

"不要再说您了，叫我莫亚就行，或说'你'。关于酒，我确实好像从来没喝过。"莫亚讨厌喝酒，她未经诺应许，在好奇心驱使下，舔了诺自酿的葡萄酒，那么一小丁点，就整整昏睡了三天三夜，连续做了三十二个梦。诺还说，好歹她有上古血脉，常人要躺五天，多喝点还会变成疯子或白痴。问题是，为什么他每天喝就没事？一天早中晚三次共半瓶，越活越精神！

诺回答，那是他的药。

这个年轻小伙子出身名门望族，家中有内阁官员和外阁大臣，艾莫蕾娜最高执政官莱恩是他的姐夫。莫亚很庆幸，这条船上得这么轻松。她对自己的美貌从来没有概念，她的妆容是诺教她化的，也只学了这一种。

大约从十三年前莫亚记事起，她的活动范围就只有不到八平米的小房子。昏暗冰冷的房间充斥着的潮湿腐败的气息几乎可以卡住人的脖子。每天只有一块铁一样的面包和一杯浑浊的冰水，地狱一样的训练持续十六个小时。攻击！格挡！防御！后退！快点！我跟你说过多少次了！佯攻，佯攻呀！你疯了吗？！快！还想挨打吗？！不想吃饭了吗？！

不到六岁的莫亚躺在角落里，遍体鳞伤，无数次几乎要昏过去，可她明白睡下去就永远醒不过来了。

没日没夜昏昏沉沉的童年没留下太多的记忆。她从小被灌输服从，思想已经麻木，直到八岁时的一次飞镖试炼在木墙薄弱的角落上扎了个孔，阳光射进这个屋子，完全适应黑暗生活的莫亚几乎无法睁开眼睛来看地上那小小的光斑。正是这个小孔，让莫亚明白了她从来没明白的东西——生的意义。

小孔带来了花香，也给莫亚带来了一个疯狂的念头，逃出去！这个被囚禁八年精神却没有被催眠和打垮的孩童，第一次用目光贪婪地汲取外边的明媚清新。每当沉重的身体摔到地上，体力透支的她都用微闭的双眼看着外面，春夏秋冬四季更替，贵族的孩子在外边追逐打闹，她眼里分明是眼泪和憎恨。

十二岁的她身体强壮，因为血统又不失优美的身材，以至于她的老师一天酗酒后，看到衣衫褴褛的她起了非分之想。殊不知，莫亚的力量已经远胜于他——莫亚赤手空拳亲手将那个折磨她数载的恶魔消灭了。

迎接莫亚的不是一顿毒打，反而是真正可以算得上饭的一餐。此后她开始主动训练，拼尽全力地练！然后，她的待遇也越来越好，因为毕竟她在别人眼里只是杀人机器。

在她十七岁时，那个府邸被变革军占领。她被张向阳收留，被诺管教，在快乐的时光中学习知识、文化和武艺。

十九年的痛苦和训练，让这只足以令诸神恐惧的雌狮站起来了。她的第一头猎物，就是一头难以征服的野熊——艾莫蕾娜最高执政官莱恩。

世界上有一种神奇的树叫梅柳，

春夏开花，秋冬结果。

它只存在于人们的幻想当中，

当你看到它，哪怕某个一瞬，

证明你的心已有了依靠。

艾莫蕾娜要塞（1）

她一个人坐在草地的斜坡上，坐在百花之间。温和的阳光斜射在青翠的小草上，被她黑亮的短发与身边的小溪反射，柔和的风不时撩起她洁白的裙裾。这是一片美丽的花园，是由魔法创造出来的，仙境也不过如此。

几种名贵的鸟儿拍拍翅膀从她身边飞走，她的肩被一只大手轻轻按住。一个光头男子在她身边轻轻坐下，露出歉意的微笑，她轻声叹了口气，将头默默靠在男子肩上。他们就这样在百花簇拥之下坐着。

那一小段时间十分缓慢，如同严寒后初春的光。万物都安静了下来，仿佛在等待什么。她深吸了口男子身上浓重的烟味，正是他终日坐在密不透风的昏暗办公室里的印记。她叹了口气，吸进去的烟味全被吐了出来。她想象他吸烟时，香烟进入肺部的感觉。那并不是什么好感觉，但据说可以减轻痛苦。女孩努力通过换位思考体会那痛苦，随后纳闷这种伤害身体的烂东西到底有什么破用处。她努力使自己的绝望同男子的绝望同步，但毕竟因为心中揣着的东西不同——角度、立场、目标、信仰、身世、责任，所有的所有都不一样——所以，留下的只有另一种更加孤独的绝望。

她轻轻起身搂住他的脖子。男子将手从披在身上的军服中伸出，慢慢抚摸她的背。他想给她尽可能多的安慰，虽然明白不会有太大用处，可他依然要这么做。

最后，她终于开口了，声音略带呜咽："以后少抽点烟好吗？"

他感到有什么东西卡在嗓子眼，很酸，很痒，让他心痛。他笑了笑，从她的拥抱中挣脱出来，他用双手抚平她的头发，亲吻她的额头："行，你怎么了？"

女孩欲言又止，终究改变了她要说的话，躲开他的目光说："我们认识已经有五年了吧？"

"是呀，时间过得真快。怎么，后悔了？"两人同时露出了笑容——不真切的、一点用处也没有的笑容，想让对方安心的笑容。

她沉默良久，眼睫毛微颤，闪烁，跳动。他被那深不见底的双眼迷惑，这回他没有看见隐藏在双眸黑暗深处的匕首。她像在认真思考着什么。

"没有，从来没有，自从来到这座该死的城市之后就再也没有。"女孩答道，然后她漫不经心地问，"你，多大了？"

"三十了吧。"

女孩突然不说话了。男子知道，就算现在开玩笑也无法让她露出笑容。

"收手吧，求你了。"

"不，亲爱的，我不能。"男子愧疚地说。

"为什么！"

"我以为你理解。"

"不！我不会理解，而且……而且永远不会！"

"你知道吗……"

男子还没说完，就被女孩的泪水打断。像一颗颗钻石划过，为两个人留下永远的伤痕。男子知道会经历这些，后悔没带手绢，他不想自己妻子的妆被打花。

"是恩师救了我，他给了我第二条生命，给了我想要的一切。"他痛苦地说。

"杀戮就是你想要的一切？还是现在这'一切'，就是你想要的一切？"女孩难以置信地大声质问。

"我应该用命去还他。"

"不要再为帝国卖命了！他们在利用你，你不懂吗？"

"我会用生命去还他！"

"你会死的！死在床上、街上、办公室里、浴室，哪里都有可能！"

"没人能杀我！"

"不！"

"我再说一遍！没人，能杀我！"

"不……会的……"女孩又开始抽泣，她的手紧紧攥住男人红色的披风。

"对不起，我，我不该……"

"没事。"女孩的声音因为吼叫而沙哑。

"对不起。"

"求你了。"

"我答应你，等我办完我要办的事，我们一起离开！"

女孩没说话，掩着脸无声哭泣。

"嘿！看着我，看着我。"男人温柔地笑起来，用两只手抓住女孩颤抖的肩膀，声音很轻柔。他想尽可能安慰她，虽然只是用遥不可及的承诺编织一个近在咫尺的幻象。他用额头顶住女孩的额头，可女孩没有睁眼。

"我们争吵了太多太多，这将是最后一次了！"他安慰又欣慰地笑道："你不是一直想去百花谷吗？东方之地？它在哪？"

"最后一次……"女孩喃喃道，好像在沉思。她擦干脸上的泪水，丝绸一样的黑发粘连到一起了。

"对！相信我！看着我！快！就在不远的未来，等我忙完这一段，等一切告一段落，我会带上你，我们两人，远走高飞……"

"有的时候我总在想，为什么上天安排我遇见你。"她已经稳定了下来，带着人刚刚痛哭过的那种软弱无力的绝望和悲伤忧郁的腔调，叹着气慢慢说道。

"为什么？"男人笑了。

"你太好了！"她像个小女孩一把兜住男人的脖子，又痛哭起来。

"我……太好了……"男子无神地重复这句话，呆呆地看着远处萧瑟而青葱的木栅栏，好像在寻找什么。接着，他回过神来，斜着眼看着女孩雪白的脖子和视线范围内的半个背脊，突然绷紧全身肌肉，又自暴自弃地紧咬牙齿。男子在撒着自己都不信的谎——让他痛苦、反胃、作呕的谎。

这一系列反应并没有吓到女孩，她的脸隐在男子背后，嘴角竟暗自咧了一下。突然，这只百灵鸟，几乎已经成为男子心灵世界中生命全部意义所在的姑娘，冷不丁冒了一句："我爱你。"

这三个字摧垮了他。

他呆住了，"爱"这个字在他们之间太虚假，也太频繁，但此刻没人会再说谎了。已经结束了，没有谁需要掩饰，没有谁需要安慰，没有谁妄图抓住救命稻草，再欺骗对方。这只是一次离别般的慰问，就好比"再见"前的肺腑之言，可不管真心假意，就这三个字，男子亏欠她得太多了。

但谁又不是呢？

男子踟蹰着，突然扫了一眼门，意味着他该走了。他宽慰地笑起来，企图得到对方的谅解，慢慢起身，呼吸都很小心："还是有工作，对不起。"

"不用。"女孩回应了他的笑容。在他看来，六分无奈、三分体谅、一分悲伤，可明明悲伤的成分该更多。

在跨过花园小门走到阴影深处的时候，男子默默地流下两行泪水。有一点他始终明确——他从来没为自己干过的或正在干的任何事后悔过，但他憎恨自己。

寒：你的这个要求很奇怪……不过我答应，只是……那样就行？

张：对。

张向阳把门关上，寒白雪吹熄蜡烛，现在房内伸手不见五指。他俩同向仰面躺在床上，唯一接触的部分是二人的食指。

张：我以为能听到你的呼吸，可只有自己的心跳。

寒：现在呢？

张：你……谢谢。

张向阳尴尬地笑起来。

寒：哈哈……我刚才太紧张，所以没有呼吸。

艾莫蕾娜贵族居所（1）

这里层层把守，平均每半刻钟就会出现一支荷枪实弹跑步而过的巡逻小队。由三员轻弓兵、五员轻装剑士，一名斥候组成，他们多是在训练体能。最不可思议的是，自从进了这座可怕的巨型兵营，已经以较快的速度行进了半小时。这不是最直接的路线，好像洛克有意向她炫耀这里的规模。他的姐夫莱恩，是这里的主人。

如果没被这个大少爷光明正大地"泡"进来，自己独自潜入至少要花整整一夜。莫亚庆幸自己运气不错，哥哥曾笑着对盟友说："我相信我是天之骄子"。而此时，莫亚也有这感觉。没想到事情竟会如此顺利和轻易。

她理所应当更高兴，因为任务越难，她成功后获得的荣耀和夸赞就越多。关于荣耀，整个联盟貌似从来没有当作公开谈资吧？哥哥从不重视这些，只在意自己在意的东西，重视友谊和真情，向来对成就和虚名看得很淡。诺的话，不提了，他简直是为哥哥活的。那沙大哥？他爱钱，爱烟，好小赌，讨厌女人——在莫亚看来。沙只有在鼓舞士气的时候才会喊这些，这招可能对老水桶他们有用，但貌似他们也只爱钱。她听沙喊过两次：一次在东之岗哨，一次在龙印板块。

"兄弟们！我的好战士！我相信你们没一个会因这战而恐惧，想想我们以前的环境，这真是小儿科。但赢了，荣耀、金钱，都是你们的。让他们在战斧和咆哮声中战栗！听从指挥，让他们满地找牙！"然后就是厮杀了，但结果总令人失望，因为最终都类似乌龙。

莫亚多次期待已久的"硬战"，最终只是凭借策略和突袭快速制敌，还尽量避免对方伤亡。要么就是单纯地产生摩擦，被哥哥说服，握手言和，擦肩而过。

其实每个人都很失望，从古巫到六族圣地，一直到圣神森林，只有逃跑的份（哥哥、诺和沙一致不想我方产生任何伤亡，但到最后，得到圣神森林的庇护，也只留下半数自己人和个别雇佣兵了）。被追得太憋屈，大家都希望可以好好宣泄一番。

关于联盟的其他老伙计，包括老胡子和老水桶，他们原先都是沙大哥的兵（所谓的自己人），不过有谁可以比我更厉害？光能进到这个鬼地方，他们平常就应该在午饭和晚饭时刻多给我放两片肉。哼！

诺和沙大哥早就在全联盟里联合下了命令，给我控制进食，他们都考虑我的身材问题，不过关注的点好像不太一样。唉！在平常，只有偷偷求老胡子和哥哥才可以多加点好吃的。老胡子总是蹑手蹑脚地给我从锅里偷几块肉出来，通常还很有可能煮老了，哥哥却会把他的让给我，或者毫无顾忌地和别人要，或者光明正大地从锅里捞。可恶的老水桶，对沙的话言听计从，不过他在沙大哥命令之外对我还挺好的。嗯……小黑也偶尔偷偷给我送好吃的，一个没人真正瞧得起的小男孩，不过次数很少，他好像从上个月开始就刻意躲着我，我也很少见他了……

路上无聊而尴尬，虽然和贵族少爷聊了很多，双方都表现得很健谈，且不卑不亢，却都是没任何实际意义的话题，只是为了"增进感情"。无论莫亚还是贵族少爷，都没打算在刚刚相识之际更加了解对方，这一点上，他们几乎达成默契。

不久，车子停到了一栋巨大的古建筑旁边，其规模让人叹为观止。喷泉石雕精美华丽，绿草鲜花一尘不染，简直让人不敢相信自己的眼睛——就算主人的品位权且不谈，主人的财富也足以令人震撼。

洛克优雅地替莫亚打开车门，莫亚报以微笑。这辆跑车，应该是非法从科技之源买入的。

处在宇宙之底或是宇宙核心的深渊大陆分为六个巨型板块：卡拉迪的通天帝国，萨科的神明圣都，艾文娜四世的圣神森林，莫柯的科技之源，蛮天王姬岩、灵修王秦月并立的南古国，龙祖、凛冬王、光明王并立的东方古国（南古国属于东方古国界），还有无人能入的蛮荒冥界。

在第四次宇宙战争之前，传说有两个小男孩，也就是曾经的帝国宰相龙和如今的通天帝王卡拉迪，在东方之岭的一个岩洞中，朝西北方——也就是几亿千米之外北方诸国混战的方位，用劲扔出两颗石子，轰轰烈烈的征途就在两人坚定稚气的宣誓和拳头的碰撞时，成了板上钉钉的事。通天帝国曾在东方崛起，在西方定都，一路势不可挡，后来肆虐扩张，战火席卷各地，综合实力占据整个宇宙的四分之一。

众蛮族组成的东方古国，在领土方面比通天帝国胜出大半，但综合实力要落后许多。在那个混战的年代，上古皇族莫名绝迹之后，东方古国出了个约瑟——人们口中的龙祖。他将那里的北方与东方地区所有的人族一举统一，并和极北的凛冬王、西北的光明王划清界限。且与蛮王泰勒——蛮族天祖，在东方古国的群山之外形成对顶之势。当龙带着卡拉迪触发第三次宇宙战争之后，两方却立下盟约：在上古皇族归来之前，互不干涉，寻找神族（神族：上古时代出现的非精灵人类种族，存在于其他时空的人类种族。上古皇族：东方古国祖先，诞生于灭世时代末期，两者不同）的遗物。

深渊大陆分为四个时期：上古——由上千种各不相同的上古血脉精灵统治；灭世——上古血脉没落，人类开始出现；帝国纵横——残存的上古血脉集体迁移，除了圣神森林一界，其余全部留给人类；现世——六界并立。

圣神森林由树精统治，是世界上最古老的种族之一。他们如今侍奉树精女王艾文娜四世。不过谁知道呢？毕竟消息从来不会过了缎带河，十多年前，被龙俘获的艾文娜四世挣脱枷锁，逃出通天帝国后，有没有回到她的树国，外界自然无人知晓。

树精灵们生活在上百亿平方千米的参天古林当中。因那场为了木头和树而持续了几十年的第二次宇宙大战，与所有外来种族不共戴天，除了有一半以上的上古血脉。

所有种族中最聪明也最孱弱的辛奈塔族组建了科技之地，那里的技术绝对碾压其他五界上亿年。位于中心的科技岛，更是在莫柯、莫门父子的探索下，拥有了与魔法比肩的科技：微核聚变能源池、重力操控、空间跳跃、时间跳跃、人造人、思维金属……

蛮荒冥界紧挨东方古国，基本属于东方古国的领土，传说深入边境之内的人无一生还。神明圣都是领土最少的一界，但其教众遍布天下，教国由教皇统治，宣扬教义可让死者复生。在六大板块之间虽有数以万计的小国，但他们都像是通天帝国、科技之源、神明圣都三界的附属，均不成气候。

"锻造者你知道吗？通天塔就是他的遗作。此建筑为锻造者门徒修建，说得上是世界上最伟大的建筑之一，而后边这处就是我家。"

的确富丽堂皇，莫亚用恰当的赞美之词把那座宫殿好好夸赞了一番，还用无比惊讶和兴奋的口气称赞（或说是惊叹）了洛克的家业。

"简直是难以置信，我甚至都觉得，您比我的父亲还要有钱了。"

"那怎么的可能？令尊为一国之主，我的父亲虽是通天帝国数一数二的商人，但所拥的权力和其带来的效益，远远没有任何一位国王多。我们所拥有的实际财富和保障，和朝中人是天壤之别，更别提领袖了。"实际上洛克谦虚了，是过于谦虚了，他只是不想让莫亚不适应。

"我可听不懂这些，我去过的地方少，只是读过的书还算多。对很多事的看法总会有些幼稚，或是不切实际，我始终在避免这些。"

"您太谦虚了，哦！小心台阶！"他礼貌地挽着莫亚，从种种迹象来看，他的表现确是绅士，但哪个贵族看是泼皮无赖呢？此刻他们刚穿过花园，洛克很客气地说道："您不要再谦虚了，真的只是'读过的书还算多'？我看未必。在谈话当中，您言论多半睿智，每句都很得体，我了解到您在很多方面都很有造诣呢！"

"您高估我了。"莫亚笑笑，前面有两个穿制服的身材魁梧的男仆向洛克问好后，伸手想让莫亚停下。进门时要搜身的，但洛克大声强调，他身边这位美貌女士是贵客。之后，莫亚向两位男仆微笑点头，挽着洛克的胳膊上了门前的台阶。

年迈的管家开了门——像所有年迈管家一样说着欢迎少爷的套话，但他的相貌给人一种不但慈祥，还有些博学的老实人的感觉。通常这种老实人会把家里打理得井井有条。

这是一所复古风格的巨大别墅。壁炉内烧着火，现在马上要到夏天了，但巨大的客厅里还是有一点冷。

这个白天也全靠蜡烛供明的巨大别墅，有无数奢华的装饰品，地上干净的毯子多是棕色的带着白边的上古图案。莫亚不认得那是什么皮毛，但不用脑子想都知道昂贵到了极点。

天花板一共悬挂着五盏巨大的水晶灯，皇宫可能也不过而已。上面好像插了一万支大蜡烛，把房间照得通亮，烛光仿佛可以到达三个大厅的每一个角落。这栋别墅里也有烛光照不到的地方，就是门右侧的书室。里面别有洞天，每件家具都是昂贵的深色调木制品。贵的深色的木头，莫亚只知道统称红木，无法辨识其具体种类。

洛克把她领进书室的角落，在绿色的皮沙发上坐下。莫亚稍稍伸脖子向远看去才弄明白，整个房子被一堵墙一分为二，她本以为她看到的是房子的全部，却不想只占三分之二。富丽堂皇的宫殿般的装饰，只是用来接待访客的。后面的这一头，家具都是实木打造，看来是平常主人们的私人场所，布置得相当精心。

她从没见过这么大的屋子，所处的这三分之一没有门阻碍，是一个通透的三百平大空间。她能看到远处的餐厅、后边的卧榻、两个吊椅，然后是占满整堵墙的书柜，再往后是通向由大花园辟出的独立小院。里面有无数从没见过的奇珍异草，能叫出名字的，都是那些刊登在百科全书里的奢侈品。

洛克貌似在欣赏她仰头时的模样，没有打扰她。他还提出带她参观的请求，被她婉拒了。

在淡淡的香味下——高级香草加红玉蜡烛（红玉蜡烛是神明圣都特有的蜡烛，燃烧可散发香味，其味道可缓解疲劳，去除疾病）的混合气味——大厅正中有一尊硕大龙头，被沉重的楠木架在墙上。那颗被保存得很好的头颅呈深绿色，长有向后生长的巨角，三角形的蜥蜴般的头颅张开血盆大口，里边白森森的牙齿像锋利的匕首。

莫亚判断那只可怜的畜生可能是条成年雄性岩龙，或是一条上了年纪的雄性草龙。富到家里有龙头，真是离谱！看来这洛克再不济，能从小在这样的环境下长大，气魄和品位也不会差。莫亚咬咬嘴唇，突然发现眼前这个男人，其实还挺有味道。他的五官、神色、身形、举止、声音……好像都没有令人不满的地方。

老爷不在，他是全国最富有的一批商人。六年前，他在街上捡了一个十三岁的小女孩，叫莉雅，在家养了一年，被艾莫蕾娜的最高执行官莱恩相中。他们彼此相爱，在莉雅十六岁那年莱恩迎娶了她，从此整个家族就有了在艾莫蕾娜中心居住的权利。

让莫亚最为吃惊的是，一个人有钱可以到这个地步！这里随便一件什么东西，就算半条地毯，都可以让一个只会种地的农民半年不碰锄头。主人可真是一点都不含糊，能做到完全不用一件正常人用的东西，光一想到正常人指的还是家境不错的商人，莫亚就气得咬牙切齿。哥哥说这叫仇富心理，然后他还故作悲壮道："这十分正常！"

这里凉且暗，但毫不潮湿。蜡烛只点了必要的几支，窗帘基本都只留一条缝隙，恰恰营造出温馨的气氛。屋子有很多东西，让家里很有家的感觉，它们多半奢侈、古老而庄重，有点像冬日古堡主人看书喝茶消磨下午时光的地方。

莫亚在客位上，装出一副对洛克话题很有兴趣的样子，时不时还像别的庸俗的女孩一样露出笑容，但她的笑容阳光、迷人又不乏味。

"您……常常带女孩来吗？"莫亚为自己的表情和问题耻辱。

"啊？不，不，当然不是！"洛克笑得有点牵强，自十六岁以来从没被女孩如此认真地问出这样的问题。以前也有过，但一想到她们的真面目洛克就后悔死了，他都怀疑尊贵的自己怎么可以和那些人发生些什么。

"您的家在哪里？"洛克笑笑。

"在北方诸国。"莫亚大方地撒谎。

没具体指出地方，洛克不好细问。

"您怎么会在这里？"

"父亲想让我嫁给一个……老……国王，所以我逃了出来。"女孩又天真地笑了，还故做男人的豪爽，简直让洛克心旷神怡。

因为联姻或逼婚，一个人从家里逃出来并不是什么稀罕事，想到自己的妻子或丈夫可能发福、丑陋、肮脏，生活不检点，有多少王子自愿放弃权力任凭自己做一辈子骑士，有多少公主主动放弃金钱去寻找真爱。不过，这件事可算是走了大运，因为通常家里一定会对未来的皇后关爱有加，不让其与外人接触，为的就是嫁给有背景和地位的王室成员。谁想这样反倒促使小千金跑了出来，何况她是如此风华绝代，虽然好像少了某种味道，可他正喜欢她这样。

"您是怎么来到这里来的？"洛克问。

"先坐船，然后坐马车。"

尽管洛克想问的是行程，可是回答他的却是方式，看着女孩认真的表情，他无语，又有点怜爱。

"您有哥哥或姐妹们吗？这涉及……"

"我有好多哥哥，还有好多私生的兄弟姐妹。"

"哦。"洛克笑笑，他意识到莫亚与父亲关系不好，心想其实这也是非常普遍的，当即理解，"您不要灰心，遇到我，至少不会受多余的苦难了，我作为朋友也会为你提供帮助。"

"谢谢，您和书里的绅士一模一样。"

"过奖了，这可担当不起，因为您肯定拿我和名著里的英雄比了。"

"那可未必。"

"嗯？"洛克面含笑意和刻意的疑惑，配合着莫亚。

"我读的名著里的人还没有一个能像您这样，他总有些性格上的瑕疵和漏洞，或总有磨难和瓶颈。"

"我倒是读过某本书，里边的某些人物和您很像。"

"洗耳恭听。"

"《天使族》。"

"得了吧，我翻过两页，那些……哈哈哈，您可真会开玩笑。"

"恕我直言，您就是一位天使，对我而言，您带给我的快乐，比我一周里遇到的所有人带给我的快乐总和要多得多。"

"那您平常还真是忧郁呢！看来你的朋友都是些沉默寡言的人。"

"哈哈哈，你明知不是这样的，就他们？哦，哦，哦！对不起，我……"

"没事，没事，我很喜欢你叫我'你'。"她把这个称呼拉得很长，同时在心里夸赞自己干得不错，也发觉对方有意拉近他们的距离，有些急切，但可以被原谅。

"现在比一个月都多了。"洛克为他们两人倒上红酒，为避免冒犯，都只是一点点。"什么时候我带你去见见那些活宝。"他大笑着说道。

"都是些……公子哥？"

"请别带什么偏见，他们人都很不错。"

"说不定你还能帮我物色个情郎什么的。"莫亚故意说道。

"既然你这么说，在我得到您的芳心之前——那短期内就算了吧。"洛克笑道。

"简直可怕！"莫亚嗔道。

"好了，让我看看能不能达到一年，我相信这很容易。"

莫亚看看酒杯，拿起来小抿一口，又优雅地放到桌边。

"还是别了吧，你能帮我讲讲这座城……"莫亚将自己的身子移近了洛克，同时借着动作碰倒了桌子上的红酒。

洛克华丽的白衬衫遭了殃，他甚至觉得可以直接扔进火炉了，方便发出的亮光可以更加照亮女孩的脸。可眼前的这个红发女孩现在却弯着腰，用白色的手绢补救。她离他那么近，弯着腰轻轻为他擦拭。洛克竟然可以听到自己的剧烈心跳声，这太诡异了——她也能听到吧？

感受着白手绢触碰衣物的感觉，虽然散发酒精味的红色液体将衣服和皮肤黏在一起，但他没有丝毫愤怒，向来从容的他竟还局促起来。

女孩抬起头来，猛然发现自己离男孩这么近，羞涩地低下头，两人感受着彼此的呼吸。

门口传来敲门声，管家开门后，一个身着白衣，看似和莫亚年龄相仿的女子走了进来。

"姐，回来了？"洛克笨拙地抽出自己的身体，下意识把莫亚挡在身后。老管家轻叹了声气。

直到白衣女子看清楚莫亚和弟弟身上大块的红酒污渍，并搞清楚状况后，才转身走向厅堂。这个方才进来的娇小女人挑起眉毛，嘴唇动了动，终究没说出话来。

她一定哭过，而且非常伤心。女子很是消瘦，体内似乎流着辛奈塔族的血，因为她像所有辛奈塔族的女子一样肤色苍白，骨骼娇细。她纤薄的嘴唇可以吐出让空气与之共鸣的悦耳声音——清澈而富有磁性。那温雅甜美的脸，不得不让莫亚仔细注视。她眼圈微微有些发红，虽然加了一些妆去掩饰，但还是有无法掩盖的泪痕。

　　她没穿戴任何奢侈品。看着对方的裙子，莫亚认为自己想法也许太绝对，这栋别墅中她用的东西，可能尽数放在衣柜里，甚至摆满了整个房间。

　　"您好，欢迎来到我们家，我叫莉雅，是洛克的姐姐。"女孩的微笑是那样的自然。当年莫亚为达到如此自然，可下了不少功夫。

　　"您好，我……我叫莫亚。"莫亚继续装着。

　　"你走吧，莫亚，你很漂亮，我没有讨厌你的意思，只是你应该明白……"莉雅将眼睛移向洛克，语调十分强势，不容反斥。

　　"什么？"莫亚问。

　　莉雅认为她显然是没明白，要么是故意不识趣。也许这个红发小姑娘不知道她想要勾引的对象对自己言听计从，她笑起来，语气略带嘲讽和愤怒："你还不懂吗？"

　　"姐，她没有地方住，等等，你过来一下。"洛克向莫亚赔笑，把莉雅拽到一旁的画室。

　　莫亚心里很不好受，她轻轻坐在沙发上开始收拾一地的红色液体，等待着吵架结果。这时管家走过来帮忙，他友善地咧咧嘴，拿着毛巾擦拭沙发。

　　房间里，洛克严肃又小心地责备起来："姐！你想干吗？"

　　莉雅面无表情地凝视他："你看不出来吗？"

　　"不是。她招你惹你了？"

"你惹我了。"莉雅双手叉腰，挑起双眉。

"可她没地方住。"洛克马上服软了，摆出一副想讲道理的样子。

"所以你就趁火打劫？"

"我只想帮她。"

"那你告诉我，你怎么和她认识的？"

"我……我们在街上认识的。"

"说过程！"

"我……"

"说不出来了吧！"莉雅厉声斥责。

"姐，求你相信我一次，最后一次！我是真心对她好！她真的没地方住，我才……"

"你才什么？！"

洛克不知所措，自知理亏，他知道没有理由可以反驳她，但是他的确被莫亚迷住了。在他的印象中，从未见过有如此魅力的人，无论外貌还是性格都无可挑剔，尤其是外貌。像她这样美妙还拥有如此性格和教养，简直难能可贵。

她清新脱俗，一举一动给人一种海浪拍打沙滩的感觉。和她交谈，洛克觉得她非常纯粹，和别的女孩不同，几乎不做作矫情，这些都是无法假装的。除了说话略像贵族，外加太过客气，还有举手投足间不小心带出的幼稚。她的心思单纯，那是无意间从她动人的玫红色眼眸里渗透出来的，也是无法假装的。红色的眼睛既可爱又成熟，而笑，也是他见过最朴实、最真诚的。

这种情意，让他产生了一种上辈子就见过她的错觉。我是不是上辈子见过她呢？为什么她出现在我面前？他催眠自己的想法，他活着只是为她，或是只是为了遇见她。还有一点尤其重要，他第一次感到自己的心还有另一种跳动方式。莫亚的一次大胆操作得到显著成果，尽管擦和不擦没什么区别，但只是针对衣服而言。

在与莉雅的交谈中，洛克终于明白自己已经不可自拔，那种感情不强烈却格外清晰。他知道如果与这样的仙女擦身而过，注定会后悔一世。

在如此强烈的情感的鼓荡下，他抓住莉雅的手向她下跪，祈求她的原谅。他为自己的举动而震惊，因为它情不自禁地上演了，他产生了一种离奇的"出魂"感。他的大脑一片空白，举动却完全出于真心，并非自己开始就如此设计。莉雅也为之惊讶，因为她察觉到洛克向她请求时嗓音的颤抖，内心汹涌着无法抑制的情绪。看着弟弟，心里的小缝隙好像被打开了：爱可以让任何人做任何事，就是如此。爱本身没有错，它超越一切，控制一切，摧毁一切，漂白一切。

她前所未有地轻松，可稍不留神又陷入彷徨。她依然处于挣扎、彷徨和痛恨当中。

莉雅给了洛克一个机会，而洛克的改变，也让她喜欢上了莫亚，因为莫亚的魅力竟可以让原来那个风流堕落的弟弟变得真诚、谦逊，甚至憧憬未来。

随着房间的门打开，莫亚拿着沾满红酒的抹布起身，看着一前一后出来的两人，内心满是惶恐，她觉得自己马上要走人，或者有可能被绑起来。半年前随联盟到达科技之源的时候，差点就被五花大绑扔出房子，多亏张向阳抬手一把火烧了张桌子，对方才不敢张狂。在这个地方，大开杀戒和自杀一样愚蠢。

她依旧不失尊严和礼仪，却谦卑又果敢地放下手里的脏布子。管家吃力地起身，向莉雅鞠躬，他眉眼里满是歉意，同时用表情想为身边的红发女孩做一些开脱。

洛克心里充满对管家的无尽感激，但还是深藏不露地笑着。在莫亚小心翼翼地看了自己一眼之后，他两手插在礼服口袋里，仍温和地笑着，然后对着莫亚瞥了眼莉雅，在莉雅身后向对方投去"没事了"的口型。莫亚轻轻向前，正欲开口，可谁知莉雅先道歉了："对不起，我太冲动了，希望您原谅我之前说的话，我为我的失礼和我弟弟的失礼道歉。如果不介意，您可以住在这里，我会亲自为您安排房间，您也可以自己挑选。见到您很高兴！"

管家没有把自己的震惊表露出来，但谁都可以看出他的惊讶。这个白发苍苍的老人仿佛不想打搅这一闹剧，在第一时间安静地离开去做自己的事情了。洛克笑了，笑容这下才动人起来。他身穿湿乎乎的"猩红衬衣"，浑身散发着酒精的味道，滑稽地向莫亚做了个"请"的姿势。

莫亚没有任何情绪波动，她向莉雅行了皇室礼仪，随后笑道："没！失礼的应该是我，您没有任何错，谢谢您的原谅。我也很高兴可以与您相见，可不要再生分了，叫我莫亚，妹妹也行。"

莉雅被一席话镇住了，她很想扭头去看看幸灾乐祸的弟弟，更想问问他眼前的红发精灵是个什么样的人，可以用这样的气度如此自然地答复。

"请问您是？"莉雅小心地问。

"我？我就是莫亚呀！"女孩甜美地笑道，"非要说'您'吗？"

"我们坐下说吧。来，妹妹，告诉我，你是怎么认识他的，还有你为什么会来这里？"

莉雅亲自给莫亚安排了一间离洛克房间很远的十分舒适的房间，其实她更想把莫亚安排到自己的隔壁，但她清楚她不能。

等到下午的时候，大家聚在一起惬意地开着玩笑，轻松愉悦的话题几乎从未间断。没有人把莫亚当外人，包括她自己。即使无话可说，哪怕只是像莫亚一样坐在皮沙发上用三根手指摆弄自己垂下的一缕红发，大家都仍旧会感觉到闲适自然。下午茶时间就是这样度过的。

之后的时间里，莫亚或多或少暴露了自己对贵族奢侈生活的不习惯，便决心不再把话题引向自己，只是发表很少的关键且中立的看法，每每都迎来好评或附和。管家也时不时加入，他的确是个幽默、忠诚、博学的老头，开起玩笑来一点不比洛克差，反而更有深度。洛克时刻在试图想尽各种办法博美人一笑，夸张、自嘲、文字游戏、调侃、赞美、暧昧……源源不断，一个接一个，最后甚至有意和管家比起高低。整个下午，他永远格外满足莫亚出于礼貌的微笑回应。莉雅从头到尾都是女主人的角色，一切关于莫亚的事都亲自过问与帮助，在晚餐之前她还心血来潮讲了个类似童话的故事，简直让莫亚入迷了——整个下午没什么不让她留恋的。

有趣的是，莫亚发现，莉雅多数时间都沉浸在自己的世界里，要么只是偶尔翻翻关于旧世界历史的古书（多半是野史——具有参考价值的野史——她自己承认的），或者擦拭一把匕首，然后对着那匕首发呆。

她对匕首百看不厌，洛克说那是莱恩，也就是首席执行官大人、莉雅的丈夫送她的。综合她的情绪、态度和举止，莫亚发现，在这个家庭关系中，还有一层微妙的暧昧——每当她拿起匕首擦拭，管家的神情似乎都会紧张一下，偶尔会说："小姐，我来帮您吧！"莉雅会说："不用，我自己喜欢干这个。"或直接回答"不用"，然后微笑着补充"谢谢"。

莫亚大概理清了这个家庭之间的关系，她在这里生存着，隐藏着，品味着，她感到一种前所未有的欢乐。

那个令莫亚着迷的故事，是一段普通的记载，却和魔源的传说挂钩，虽说没什么直接牵连，但应该是真实的一环。它和其他传说中的故事一样，本就断断续续，毫无根据，现在被不知道哪个作者搞成这个样子，更像是睡前故事了。莫亚喜欢听故事，喜欢听关于这个世界的异闻，可惜诺如果认为对她没什么帮助，或是认为不确切和带有所谓无聊虚假成分，他是一个字也不会说的。他未来绝对不会是个可以讲故事哄小孩的人。可气的是，每次去找哥哥，他总会让她再回去找诺。

这个故事是这样的：

    故事发生在很久以前，在北方诸国都没有建立起来的时候，有一个小镇里，有一对很恩爱、善良和勤劳的年轻夫妇，他们二人过着自给自足的田园生活。一天他们遇到一个迷了路的小女孩，灰发碧眼很是可爱，便决定收留她，直到她找到自己的家为止。小女孩也非常勤快，她很喜欢这对夫妇，愿意和他们住在一起。

    数十天后，一头狼人经过他们的房子。那家伙恐怖极了，浑身长着坚硬的灰色长毛，尾巴像大扫帚一样。他的长相凶横阴险，长长的獠牙白森森地露在腮外，小狗见了都不敢出声。

    他走进院子，敲了敲厨房的门。独自在家的妻子闻声出来，吓得尖叫起来，狼人说："您不要怕，我没有恶意，只是您是否遇见过一个青发碧眼的小姑娘。"他的声音冷血恐怖。

    妻子想，应该就是我灰头发的小姑娘，此刻她去河边洗衣服了，这匹狼一定会伤害她，我怎么能让他带走那么可爱而勤劳的孩子？于是她说："我没有遇到什么小姑娘，倒是有个金头发的小男孩路过，您要找他吗？"妻子撒谎了，没有什么金头发的小男孩。

    "哦！也许她是灰头发呢？"狼人凶狠地说。

    "不！没有，求求你离开我的院子。我很穷，没什么可以给您的，如果您非要得到什么，就把这个拿去。"她摘下自己手上藤条和银钉编成的戒指，这是他们家唯一值钱的物件。她只希望这个恐怖的家伙赶快离开，远离自己的养女。

"对不起，我并不贪婪，我不要您的银戒指。您受惊了，为了补偿你，我会给你十个钱，这是我仅有的财产。"狼人掏出十枚银币，给了妻子，他的手有水缸那么大！

"天哪！这些钱够我们撑过一个秋天和半个冬天！我不能要。"妻子叫道。可是狼人早已离去。晚上，砍柴的丈夫回到家，他对妻子说："我遇到个怪事！我在砍柴回家的路上遇到个会说话的稻草人！他问我有没有看到一个金头发的小男孩。他手里拿着镰刀，相貌丑陋，活像死神！我怕极了，心里想的都是你，我敷衍他说，没有什么金头发的小男孩，只有灰发的小姑娘。当时我想我真糊涂，又怕我们的养女有危险，就说她已经走了。那个稻草人很失望，他还说如果见到金头发的小男孩就告诉他在哪里，却完全不考虑我要如何告诉他，就径直走向森林。奇怪的是，他还说，那个灰头发的小女孩可能是国王的未婚妻，私藏她是要杀头的，她走了就好。这不会是我们的养女吧？"

妻子"哇"地大叫一声，忙把自己的遭遇说了出来，又拿出十个银钱给丈夫看。丈夫听完很是惶恐，认为他们撞鬼了，而且会遭来报复。

到了晚上，小女孩才回到家里，听了他们白天的遭遇，她对养父母说："我没碰到什么怪事，更别说你们说的狼人和会说话的稻草人了。而且，我不是什么国王的未婚妻。"然后她逗了逗小狗就去睡觉了。可是第二天，当这对夫妇起来的时候，他们发现小女孩不见了，她的枕边留下一封信。

他们都不识字，却不敢让外人看，直到三天之后他们才明白信的内容。大体是说，小女孩撒了谎，她的确不是什么国王的未婚妻，但她的存在会给他们带来危险，谢谢他们无私的照顾和保护，包括为她撒的谎，她未来会回来报答他们。

这家很和睦，晚宴允许主人和仆人共进晚餐，大家总是有说有笑，这应该归功于莉雅。在和众人吃过一顿烛光晚宴之后，莫亚道过晚安，早早回房了。

她躺在床上，房内伸手不见五指。莫亚是高等血精灵，她是"血做的"，所以用血液强行调整了瞳孔的大小——重塑瞳孔，变得对光线更加敏感。她经常用这招，没有发现副作用——在她看来，房间亮而危险。嗜血荆棘就在枕头底下，莫亚侧身躺在床上没换衣服，她两手都在枕下，将匕首轻轻握着，她用拘作一团的被子作掩护，挡在门与自己之间，用来防止突发状况。她认真听着房门外所有人的一举一动，感知每一个人体内流淌的血。房内没有任何声音，包括莫亚的呼吸声和心跳声。

嗜血荆棘是张向阳送给莫亚的两把匕首的名字，都镶有血晶琥珀，是血精灵的秘宝，可以将刀刃上的血吸收，让能够控制鲜血的莫亚按个人意愿改变轨迹。

莫亚可能有二分之一血精灵血统，红瞳与可以控制血液的与生俱来的天赋是最好的证明，而张向阳和诺之所以断定二分之一，是因为她不能完全发挥为木头而发动第三次宇宙战争已灭绝的种族的全部能力。她还有另一种完全不同的天赋技能——打破生物界限的极强光感能力和瞬间移动的超能力。他们推断这些可能是来源于光精灵，或某种觉醒智慧的千年以上的吸血生物。这个推论完美解释了莫亚从小被抛弃的悲惨命运，源于她的血统冲突或父母的禁忌之恋。

她的双亲其中有一方至少是存在了大概上亿年的可怕的吸血种族，那一定是上古血脉的分支，寿命可达一千岁。所有拥有那种已灭绝的吸血血统的精灵都有一双红色的眼睛，眼睛有颜色并不奇怪，可很少有红瞳。在整个宇宙的人口，精灵只占了少半。只要有四分之一以上的任意精灵血统，无论身体中是否埋有上古血脉的种子，眼睛都会有异于常人的色彩。如果光是金、绿、灰白的角膜说明不了什么，最大的不同，是在伸手不见五指的黑暗中，精灵的眼睛可以发出淡光。光的颜色与角膜颜色和血统有关，他们就像猫一样，大多数类人精灵在晚上的视力比人类好。

拥有上古血脉的血精灵通常会有难以克制的嗜血欲望，但莫亚没有体现出来，这可归结为血统不纯。正因血统不纯，莫亚不可以吸食他人的血液转化成自己的血，但她控制血液的能力和对其敏感的程度，要比已知的所有种类的血精灵强。她自身拥有常人四倍的造血量，她可以闻到数里外鲜血的味道，可以短时间将自己的部分化做血液，并加以控制，可惜因为无法转化他人的血而不能经常使用。莫亚从没来过月事，好像也不具备生育能力。

而她另一个撒手锏来自一个连诺和张向阳都不知道的种族——可以通过媒介来瞬移的种族，瞬移魔法本是中高阶魔法师才可以掌握的技能，但莫亚的力量与生俱来。因莫亚是混血，所以她的媒介是血，所有的能力在她身上出奇地协调，她简直是玛雅亲手制造的。她的高等种族，用作为人类的张向阳的话说："她的命，比人值钱多了"。

玛雅，世界公认的生命女神，民间流传的共有三种形象：一、上古之源、死神之敌、众神之主。有五个孩子，但尤其偏爱水神与火神。二、世界信仰。春天、自由、智慧、希望、生命、丰收、富饶之神玛雅。三、半神玛雅。在通天帝国暴政年代引导人民，救济众生，传说是战神、通天帝国丞相龙的妻子，最终死于第四次暗杀之后的屠城。遗有一女，亦死于暗杀。

凌晨的空气像蛇鳞一样冰冷可怖，窗内有一层水蒸气遮住了仅有的一丝月光。她仍然一动不动，屏蔽心跳，透支着自己的耐力。

在这个寂静冰冷的夜晚，她安静地躺在床上，努力让自己的身体沉下去。她让自己的神经绷成一根弦，如一条深入无边黑暗的直线，她的思想，就像一个单调的点，在这条直线上做着毫无色彩的匀速运动，没有终点，没有目标。这可以让她的精神和身体在得到休息的同时保持警惕，一旦有任何轻微的动静，这根弦都会像被猎物触碰的地线一样崩断，她会在瞬间从床上像匕首一样弹起，将猎物一剑封喉。

三点了，她在床上躺了六个小时，其中两个小时属于半睡眠状态。

将近四点，她用尽了体力，还是不敢睡着，因为从她进到这个房间开始，始终有一个人没有睡着。

莉雅。

为什么？

莫亚无法知道她在做什么，但可以感知到她的心在离她的门五十步的地方以清醒而不平稳的状态跳动。

如果经验老到，只十秒她就能杀死我。该死的！我得动一动。

烦躁的感觉像一条八爪鱼在莫亚体内爬动，一种无法稀释的痒从胸腔和小腹牵动全身，仿佛要撕裂她。让她发疯的不是一夜处于神经紧绷的半睡眠状态，而是一动不动的痛苦。冰凉黏稠的触手终于遏紧了莫亚的脖子，全身的不自在差点让她跳起来。

她终于睡着了，只是没有熟睡。

莫亚全身出汗，呼吸急促，开始回忆她碰到的奇怪的事——刚刚半睡时做的梦——她从没有在半睡时做过梦。

而第一次执行任务的第一天晚上就是个噩梦。

她站在寂静凄凉的夜中，独自一人。好像是在黑压压的丛林之中，她不知道那儿是哪儿，她面前唯一的建筑物是一座六层高的塔，与她一样孤独。塔后面，一轮巨大的月浮在空中，她感觉很冷。

世界变红了，这是诺的幻术，没错的。可……为什么？

她抬头，亭台上出现一人。那里的确站了个人，他一开始就站在那里。

他是诺，脸上有很多血，黑色长袍破烂不堪，他的那只唯一的渡鸦也不在肩上。

她好像一下就能看到他的眼睛，发现诺施展幻术的红瞳竟有六枚黑斑，而诺曾说过黑斑体现了精神力的强弱，他只可以达到四枚。月亮也变红了，仿佛变成了一只眼睛，有六颗燃着黑火的巨大的火球在那只恐怖的巨眼中盘旋。她莫名地觉得那眼睛非常漂亮，有种神圣感和仪式感。此刻那眼睛俯视着一切，好像神的眼睛。

在她背后，是一大汪血滩。她瑟瑟发抖，满是恐惧，有无数残缺不全的人从血滩中爬出。她觉得那是自己害死的人，有自己杀过的——她的老师、那些变革者，还有没杀过的陌生人，但她感觉都是自己杀的。哥哥，也在里面！

突然！满头是血的诺出现在莫亚面前，那张年轻冷俊的脸用无法自拔而痛苦的双瞳凝视莫亚。他紧紧抓住莫亚的手，而莫亚的另一只手，猛然间被张向阳紧紧攥住，她竟发现诺用憎恨的目光瞪着张向阳。莫亚清楚地知道和诺相处这几年，他从没有露出这种表情，也从没有以任何形式对张向阳——他的主人不敬。

她突然没办法呼吸了，好像鼻子和咽喉被堵住了。

张向阳用同样的眼神看着诺，他温和亲切的微笑好像从没出现在脸上。双方都想杀掉对方，他们也这么做了。大批丧尸——隐约里边有认识的人——和诺召唤出来的群鸦厮杀在一起。两人各抓莫亚一臂，快要将她撕裂。他们都不肯放手，像着了魔一样丝毫不管莫亚死活。

莫亚的力气被抽走了，无力反抗、任凭折磨。

最后，一切都黑了下来，一下子安静了。她感觉不到自己的身体，还没缓过来，眼前一只眼睛猛然张开，把她吓得魂不附体。然后她醒了，印象中，那眼睛里面有六颗黑星。

彻底的噩梦，那么不真实，却深有所感，让她打心底为之战栗。

纯粹的恐惧扼住了她的精神，那种原始的恐惧，感觉就像中了幻术。她不自觉想到了诺，一闪而过。

天已经亮了，她回忆这个梦花了一个多小时。回忆张向阳的种种，他对莫亚的亲情好像是无穷的，这种爱只有张向阳、诺、莫亚三人知道原因，那红皮魔法书中的东西莫亚本无意发现，但之后还是给她带来了痛苦和莫名的沮丧。

她原来就明白，任何事都有动机，不可能无缘无故。道理都清楚，可失落却仍真真切切地在心里，而她难受的原因，可能正因张向阳单方面给予她的爱是本不该得到的，就像恩赐。恩赐的理由还如此荒谬！

那时她才刚从地狱爬出来，不爱说话，仇视任何人，甚至没有人性，只要有吃的、可以活下去、不用被打就好了。可慢慢地，她对生活的看法从一种麻木变成另一种麻木，那是一种看淡之后才有的麻木，是放下的那种轻松与小小满足感才能促成的充实，是学会欣赏身边的任何东西、任何事的生活态度，这些归功于张向阳和诺无微不至的关爱。之后她开始回忆这件事及其牵连的一切，那个决定莫亚一生命运的动机，慢慢地成为"一件事"。

她起身活动拉扯身体，继续想着那些一直堵在心里的东西，她不忍追忆，因为那天太过恐怖，而之后在张向阳和诺的光环下她有了新的生活。

"小姐，"诺悲哀地说，"何必在意过去呢？动机有那么重要吗？我知道这种感觉不太好，但是如果每件事都深究动机，将本来单纯的事情利益化，那要活得多累，尤其是……用在亲人身上。您要知道，少爷牺牲了一切，包括梦想和承诺才换来了你呀。"

诺的话简洁明了，没有强调任何一个地方，只是在陈述。这陈述一度为她指明了一条路，她一次次想照他说的去做，但是她深知在如今世道，他们三人都不可能做到，尤其是诺。可怜的他，看事情已经无法不深思熟虑。他活得一定很累，而他唯一信任的只有张向阳，因为张向阳值得任何人去信任，而诺更将一切交给了他。

信任本身很累。

她在房间消磨到将近七点钟，做的事情如下：

一、 休息冥想，调整心态。

二、 锻炼全身肌肉，达到战前状态。

三、 整理擦拭武器和暗器。

四、 拭去汗水，化妆。

五、 控制血液，使肌肉消失，变成洛克想要的模样。

六、 深呼吸，开门，即将迎接新的一天。

她现在是一个真正的天真姑娘，带着三分睡意刚起床的美丽姑娘。和昨天唯一不同的是，今天整装待发，全身武器。她准备快速行动，速战速决，至少在暗处和战熊打打交道。

"莫亚小姐，早餐已经备好了，要吃一点吗？"老管家笑容可掬地问道，莫亚捂嘴不好意思地打了个哈欠："我本以为，此刻……没人起床。"之后她调皮地说，"谢谢您，我可敬的管家，我当然要来一点！"

"呦，起这么早？"莉雅坐在凳子上穿鞋子，莫亚难以置信，她穿的还是昨天的衣服，那件简朴的白连衣裙。

"第一次在别人家睡，所以……"莫亚摸摸后脑勺，有点不好意思。

"别害羞呀，我昨晚拿东西路过你房间，你的房间可是什么声音都没有，睡得可沉了。"莉雅笑着说。

"是吗？"莫亚又不好意思地笑了起来，她想的却是，对方根本没起来过，她为什么要这么说？她耸耸肩笑着向天花板一瞥，同时走向华丽的餐桌："姐，你准备去哪儿呀？"

"去给我丈夫买衣服，要不要一起？"莉雅假装神秘，此时她已前脚踏出门外回头等待莫亚的回答。

"不用了。"莫亚笑着，其实她想说：我也要见你丈夫，只不过比你早。

"那好吧，我会给你带礼物回来的，希望你和我弟弟度过愉快的一天！"莉雅刻意把话题引向洛克。

房门关上，莫亚朝管家笑笑："请问，当然，如果不失礼的话，我想去书房看看，我想多知道一点关于那个传说，或说童话。我昨天看到很多书，很感兴趣。嗯，一定不会弄乱的！"

管家耸耸肩膀，嘴角在浓重的皱纹间咧开。他依然俯身擦拭着桌子，慢条斯理地说道："没关系的，莫亚小姐，想的话尽管去吧，我会为您准备好早餐。不！别为难我了，'谦卑'是我的工作之一，您若累了或心情好了就来吃点。您人很不错，就像大小姐，我欢迎您的到来。书房我每天都会整理的，不用那样拘束，这儿就是您的家。"

莫亚深吸一口气："请问您有妻儿吗？"她想管家工资颇高，人又这么的绅士、细腻、和蔼、亲切，他们一定很幸福。可管家的回答令她愣神，他几乎连气都没喘，也无任何沮丧："没有过儿子，妻子有过，死于战争。"

整个屋子的气氛瞬间变得凝重，她不相信管家可以做到如此平静，他没有忘却，这样一个慈祥细心、会照顾人的老人不可能忘却。就算他年轻时玩世不恭，不在意家庭，现在也一定会有悔恨。

莫亚没有爱过。她认为如果和一个人结婚，那个人一定是像哥哥给她的感觉，至少其分量不亚于此。张向阳也曾和她谈过两句关于婚姻的观点，他说："你未来要找一个强大的人、有本事的人、正派的人、爱你的人，最重要的，是找一个聪明的人。"然后他又沉思了一小下，继续说，"还是要找一个爱你的人，真正爱你的人，其次才是聪明的人。"过了一会，他又说："其实爱不爱你和聪不聪明都很重要，没有区别，但总之要是个好人。"又过了一会，他做了最后模棱两可的补充："也不一定要是个好人，对你好就行。"

他就是这样，他永远是这样，他总爱对她说这些没有用、听不太懂、又可能误导她的话。还有些莫名其妙的、不想听他多说的话，例如：要爱惜动物呀；要喜欢春天、夏天、秋天、冬天呀（他真的在不同的时间点一个没落地说了一遍）；不应有仇恨，不应指责呀……

她本来就没有不爱惜动物，也没有讨厌四季或偏爱某个季节，她更没有恨的人，也不认为这辈子会恨谁。她不理解，他是自己的监护人，但还总这样。相比之下，所有人对他的印象恰恰是话少。诺说，正是因为他那"话少"，那些人才能对她那样好。

在她自己看来，不得不承认：他的言论都很睿智，带着种魔力，那魔力源于魅力和魄力。有时整个队伍都会等他，等着他说话。诺在等，沙在等，老胡子、老水桶也在等，他们的表情甚至都在引导莫亚和其他小辈安静些，陪他们一起等。可到了最后，等什么呢？他说什么了吗？发出什么指令了吗？好像没有啊。

他很难投入什么普通人会专注的事，总是特立独行，远离队伍，却又无处不在，关心任何事，哪怕马和鞍。他总是很远，又很近，总好像不重要，但实际上非常重要。一个大人物，就好像一棵大树，他的绿荫可以笼罩和庇护周围的一切。如果联盟没有他，等于没了主心骨，这话无可厚非，现在离开久了，她觉得自己也离不开那些唠叨了。

除非包办婚姻导致的婚姻不幸、出轨、家暴，双方有过仇恨甚至动过杀心，那管家是这样吗？即使如此，去掉妻子这层关系，对于一个女人的死表现得如此轻视，她不认为管家是这样的人。可谁知道呢？她认为自己应该抱歉，至少表示惋惜和体谅。她真心为这个老爷子难过，可她都没来得及说话就被洛克打断。

"嗨！好早！"

莫亚向管家皱皱眉，老爷子先向洛克挥挥手，然后对莫亚笑着耸了下肩。莫亚叹了口气，然后抱歉地耸了耸肩，转头对二楼的男孩露出个迷人的笑容："嗨！早上好！"

"这么早呀，好少见哟。"管家慈祥地笑起来。莫亚观察到，他的皱纹第一次挤得这么明显，应该是真的发现了有趣的事。洛克嘴角抽了一下，其实他今天一大早莫名其妙就醒了，他从来无法自己早起，所以他把这归于对莫亚的思念，神奇的是，他还做了个关于莫亚的春梦。他很久没有梦到生活中真实的人了。莉雅刚到这里时，十四岁情窦初开的小男孩还梦到过这个洁白美丽梦幻的仙子。之后，他春梦的女主角就朝着虚构角色发展了。关于莫亚这个梦，他梦见他们白手起家，然后在自己的房子里一起洗澡，赤身裸体做了很多事，却没发生肉体上的关系，甚至接吻和相互抚摸都没有。

悲哀的是，从头到尾，他都没看清莫亚的身体，总有团迷雾挡着，他们更像一起在桑拿房里过家家。他清楚记得，在梦里他还一遍遍地下决心，希望下一秒一定看清楚女孩的身体，然后有下一步进展。可惜醒来后并没如愿，他惋惜地流出了眼泪，然后安慰自己，那些都是迟早的事，他要一辈子对她好，带她走遍世上任何一个角落。

"我们出去玩吧，我昨晚彻夜未眠，想要带你去很多地方。"

"什么？"这和莫亚想的不太一样，说实话，她根本没想到对方会一大早就专门带她出门。

"这个城市，实际上非常繁华，不只是兵营，当然我指的不是这里，而是出城之后。你想想，今天天气不错，又不热，我们可以去湖中公园，或者去某个山里野炊。中午热了也不用回家，我们可以去看个歌剧什么的，也能去我的一些朋友家里坐坐。下午三四点，我们去划船或看花展，晚上回来我们再盛情款待你，可不像昨天那样唐突，仆人会用一天来准备晚餐，拿出所有的美味。到了明天，我会带你去兜风，我们日出前起床，去后边的断崖，当然我们也可以不开车，一起骑马！日出之后，再好好去罗蒂城吃一顿丰盛早餐，那里有你想象不到的甜点，然后一起看赛马，或是球赛！不过你是女孩子，不喜欢没关系，我们可以看电影。你看过电影吗？先不说了，那时就我们两个，你可以点你想要的食物和饮料，我们也可以在那样的氛围下聊天。看电影的话，一次可能花上两到三个小时，之后我们也可以去卡罗黎，船送我们去海边，在那里度过一晚上。想想，沐着夜色，吹着海风，你一定没到过海边。哦！我忘了你坐过船的，不过那是河吧？重要的是第三天，我要带你去皇家斗兽场，也可能去别的什么斗兽场。你是北方人，可能不习惯这里，也不了解帝国绚丽的地方，我相信我是个很好的向导。这里最大的特色，不容错过的地方，就是斗兽场，那里有你想不到的惊喜。"

"好呀，我很开心。"莫亚彻底听呆了，她也是个爱玩的人。她看向老管家，后者专心地对待地上的污渍。他像原来一样，仿佛不曾在不久之前的那一瞬触过冷峻而严肃的问题，不曾悔恨或咽下积压在胸中的回忆，不曾触到刻在背脊上冷的发麻的经历。莫亚也不会纠结于一瞬，她不是那样的人，也许她真的多虑了？她不了解人性，她的社交年龄不过一年，她拥有的都是诺那内在冰冷残酷外表又乏味无趣的经验，和张向阳的意志和善念。况且，谁了解？人本身就是无比复杂的动物，那么多哲人一辈子思考"人"，最后只参透其中的千分之一。

人性，唉，可能她高深莫测的哥哥、麻木的诺，会了解那么一点？哈哈！如果她问他们，他们的回答会比任何时候谦虚。不知为什么，在他们面前，自己永远长不大，仿佛只有脱离他们的时候，她才能变得少言寡语，对任何事情漠不关心，不会显得幼稚，像个小妹妹。的确奇怪，在联盟里，尤其是在张向阳面前，她会莫名变得异常活泼，多话。最明显的体现，经常会注意力不集中，而且喜欢问问题，动不动就笑。她甚至会在失败或挫折之后嘟嘴，有时甚至卖个萌、撒个娇什么的。可一旦有陌生人在场，或在陌生环境里，她连多看别人一眼都不愿意，更不会说话。

而现在，她转念一想，放弃自己本来的计划，决定先坐暖椅子——她要像诺说的那样，利用友情和亲情、利用信任和别人对你的好感俘获人心，让别人为你做你意愿的事。

所以她说："在此之前，先让我们把早餐吃了。"

"当然，老爷子，快点！"洛克向管家挑挑眉，笑容尽显脸上。

"不要忘了里希和曼洛城，卡罗带遗迹馆也别忘记。"管家笑着说。莫亚越来越发现，这个管家对洛克就像长辈，完全不像仆人，主仆关系有时只体现在称呼的变化上。

"当然不会！那怎么可能忘？！但是卡罗带还是算了吧，我想莫亚小姐不会喜欢那里的。"

"卡罗带是什么？"

"魔法边境起源的探讨博览会。"管家答道。

"我，非常感兴趣！"莫亚带着笑意严肃地说，洛克耸耸肩。

"现在请二位用餐吧，不过小姐，您确定穿这身衣服？"

没等莫亚做出回答，洛克就说："那又如何？我对她的好感，有很大部分都是源于她的穿衣风格和审美，当时在路上，我可不知道她有着倾国倾城的美貌。"

莫亚咯咯地笑着，照诺的说法，她该礼貌得体地做出回应，但她认为，正因为她自己一些本质的东西，才会如此讨洛克的喜欢。她没有作声，而是调皮地为洛克拉出凳子，斜靠在椅背上，做了个请的手势。洛克下楼后当然尽绅士之仪，服侍莫亚先入座，然后管家再服侍洛克入座，之后自然就不用说了。

巨神之剑，战神区以西，某酒馆

　　他缓慢地坐下，没发出任何声响，低着头，两手放在桌子上。他旁边的那个男人用戴着护手甲的左手，把自己的半杯啤酒慢慢移到他右侧。他看了那个人一眼，犹豫了一下，接起杯来就喝。他的牙齿和手抖得厉害，杯子几乎都要发出响声。整个酒馆的人，都已注意到了这个角落，他们三两聚堆，坐在远处，侧目而视，监视着这两个奇怪的人。

　　他仍控制不住自己的激动，旁边的男人微微起身，用左手去拍他肩膀，他一下就镇定了下来。

　　他抬头，用兜帽下的眼睛看那个左手着护手甲的男人，那人也带着帽子。他看不见对方的脸，这个地方太暗了，但对方肯定能看清自己脸上的丑态——对面这个男人对光不是一般敏感。

　　他站了起来，用左手紧紧地抓住对方左胳膊的护腕，对方也一样，两人就这样站定三秒，然后又一起默默坐下。

　　"你迟到了。"酒杯的主人说。

　　"法阵左盘偏了两度，我直接跳到了三千千米以外的海里，差点被淹死。"

　　"了不起。"对方面无表情地讽刺道，这是他惯用的口气。

　　他们的声音很低，而且说的是风精灵语，这里绝对不会有风精灵存在，所以没人能听懂。在这样大的世界，不存在所谓的谜语和暗语，只要随便提溜出世界任意一个偏僻角落的语言和文字，应付隔墙有耳足够了。

"我的海兰之心丢了，可能在海里迷失的。"他失落地说。

"没丢了你背后那三条带子就行，那可是你的命根子。"

"没了海兰之心，我魔力不够，魔核缩减了百分之二十。真羡慕你们这些利用血脉使用魔法的，血液就像个核反应堆，能量取之不尽。"

"你不是还有魔器吗？"男人问。

"来回太远了，那个空中的大法阵耗了我太多魔法。"

"没被撕裂或到别的时空就是万幸。"

"那不算啥，你没见过末世之渊、宇宙沙漏的破损之处、创世五行葬身的地方。"

"你去过？"男人又问。

"蛮荒冥界，你觉得呢？"

两个人都笑了，然后都没说话，他们有太多太多想向对方倾诉，却不知道从哪里说起，还是火狐先开口了。

"什么时候，我得请教你一下光魔法。"

"那有什么……我是说，我没什么好说的。"男人往椅背上一靠。

"谦虚。"火狐笑道，虽然在阴影下没人能看见。

"怎么和你说呢？你觉得在咒语的理解方面，和对魔法本质的探究，我会强过你？"

"光是你的专业领域吧？"火狐问。

"我的能力来源于血脉。"他把右手抽出披风，看了看手背上褐色的纹路，缓缓地说，"在知识和理论上，哪个种族可以强过人类？"

"我可不这么认为。"

"你们这种学术性动物太可怕，我们用的是魔法又不是魔理。在法则允许的范围内，已经满足不了你这群丧心病狂的家伙。几万年来你们想尽办法研究新的魔法链条搭配，所以才有那么多禁术产生，难道非要把所有的东西都用逻辑和理论说清楚？世界颠倒了！科技之源的人努力探索世界最原始的法则，而魔法师们术士们都在用自然科学那一套来研究魔法。"

"这么说来读心术最开始都是禁术？"火狐笑着调侃道。

"现在就不是了？"

火狐又笑了起来，对方没笑，那是他的习惯。不得不说，他们彼此都很愉悦。

"说到术士，不得不联想到术者，我在塔里这段时间一直在想，我还是术者的典范呢。我和'术民界者'思想的创始人在同一时期闻名，而我的风格完全符合他对一个完美的术者的要求。我还沾了人家的光，我觉得我一半名头就是术者群体捧起来的。"火狐说。

"术者……早就都消失了吧？或者说是归隐。现在天下没人称自己是术者了。"

"但肯定还有数量多到我们想象不到的术民思想拥护者。你对术者怎么看，别拿我来说。"

"什么都会，禁术最多。理想主义者和伪现实主义者，无组织无纪律，五花八门，没有界限——身份、职业、技能，都有着难得的想象力和叛逆性、建设性。各自都有着属于自己的非常规信仰，同时彼此之间又遵循着一个基本而笼统的守则。当然在这群特立独行的人当中，不乏更加特立独行的人，有着完全扭曲，或是说同常人不同的三观。还有最重要的是，撇去个人原则，你们，或许，都有着没人知晓的、共性的、无比崇高的信仰。"

"我都说了别说我。"火狐大笑道，声音回荡在屋子里，但没人看过来。他对面的男人轻咳了一声示意他收敛点。

"好！抱歉！"火狐还合不拢嘴，但声音后回到了之前，"这么多年了你还是不爱笑。而且……我可不是人类，但全世界的生物，无论精灵还是非精灵，都朝着人类的方向进化，不是吗？虽然'人类'还是这个世界上最卑劣的种族，诸神的祭品和阴谋。"他回到之前的话题，话虽如此，其实他一直以人类自居。他喜欢"人类"的这个身份，这让他很有优越感，仿佛高人一筹，也让他有些洋洋自得。

这个话题到这里就终止了，它本身算不上高明，尤其是对于他们这样的人，又在这样的环境下，有种没话找话的意思。

"我有问题问你。"酒杯的主人说，这时空气有点凝结了，气氛变得沉重起来。桌子上已经多出一个酒杯，原来那杯空的也满上了。他把自己的那杯拖到自己面前。

"你进步了？"火狐打断了他。

"没有，退步了。"男人用右手大拇指抚摸杯沿，他的右手没戴护手甲。实际上他只有左手被护甲包着，他的称号是"白狼"。

"不可能。"火狐笑道。

"我没有年轻时候那股拼死的劲了，也没什么信仰了。"白狼犹豫了一下，生硬地说，"你嫂子死了。"

"嗯，我知道。"

"呵呵。"白狼干笑道。火狐感觉眼睛一酸。

"但你比以前手段更辣了。"

"却不比以前残忍。"白狼抿了口啤酒。

"你想问我什么？"

"现在是两个问题了。"

"随便。"

"你怎么知道血蒂希死了？"血蒂希指的是他的妻子。

"多维屠城。"

"这个你也知道？"

"你以为我完全不关心你？"火狐略带自嘲地冷笑了一声，"你可差点就死那儿了。"

"你要是关心我，就不该去投奔通天帝国。"他差点说出，不该当通天帝国的走狗。

"你知道我在做啥？这三十多年。"火狐有点愤怒地说，他以为白狼是了解他的。实际上白狼确实了解他，他死也不会相信火狐会背叛。

白狼没说话。

"审计官内阁偏门事物秘书长，而且整个部门，就我一个人。哈！我三十来年，就没出过那个六十平方米的屋子一步。"

白狼沉默了良久："苦了你了。"

"你知道他们每天给我什么文件？他们如何控制我对外界的了解？好在我还对得起"魔法宗师导师"这个名头，像我这样一个人三十年没出过门的人，用挑拨离间、魔法蛊惑、金钱收买，还有刻意的文件错误……你猜我干了什么？"

白狼依旧没说话，火狐压低声音，屁股向后一靠："多维屠城。"

这一刻，这个代号白狼的男人，一时说不出话来，但他已经全明白了。

"你干的？"

"不然呢？"

"我懂了，但之前那些。"

"你能活到今天就要谢我，但我遗憾没能把嫂子救过来。"

"血蒂希是自己寻死的，她为了保全我，而我为了不暴露身份，没有

163

选择站出来，挡在她面前。"

"不要自责，她已经病得够重了，本也挺不过半个年头，她用最后的生命换取了你这十余年的太平。对我们所有人来说，她做了正确的决定。"

"谢谢你。"

"你是我大哥，还是曾经那句话：我能为你什么都不要。"

"我们的誓言你忘记了？信任第一，生命第二，情谊才排第三。"

"四十多年了，我要感谢能遇见你们。"

"这么说，是你杀了龙的老婆？"白狼沉默良久，抬起头来。

"你可以这么理解，但是为了救你。"

"龙之所以闹变革，很有可能以为那是通天帝国干的。"

"就是通天帝国干的。"火狐笑笑，纠正道。

"这是他与卡拉迪反目的主要原因，他把一切让给了他生死之交，只想好好和妻女生活，他的挚友却杀了他的妻子。"

"玛雅是半神，有着赐予生命的力量，她反对卡拉迪的暴政，我却杀死了她。"

"我明白了。其实，干得漂亮。"白狼淡淡地说。

"嗯？"

"你为百姓做了好事，人们需要一个狂怒的领袖，只有龙才能彻底推翻卡拉迪政权，而非玛雅。"

"你怎么不认为龙会成为下一个卡拉迪？卡拉迪就是上一个北国暴君。"

"据我所知，他们穿一条裤子长大，性格却大相径庭。我与他有一面之缘。"

"你信任他？"

"他是个正派的人。"

"龙我不知道，恕我直言，人们需要的好领袖只有一个，那将会是你。"

白狼再次没有说话。看着自己的大哥，火狐斩钉截铁地说："你有那个能力！登上王位轻而易举。"

"如果我们反对龙，苦的是百姓。"

"你不想复仇吗？"

"支持龙就是在向通天帝国讨债。"

"龙呢？！"

"别说了，别人注意到了。"白狼盯着桌子上的刀痕，咬着牙说。

"我们不一定要通过武力，我们可以成为变革军不可分割的力量，再逼他让位，我做的一切都是为了你！我……"

他没说完却被白狼打断："龙有野心，他绝对不会退让的。"

"哈！说回来，你也知道他是什么样的。"

"我们不能与他为敌。"

"我们不敢。"火狐望向天花板，自嘲道。

"他很强，光他一个人，就够我受的。他是战神，我和他顶多五五开。"

"说到底他只是一个普通的人类。天知道他的肉体为什么能达到那样的强度，杀的人太多了？而你是不折不扣的神族呀，世界上最强的种族，而且我们有四个人，还有二哥和三哥。你觉得龙和三哥的拳头谁硬？别跟我说你宁可看好人类也不看好正统的上古皇族。"

"我怕你忘了他身边的那些怪物，莫科、伊文、艾文娜，他们都有成千上万的军队。我们呢？而且还有个棘手的东西，他的养子，张向阳。"

"科技之父、传说中的上古皇族遗脉、树精女王，我不觉得我们差在哪里呀？可是那什么张向阳是什么？东方人？好大众化的名字。"火狐调侃道。

"据我所知……或说据不可靠消息……他该是神。"

"好吧……"

"哈哈哈。"白狼看自己弟弟这傻样，笑了起来，"其实讲道理我并不相信他是真神，甚至说是半神都不信，可结合种种事实和线索，若说他是火魔源倒也合情合理。不过，无论他是什么，我们一定要搞清楚，大量收集情报。他太过危险了，那个人的任何动作都能决定世界的走向，他也许是龙的唯一软肋。希望他不像我所担忧的那样，也希望他是个正派的人，清楚自己的站位。"

"没有人能做到不在命运和尘世的漩涡中迷失方向，没有人，我不对他抱什么期望。"火狐不屑地说。

"不，我非常看好他，因为很多原因。"白狼意味深长地笑笑。

"如果他是火魔源，我要他。"

"这么多年你还是没放弃吗？"白狼皱皱眉。

"不，反而发现了很多关键的东西，我现在比以往任何时候都坚信它是存在的，有很多不可思议的东西围着它在转。"

两人又陷入沉默，多说无益，会意即可。对于他们二人，语言纯属多余。

"我们也不是没机会，二哥和莫科有过节，三哥和上古皇族也不对眼。"等两人酒杯见底，火狐突然说道。

"你三哥不仅和上古皇族不对眼，而且和龙祖有过节，龙祖和烈魔德是盟友。"

"他们关系脆得和玻璃一样，你不是和光明王是酒友吗？凛冬王好像还是二哥的老乡。好嘞，龙祖和他们都是敌对关系。"火狐说。

"不可否认，雪鹰这辈子就没对女人真正动过兴趣，顶多是偶尔的性欲，但他看凛冬的眼神确实不一样，可惜凛冬……太……反正老二这种顾家的男人肯定驾驭不住。光明王和凛冬彼此也是敌对，东方的事我们不好干涉，他们现在也互不干涉，一心等待上古皇族的归来——这里肯定也不简单，他们不会把东方已经属于自己的土地拱手相让。也许必要的时候我们需要帮一下凛冬，就看在老二的份上。况且，对于光明王，我们饭桌上的关系能到哪步？"

"等待上古皇族的归来？怕不是要出什么乱子吧。三哥呢？"火狐问。

"你三哥一直都憎恨自己体内流的血，虽然也一直以自己的力量为骄傲，他对王位不感兴趣。"

他正说得起劲，白狼一摆手："可龙祖与龙结盟……"

"好了，我懂了。一切都是未知数，我也不傻。第二个问题。"

"嗯哼？"火狐看着门外，这时进来了一伙人，坐在了远处的角落里，人数还不少。

"我们四个里面，就你称得上阴谋家，告诉我，二十六年前……"这次轮到白狼被打断。

"那不是我干的。"火狐攥紧拳头。

"你是说……"

"有人利用我们的名号，鼓动变革热潮，最后那些被骗的人、无辜的人被通天帝国……那些人本不该死，只是他们没有完整的组织和纪律，包括方针和战术，根本没人给他们正确的领导。"火狐答道。

"那现在呢？"白狼问。

"现在？"

"我们还是这么出名。"

"什么！不可思议，和我也没关系呀。发生了什么？"

"我明白了，我就找你确认一下。事情很明白了，二十六年前的假十字会残党，在大官员和部分国王领主身边潜伏数年，现在在开战前期搞阴谋，而且效果颇丰。"白狼说。

"我会处理的。"

"好吧，我的问题问完了。欢迎回家！至少我们见了一面了，我会去联络雪鹰和黑豹，告诉他们你的事。"

"他们还好吗？"火狐问。

"比你过得好。"

"哈哈哈！你们一个都没让我失望。我'投奔'通天帝国好歹不会有什么生命危险，就是个软禁到死。你们在外面混出花来，这三十多年经历这么多政变和战争，倒一个没死。谢谢你们！"火狐很开心。

"那真是黑暗年代，血流成河。"白狼想站起来，却被对方拦下。

"你要去哪？之后。"火狐问。

"西北方。"

"宣战处？为什么？"

"我要去找我的女儿，她是我的唯一了。"白狼的声音比以往更低沉，他没有叹气，因为那不是他的作风，可他失去的太多了。

"没事，都会好起来的。"

"你要去哪呢？"白狼问。

"种脉之境、威邦、六族圣地、矮人之乡、鬼市和黑市。"火狐沉默了一阵，补充道，"可能还会去科技之源。"

"科技之源？据我所知……"

没等白狼说完，火狐就插嘴："我要去见见我们和我以前的朋友们，告诉他们我还没死。在那些地方，你们所不知道的可信任的人多到无法想象。只是不知道三十年之后会是什么样，他们还是不是盟友，还像不像以前那样值得信任。关于科技之源，我在那没有朋友，却有一笔相当可观的财富，就是不知道有没有什么变数，三十年前的一张空头支票……唉，怎么说呢？你们钱多吗？"

"不多。"

"那笔资产足以为我们解决很多麻烦。"

"我懂了。"

"那……张向阳？"

"我的女儿认了龙的儿子做哥，你却算计死了她干妈妈。"白狼缓慢地说，声调甚是压抑。

"却救了她亲爹。"火狐恍然大悟，然后贫道。

之后，他们一起向外走去，白狼穿在斗篷外面的铁壁，在百叶窗透过的微光下，照着沿途所有人的脸。他们走到门口，突然白狼停了下来，扭回头去，扫视整个酒馆，像在挑衅所有人。火狐从他的侧面过去，左手推开半扇门，风沙一下子刮了进来。因为背着光，没人能看到白狼兜帽下的脸，他的披风飘动起来，被压在铁手之下。

"走了。"火狐说，同时望向方才进来的那一小队人。他已经注意他们一阵子，现在在光打向他们的一瞬间才看得清楚。女人？他有点困惑，那群赶路者中，有一个明显是姑娘。

他那身行头在光照下一览无余，如此威严而光鲜亮丽，和白狼形成了鲜明对比。白狼缓慢地吸了一口气，用围领遮住嘴巴，转身跨过木门，然后火狐才跟了出去，不忘把门轻轻带上。

外面黄沙漫天，白狼的兜帽险些被吹掉。他们两人环视四周，能见度很低了，风沙才刮起来。

"龙收养了个神——如果他事先知道实情，哪怕仅是知道那个张向阳是神，他就会那么做——那么就要牵扯到神界了。"火狐掩嘴喊道，盖过风声。此时白狼才看清他的衣着，还是三十几年前那套——一身几百年前皇家剑士的华丽行头，却在外面披着裁过的现代短肩魔法师斗篷，左肩上三条坚固而威严的剑带凌乱的飘着。他不像白狼有兜帽和围领，在这大风沙天里可不好过。

"据说，我的女儿和龙的女儿长得一模一样，所以那个男孩才救了她一命。这，就是我欣赏他的原因之一。"白狼的白披风飘得能把人带起来，他不得不用一只手抓住一边。

他们给彼此一个拥抱，然后紧紧握住对方的右手。两人看着对方，久久不语，后来白狼主动抽手，扭身离去。

火狐原地立定，眼睛迸出蓝光，魔法灵光在他周围环绕，他身边的空气变得急促而不稳定。他快速画了个法印，但自始至终都看着白狼的背影。

当风沙要将两人隐去的时候，火狐突然大喊："那她还好吗？"

"好得不得了，像极了她母亲。"白狼低沉沙哑的声音在远处回荡，被风沙淹没。随着耀眼的淡蓝色光晕化作光辉在黄沙中炸开，那个身背三条剑带的男人也不见了踪影。

帝兰城邦皇家斗兽场

斗兽场的呼声一阵高过一阵，如潮水在空中激荡。人们高举双拳，大声歌唱，伴着隆隆鼓声，攥紧手中筹码，嗜血、兴奋又病态地高喊，点评。斗兽场本就是为富商与贵族娱乐，给自家兜里捞钱，再掏出一半上缴高官，外加阿谀奉承。

这里是帝国北境第二斗兽场。贵宾席对面，相隔擂台，一个巨大的木质牢笼里，风声鼓鼓。在直径十米的圆形平台之上，有一头断角草龙被钉在上面。它是一头成年母龙，脖子上缠着一圈圈的铁索，两边翅膀各被三根刻有咒语的铁柱钉在地上。它的背上挂有巨大的石块，迫使它只能把肚子贴在地面，而鼻子也用巨大的铁笼头固定在地上。因为龙的吼声可以震聋人们的耳朵，所以它被无情地摘取了声带。尽管如此，这头残暴的猛兽依然用阴险的眼睛四处观望，敌视所有人。它被当作摇钱树折磨了近八年，依旧保持着原始的兽性，发出愤怒的低鸣和沉重的呼吸。

龙，混沌的代表，食物链的顶端。现存的种类约有近三百种，而曾经，在深渊大陆未建立起人类文明之时，龙至少有一千八百种。人们无从知晓，他们和精灵是如何战胜那些凶残的物种，并将它们驱散于圣神森林境内的龙之板块。那段历史是空白的，在宇宙形态研究会的档案中也记载甚少，就连预言、占卜和魔法也无从探知。

有一个恐怖的诅咒：探知过去，只要有关起源和上古，就等于在质问神，必会受到惩罚。巫师会的先辈们曾经集合所有高级成员，组成一百五十人的联合大阵，去探寻这个秘密，结果全部当场暴毙，死于非命，无一例外。

"你昨晚为什么要流泪呢？"莫亚没有看洛克，只是望着那条龙。她的声音穿过万人的呐喊飘进洛克的耳朵里。

"我……"洛克起先想否认，但现在思考着怎么来个机智诙谐的回答。

两人现在是很好的朋友，在别的方面——洛克一直期盼的那些方面——没有什么进展，因为洛克似乎满足于这种快乐，甚至珍惜呵护这种关系。

他们一起愉快地度过了很多天，通过传送门去了很多地方，活动可谓丰富多彩。划船、赛马、兜风、品茶、喝酒、跳舞、打球、博物馆、画展、个别贵族的私人别墅……他们想去哪就去哪，想走就走，无话不谈。哪怕刚买来了某个博览会昂贵的票子，如果没心情也可以马上就离开，去到门口小河边的长椅上坐着。

如果说女孩刻意的一举一动或某一句话，会有那么一瞬撩动洛克的心，那么全部都是诺教的。而在众多花招中最行之有效的那些柔中带娇、魅而带妖，"伤害"或者"麻痹"人灵魂的把戏，却归功于张向阳。

两个人总是有说有笑，几乎时时刻刻在一起，而莫亚的举止和气质在任何地方都为洛克添彩。她本身有一种气场，在那种全是贵族少爷小姐的聚会上，只要洛克带着她，他们自然而然就高他人一等。她的魅力，永远会让她成为焦点。极美的红瞳总像含着一种威严、轻蔑和挑逗，加上不可一世的美貌，拒人于千里之外的神气，足以让男客垂涎献媚，女宾敬而远之。

　　然而前天晚上，莫亚无意在深夜撞见洛克一个人默默流泪。她本不该惹是生非，但在此刻还是问了出来。她已经逐渐喜欢上了这个本就讨人喜欢的年轻人，他作为浪荡子，人格上的缺点完全能被他自身的风度和家族给予他的慷慨气度掩盖。何况，他长得还非常英俊，体格丰满，意气风发，性子里也有可爱之处。虽然他有时傲慢虚荣，挥金如土，但对莫亚的真心没得说，痴情和殷勤几乎让他倾其所有。

　　可以看出，洛克是爱书的。可他作为独生子，有这么一大笔遗产——这个家族控制着整个帝国百分之三十的资金流动——却不关注政治，不学习金融，只爱读读历史，偶尔去研究文学，简直是……唉！难以形容。他有相当多的历史知识，以及许多野史、轶闻，都是莫亚从未听过的。比如关于科技之源的诞生，这个连张向阳都没有对她说过。

　　大概八万年前，第二次宇宙大战之后，整个大陆从灭世时代进入帝国纵横时代。本在灭世时期就元气大伤的众上古血脉种族，没有得到圣神森林树精们的帮助，又疲于抵挡人类一次又一次的抢掠和侵犯（或说是多数精灵为了重回原来那种幸福、和平、安逸的生活），通过魔法，进行了一次集体性、大规模、远距离的宇宙跳跃，分散在了宇宙各处。处于帝国时代的人们，魔法功底尚且薄弱，为了尽快掌握精灵们留下的高阶魔法，每个帝国都争先恐后大规模兴办魔法学院。有一部分人，他们坚信只有度过萌芽期的科学，才是世界的真理。尽管强大而无所不在的魔法客观存在，他们依旧认为那是可笑而不切实际的，最重要的客观因素是：魔法师是极不稳定而危险的。

　　他们获得了相当一部分学生的支持，那时全国上下的魔法学徒们，有三分之二的都兼修科学那门新兴课程。出乎意料的是，凡学习科学的人，他们都无法再理解魔法，包括战士的驭气术和法印。那次变故直接导致整个人类的魔法水平直线下滑，直到现在仍有影响。

当时尚没有法师联盟，帝国联盟被巫师会控制。他们察觉到是蒸汽机阻碍了人们，仿佛科技和魔法是不能相融的。事实的确如此！所以他们明令禁止再研究科技，但为时已晚，那些公式和理论已经给魔法造成了毁灭性打击。"科学真理"和"魔法真理"相冲突，但文明给人带来的一些自由民主观念已经深入人心，况且数量庞大的科学拥护者为了反抗魔法，抵制神学、宗教、专制，把一切狂热者能消灭的都消灭了，弄得局面更加一发不可收拾。

最后，无可避免地发生了一次全人类规模的内战。宇宙大战刚过，圣神森林中的树精虎视眈眈，人们也不想彼此残杀，伤亡也不是很重。科学新派的先驱者和众多学生们，无可避免地输给了巫师会和帝国联盟的铁骑，由于当时的法律还残存人道，且迫于大局和各种压力，联盟最终选择了流放他们，给他们的要求是：永远不再想那愚蠢的蒸汽机。

学生们大部分都不愿被流放，有很多人愿意坚守阵线，拥护信仰。他们被迫只带少量的物资和食物，被传送到了一个东方的远离大陆的岛屿上，永远不得跨过任何帝国的边境。

那些被流放的人，处境很不乐观，岛屿足有两百多万平方千米，但资源还是有限，而且气候恶劣。他们从野蛮人开始，结婚生子，通过几万年的努力，终于拥有了高楼大厦，宇宙飞船，却又陷入了瓶颈，他们的技术再也无法前进了。要知道中阶以上的法阵只要五个普通法师花半上午就可以完成，然后进行百里以上的传送；一个上古精灵禁术就可以召唤万顷滚雷或直达宇宙的另一端。可因为错综复杂的天体、诡异的区域引力和种种其他因素，他们的科技连深渊大陆的大气层都出不了。

那地方资源匮乏，所以没有任何种族去侵犯他们，而短时间内，他们的社会已经达到了终极——每个人都拥有信仰和强大的道德观念，拥有超乎想象的公民权利，所有人在人格上真正平等。只要有想法，能得到权威人士支持，任何人都可以从政府得到资源去实践。在那里，人的私有财产和智慧结晶同等重要，法律保护其神圣不可侵犯。

他们比任何种族都爱国，都优越。但是随着科技的不断发展，他们的身体越来越弱，寿命越来越短（平均五十岁），但智商越来越高，那里十岁小孩的智商比现在通天帝国的成人强过数倍。

一千年前，北方诸国混战时期，那时的科技之源迎来了一位领袖，卡基米（卡蒙洛的亲哥哥卡基米，为千年之前科技之源的领袖，和半神锻造者非同一人。后者是卡蒙洛的师兄）。他们的高等技艺瞬间得到前所未有的进步。他们在一千年内掌握了可以和任何魔法比肩的科技，可以在任何地点进行任意长度的时空旅行，甚至可以赋予金属思维，也可以用科学研究魔法……

三战时期，也就是通天帝国称霸的时候，科技之源由莫科统治，他们并没有露面，而是选择闷声发大财，但具体存在什么阴谋，没人知晓。

所以归结源头，科技之源是帝国纵横前期从人类种族分裂出去的，但一直默默无闻。可在帝国纵横末期，北方诸国混战时突然崛起，成为之后六界中的一界。他们现在自称辛奈塔族，为了改良自己在寿命和身体力量上的缺陷，又因无法和天生强壮和拥有魔法的精灵结合，只好不断尝试和普通人类结合（辛奈塔族的姑娘都肤色苍白，温婉动人）。

这都是洛克说的，具体细节莫亚要自己去了解。现在的问题是，莫亚问了个不该问的问题，她作为潜伏者，本该规避所有风险，可她在这个身份上有点忘我了。

"我们出去再说吧。"莫亚说，"去个安静的地方。"

他们就这样从这里回到了马车里。起先洛克不知道如何去陈述，直到莫亚在漫长的沉默中表示，不想说也没关系，他才一股脑儿袒露出来。

他真切而深情地握着莫亚的一只手，一字一句都娓娓动听，用他出色的口才和惯用的语气，包括熟悉的停顿。

"我总是在想，如果我是一个普通人，没有任何家世背景，我该如何得到你，挽留你，拥有你的友情，甚至你的爱情？我该如何和你做朋友，保持这样的关系？我相信你不是势利的姑娘，但我怀疑，真切地怀疑，如果我真的成为那样的人，我是否还能像现在这样配得上你，你也会对我如此尽到一位朋友的……责任，甚至我怀疑我们的友情能否像现在这样，因为那样我就没有能力带你去体会那些浪漫和快乐。

"我知道，我什么都不会，在任何方面上都没有优点。如果让我白手起家，我不确定可以在这个世界上生存，我没有任何生存技能，也无能为力提升自己，让自己变成家人和朋友尤其是你期盼的那样。

"我多么感恩，因为仿佛上天把一切都交给了我，我的人生如此如意。上天让我以这样的面目遇见你，把你赐给我。有时我想，像你这样的一位圣洁的、美貌的、善良的、慈悲的姑娘，为何能降临我身边。你对我如此好，能真诚地把友善和关爱奉献给我，和我一起分享快乐，与我哈哈大笑，不对我有丝毫偏见和轻蔑，我是多么荣幸和欣喜！"

他说到这里，已经无法控制自己的感情，眼睛快要淌出泪来。莫亚两颊微红，睫毛颤抖着，用空闲的那只手捂住嘴。他接着说道："我简直不知道该如何留住你，我多么怕失去你！为此我坐立不安，满心痛苦，担忧和惶恐几乎占据了你不在我身边的每时每刻。和你在一起的时候，我生怕有任何不恰当的举动或某句不得体的言行冒犯了你，惹恼你，我多么注重我在你心中的形象！我多么想为你尽到我所有应尽的责任！但是，我终究不能像我所期望的那样，我是个骨子里自卑和懦弱的人，但我这辈子最正确的、最令我兴奋的决定，就是成为你的东道主。"他本想说，他最不悔的决定就是坚定不移地热爱她，但还是忍住了。

"我满心迷茫，自你出现之后；我不止流过一次泪，因为自己的无能和不可磨灭的缺点；我坚定地相信，而且此生不变，我所有的快乐和幸福都源于你。千万不要误会，我并不是在对你表达我的爱慕，现在未免太不合时宜，但我希望你永远可以信任我，在任何时候我都会把你当作我最好的朋友，我都是你最值得信赖的人、最坚强的后盾。我永远、永远永远不会背叛你，无论为任何事，我愿意为你献出我宝贵又微薄的生命。请原谅我的冒犯和冲动，你能回答我的一个问题吗？当作你的真心话。"

　　"当然。"莫亚犹豫了一下，因为接受这个提议就有很大可能，她不得不去欺骗洛克，在这种情景下她不想这样做。张向阳曾对她说，做个善良的人。如果她在这时都选择了欺骗，她还是个善良的人吗？

　　"如果有歹徒射出一支箭，而你必须牺牲自己才可以挽救一个人的生命，那你希望自己为谁而牺牲呢？"

　　"我……"莫亚犹豫了一下，这个问题并不是她所惧怕的，但她想真心为他回答，所以不得不仔细考虑。哥哥，一定的！诺？当然！沙大哥呢？也会的。老胡子和老水桶，会。联盟的那五六十号人，所有哥哥真心相待的朋友。包括小金，它如此重要和珍贵，那么可爱，如果它有危险，我也会的呀！洛克呢？我也没有任何理由见死不救，他对我这么好。甚至莉雅和那位老管家，我越来越喜欢他了！那么我要付出我的生命，为了他们。如果有一支箭飞来……当然！我会奋不顾身地去救他们，没有任何理由选择退缩。就是这样！

　　"可以很多个人，就算没有我也没关系。你应该理解我，我不会计较这些的，无论你如何作答，我以后都会无条件对你好，而我们之间也会完好如初。"

　　"只要谁对我好，我就会为谁挡。"她深情地说。她的回答，大大出乎洛克意料。

"天哪！"洛克自嘲地笑笑，他简直没有想到，她想了那么久会得出这样的结论。她是故意说给他听的吗？

"为什么呢？"洛克问。

"因为他们都很善良呀！他们真心为我好，为我的家人好，我又有什么理由明明有机会舍生取义而偏偏选择退缩？"她又很认真地想了一段时间，她用了家人这个词，尽可能不让他有所怀疑。

"可你知道谁是真心对你吗？"

"你呀！还有莉雅姐，包括好管家。"

"世界上有很多管家那样的人，不是真心对你好，他们只是在尽自己的本分，或是故意伪装。"

"伪装？你也是故意伪装吗？"

"不是。"他为了特意凸显这两个字，专门停顿了一秒钟，期间他直勾勾看着女孩的眼睛。莫亚感觉自己的心发生了些微妙的变化，看着身前这个英俊的小伙子，后脑勺好像一下被放空了，之后不知是怎么的，眼泪突然涌了出来。洛克料到她会这样，将她搂到怀里，这是他第一次这样子紧紧地拥抱她。也是她，第一次拥抱他。

直到眼泪在莫亚脸上变凉，洛克的胸膛和衬衣被泪水黏在一起，女孩才坐直身子，柔弱地说了句："谢谢。"

"我希望你能信任我。"洛克说，其实他本来想马上求婚的。

"其实我……"洛克没说完，被外面一声响亮的鸟鸣打断了。他掀开帘子环顾四周，发现在远处的小巷，有两只渡鸦立在墙头，毛色纯黑，让人看不见它们的眼睛。

那声音就是鸦鸣。

"阴森森的，我都感觉有点冷了。"洛克笑着说，"你见过渡鸦吗？"

"我……"莫亚犹豫了一下，她发现，四周好像的确变冷了。

这是什么感觉？莫亚有点慌张，她心中生出一种极度的不安全感。当她越过洛克，把半边头伸出车帘子，其中一只渡鸦正好极快地拍了两下翅膀，而另一只把头扭向别处。

"我出去一下。"莫亚说。

"为什么？要我陪你吗？"

"你别管了，等等我，五分钟。"

"好吧。"洛克笑着说，他当然不当回事，他要给她时间。

莫亚向角斗场里走去，洛克认为她可能想去上厕所之类的，不好意思多问，只好继续煞有介事地看那两只诡异的鸟。

等走出洛克视线之外，莫亚突然化作一条长长的血带，顷刻翻过了墙头，朝着小巷走去。

那巷子很破败，好像旧居遗址，早该拆迁了，但墙上的白漆格外刺眼。

奇怪，到底是什么东西？

她看向那两只渡鸦，仍在巷子的出口，还立在原来那儿。正当她要离开时，突然顿住了。

没错，那感觉很接近了，刺骨的寒意不像是战意所带来的压迫感，而是属于刺客的杀气。驭气者和杀人者强大到一定境界，会带一种特殊气场。区别在于：驭气者一举一动都会带来压迫感；而杀人者，一旦释放敌意，便会使目标不自觉战栗。

她感觉背后有点异样，转身就是一刀，却没使出全力，以便保持平衡。猝不及防的是，刀子像碰到磁石一般被弹了出去，"咚"一声插在墙壁上。有那么一秒，她不知道该怎么做，她明白，这是他惯用的手段。潜意识里有扭头就跑的冲动，尽管根本没用。

"你怎么知道我在这儿？"莫亚终于说出话来，在她的认知里，世界上任何人都不能做到如此：仅凭一根指头将匕首弹开。除了诺。

他没有说话，一只只渡鸦从他的黑袍上钻进钻出，只有肩上那只巨大阴森的渡鸦一动没动，它只是用血红的眼睛盯着莫亚。莫亚印象中，诺一直称它为"幻"。

她无法面对诺看穿一切的红瞳，如今，他的脸比印象中的更苍白，就像打了粉，加上红眼睛，简直如同厉鬼。她觉得自己被定住了，无尽的惭愧与不安将她包围，包括些许的恐惧，可实际上诺什么也没做。

莫亚松了口气，因为诺终于变回原来的样子，那些恶心诡异的渡鸦飞回到它的黑袍里就再也没出来，除了肩上的。直到最后一只消失，瞳孔由红转黑，他脸上才有了血色，只是幻鸦的眼睛还是红的，那是它本来的颜色。

"其实很简单。"诺踱到莫亚背后，黑袍拖在地上。他苍白的指尖触到她的背，从红皮风衣中飘出一片黑色的羽毛。那羽毛浮在空中，有风吹过，它却好像是万物中唯一静止的，莫亚伸手去抓它，却消失在了她手中，随后女孩转头看向诺，他已经走到墙上的匕首前。看他这样，委屈和愤怒一下子把莫亚填满。

她有一种强烈的欲望就是向他尖叫，喝问为什么跟踪她，喝问他为什么自己已经成为整个通天帝国最强的刺客却还把她当小姑娘。她想义正辞严地告诉他，如果不是他们对自己过度的"爱护"，甚至称得上"禁锢"，她根本不会不动声色地离开联盟，自己受到的所有伤害，导致今天这个局面，完全是他一手造成的。说到底，她想让诺在莫大的惭愧和懊悔中，去自责他们对她的不公待遇。在她看来，她把立功扬名当作最重要的事情，组织却一直将她"雪藏"。

直到诺把匕首拔出来，再回到她跟前，夹着刀刃把刀柄送到她面前，她一个字也没说出来，只是紧紧咬着嘴唇。"对不起。"诺失望地说，他的渡鸦感受到了女孩的全部负面情绪。女孩一直没有伸手，他也就这么一直举着，到最后，只好把刀子别在女孩腰带间，动作小心胆怯又温柔。

刚才女孩有那么一瞬想转头就走，把他晾在原地。没有这么做，是因为无论自己跑得再快，或躲在哪里，也会被他轻松追上或发现。那匕首是张向阳给她的，她一直很爱惜。

莫亚依旧盯着他，或是说瞪着、仇视着他。诺除了感受心里刀割一样的痛，简直不知道该做点什么。他想，如果是张向阳站在这儿，肯定会惭愧地扬着嘴角，轻轻地抚过女孩脸边那缕红发，然后用手掌擦过女孩的眼睛和脸颊，一切问题也就解决了。他就这么做了，伸出了自己苍白的手，想要触碰莫亚的右脸，谁知女孩触电般，像一只受惊的兔子向后退去，好在她没有打开这无助的手，否则局面将彻底不可收拾了。诺是她最亲的人之一，无论如何她是做不到的，如今的反常，也许只是因为刚才在洛克怀里流泪吧！她只是向后躲开，警觉的红眸子充斥着敌视和倔强，尖眉紧锁，银牙紧咬。

诺的手在莫亚向后退去时就彻底软了，他无奈地将其隐在黑袍里，然后向后退去，为的是缓和女孩的情绪。他声音颤抖而坚决地说："我曾向少爷用生命起誓，保护你，哪怕丢了自己的性命。"

这句誓言如一堵厚重的土墙，诺的语速更是压得她连气都喘不过来。她不知道是他自己向张向阳发的誓还是张向阳让他发的誓，但莫亚从没见过他的声音有过波动，无论在任何情况下。看着他憔悴又多病的面容，悲哀无神的眼睛低垂着，她一下子仿佛被鞭子抽打了一下，也瞬间明白了自己的幼稚和错误。诺肩上的渡鸦不安地拍了两下翅膀，他笑了，不是很自然，但绝对出于真心。

"对不起。"诺打断了莫亚，抢先说出了这句话。

本该自己说出的道歉，却被对方以这种语气说出来，好像刚才无理取闹的，是面前这个面色苍白好似落叶一样脆弱、落魄、孤单的可怜人。她鼻子一酸，欲言又止，因为她毕竟是单纯的，善良的。她动人的红眸闪烁着，睫毛眨了又眨，诺看着她的眼睛入迷了。

"为什么？"她羞涩地避开了他的目光，因为他从没这样看过她，就像是看自己爱慕的人。她认为这是诺第一次对她放下伪装，深情流露，她荒诞地想，该不会他爱上自己了吧？随后她在心里耸耸肩，因为这不可能，他可是诺。她忽略了诺现在对她的内心活动一览无余。

"是你在陪伴和支持他。"诺一下子又变成了她的老师，她的监护人，那个严厉阴郁的、满面愁容的人。

"我有那么重要？"莫亚知道，如果诺突如其来谈到某个他，指的一定是哥哥。他们不分彼此。

"你是他没有……放弃的原因之一。"他本来想说一蹶不振。

"为什么？"莫亚有点吃惊，她意识到他们在进行什么样的对话，也许以后再无机会，但也许从此，她和诺的关系也会像她和张向阳一样——当然后者可能性不大。

"没有为什么，因为他爱你，他照顾你，对你好，你也照顾她，对他好。"

"我不懂，我的出现是那么的……"她一下找不到形容词，本想说荒诞或无稽，但她不能说出来，这会伤他的心，"他的关爱是那样的……"她依旧无法描述出来，但每个人都应该知道。

"你不需要懂，但不可否认，他需要你，你是他唯一的窗子，是使他不在黑暗鬼影中迷失的眼睛。没人可以替代你。"

"寒白雪呢？"她大胆说了出来，或是没过脑子。啊！说出这三个字，如此蹩脚和奇妙，因为平常这个名字是禁忌。她本以为诺会从温柔回到原先的样子，但他没有，甚至都没责备她说了那个可恶的人的名字，而是用正常的语气，向她解释。

"也不行，因为她是他的病。"

"我要做什么？"

"你什么都不需要做。"

"对不起。"莫亚鼻子一酸，差点哭出来。她想去抱诺，甚至想撒个娇，装可怜，谁知诺向后退去。

"不，没事的，孩子，我不重要。他可能比较奇怪，但不要怨他，你只要知道他从不亏欠身边的任何人，你只要知道，他，是善的！"

直到现在诺都在为他说话，莫亚想。

"当然，"她被自己先前的主动弄得无地自容，然后她看着他的脸，心里一下子颤抖了起来，好像抽搐了一下，"可他欠你。"

"你错了，是我欠他的。"他叹了口气，莫亚没有说话，因为她不明白。在她眼里，诺对张向阳可以说是鞠躬尽瘁了，他把自己的一切奉献给了张向阳，包括健康。

"他需要一个人陪他说话，让他明确和坚信他即将动摇的不会动摇，让他保证自己不会在摇摇欲坠中迷失自我，你是最好的，所以你是唯一的人选。"

"为什么？"

"因为……他把你当作他已故的、唯一信任的、不分彼此的亲人。那个人，是他童年唯一的陪伴和所有的快乐……至少，她的离去，成为他童年全部的阴影和痛苦。"诺叹了口气，向着远处的拐角，那扇破门的地方走去。

"那张照片？"

"对。"

等到诺在那路上走了一半，她突然大叫道："等等！你要去哪？"

"你走吧，快点，别让人怀疑了，我只给那孩子用了个低级的幻术，现在回去他会认为你才走不到四分钟。我不再插手你的事了。"

"可……"

"我要去我需要去的地方。"他的言语间透露着悲哀、无奈和无力。

"诺！"等他半个身子跨入那破门，她大叫道，他没有回头。

"我也欠你的……"莫亚待在原地，喃喃道。她累了，也厌倦了。

他跨过门槛，身体脱力一样往下陷。沮丧、疲倦和空虚使他处于极端的痛苦当中，这种悲伤憋在心里，让他的头嗡嗡作响。他开始对自己赌气，不再用精神支持自己的身体，重重地跪倒地上。他身心俱疲，但不能倒下，因为一旦倒下，可能就再也起不来了。

他明白自己是在挑战命运，做着当年张向阳也在做的事，一个无比愚蠢的失误。他也清楚地明白这意味着什么，张向阳已经亲身实践，以身试法。这无异于是在玩火，张向阳再也玩不起了，他更别提。他也当了一次赌徒，用仅有的机会和一点点胜算，用那微薄渺茫的机会和巨大的伤害，去换取需要同样大的痛苦才能得来的悲惨胜利。

那时的张向阳并没有遵照理性，他明知道自己已经踏上歧途，还将错就错，越行越远，而现在的自己也是这样。有些话永远不该说出，因为说出势必会造成伤害，而这次非但是他，直接受害者还是张向阳。

他没有这个权利，去同时改变张向阳和莫亚二人的命运，但他还是那么做了。他是为了他好，他也对她好。伤害是必然的，是他必须做出的牺牲。

他已经做了。

门外，等莫亚转身离开，去找洛克，他终于失控了，开始痛哭起来。咬紧牙关，乱摔东西，用拳头重重砸向地板。

他的脸和头染满了灰尘。

这可能是他八岁之后第一次情绪失控。那破屋子连门都没有，多是用木头做的，已是断垣残壁，几乎怕要被他搞垮，可他的生命也已经很脆弱了。他的头重重磕在地上，双眼紧闭，不断涌出泪水，而此刻他只喊着一个人的名字："红莲。"

他不停地喊着她，不停地含混不清地大叫着，却没说一个脏字。他好像还能看见她，她好像还在他身边。他已经崩溃了，无法站起来，只知道她，或是只知道她的名字。

红莲……

远处两个小孩走了过来，小男孩去路边树上摘果子了，而小女孩呢？看起来只有五岁大小，蹦蹦跳跳地径直走来。他不敢看她，因为阳光下她的头发太鲜艳，也太刺眼。他唯唯诺诺地向后退去，不敢走近她面前，而她却笑着跑了过来。

"你叫什么？"她问。

诺没说话，他脸红了，看着这个天真烂漫的小姑娘。

好像是认为自己没有诚意了，她礼貌又大方的伸出手："我叫红莲。"

"荧。"他只说了一个字，但只是看着她伸出的手，不知如何是好。他明白吻手礼，但从没干过，他只是一个只能活在影子里的孩子，对面可是位不折不扣的小公主。

这时候小男孩过来，他个子不高，看到这一幕有点不高兴了，向诺使了个眼神，并怪道："真没礼貌。"

他局促地行了礼。他明白，他一辈子都忘不掉自己手和唇上留下的感觉和那股香气。

"我叫张向阳，她是我妹妹，叫红莲，你叫什么？"男孩友好地说。

"他叫苬，是哪个字呀？哥哥。"红发女孩大叫到。

"你为什么不让他自己说？"

诺没说话，他太紧张了，又不善表达和言语。张向阳看出了他的拘束，猜到他是个内向的孩子，不然这么暖和的天气为什么裹着黑袍子，还带帽子？

"我八岁，她四岁了，你多大了？"他灿烂地笑道，想要消除他们之间的距离感。

诺看看红莲，又看看张向阳，没作声。

"嘿！问你呐！"男孩继续鼓励道，依然亲切地笑着。

"快说嘛！"女孩嘟嘟嘴，等得不耐烦了。

她真可爱！诺想。

"我们走吗！哥！"

"你等等，我和别人说话呢！"

小姑娘拉着男孩的手绕着他转圈，他招架不住，但脸一直努力对着诺。他可不想冷落对方。

"六岁？我自己也不知道。"诺看着光鲜亮丽的小公主，有点嫉妒对方，但张向阳给他的感觉真的很不错，诺一直也没朋友。

"那我比你大两岁，我是你哥哥，她就是你妹妹了！"

"嗨！你好！"在自己最亲爱的哥哥的注视下，红莲也很大方，向对方郑重其事地打了个招呼。

诺不自然地笑了笑，没人觉得他那是在笑。

张向阳伸出手，虽然诺还是很腼腆，但终究握在了一起。

"我们要去玩了，有空就找我们！"张向阳被红莲扯走，临走还不忘扭头喊道。但诺只是低着头，继续徘徊在原地。

"你要永远记住，谁是才是你真正的主人！是谁收养了你，给了你这身本领。"

"知道了，我的命就是您，我愿誓死效忠。"诺说。

"红莲！红莲！红莲……"他慢慢平复下来，然后努力站起，肩膀不住地颤抖着。

等他真正冷静下来，一股风从巷口冲进来，泪水在脸上凉凉的，他早已感受不到自己的存在。

诺久久伫立在原地，好像在思索着什么，又好像什么都没想。然后他拭干泪水，望向天空，眉头一紧，黑袍化作双翼，飞走了。

艾莫蕾娜要塞（2）

　　他把在两臂之中环抱着的头拔了出来，但没有立刻挺起身来，依旧趴在桌上。阳光从背后的窗子穿过，射在整个房间里，照亮他趴着的桌面、桌上都快成为灾难的文件、背上披着的制服和面前微笑着的女孩。

　　此刻挂在天上的、云层之中的，正是每天最温暖、最柔和的太阳。光辉平铺在女孩脸上，成为其最恰当的妆容，化作她小脸上流水般清甜笑容的最好陪衬，添上了本应得到也必不可少的光彩。男子轻轻叹了口气，依旧趴着。这是少有的宁静，他看着女孩的眼睛，她的笑容丝毫没有减退，那的确是快乐和无忧的定格——那是一张照片。

　　阳光照着他们二人，照着整个办公室的所有，他从桌上坐起来，双臂向上伸了个懒腰，心律一下变得异常的乱。他能感到血管下的血液涌动着，冲击着低垂着的微弯的手指，一下、一下……心脏仿佛在安逸和舒适的睡意上起舞。

　　他身体慢慢下滑，整个过程中他都对着照片发呆。等屁股快滑出凳子，他两脚一蹬把自己从椅子上撑起来，扭身用左脚撑地，沉重起身，向前迈两步，错过桌子，将茶几上的半杯凉水一饮而尽。他的右腿扭了一晚上，现在发麻了，所以动作缓慢。等清醒下来了，心跳恢复正常，他打好水开始洗脸，在此之前顺便煮了一壶茶。这个过程中，由于刚刚起来，有片刻心律又快得异常，随后他凝视墙上的武器，看着那斧子，又觉得安心多了。他把右手的三根指头扭在一起搓热——分别是大拇指、食指、中指，然后放到鼻子下，深深地闻了一口。

他回到椅子旁，把代表身份和地位的制服重新披了一下，又将这个办公室最重要的一部分从桌子中央拿到桌角。照片里的她是世界上最完美的女人、最美丽的女人、最善良的人、最纯洁的人、最重要的人。他们还没有孩子，所以她是他的全部，也是唯一，她等同于他的家庭。

男人打开窗户，他与挂在墙上的斧子对视——它注视着他事业的全部，几乎一瞬间重新振作。他又看了看桌上他昨夜批了一宿的文件，这是他几十日彻夜未眠的成果，露出了满足的笑容。

门旁的钟表响起了八点钟的钟声，证明他只睡了三个半小时。在所有人眼中，他绝不是一个被混乱年代侵蚀心灵的人，因为至少他心里有爱。他有他心爱的人，他有一份很重的责任感。拥有责任感等于胸怀信仰，同时也等于心有理想。如今在这个刀与剑缔造混沌的暴政国家，身在此位，还有一份兼顾责任与信仰的理想，多么难能可贵。他明白，自己当年的初心，包括自己的良知，那个伟人的影响占了十之七八的分量。他摸了摸头顶被理发师"砍"得寸草不生的秃头，心中多了些安慰。

这间办公室已经陪伴了他好些年头了，他已经有大概两年没和老板斧并肩作战了。虽然他体内的气很协调，也很充裕，但毕竟手法和身法生疏了不少。当年在外征战每天睡在冰冷潮湿或炙热滚烫的石头上，虽然浑身痛苦和充满伤痕，但那种打仗的疲惫酸痛还是比僵坐在办公室里的苦楚好些。

突然他的动作定住了，就好像完全静止，因为他能感到有人在朝这里走来，关键是那人收敛了脚步声。外边漆黑的长廊专门设计成木地板，特定的几节下面还留有空间，一踩到就会发出声音，而一个正常走路的人一定会踩到。这里是艾莫蕾娜，这里是市政府，外边就是大兵营……他脑袋里想着。

或许我该看看这是谁。

他眼睛死盯着门，用心感受气流的流动，再把一部分气聚在脚上，这样他也变得无声了。墙上的斧子四十五度角高扬头颅，在男子的呼吸下隐隐颤动。

神秘人的气息在门口消失了，因为他不再活动，没有带动气流。咚，咚咚，咚！木门轻轻作响，那是刀刃才能发出的声音。木门刀刃、铁门刀刃……是故人！男子笑了，他不知对方是谁，但这是十二年前的约定，他十八岁出山时，大伙儿在罗居门前的约定。如果他是，他一定是亲密的朋友，除此之外不可能与男子有别的关系，除非挚友把这暗号托给别人，或者……

在开门的瞬间，他期待是朋友海威——愚蠢又不可避免的想法。人总要有些期待，尽管不切实际，却抱着美好的幻想。他自嘲地笑了，但来的人看样子不是善类。

进来的人穿着褐色斗篷，包得严严实实。莱恩刻意没动，让他进门，把他夹在自己与斧子之间。只要对方轻举妄动，就会凭空在背后挨一斧子。如果他有点功夫，能迅速做出格挡，就必须背对艾莫蕾娜战熊；如果他选择躲开，男子接过飞斧先抢一下，可能……墙都会倒吧？

其实这点把戏，对于在战场上摸爬滚打多年的人是没用的，但莱恩自信自己的肌肉反应和绝对的应变能力，包括肉体本身的力量。但如果是旧友，不管出于什么原因来杀自己，都是恶战，甚至凶多吉少；如果是敌人，能得到这密号的，肯定不容小觑。

进门的是一个满头灰发的老男人。他背着一把剑，风尘仆仆，脸上有长途跋涉的劳累，还有见到故人的激动，外加两道伤疤，一新一旧。

他穿着黑色的皮夹克，紧身裤下蹬着马靴，靴筒内还插着匕首。他给了办公室的主人一个熊抱，外加一只如同铁钳的粗糙大手。他们紧紧握住，之后再次拥抱。说实话，两个人都高兴坏了。

"莱恩！小伙子！你能理解我现在有多开心吗？！"老头高兴地大喊。

莱恩笑了起来，他难以置信地摇着头："真不敢相信，你来了！瑞斯叔叔，哈！你怎么了来了？！"

"老子听说你当了个大官，当我看到门前'艾莫蕾娜最高执政官'的时候才信了。可以呀，都比我高一级了。"老头拍了拍他的肩膀。

他明白，在这个时候久别的亲人能来，肚子里一定装着一个重大的消息，而这个消息一直以来是他关注的大事。他来到这里而不是去内阁，说明一定有重大的变故发生。莱恩可以确认，这个变故不只关系到数以亿计的人的生命，还关系到无数帝国的兴衰。

尽管莱恩现在既紧张又急切还很担忧，但瑞斯丝毫没有要叙述战报的样子。最终，莱恩用真诚关切的语气提出了与他担忧的东西必有密切联系的问题："瑞斯叔叔，你身上的伤好像很重的样子。"

瑞斯终于张口了，灰白胡子一颤一颤。"这算个啥，不过……"老将把头靠在靠背上，闭上了眼睛又缔造了沉默，他似乎在回忆。莱恩从他的表情中感到一丝丝惶恐不安，等到他再开口时已经经过了很长时间。

"我打江山的时候干过多少苦仗，可从没有这么……"

"艰难？"莱恩又看了看老将破掉的袖子，接过话茬，却被严厉打断。

"可怕！"

"您一定上战场了，请您原谅，我想先知道局势，还有，为什么您会来这里？"

瑞斯冷笑了一声，似乎也带一些自嘲，他看一眼门，莱恩会意，抬起左臂一挥，一股风轻轻把门带住。当莱恩扭头，瑞思浑浊的双瞳照在他身上，那是一种从未有过的眼神。

"局势？那是什么局势！那个傻子指挥官，还有疯子传令员，都被吓得亲妈都不认识了。我后悔没打断他们的鼻子，往每人嘴里塞一只鞋，再把他们沉到海里喂鱼！"瑞思声音激动得颤抖，愤怒得好像失去理智，莱恩沉默地听着他难听的咒骂，心沉谷底。

"我们几乎是被碾压，从边境到外环我便中了两箭。整整打了四仗，交锋五次，我们全输了！我作为总指挥几乎就没下过马，都是在跑路。"瑞思攥紧拳头，想要一拳敲碎玻璃桌子，最终忍住。

"完败？怎么会？外环破了？"这件事本身就不真实，甚至是个大笑话，但它就是发生了，这完全不在莱恩预计之中。事先他只盘算着败的可能性只是十之五六或六七，这很不好说，但最终变革军也就占得十几座城池，可破了边境直到外环他想都不敢想，至少有三百万平方千米呀！打了两个半月把总指挥打得跑到内环了？何况这是瑞思，身经百战的开国功臣。

"这倒没有，外环以外很多中低层，还有贵族，都被杀干净了。我知道你现在有很多问题……我看我的官职可能是保不了了，但好歹也是开国元勋之一，朝中罗派势力是我们共同的靠山，帝王想也不会把我怎么样，至少……上军事法庭也就走个过场。这很不好说，因为错不在我，但……"他停顿了一下，在思索自己的厄运，"我先到你这里，是想把几句忠告交给你。"

"到底发生了什么？"莱恩现在心中竟产生了恐惧，他意识到在这种恐怖格局下，他微妙的站位又发生了些变化，这搞得他现在六神无主。

"你记得'屠龙之争'吗？"瑞斯问。

"当然，那是一个奇迹，我怎么可能忘记？那时……等等！你是说……又是龙？是因为龙吗？"

"他没上战场，但有人给变革军出头。显然！这就是个阴谋！我先给你讲个故事：当年，龙帝联合北陵残党和圣神森林，组成联盟，领四百万大军突袭通天帝国。那时通天帝国南征北战，几乎已经统领整个北方，并席卷圣神森林边境，但是后方空虚，根基不稳。大多军队都在前线，无法顾及后方，如果被龙帝联盟突袭腹地，只能闹个鱼死网破。龙帝兵临城下的时候，是龙带三万敢死队冲击了敌方薄弱之处，那可相当于用三万打四百万呀！"瑞斯点起一根烟，吐了一口。

莱恩将烟抽了出来，想到什么又放下了："的确，在人数上以卵击石，可他们偏偏凭着一股血劲儿就是赢了。没有术士，没有魔法师，没有巫师和牧师，只有刀与剑！龙冲在最前面，以一挡千，挥舞巨刀，完全是战争机器！没人可以近他的身，更别提伤到他，就像没人可以触碰龙卷风的风眼一样，而试图冒险的人都被他飓风般的刀刃撕碎。

"据我所知，那群在龙麾下的敢死队，全部都是比你我更身经百战的将领和好汉，其中不乏龙当年征战途中结交的生死兄弟。他们的皮肤比盔甲更坚硬，一剑挥下如万吨巨石痛击，就算身着重甲，亦比猫敏捷，进攻也如猎鹰般犀利。几乎每个人都有一套绝活，怎能清算多少人有绝世功法，多少人靠蛮力加一面盾牌就能迎着十几人推进几米，多少人握着传世神兵，多少人能万里取敌上将首级而游刃有余？然而是龙把这些能人异士团结了起来，就像诗歌里唱的那样：敌人的盾墙如纸糊不堪一击，自己的身体做战友的掩体，战友的尸体、敌人的血肉当自己的掩体。他们的确像史诗一样传奇，没有人能够在那些死士强大的威压和冰冷的意志下站起来。他们在黑暗中感受着周围人的呼吸，没有武器的界限，没有时间的概念。他们的经历不能以常人衡量，以最卓越而凶残的战斗技巧，硬抗着箭雨和各种魔法的冲击。"

莱恩叹了口气，紧锁眉头，目光凝重继续道："龙和他的敢死队重创敌军侧翼，他本人手刃六名敌方大将，之后带领剩下的八千残兵攻向龙座，一刀刺下龙帝人头。战场像着了火的屠宰场，只有恐惧和屠杀。"

"他们撑了一天一夜，从凌晨三时拼到翌日黄昏，直到援军赶来。我们俘虏了艾文娜四世，北陵党魁自杀身亡，龙和剩下不到三千从尸体堆中爬出的弟兄成了英雄。最终，我们本想借艾文娜四世不断威胁圣神森林，后来她却跑了。"瑞思说，他承认那次战役可能是唯一没有被后来诗歌虚高的战役。

"这我知道。"

"她是在龙叛变一年前跑的。我从两个战俘口中得知，是龙拿着斧头，在漆黑阴暗的地牢，亲手砍断艾文娜四世脖子上的铁链，并告诉她，她自由了。你不要以为他那时就想造反了，在救走艾文娜四世前几个月，愿为他出生入死的那三千名亡命徒就神秘消失了，然而在前几天的战争中，他们大展身手。"

"他们都是以一敌百的死士呀！龙的亲近精锐。"莱恩倒吸一口气，他看了一眼墙上的老兄弟，不知道同样是以一敌百的他能单挑几个。

瑞斯轻轻的一句话更是惊得莱恩胸中一凛："龙只用了那群死士不到四百人，打得我们两支军队节节败退，他们几乎都到了可以控制气流附着在武器和铠甲上的地步。最重要的是，各路变革者从全宇宙各个星球集结，他们中本有很多人实力较弱或基本没有战斗力，但他们都用着科技之源的先进武器！"

莱恩将头重重靠在椅子上，看向天花板，轻轻叹息："龙呀龙，帝王挚友，一代战神。为通天帝国打下半壁江山，现在十来年过去了，又从东方古国起兵，煽动全宇宙，勾结圣神森林和科技之源，五大势力你就有三大，我算是服了……诶？神明圣都站在那边？"

"鬼知道。反正据我所知，我们与他们素不联络。多年之前有传言说龙变了。帝王的挚友，他的生死兄弟烈魔德·龙变了——那场战争彻底改变了他。从那时起，君王也开始害怕他。自古以来便有杀万人者为英雄、百万人者而封神的传言，杀人狂永远成不了英雄，我也不相信成神一说，但无论如何那是他半辈子的伤疤和阴影。战后活下来的勇士，只有少部分在之后的庆功宴和国家活动里亮相，其余的那些被他称'留下了阴影，不便出席'，大臣们也没有死揪着不放。至那之后又有传言龙受了重伤，他也的确和那群死士退出政治舞台，但是自从'多维屠城'，他又冒了出来，带着一腔愤怒冒了出来。"

"你是说玛雅？半神玛雅传言是他的情人，却死于那次暴动，他便因此造反？"

"很荒谬吗？"瑞思问。

"不。"莱恩这时却想到了莉雅。

"但是，他有孩子，我和你说的全部关于龙的消息都是朝廷封锁的机密，接下来也是：龙有孩子。"瑞思的胡子颤抖起来。

"我明白，那孩子是谁呢？"

"红莲，是个女孩，他的独生女，现在下落不明了。"

"女孩？"莱恩皱皱眉头。

"他的女儿很可能在东边。"

"东边？有多东？"

"东方古国以南，甚至在荒蛮冥界境内。"

"所以，我们已经派人去找了吗？"

"对，但是战争是不会停止的，龙会放任他的女儿不管吗？"

"那小家伙的母亲是谁？"

"我现在告诉你，"瑞思放低声音，"如果她没有神的血统，就不会被巫师们察觉到。"

莱恩点点头，又问道："那我们怎么办？或是你们打算怎么办？"

"随机应变吧，我也不知道，变革军似乎无坚不摧，如果再这么下去，不出三月就要打到末城了。"瑞思叹了口气。

"那离艾莫蕾娜也不远了。"莱恩说。

"离神都更近，这里是通天帝国的小指，神都就是无名指。如果神都破了，匕首就会直达通天宫，那时国就要亡了，你也自身难保。"

"艾莫蕾娜愿出兵相助。"

"你知道吗，这个帝国已经不是一个国家了。无官不贪，无商不奸，连一个可打仗的军队都没有，军队全都是败类，几年没握过一次剑，只知道喝酒聊天闲扯淡。"瑞思骂道。

"我练的军队可不是这样的，他们都是好战士。整整五支军队，二十六万四千人，有三支全是精英。"

"那你告诉我，有多少达到金角战士的初级水平？"

"不到七百。"

两人竟然同时叹了口气，一个是因为世道不古的惆怅，一个是因为前路缥缈的迷茫。

"你听说过十字会吗？"茶杯里多了两个烟头，瑞思的嗓子像破败的琴弦。

"十字会？好像有点印象，夜行……夜行黑暗，十字……永存还是永恒？就那个刺客组织？"

"对，夜行黑暗，十字永恒。成员均为无国籍者，而且谁想加入，在任意一个自己的东西上刻个十字，然后带着就好了。真是奇谈！"

"但当时好像引起过一阵热潮。"

"没错，那时候在一个酒吧无论男女，三个人里至少一个是十字会成员，而且普遍是年轻人，甚至小孩。哎，混乱的年代！"

"怎么，他们也和龙有关？帝国建立之后不是作为叛党被肃清了吗？"

"你知道他们的事吗？"

"不太清楚，那会我才多大，十岁？"莱恩笑笑，"只在文献里了解到他们那时是世界上最强大、最神秘的杀手组织，而且曾表示为通天帝国效忠，但实际上好像一直碌碌无为。我觉得那不是全部的，真正有关他们的记载都已被列为禁忌。"

"碌碌无为？哎，密湖船案知道吗？"

"密湖？东方雪原，就是……凛冬王？"莱恩震惊。

"对。"

"那个神秘现象？一千八百零二人一夜惨死、身首异处？"

"他们首领一人干的，就一个人！在迷雾中暗杀一船的人！当时密湖南北由帝国接管，西岸是树精的一个码头，东岸是茫茫风雪，没办法开船过来，要想接近那艘巨轮只能游水，接近零度的水，整整二百千米呀！"瑞斯感叹。

"不可能，绝对不可能！如果是真的，他至少用了魔法。"

"对，的确不可能，但一千八百零二人全死于匕首划出的伤口，所有人只被三种近似蛮力的暗杀手段杀死，一样的伤口，那是十字会的手段。船上还留下个大大的刀刻抓痕，那是他们首领的标志。当时帝国犯了个错误，激怒他了。"

"不可思议……我不信！我不怀疑这件事的可靠性，我也懒得怀疑，我只关心龙。帝国统一之时，龙还没有起反之心。"莱恩坚决地说。

"谁知道呢？但是这次战争中缴获变革军的密文，表明一个叫白狼的男人愿意为此出力，他表示可以动用手中的一股刺客势力。"瑞斯用毋庸置疑的口气说。

"你是说前两周？不，不可能！太悬了。"

"没什么不可能，两周前共有四十八位国王、七十三位领主、二百多位帝国官员死于暗杀，暗杀者都是那些大人物的亲人、下属、朋友、合作伙伴，当然也包括不知名的刺客，只是占极少数。经证实，每个死者身上都有匕首划的十字，可是……十字会的记号。"

"潜伏者吗？卧底？"莱恩皱眉道。

"对呀，有的人藏了十几年。十几年！放下一切，家庭、事业，去和挚友亲人拼命？完全没有理由呀。可问题是，种种现象表明，白狼就是十字会首领，而且他的位置就在内环。"

"他至少不在这里，我基本保证。"

"基本？不过我不关心这个。"瑞思长舒一口气。

"一人神不知鬼不觉杀千人，你信吗？"莱恩压低声音。

"不信，但是下面这条消息已在通天帝国内阁流行，这是罗派内部情报，我也知情。在今年北方第三个风雪日，也就是 3 月 13 号左右，审计官内阁偏门事务秘书长苏立从通天塔三万米处跳下，失踪。"

"等等，审计官……内阁偏门事务？秘书长？什么鬼官职？"

"哈哈，我也不信。据说他是个数学天才，但一直得不到朝廷重用，这二十几来年就坐在办公室里批些烂文件，能坐在通天塔里那个位置实际上也是软禁。"

莱恩没有说话，这个故事把他听入迷了，他打算当作消遣。

"结果你猜他什么身份？在十八岁的时候于南北诸国剑术大会崭露头角；二十岁就得了世界剑术大赛冠军；二十四岁随便考了考，成为金角战士初阶，次年直接考的高阶，然后封爵；二十九岁获得全能魔法导师学位；三十一岁销声匿迹，谣言加入十字会，代号火狐，是十字会四位创始人之一。这是几百年之前了，不知可靠与否，反正这个神话已经流传开了。

"我知道你疑惑这些信息的来源，我也疑惑，但内部黑名单上写得清清楚楚。最有趣的是，魔法师协会和巫师会同时检测到来自通天宫的一次远距离魔法跳跃，与他的失踪跳楼是同一时刻。魔法我不懂，但谁都知道在通天宫那个时空交汇处开个精确的传送门有多难，你想象一下，一个等同于世界级的大剑客和世界级魔法宗师导师的人，是十字会首领之一。"

　　突然瑞思好像想到了什么，为通天帝国鞠躬尽瘁一辈子的老将猛然站起身来："我该走了，该说的我也说了。莱恩，珍重吧！"

　　莱恩察觉到了他有别的心事，不好多问，而且自己也有事要处理，本还在盘算该如何结束这对话。他们紧紧相拥，都流出了眼泪。在短暂的道别之后，莱恩望着瑞斯的身影在黑暗的走廊上远去，陷入很深的忖量当中。

　　他知道瑞斯头也没回是因为他还在流泪。瑞思会因为这本身就不公平的仗受到很重的惩罚，也许这是他们最后一次见面了。

　　瑞思是这个世界上真心对他好的极少数人之一，这使他联想到了童年和瑞斯、海威、古南等很多长辈和玩伴在一起的快乐时光。然而他明白，这一仗后不出三天，变革军大获全胜的消息将被商人们口口相传，成为任何地方任何场所独一无二的话题。

　　它代表着混沌的来临，所导致的最乐观的结果是各地变革派和龙的追随者会蜂拥而至，奔向变革军，引起一场全宇宙的暴动，不只是对于通天帝国的讨伐，世界各路恶徒也会乘此机会大发战争横财。无论怎样都是对通天帝国的一场浩劫，而一旦开战，秩序就会崩溃，秩序的崩溃必然伤及任何人的利益。

　　一股淡淡的龙葵与青草散发出的幽香飘入莱恩的鼻子，他几乎在一瞬间想到了昨天发生在花园的一些不快乐的事，猛然又疑惑，为何在这个满是地毯、木头、皮革味道的办公室，会有这种清新愉悦的味道。

"最讽刺的是，他的出发点好像实实在在是为了'天下大义'。无论他是在外边征战，还是后来在相位，甚至叛变之后，好像永远是光明和正义的代表。他都一直在前线和阴影中，以钢铁的手腕承担着变革者的任务。"这些话印在莱恩脑袋里，已经忘记是哪个政客说的了。总之那时，龙刚刚宣称和帝国对立，少年时期的他对龙的认知还只停留在那个处于人群中拿着长矛，在被猎杀的岩龙的头上站着高喊的形象。

自那之后，他明白，也励志：要成就一番事业，像那个伟人一样。

他整个青年时期最大的梦想是亲自见见那个当之无愧的战神，轻吻他的脚尖。直到后来龙做了通天帝国第一代宰相，他自己也成了艾莫蕾娜的首席执政官，才有了这个机会。龙对他意外地热情和亲切，并赠给他一把带有龙的名字的匕首。但自从龙叛变以后，他不得不把匕首从办公室的墙上拿下来，并装进木箱，埋在自家院子的角落。而通天帝王卡拉迪，自挚友叛变之后，废除了宰相制，宣称心里再容不下别人坐在那个位置上。

他一直追逐崇拜的偶像选择了背叛，而他自己也明白，斗争早已开始，虽然直到现在，已经快要结束了。

芳草的气息还在。她身上总是有一股淡香味，不像任何植物，那属于她自己——让莱恩深深着迷。

黑！伸手不见五指的黑。

在这个巨大的房间里有一只猫蹲在墙边，她俯着身子轻轻地听着。如果不是这个拉着沉重厚麻布窗帘的大厅没有一丝光亮且空无一人，一定可以看到这只猫露出了狡猾的笑容。

她优雅地倾听着，因为她笑了，所以呼吸并未能达到平静。这只小可爱眼睛发出红色的光，可以在黑暗中看清一切。她安静地感受整栋楼中鲜血的味道，判断每一个人的位置，默默地做着隔壁交谈之人的听众。

红色的秀发垂在肩上，盖住左眼上的伤疤。那是一道竖直向下长约六厘米的刀痕，划过了她美丽的眼睛，其位置完全是一个美丽且恰到好处的节点，一个有比例的节点。正因为有了这个节点，才为那冷酷而美丽的红瞳添上了一层难以描述的魅力，与她对视完全可以让任何人呼吸艰难——因为她的美貌或是那道浅浅的印记，很难说哪一点，也许两者兼备。然而无论是她美丽的面容还是脸上那蜻蜓点水般的修饰，都告诉身边的所有人：她很危险！

如今，隔壁房间的两个人已经结束了对话。现在可能是上午九点多，起码不超过十点，这在大约十分钟后钟表响了十下得到了肯定。自七点半起，莫亚就像猫一样在这个大厅里安营扎寨，她轻松越过了这里三米高的外围墙却惊奇地发现里面没有半个守卫。也是，哪个正常人可以在重重包围之下进入军事大营？抱有这种思想，上层便没人在这个大兵营的核心安插守卫。不过能到艾莫蕾娜当个官，都会有两下子。

莱恩出去了，那么……任务结束，还是继续跟踪？现在可能洛克也起床了，他可能会找我，带我去玩，带我去买奢侈品。我是个刺客，不想在大街上晃。再说，我整装待发为的不是偷听一个多小时的谈话。

变革军大获全胜是个好消息，而哥哥可能就在战场上，干完这票不想回联盟，也许可以去找他，至少朝他那个方向走。是龙救了树精女王？那么就可以解释为什么她们会伸出援手，让我们进入圣神森林，还帮哥哥疗伤。唉！现在形势一边倒，我倒不如快点结果那头蠢猪，也好早点离开。现在十点，赶在十一点到洛克那边应该不算失礼，只是走一上午有点奇怪。我还有一小时的时间。

她把左手抬起，轻轻捂住眼睛。那道伤疤消失了，鲜血慢慢渗入皮肤，只留一道浅红色的痕迹。她用戴着皮手套的手拭去痕迹。毕竟太容易引人注目了，这道疤只有在行动时才会显露出来。

脚步轻声如幽灵，只纵身一跃便翻过三米高的围墙，正如来时一样。红色的皮风衣在白天很是显眼。为何莫亚会如此喜欢这件衣服？衣服内部有夹层，肩、腰、胸、腿部均有口袋，它可以藏匿四十八把飞镖、两把中型匕首、六把小匕首、两挺只可以各发三支箭的轻弩。如果明目张胆地上战场，背后还可以背一些武器，特别是被莫亚加持过的血魔法。

在被诺训练一段日子之后，诺开始打算教莫亚一些魔法。他这样说："小姐，一些简单的魔法可以在战斗时派上大用处，可以扭转局势。当遇到强大的战士时，那点魔法就是你的绝对优势，就好像你能在水上飘起来而他是个旱鸭子。你天生有特殊血统，本身具有魔力，我要让你学一些简单的血咒和法印，这可以帮你很多，如果你可以化作血液而衣服不能，岂不太尴尬了？"

诺很少说话，几乎也不换衣服，无论任何场合天气，永远是一件黑袍，没人知道黑袍里边是什么，或许还是件黑袍。那件黑布做的袍子像祭司经常穿的法袍一样，只是没有法印和花纹。而诺穿上还带点刺客和走私犯的味道。

他总是把头藏在黑袍的帽子里，身体永远被黑袍裹得严严实实，甚至看不见阴影下的眼睛。他很英俊，无论相貌还是才华都和张向阳无异，甚至学识和智谋比张向阳有过之而无不及，但可怜的年轻人二十来岁就把自己打扮得阴森森的，性格比看上去的更加孤僻。相处几年，竟只见过他纤细瘦弱、异常苍白的手，也许是没被太阳晒的缘故。

说到底，他只有在说教的时候才会说常人的一半话，听到他说反问句，打个比方，或是来点小幽默，简直比听到自己的马说话了还高兴。

风轻轻地吹动，这座方圆千里的大兵营根本没任何闲人，宽广的街道上只不时出现经过的巡逻兵和长跑的将士。事实上，被发现的几率很大，又是白天，能见度高。如今烈日当空，莫亚被迫一直隐藏在暗处，一会在巷口，一会在房顶，她靠感知和气味追踪，永远和莱恩不在一条街上。

他朝着城外走，一步没有迟疑却在遇人时放慢速度，露出微笑。不是去女神之手，更不是去通天桥，而是走向城侧面的悬崖，那里根本空无一物，而他诡异的速度和目的地促使莫亚不得不一探究竟。

到了城外又过了二十分钟，脚下已转成山路，莱恩跑了起来。

莫亚不觉得他发现了自己，虽在中间有几次他扭回头来张望，可莫亚离他有四五百米远，且不停转换掩体，从不出现在后方。这么远连马车都没叫，更没带侍从，和人碰头不成？已经快十一点了，那就让洛克一家子见鬼吧！

她知道莱恩一定有问题，并很明确地告诉自己，这个问题大到甚至可以不顾洛克一家全世界找人的危险，以及被莱恩发现的危险。

直到进入一片橡树林，她开始匍匐在草丛里，只靠感受莱恩的血液来判断方位并开始接近。前边就是悬崖，这里是所有的关键。她可不想错过什么重要的信息或谈话内容。

她放平呼吸，认真感受，安静等待。她用手轻抚左眼，感受皮革擦过脸颊的感觉，不得不说，她的红瞳与漠视一切的表情完美地呈现了冷酷的概念，那种专注和从骨子里透出来的顽强和疯狂肆意交织，几乎在一瞬间构造了另一个她——以前的她。终于那道疤出现了，她勾起了嘴角，笑了。你见过躲在阴影处的猫露出的笑容吗？她有个念头，在这里动手！

她断定现在一个人都没有，是暗杀的最好时机，没有比这更好的机会。如果这次失败了，那肯定是因为实力悬殊，以后也绝无成功的可能。

一股凉风吹过，笼罩着峡谷所有物体，唯独二人的灵魂使它感到畏惧。它好似带有颜色，自万丈谷底而来又沿石壁向上攀升，吹动了莫亚身边所有的植被草木，为本不热的正午带来了凉爽。她格外专注，野草在周身晃动，脸颊与额上有细小的汗珠渗出皮肤。那带有山谷中几丝凉气的风为她擦拭汗液，这时她脸上本该有红晕，可她美丽的脸依旧与平常一样的苍白。

被齐腰的野草埋着，就算衣服扎眼仍不会构成任何威胁，正当打算进一步接近莱恩时，她瞬间睁大了眼睛，待在了原地。只一念间，惊恐和疑惑全部写在了脸上，容不得考虑原因，身体的本能让她单手结印。

为什么？为什么莱恩的气味消失了？

下一秒，莱恩像一头愤怒的野猪，咆哮着从莫亚背后的草丛冲出，速度出奇地快。他眼冒怒气和杀意，端着一把铁刃黝黑的长柄斧子像是发了疯一样。

那把斧子与长剑的长度相差无几，几乎削铁如泥。他肌肉紧绷，青筋暴出，强大的气流伏在武器之上，对准红发刺客的后脑勺就是一斧头。

莫亚转头吓得浑身一颤，巨斧劈脸而上，几乎碰到她的鼻尖。一声巨响，女孩飞了出去，鲜血四溅。

然而，那个印起效了，她整整练了将近两个月的血盾不是白费精力。起初训练的方法是在毫无意识的情况下，挡住诺和张向阳对她全力扔出的石头，直到成为条件反射的防御状态。可这一斧太重，直接破了她的防御，将她击飞，口吐鲜血。血盾被巨大的气流冲得七零八落，可她依然有能力在空中调整身子。落地的一刹那，她用单手支撑，并全力将整个人弹起，躲过呼啸而来的第二斧。

"见鬼！"她骂道。

莱恩根本没想到她可以在瞬间结出一个强大的防御魔盾，硬生生扛下他全力挥出已经接近鼻尖的大斧。还有，她竟是个女人，或者说从相貌上看是个姑娘（莱恩在坐办公室之前，也就是还在战场上摸爬滚打的时候，见过不少奇奇怪怪的生物）。

会用魔法的人，鬼才知道实际年龄。片刻的吃惊让他错过了最佳时机，造就了第二个不可思议的事实：女孩靠强大的臂力躲过了第二斧，之后她单脚点地，一个侧身甩出呈直线的六枚飞镖。

这六枚飞镖似乎起了作用，莱恩转攻为守，虽全部躲过却被打乱步伐。莫亚已达目的，不过还是略微可惜——要是中了就有好戏看了，上边的血毒足以让她胜券在握。接着，她不顾五脏剧痛，划开风衣，甩出嗜血匕首指向莱恩左肩，同时单脚蹬地起身奔向莱恩右方下盘。

厉害！莱恩清楚地知道，他不敢贸然进攻。会魔法，有暗器，指不定还有什么阴招。小小飞镖对他来说本就没有杀伤力，可就怕带毒，见血封喉可不是闹着玩的，身体再强悍有什么用？他识趣地退了两步，准备观察一下再作打算，没想到女刺客竟然主动攻击。他勉强挡住飞来的匕首，将其弹到一边，可她竟和匕首一样快！笨重的巨斧来不及回防，他只得拿斧柄撞向这只该死的精灵。

红发在脑后飞扬，风衣因为急速俯冲而大大展开，如同一双巨大的红毛狮鹫的翅膀，她喜欢这种感觉。接近莱恩的一瞬间，莫亚已从靴中抽出一把匕首，企图转体向上挑断这家伙的小腿经脉，可没想到他在挡住匕首之后还可以用斧柄格挡，她只得佯攻，然后一个滑跪溜到莱恩身后，反向一刺。

女孩靠体术绕到自己背后让莱恩怒不可遏，同时也让他惊出了一身冷汗，好在她刚才冲得过猛，惯性无法一下子化解，使得莱恩躲过刺杀。他依靠向前的惯性，再次挥动巨斧，一个由下至上的斜砍，刮起脚边大把尘土。

这一刺失手莫亚心中本就有数，她本打算连起第二招，可自下而上的挥击迫使莫亚挺出一半的身体变成回防姿势，她勉强挡住，却被巨大力道掀至空中，刀子也被震脱。

莱恩本想借上次挥斧的余力再接一斧，在空中的女刺客绝对无法抵抗，可万万没想到，对手调整身体，双手交叉至两臂，又甩出数枚飞镖，他只好迅速蹲下躲闪，之后照对方落点横砍过去，可惜估错了距离。

眼前这个魁梧的巨人几乎无懈可击，他足比莫亚高一头，皮肤坚硬得像钢板，在刚刚下落之时小腿已被利刃划了道小口子。这是一个少见难缠的对手，如果一直纠缠下去可能会败下阵来。

莫亚双手结印，大声念出咒语，顿时周围聚集了大量的灵气，魔法灵光从她的身上散发，琥珀一样的红瞳也发出奇异红光。一股巨大的冲击力伴随烈火和浓烟冲向正前方的莱恩，光头男子大吼一声，身边的空气仿佛被抽空，全聚集到了他的身上，成为铠甲。真空阻隔了烈火，铠甲挡住了冲击，莱恩再次狂吼，所有聚在身上的气流如同炮弹一样四射，莫亚口吐鲜血，被撞在五米开外的树上。

我还是太弱了吗？不会控制气果然还是赢不了吗？

她略感绝望地靠在树上，不让绝望的影子显现出来，她的头缓缓抬起来，红色的瞳孔像一潭浑浊的深水，没有半点精明的神气透露出一份信念——死气沉沉的信念，看似轻薄又无法扫除，那是一份与众不同的孤独。就像什么事都没有发生一样，靠在树上的她、红唇带血的她，乍然间就像一个看破红尘或伤透了心的抑郁女子，她默默看着近在咫尺的莱恩，就像在发呆一样。

莱恩看着这个好似奄奄一息的女精灵，再一次与她对视试图不再逃避。最后，他受够了。为什么所有人都是这个表情？为什么我又会看见这双眼睛？！

他的愤怒全写在脸上，脸上扭曲的表情其实是在为恐惧代言。他为过去战栗。战栗已逝，回忆却重又飘回，他开始发抖、作呕，他见过这双眼睛！痛苦在此折磨他，他想要跪在地上大哭一通，痛骂老天和他认识的所有人。终于，他站了起来，眼睛里透出赤裸的疯狂，他大吼着、咆哮着："你别看我！"紧接着挥起巨斧，砍向女孩的脖子。

"我叫你，别看我！"

声音还在山谷回响，大树在颤抖，几片落叶轻轻飘了下来。斧子卡在了树上，斧刃轻轻碰着女孩白嫩的脖子。莱恩的手在颤抖，呼吸也在颤抖。

从头至尾，女孩表情不变。

没留一丝余地，仿佛抛在空中的石头必然会毫无悬念落地。她抽动嘴唇笑了笑，没有任何表情变化。在莱恩将斧子架在自己脖子上时，她的确生出了些恐惧，只有一点点。那是她最不喜欢的感觉，可在刚才，她终于变回了原来的她。

她那时穿着白裙子吧？头发是披在肩上吗？她哭了吗？她眼里是绝望吗？她很痛苦吗……莱恩叹了口气，他心痛了。

"你很强，西方人。"轻轻开口的莫亚随之开始懊悔，那一丝恐惧影响了她的声调，她为此羞耻。我还有底牌，没事的，只是这感觉太讨厌了。

你有过恐惧吗？有的吧。莱恩看着被自己压在身下的莫亚痛苦地想。

"你没事吧？"莱恩恢复了理智，他的语气竟带了些温柔。他一下子几乎想把她拉起来，最终还是忍住了。

"你是谁的人？"他们终于又变回了敌人，至少在莱恩心中。

"我自己。"红色的眸子有了生气，换成了另一种让莱恩厌恶的不屑和憎恨。那是一种疾恶如仇的憎恨，似乎可以清楚地为正邪下个定义，却让他感到好多了。

"你来做什么？"他再次像敌人一样发问，生怕再发生触及他回忆中那些痛苦的变故。

"杀你。"

"为什么？"

"杀一条染了瘟疫的狗需要解释吗？"

莱恩不再问话，他轻轻叹了口气，随后将斧子从树上拔了下来。他默默退后："你走吧。"

"什么？"莫亚大吃一惊。

"我不想重复第二遍，我相信你听清楚了。"

放跑一个跟踪自己十里地，随后和自己拼命的女刺客？难道因为我是"女"刺客？不至于吧，况且我刚羞辱过他。莫亚想起了他喊叫的内容，不禁疑惑这是否是对她的怜悯。

莱恩点燃一支烟，吸了起来，同时看着她飞快地钻入草丛。随后他神经质地大笑两声，将只吸了一口的烟扔掉、踩碎，眼睛看向别处。

弓手放下手里的弓却没有将箭放回背后的箭袋，而是仍然搭在弦上，他身后的两名弓手也做着相同的事情。

在离这位绿发弓手所隐蔽的草丛两米开外的一块巨石后，一个老人收剑入鞘。他探出头来，先向前方的三名弓手示意，之后向后方打了个手势。同时间有七八个人走了出来，他们全都收起了武器，其中一人牵了匹健壮的棕色骟马，那马拉了一辆装满稻草的马车，里边还藏了两名弓手。

"请问，你就是沣吗？"

老人眉头紧皱，迅速转身却没有拔出剑来，只是将手按在剑柄上。

他身体向马车方向微侧，随后又觉得不妥，还是变换为原来的姿势。他慢慢拔出了剑。

其余的人没有他们的队长沉稳，所有人的反应都比这个代号为"沣"的老人激烈，甚至有三把弓已蓄势待发。在所有目光的焦点处，一个光头男子站在草丛之中，他无视了准备朝着他胸部射出的箭。

"莱恩先生，请问您怎么在这里？"老人不怀好意地笑了起来，可身体却向后退了一步。

"我和那个女刺客刚才打斗的时候你们不是一直看着吗？"莱恩很友好地笑了笑，语气带了点责备。

"莱恩先生，您早就发现我们了？"老人并不是很吃惊，因为他清楚目睹了眼前这个光头如何发现那刺客，又以何等快的速度神不知鬼不觉地偷袭她。

"我只是关心为什么你们不救自己的同伴？"

"她不是我们的同伴。"

"至少也是变革军吧！你们那套团结友爱的精神去哪儿了？"

老人的心提到了嗓子眼，他想在身上抹抹手中的冷汗。面对莱恩的问题，他沉默了。事实上，他们真的无数次想冲出去帮助那个红发女娃娃。

"还是说，你马车上的东西很重要？"莱恩继续道。

这句轻描淡写说出来的话引起所有人的警觉，所有弓手握箭的那只胳膊连箭都拿不稳，每个战士的两腿都在发抖。他们面对的是屠夫和恶魔的化身，手刃两位帝王的死神。他们加起来甚至连那个红发精灵都打不过。

"不逗你们了，"莱恩笑道，刻意为语气中添上几分友好。

"我希望不要发生不必要的冲突，"他摊开双手，表现出真诚，"希望你们认真听完我说的话，说完我马上就走，绝对不会干涉你们。"

老人在原地斟酌了片刻，之后才意识到他们没有选择。他小心翼翼地表示赞同。

莱恩对他的理解和配合表示感谢，一字一句快速地说道："我知道你们心里这么想，我也知道你们打算什么，同时我清楚我们是敌人，但希望你们相信我，你们不能去末城，更不能打神都。"

老人惊得几乎说不出话来，他身后的所有人都在静观其变。

"神都哪里都有埋伏，末城也是，暴鸦就在去神都的路上，整个帝国三分之一的兵力在往那儿赶。"

"你什么意思？"沣的声音很沉稳，莱恩听不出任何他现在的感想。其实，老人慌得要命。

"通天帝国已经掌握了你们的行动，同时做好了迎战准备。我希望你们相信我。"

"如果我没有理解错的话，最高执行官、外阁成员莱恩先生在向我们透露他祖国的情报。"

"对！"莱恩没有否认。

"我们凭什么相信你？"

"你们运的是源合金，这对变革军或我们的影响同样重要，我清楚你们的行踪，通天帝国也清楚，只是我知道他们不知道的所有。他们打算在末城拦截你们，我提前给你们报个信，如果我有敌意，我现在会杀了你们。我没有规定你们的行动路线，只告诉你们禁忌区，你们不用担心埋伏。"

老头没有说话，他沉着脸，汗流满了额头。

"我希望你们好好考虑一下，我的话就这么多了，希望你们不要暴露我们的谈话和刚才发生的事。这句话我本不想说，因为怕你们连我刚才说的话都怀疑，但如果你们打来了，我会为你们打开城门。"

莱恩说完两步就走了，留下了身后这一众人。那位绿发弓手走到老人身边，疑惑地问："他有没有可能让我们把话传给上面，然后让大家中他的圈套，把我们当枪使？"

"不管有没有，我们的行动已经暴露了，源矿已经不重要了，要不惜一切马上传达给上边，让他们千万不能动神都。我们不走末城那条路了。博，把刚才所有的对话一字不差记下来。"

"上面会信吗？而且，他好像说他可以为咱们打开城门。"

"先走再说，把他放过女刺客这件事也传达给上边。"

艾莫蕾娜女神之手（3）

莉雅坐在椅子上，全身上下没有一丁点儿活力，嘴角有时还会有不同程度的抽搐，这使得她不自觉地会绷紧双眉，呈现闷闷不乐、愁眉不展的状态，久而久之反倒把自己弄恶心了，总感觉有根手指着自己的眉心一样。

她恬静优雅，就像镂空了的玻璃雕塑，剔透而光洁、安宁而易碎、明亮而脆弱、光滑而锋利。

桌子上有一道道的刮痕，上边还交错着用刀子或指甲刻写的不文明的话语，各种图案重重叠叠攒在一起，就像杂乱的蜘蛛网，不比被猫抓狗啃的海绵好多少。

莉雅的心情和桌面一样，烂透了，她在安静的小饭馆里坐着，无神地盯着桌面。桌上有一个白色的纸袋子，是她给丈夫买的衣服。上次她就买来了，可没有交给他，这次不知为什么，又为他去挑了几件她喜欢且又廉价的。也许她爱给他买衣服，这样可以提醒自己，并强调她对他的爱，可这次估计没勇气再见他。

路人看到莉雅，不论老少，都露出热情的笑容报以问候，女孩只是憨憨地回应，像被夺了魂儿的猫咪。不少老妇人或小孩子都担忧地询问，直到莉雅勉强抽动脸颊，笑着表示没事之后才略感不安地离去。

这种小饭店不会有贵族或官僚出没，莉雅选择这里是因为人少。她想安静，真要碰到个阔太太，这个上午就彻底废了。

自家里出来，到了服装铺子就已到了八点半。她没有挑选，直奔上次相中本要给莱恩买的衣服，掏钱走人——连价都没砍，这让那位老板很担心她的状况。她匆匆出来之后，选了块光照充足的草地，发了会儿呆，辗转几处到了这里，专心听着隔壁桌与店里老伙计的闲谈——他们那两双警惕的小眼睛在发现莉雅后就结束了他们对一些敏感政治话题的揣测。

不知不觉，已经十点半了。她仍旧出神，愣是把想象的很简单的问题想得繁杂，把清晰的对错加入一些无法清除的情感。她早就意识到她犯了这些错误，却无从纠正。她不是圣人。

她很痛苦，因为无从权衡，所以六神无主。很多时候，她想要忘记，只留下那些梦幻缥缈的她经历过的美好，可困扰总是再次出现，幻灭的感觉永远跟在快乐背后。她谨记她的责任，却永远被感情牵动，她要求的不多，只想永永远远和她的丈夫生活下去。

不知过了多久，她再次把视线移开桌子，向四周望去，一个穿黑袍的人不知什么时候坐在了她的侧面，两人就在同一张桌子上，她吓了一跳。

她定了定神，松了口气，苦笑道："是你呀！怎么也不说一声？"

"不想打扰夫人。"他的头巾把射在脸上的全部阳光挡住，让人无法看清他的脸。

"你总这么神秘。"莉雅的指尖在桌子上打转，她耸耸肩，叹了口气。

"夫人又有苦恼了吗？还是关于您丈夫的事情吗？"

"还好吧！谢谢你上次的开导。其实你也没怎么开导，事实上什么也没说。不过谢谢你！我好多了。"莉雅笑道。

"可您现在又怎么了？"他的声音很低，也很柔，富有磁性，莉雅很喜欢。

"心病哪有那么容易根除？"

"看这个。"男人说道，他将左手伸出袍子，用食指和中指捏着一朵新鲜的像是刚摘下不久的丁香。

莉雅看他的手指，修长而光滑，他的手可真漂亮，可惜平常不伸出来。而那丁香，是她前几日在这里时提到的。

"您，是个很善良的人。"莉雅害羞地低下头，继而又昂首对着窗外湛蓝的天空深深吸气。

她对他笑道："好细心的男人，要是我家汉子有你一半就好了。"

男子没说话，莉雅看出他有点羞涩，大概是因为她的话吧？她很满意自己造成的效果，大笑起来："你是在想，我说你善良还是说你温柔？"

"我只是疑惑，为什么太太喜欢这么苦的花？"

"苦吗？"莉雅意味深长地看向远方。

男人知道她又在想她和丈夫的事了，的确是非常非常煎熬的痛苦。他叹了口气："每个人有每个人的命运，您应该时刻准备好去坦然面对它。"

"哈哈哈，你倒先杞人忧天起来了，我都没说什么，"莉雅捂嘴笑了起来，"你说你没结婚吧？之前……那你现在是不会懂的，婚姻……"她寻思道，转而愁容又浮现在脸上，只一闪而过又强颜欢笑起来："你有喜欢的人吗？"

"没有。"男子冷冷地说，倒有点开玩笑的意味。

"你就是太冷淡了，不要那么失望！以后有喜欢的姑娘就要对她好一点，不要像他一样。"她吸了一口气，阳光在她的睫毛上一闪一闪，眼睛就像一块无瑕的琥珀一样剔透，"你要多陪陪她，其实女人要的真不多。"

"夫人只想要他陪陪您吗？"

莉雅愣了一下，注视着外边的人流，过了良久："是呀。"

然后两个人就没再说话了，他们就一直这样坐着，直到莉雅拿起那朵放在桌子上水灵灵的丁香花，才再次打破沉默。

"你有喜欢的东西吗？爱好，或是……就说说植物吧。"莉雅玩弄着手中的丁香，用指尖触碰那花瓣，看似不在意，实际上却期待着他的回答。他是个风趣且浪漫的人，他们没说过很多话，可莉雅就能听出来。她是那种能听出别人是否具有浪漫气质的女人。

"我……"男子思索道。实际上他年龄很小，莉雅清楚他才二十出头，上次的年龄是谎报的。男人都喜欢在女人面前装出老成的样子，尤其是青涩的小伙子。

"我……"他的头微微扭向莉雅这边，她看清了他的下巴，同时注意到他红润紧绷的嘴唇。他说："我猜夫人喜欢梅柳。"

"你，你也知道那个传说吗？"莉雅激动欣喜地叫道，随后才意识到自己失态。

"那你知道百花谷吗？"莉雅问，刻意调整过的呼吸在说话时也无法掩饰住那股喜悦劲儿。

"每个不古板的人都知道吧！但只有对爱情尚存憧憬和被现实境况打击的人才会去关心。"

"听说梅柳树就在百花谷的入口呢！"

"没有夫人，但我知道梅柳代表着什么。"

"那你说……百花谷真的存在吗？"

"如果您相信，它就存在。"

"如果不呢？"莉雅大笑起来，类似的话莱恩也说过，可眼前这个人说出来别有一番味道。而她的"如果不"，指的是不存在，而非她不相信。

不用她多解释，他竟理解了她的意思，并说道："那只是它在您快找见它的时候消失了。您要相信，它至少存在过。"

"对呀！"莉雅一下恍然大悟起来，这么久困惑她的东西仿佛一下子消解了，她洋溢着兴奋地问："每个人都要直面自己的命运吗？"

男子没说话，只是微笑起来。这可是他第一次笑呢！

莉雅蹦起来，一口气转了两个圈，然后跳到他面前："谢谢你，小……"她本想叫他她一闪而过临时给他起的昵称，话到嘴边觉得不合适，终是没说出口。接着，为了化解尴尬——其实在快乐的氛围里哪里会有尴尬和拘束——她伸出了自己的右手。

他将他柔软的嘴唇贴在上面。她一步三回头地向他微笑，他一直目送她离开。屋檐上的一群渡鸦目睹了这一切。

艾莫蕾娜贵族居所（2）

管家端了一碗热汤，恭恭敬敬呈到洛克桌上。

"你为什么不把她留住？"

老人用袖子在额头上抹了两把，这只是一个习惯性动作。房间温度适中，洛克继续口无遮掩地高声指责："你应该给我一个合理的解释！"

"莫亚小姐七点就起来了，那时少爷您还在睡，莫亚小姐不想吵醒您就决定自己出去走走。"管家还没说完就被洛克粗暴地打断。

他提高音调，更凶猛地发泄："你已经重复了三遍了！告诉我，为什么她还不回来？"

管家没有搭话，继续站在原地，他是这所房子的老爷的管家，并不是洛克的。他可以算是这个家的功臣，十九岁时候就认此房主为主人，他做了很多的事，和房主有过命的交情。那时毕竟是乱世，正处第四次世界战争之间，追随房主的很多人都不知下落，唯有他留了下来，或是说活了下来。

他从小看着洛克长大，晚些时候——也就是现在——因主人常年外出，家里大小事务都由他和房主捡回的女子打理，那女子也就是现在的莉雅。他承担的分量比莉雅还多，所以对因女人发脾气的洛克并不当回事，说到底毕竟是小少爷，但表面上，还是一副恭敬的样子。实际上，

217

他很看不起洛克那副德行。

洛克今天早晨刚有意识就从床上跳了下来，随之瞟了一眼自己金光灿灿的手表，上面显示七点四十五分。他一阵狂喜，心中得意今天起了个大早，果然心中只要不停想着做某件事情，就可以做到，例如起床。

他没有像往常一样让仆人递衣服，而是抓起昨晚精心挑选并放在床头的服饰，急急忙忙穿上就冲出房间，结果狠狠地撞在木栅栏上——他可能刻意想要制造响动。

可敬的管家闻声抬头，正欲张口，却被洛克一声亢奋的大吼"管家好！"压了回去。这个英俊的富家子弟可谓狂奔到莫亚房间，正要敲门又觉得不太妥当，然后踱到离房门六七步的位置，整了整衣衫，昂首挺胸再次走到门前。

"莫亚小姐出去了，少爷！"管家不识趣地喊，谁叫他是管家呢？

"她出去得这么早？"

老先生很是纳闷，不过因为他了解洛克的德行，知道他想干什么，也知道他会睡懒觉，所以才让莫亚七点半的时候离去。不过……

"少爷，现在九点四十了。"

洛克纳闷，他亮出自己的金表，发现自己犯的愚蠢错误，可他明明感觉自己起得很早。现在都快午饭了，莫亚还没回来。他失落地瘫在沙发上，华丽服饰上的金纽扣一闪一闪。

他从十点开始发牢骚，眼看就十二点了，还在喋喋不休地指责老管家。

门响了，洛克跳起来就跑，结果门外站的是提着白袋子的莉雅，他的眉头轻轻跳了一下，正要转身却发现了他朝思暮想的红发精灵站在姐姐身后。

"我就不明白了，亲姐姐都比不上小情人重要？"莉雅笑着说。听了这话莫亚也笑了，洛克却反常地沉默。他没吭声，拿了两个洗净的苹果呈到两个女孩面前，他希望莫亚选大的，可事与愿违。

实际上莫亚很不开心。暗杀失败，这个地方就不能呆了，可是她又能去哪里？整个艾莫蕾娜都在戒严，出去太难了。她在迷茫中向着洛克家的方向走，到了门口，却不知该怎么办。不巧的是，迎面碰到了莉雅，只好硬着头皮往里走。现在也只能说是死局吧。

"来了，先生们，女生们，既然人齐了就开饭吧。"管家看到莫亚依旧笑容可掬，洛克明显还在生气。

丰盛的晚餐足以化解一部分没必要的矛盾，而另一部分烦心事也随着饱嗝儿融到鱼汤的鲜香当中。洛克在饭桌上极尽绅士之道，甚至有些坏了规矩——夹菜，倒酒，端茶，送水。

在洛克好意的感化下，莫亚渐渐放下了心里的包袱，她似乎被炉火照耀下的温馨所触动。客观地说，洛克和这一大家子都是很不错的人，他有他可爱的地方，足以点亮莫亚主观看法的一点光。这一家子的灵魂都是很纯洁的，她感到有些愧疚，因为她的身份和目的。现在她尝试通过进食和体贴大家来弥补心中的缺失。诺说过，有这种感觉，是因为良知。

那么，良知，为何物？我已经不止一次感觉到了它，它告诉我，我要做的好像是错的。他放走我，可能说明他有良知吧？这个地方的人说他不坏。

哥哥说过，没有良知不一定是坏人，有良知的人一定会是好人，但也可能做出对你不利的事。杀他是我的责任，而真的是对的吗？我是变革军，他是帝国官僚，我们立场不同，势不两立。自古正邪不两立，那么是谁为正邪下的定义？为何我和他好像都有所谓的良知，可我们现在却是敌人。

"对了，姐姐，姐夫平常不来吗？我怎么到现在还没见过？"

"他很忙，很少来的。"莉雅微笑着回答了这个问题，她用她脸上的面具回应了莫亚脸上的面具。想到自己的丈夫还在工作，可能没吃午饭，她心里在痛着，随即陷入了上午的惆怅。她又想起了在花园中的对话与两个人彼此牵出的泪水。

　　"我吃饱了，你们慢慢吃，我回房间了。"她向所有人微笑，管家向她告别，洛克也送上问候。莫亚用笑容回应，穿着白衣的女主人轻轻地用手在她的肩膀上压了压，便回房了。

　　"我姐和我姐夫特恩爱，他们相识五年，结婚三年都还像刚认识的情侣一样，永远为对方着想。"洛克以炫耀的口吻夸口道。他对姐姐贤淑的夸耀，得到了所有人的赞同。

　　她把所有人骗了，她只是微笑着强装欢乐。她失眠痛哭，可没有告诉家人。无疑，莱恩很爱她，桌子上有她的照片，他今早看那照片的神情足以证明一切。可她为何并不快乐？她很珍惜自己的丈夫，今早还为他买了衣服，如果只是为了敷衍家人，那莱恩的照片也只是为了欺骗同事吗？或者说，他们结婚多年就像初识情侣是因为他们互敬对方一尺，永远无法走进对方的心灵？他们无微不至地为对方着想，是因为他们都缺乏安全感，都怕失去？

　　这又关我什么事呢？我要杀的，是莉雅的丈夫。

　　"我也回房间休息了！哪天带我看一下姐夫到底是何方神圣。"莫亚缓缓起身，和莉雅一样将椅子送入桌底，向大家道了午安，转身上楼。见莫亚走了，洛克也赶忙站起，他同样向所有人道午安，忙手忙脚地把椅子向里一推，想要跟随莫亚一起上楼，最好能把她送至房门前。

　　管家催促还在餐桌上用餐的所有仆人，看着洛克送回的椅子，轻轻叹了口气，咧嘴笑了。

　　莫亚躺在床上，从这一餐之后，她好像真的动摇了。莱恩不常来，乘惹麻烦之前要赶快离开这个地方。

一番痛苦的纠结之后，她决定再去看看他，那个不仅仅是他深爱的人，也是造成她愁肠百结甚至纠缠不清的情感出处。

这个房间本是莱恩为她所设，是他们新婚之夜的洞房，所有一切都按照她的要求布置，每一件物品都精挑细选、毫不含糊。莱恩对莉雅的好，甚至可以被她当作恩情报答。

一中午过去了，她竟然睡着了一小会儿，这对于她的精神状况来说已经很不容易了。因为午餐莫亚那一句无心的询问，她再次深陷痛苦的泥潭。那次谈话之后，莱恩就再也没有与她见面。

他好像在逃避她，她也没有主动去看过他，尽管她想。这不是莱恩对她的第一次远离，以前有过许多次，慢慢地，她也发现莱恩对她不是疏远，而是逃避。这次逃得最深。

女孩起身，她现在只有十九岁，可承载的东西太多，几乎要把她压死，不过她知道有很多人如她一样。她没有丝毫同龄人该有的活泼和快乐，像一个日日栗栗危惧的少妇。她几乎和莫亚一样，是被命运玩弄或诅咒的人，而脸上也有了几缕皱纹。

她轻轻抽出梳妆台中的一节抽屉，凝神望之，好像有一条冰冷绸带钻入了脑子，然后在鼻腔深处和眼睛里边乱搅一通。

"姐，打扰一下！"伴着敲门声，洛克的声音打断了莉雅的回忆，她小心迅速推回抽屉，给洛克开了门。

"我想求你件事情。"现在下午三四点，以往这个时间洛克除了代别人传话，或送莉雅一些小礼物才会亲自敲门的，一开门就是这句话，莉雅觉得挺新奇的。她没有答话，只是稍微歪歪脑袋，做了一个疑惑的表情。

"可以借你的衣服吗？我想送给莫亚，我是说那件紫色的。"洛克小声询问，好像生怕谁听见，或者说这件事情很严重，严重到不可以被宣扬的地步，仿佛见不得人。"一个女孩家家，穿那件皮风衣太不合适了吧……"他赶忙补充，小心翼翼地。

"我那件？"莉雅微眯双眼，将下巴移向衣柜的方位，乌黑的大眼睛还带着一丝笑意。

"嗯，就是那件，我是说……"他有点慌了，将视线移开了他漂亮的姐姐，开始用手比划不存在的东西。在莉雅想都没想就爽快答应之后，他反而发出了一个疑问音调。

"来，快帮我！它挺大的。"

"哦，来了，来了。呃，谢谢！我是说，真的很……"可能是因为进入了莉雅的房间，他再次回到了刚才尴尬断路的状态，双手不停地在胸前来来回回比画，想要把说的话催出来。这个冒昧而不现实的愿望迅速被答应，导致他在去抱衣服的时候犹豫了一下，似乎想说点什么，否则就无法接受本不期望的馈赠一样，最终觉得自己真的无法表达对莉雅的感谢后，才不再开口，快步上前去接。

"这件衣服本来就是为我未来的弟媳准备的。"

"啊？这不是姐夫送你的吗？"

"太贵重了，我不喜欢。"

洛克再次道了谢离开了，此刻他再次认为，他的姐姐是他认识的最细心、善良、贤淑的人。听着他下楼时双脚踩在木板上的声音，她意识到，她也该走了。

莫亚毫无头绪地想了一中午刺杀的事。不杀就不杀了，自己和他并没有深仇大恨，他可能不算坏。再说，她虽有底牌，可把握也不太大。

如果只是为了扬名就错杀好人，那岂不是太不理智了？话说回来，当变革之风席卷大陆之时，他必会成为阻力，想到这里她再次犹豫了。这件事真的挺简单，无非就是杀不杀个人，她一咬牙最终敲定了答案：既然如此，那就离开吧，就算看在这个家的份上。

这时，管家把一套衣服拿进来递给莫亚，这是一件紫色的公主服，上面缝有价值连城的宝石，还有银制的水晶头饰。莫亚对管家友好地笑了笑，管家也挤起脸上的皱纹慈祥地报以微笑。他和蔼而委婉地表达了洛克的想法，同时表示，希望她可以和洛克出席一场宴会。

莫亚叹了口气。她马上就要走了，这件衣服她真心不想穿。可是没准出席宴会时可以乘机逃出去呢！

既然如此，那就穿吧，洛克一直对她挺好，在即将离别之时她好像还有点不舍。这个家的感觉和那个家的感觉有点相似，这次听他的就算报答了。

她脱下自己的红色风衣，开始整理硕大而精致的公主服，她从没见过这种玩意儿。

大厅的门外传来紧凑的敲门声，管家离开房间后去喂马了。趴在莫亚房门外的洛克小声咒骂一声，起身去开门。

门外是一个光头男子。"姐夫？你怎么来了？"

"怎么，不欢迎？"

"哪有？只是现在不太合适。"洛克小心地指了指门，之后一脸坏笑地打了一个手势。莱恩会意。

"好小子！"莱恩小声威胁道。

"没有，姐夫，我对天发誓！我决定娶她的，连那套我姐最喜欢的公主服我都给她穿上了。"

"我给你姐的衣服？"

"我姐同意了！"洛克补充，莱恩没有纠缠。

经过一小会尴尬的沉默，莱恩试探性地问："你姐在吗？"

"不在，她刚出去了，你没遇见她？就在五分钟前。"

莱恩微眯双眼，慢慢坐在沙发上，他有些动摇，还是觉得来这里不太好，他不敢面对，发生了这么多事，说明风向已经开始变了，精明一世的他都无法控制。长痛不如短痛，他甚至想过，再不见莉雅了。好不容易鼓起勇气，可妻子并不在家。

他终于没有掏出烟来。过了一段时间，莱恩指了指房间，她在干吗？

洛克耸了耸肩："不知道。"

"换衣服不至于这么慢吧？"洛克也不解。

"你真打算娶她？她知道你要娶她吗？听我的，你现在去拿过你的阻魔晶戒指来，直接向她求婚，别说你没有！相信我，她多半早准备好了，只是不愿出来，每个女孩都知道那身衣服意味着什么，除了你姐。走，我去给你拖延时间，你就当我是你的管家吧。"

莱恩学着管家的样子轻轻地推开门，但他忘了最重要的礼节，他没敲门！他看到了莫亚雪白的背脊，因为这个衣服太难驾驭了，莫亚这么长时间才勉强穿上，背上的拉链却怎么也弄不好。莫亚察觉到了背后的危机感，看见莱恩，发出一声惊叫，将自己的身子转过去，可这衣服和她的反应搞得她更加无地自容。

莱恩尴尬地摸着他的光头，下意识向后退两步却险些滑倒从楼梯上滚下去。他似乎被莫亚带上水晶头饰后楚楚动人的样子打动了，但双方马上明白各自是什么处境。这种事人生一辈子难能遇到一次，命运的漩涡如大海般波涛汹涌，将两人团团围住。他们的大脑都在飞速运转，身体好像僵住了。这一刻没有任何声音，仿佛可以听清楚屋内每一个人的每一次心跳！

莫亚当真被吓了一跳，一瞬间就想到诺曾对她说过：一个女人当遇到一个绝对无法战胜的对手时，最好的做法是让他怜悯你。小姐，你很漂亮，这是资本。

她收起她动人红瞳中那坚定聪慧而犀利的目光，变成一种手足无措还夹杂着恐惧的眼神。她明白对方眼里分明是杀气，但她这身装扮绝对没有任何机会与他抗衡，只能将希望依附于莱恩的"良知"。

这时洛克走了进来，他感到了局面的僵持，并看到了莫亚惊恐的眼神，他以为是莱恩的样子吓到了她。

"姐夫，你吓到她了！"洛克看到莫亚因为慌张踩到裙子差点摔倒时，伸手过去扶了她一下，"你的手怎么这么冰凉？"

莫亚两个把戏成功地骗到了莱恩，她看到洛克进来，刻意将血液的温度调低，再让莱恩以为她因慌乱踩到了自己的裙子，而洛克的那句话起到了重大作用，成功动摇了莱恩的杀心。

有无数的问题环绕着莱恩。莫亚在上次行动失败之后还不离开，甚至还潜伏在他小舅子家里，难道还是为了杀他？

乳臭未干！

莱恩不管洛克说什么，径直走到莫亚面前，他变得凌厉起来，就像年轻时那个斩草除根的死士一样。他一把掐住她的脖子将她的头撞在墙上。洛克不知道发生了什么，想要劝，却被莱恩一个"滚"吓得闭住了嘴。

莫亚被掐着喉咙，这一刻，她真真正正体会到了屈辱、厌恶、愤怒、恐惧、无助笼罩着的感觉是怎样的。她尽可能地想让莱恩放过她，她紧紧地咬着嘴唇，让泪水涌入眼眶，尽量让目光避开莱恩的脸，以此迷惑他以为她是在害怕，让他同情自己。

莱恩感到了莫亚的身体是那么冰凉，只有人恐惧时才会出现的冰凉，他看到有仿佛冰晶一样的泪水划过莫亚的脸。

他再一次心软了，或是说心痛了。

她很明显不是一个专业的刺客，可能通天帝国夺去了她的父母或她的爱人，这才使她如此地想要复仇。想想在悬崖旁的相遇，她无神仇恨的眼神，可现在居然哭了，是因为没法报仇了吗？通天帝国欠的债太多了，我不可以再作孽了。我不能再扼杀一条纯洁善良的生命，绝对不行！

他莫名产生一种想要安慰莫亚的情绪，慢慢松开了那只如铁钳一般的手，向后退了两步，尽可能让莫亚感到自己已经安全。

"对不起。"言语里透露一丝自责，"你走吧。"

"谢谢。"莫亚只是嘴唇颤动了一小下，没有发出声音，她不确定莱恩是否听到，抹了抹脸上的泪水，抱着她的衣服，跑到了卫生间。

"到底怎么了？"洛克看到这一幕乱了方寸。莱恩绝不会做出这种反常的过激举动，他一直认为他的姐夫是一个体贴温柔的男人，绝不冲动。

莱恩看着洛克，一时不知道该怎么说，他绝不能让自己的妻子知道有刺客已经来过。不能把实情吐露出来，也无法搪塞过去，绞尽脑汁想编出个合理的解释，却一无所获。

见莱恩一直看着自己，洛克有点恐惧，毕竟就算是他姐夫，他也相信那些关于他的传闻。可他无法容忍莱恩刚刚对莫亚做的。

"怎么回事？！"洛克的声音因激动而颤抖，理智也开始被愤怒蚕食。他正在做的和莱恩做的相差无异，都没有由理智掌控的逻辑。莱恩心里一团乱麻，这几天已经够烦的了，和莉雅吵架、熬夜、得知变革军消息、差点被自己放走的刺客——他竟然放了她两次，到底吃错了什么药？

"她是个刺客！"莱恩大吼。洛克不甘示弱地想压过他的声音，可终究没有做到："她来这两天好好的，就算她是刺客，你为什么不杀了她？！"

莱恩决定不和洛克争辩，刚才的冲动已经换来了和莉雅大吵一架。正当他想耐下性子和洛克谈谈，门口响起了急促的敲门声，几乎是在拍门。莱恩下意识预感不妙，这个敲门的节奏可不对！

他以最快的速度冲出房间，纵身越过栅栏，跳到一楼，不顾打翻的杯子和洛克的大喊，甩开了大门。门口站的是一位年轻的传令兵，他被开门的莱恩吓了一跳，可完全顾不上形象，大声背出了他要传达的内容："外环失守，引起连环恐慌，现在整个女神之手正在暴动。市长已被暴民控制，怀疑有大批变革的煽动者潜伏在那里，他们持有武器，有多人被杀。照形势看，这是个蓄谋已久的计划。艾莫蕾娜全体统领要求出战镇压。"

"全体统领？都是太久没打仗了！"他愤怒地向前踱了两步，然后扭回头，恶狠狠地低声质问，"别跟我说黑狼还没单独行动。"

"属下不知道。"传令兵充满了畏惧，他不懂政治，只知道首席执政官没有准许这次行动，而且上校特别嘱咐过他告知一些会触怒莱恩的事。

莱恩走出院子，背对传令兵，扭身用余光看着这个不敢作声的人，心中愤怒更甚。最后，这个可怜的年轻人在执行官冰冷的目光下小声说："上校叫我来告诉您情况，他应该走了一半路程了。"

莱恩往地上狠狠唾了一口，借着气流跳上围墙、房顶，决定徒步追赶，他跑得不比马慢。

洛克手忙脚乱下楼，突然又停下脚步。此时他决定去找莫亚问个清楚，就算她是刺客，死在她手下也无所谓。尽管他不相信，但莱恩的反常举动让他心中多了一层疑虑。他怕自己和莫亚再也无缘了。

他顾不了那么多，转头向卫生间跑去，当他推开门，看到莫亚一把将身上的衣服扯下。一瞬间，他不知如何面对眼前这个赤裸的姑娘，不知看向哪里。当他的目光不小心碰到这个妖艳的红发精灵时，他惊呆了。

那双红眼睛有着赤裸的杀意和仇恨，冰冷，嗜血，像一个传说中的吸血鬼。她不是他认识的那个姑娘了，洛克丝毫不怀疑她手上沾过人命，而莫亚也没有因为洛克的闯入感到丝毫不适，那张脸没有任何表情，此时此刻仅仅是一张皮。她的皮肤苍白如雪，近乎诡异，那种恐怖气场丝毫没有令洛克注意到现在她身上一丝不挂。她眼里发出淡淡的红光，一道清晰的刀疤出现在左眼之上，放在旁边那原本她要穿的衣物，全都化为红色的液体飞到她身上。

随着一声玻璃破碎的声音，洛克知道，他朝思暮想的姑娘离开了。他双腿一软，跪到了地上。

过了良久，管家喂马回来，看到碎了一地的玻璃和敞开的大门，立刻扔下手中刚刚卸下的手套，从鞋柜中掏出一把匕首，直奔二楼。他看到落魄的男孩跪在卫生间门口默不作声以及碎了一地的玻璃和地上拿给莫亚穿的衣服，猜出了一二，不过洛克没事对管家来说就是最大的幸运。

正当他准备召集仆人收拾屋子，莉雅气喘吁吁跑进家里。从她的神情中，管家看出了惊慌和担忧，但他什么也没说。莉雅看到家里狼狈的样子，只问了一个问题：莱恩在哪？在洛克简单的陈述后，她飞速跑进房间，取了一样东西，便离开了。看见她颤抖的手和匆匆离去的身影，管家默默地为她送上了祝福，继而抬头看了看挂在墙上的他们的结婚照：两个人身着盛装，在百花簇拥中甜蜜地笑着。

与此同时，莫亚早已奔出住宅百米，她把刚才传令官的情报听得一清二楚。

在将自己关进卫生间后，她的手不住地颤抖，连解扣子都办不到。她觉得自己被掏空了，整个身体都不听使唤，一种带有迷茫感的担忧传遍全身。虽然两次莫亚都有后招，可实力的不可逾越感，就像摆在眼前的一堵令人窒息的墙。自己付出了这么多，受到惊人的痛苦，可还是被莱恩压过一头，难道因为我是女人吗？

她开始质疑自己。

她懊恼、愤怒、自暴自弃，其实都是为自己的表现而感到耻辱和羞愧。她早无男女之别，也以此告诫、督促自己——她把这看作最基本的。可那时，分明……为什么？！

痛苦！恨不得一拳把旁边的玻璃打个稀烂。一个战士的傲气、刺客的自尊，甚至一个女人本身的尊严——她自身的所有种种都在那一刻受损了。屈辱感将她笼罩，让她紧咬牙关。所有的愤怒都是因为自己无能为力！

诺的不倦教导，沙的调教，哥哥的宽慰、体贴、无偿的微笑，朋友们的友谊，吃饭时给自己留的位置……她压力太大。

想到自己对哥哥的依恋，对联盟过度的信任和依靠，对诺的欺骗和隐瞒。那些想要逃离的念头和交织的谎言，加上一直以来的屈辱感和自卑感。自卑导致了她那些叛逆和极端的做法，而此刻失败的落寞让她作呕起来，眼泪也跟着流出。

在她痛苦万分的时候，一个声音在背后响起，那是脑海中的一个激荡传递出的信息，这个信息来自心底，来自一个动人、优雅、沉重的男声。

"十八年你一直用着我的力量，不然你以为你怎么会在十八年的黑暗中活下来？你不知道我，是因为你没有长大，我没有醒来。但你总能感到时间和记忆的空缺吧！"

说话的人有着极为性感的男声，温和而富有磁性，清晰，缓慢，坚决。

"我之所以会醒来，是因为那个梦，那个传说。你接触了太多的与平凡的你无关的事，那些有关于我。而现在，有关于我的都与你有关了，因为我醒了！"他笑了出来，而这声音也像耳语，让莫亚起了一身鸡皮疙瘩。

"你对血液的掌握、对光线的敏感、对武力本身的透彻理解，源于你的血脉。你是混血儿，但每份血统都极为优异。哦！当然没有我的强。"他俏皮地补充道。

"等到你真正弑神的那天，你会代替那个倒霉蛋的位置，同时也得到我完整的力量。到时候你的血与光也会觉醒，成为神力。不过，我建议你放弃那些杂七杂八的东西，把它们给了你的宠物，然后一心继承我。到时候，你，那上古血脉之遗，会成为诸神的黄昏，不惧死亡，不服生命！

"那么，我有多强呢？比起你未来真正面对的可能不值一提，但我，沃夫尔杀戮之神，可以告诉你：只要世界上还尚存嗜血的念头，哪怕是原始的冲动，或是本能，只要任何食物链存在，就算神与神之间，只要有战争和暴行发生，在这方面，我凌驾众生之上。"

"什么意思？"莫亚问。她现在回到了最原始的意识状态，并从中进行了挑选，把自己代入其中。此刻她的记忆和思维，被她四岁到八岁的记忆左右。这段光阴对她至关重要，是她潜意识中放在原点的东西，也是她精神中的一重。

"神，是物质或某些客观事实本质的意志体现。"

"我需要理解。"莫亚委屈地说。

"好吧！并不是太阳神创造了宇宙中那么多太阳，是当这个世界有了众多的太阳之后，所有太阳的意志化为了太阳之神。生命、死亡、命运、时间、杀戮亦是如此。你可以理解成，只要世界上有活着的生物，生命之神就会得到力量。我的力量来源不用和你解释了吧？”

“嗯！”

“小姑娘你怎么这么和我说话，你不怕我吗？我现在可是在改变你的思维呀！”

“我在哪？”莫亚问。

“你的心里。”他不耐烦地说，“难道你的意识和思维已经不同步了？你的精神力这么强！”

“我不知道。”莫亚说，她感觉自己面前的这个男人还不错，虽然看不见他。

“好吧，那我们聊会天吧。”他换了一种口气，无奈地说。

“刚才那么说话真累，不是吗？你知道，你是罪恶、悔恨、痛苦、错误和坚毅的果实中，唯一的种子吗？”

“不知道！”她调皮而短促地叫道，“你先告诉我你知不知道我的身世，你知不知道我妈是谁？”

“你妈是那颗果实。”他撇撇嘴。

然后他们就聊起天来……

莫亚的视线开始模糊，变暗，她仿佛可以把整个世界的声音听清楚，门外那个年轻人说话的声音清晰地传入莫亚的耳朵，她还可以感受到莱恩发出的气息，马舍里每一匹马的吐息，仆人带着的灰色手套抚摸马匹的摩擦声，包括奔跑来的洛克。

世界仿佛静止，所有动作她都可以捕捉，包括所有生物的思想。她顷刻间明白了莱恩所有的苦恼，和解了与他近几天发生的所有事。一种想让她大声嚎叫的力量与狂妄充斥着她的身体，此种感觉似乎被一种冷漠与麻木包裹，尽管她可以感受到自己思想的偏激和薄弱，但又好像什么都没有想，没有思考。

随着洛克的破门而入，扯掉衣服的她脑袋里还是一片空白，仿佛有什么东西在驱使她行动，控制着她和现在不属于她的力量。赤条条的莫亚没有丝毫难为情，看着门口那个满脸恐惧正与自己对视的男孩，她在疑惑：为什么他满心恐惧？为何此刻他不怕死？为何我好像对他很重要？为何他正在绝望，脑海中还有那么多奇怪的想法？

他是谁？

当莫亚徘徊于这些问题的时候，她已经飞身出窗，她换下的所有衣物和装备也神奇地回到她身上。她放下刚才那些奇怪的问题，重新思考为什么自己在向莱恩的方向跑，悄无声息，比原来要快上数倍。还有，为什么她现在想用杀戮填补自己的空虚？

"少爷，节哀顺变。"管家叹了口气，目不转睛地看着洛克。洛克只是跪着，对着飞舞的窗帘和碎玻璃流泪不已。

看了大概三四分钟，管家扭头准备和仆人们一同收拾残局，他刚从桌上拿起抹布，又扭身看向洛克，洛克依然跪在那个地方。管家索性把抹布扔到桌子上，决定去搬把椅子，对着二楼坐下。

就在他挪动椅子时，洛克坚决的声音传到所有人的耳朵里："我给你三个月，教会我该会的，我要去找她。"

管家的皱纹又挤到了一起，他无声地狂笑起来，牙齿就像小丑，嘴角咧到了难以置信的地步："少爷，我会尽我一切努力辅导你，但若你想独当一面，可能需要三年时间。你若想成为一个优秀的男人，让所有人敬畏，像老爷那样不可一世的男人，达到让莫亚小姐倾心的地步，大概得五年……"

"可五年时间，她还会等我吗？"

"五年会发生很多事，也许莫亚小姐不会等任何人。可像她那样优秀的女性，谁会轻易入了她的眼呢？你想想，即使像变革军领袖龙那样有权有势的人，就可以吗？"

"她不是那样的姑娘。"

"对！一切都是未知。也许随着成长，你的眼界会越来越宽，野心会越来越大，到时候甚至都不会看得起我，我可以担保以你未来的高度，你不会看得起现在身边的任何人。你的起点、老爷家雄厚的资产永远是你最坚强的后盾……"

"我不需要那些！钱的事情，与莫亚无关！我只想证明自己！"

"你从小就非常聪明，我却等了这么久……"管家笑得更灿烂了，两排牙龈几乎裸露在外，"现在，只剩下时间问题……有一天，你会让你想得到的不得不归于你手里，包括那位莫亚小姐，哪怕她是那样强大的刺客。而且，你将来可能是所有后辈中，唯一可以站出来对抗龙的人。"

"别说那些了，老爷子，先告诉我怎么做吧。"

"明天黎明，去后院挑一把称手的木剑。"

这简直就是闹剧，可恶而又愚蠢，为什么要在这里暴动，把我的计划全都打乱，龙是怎么搞的？这么不明智，就算不遵从我的计划，至少从变革的利益来讲，也不应该在女神之手暴动——是因为另有计划，还是这场暴动就不是变革家所能控制的？

他催动周围气流为己所用，一步踏十米，飞速向暴动的方位前进，惊慌急躁的情感将他凌迟，让他惶恐无奈。事情已经朝着无法控制的地步发展，如果那个红发精灵出于私人恩怨来行刺那就是最好的结果，虽然会引起风波，但问题不会达到伤筋动骨的地步。可如果是变革派的组织蓄谋所致，就危险了。而那队在悬崖边出现的人马拉的货，要是同刺杀和暴动有联系，我的计划和日夜奋斗就真的完了！这次错失，会直接导致宇宙大战，而非变革军不费吹灰之力就能取得的单方面胜利。

莱恩绝不想让他经营了三个月的计划就这么完蛋，可脑海里闪过一丝不争气的念头：如果这一切没有发生，如果现在是一切如初的样子，他宁愿携莉雅去隐居，与世无争。这个念头一瞬即逝，他反而更加坚定了自己所做的一切。

远处——也就是女神之手的方向——一团团黑烟滚滚升起，这意味着暴动已经达到了纵火的地步。莱恩注视着那团黑烟的深处，嘴唇颤抖着，双眼之中流露出奇异的色彩，紧握的拳头将全身青紫色的筋脉撑起。看着这个混乱的城市，他出奇愤怒，也无限悲哀。此时的他像从前一样，太想找个依靠，可亦像从前一样，只能独自面对。

远处一队队的执领兵拿着长矛虚张声势挥舞着疏散人群，他一眼就看到了在他们当中吼叫着指挥的上校黑狼，也看到了几个强横推攘暴民的熟悉身影——那些他年轻时的朋友，曾同甘共苦，一起流血。战争结束后，他们都追随、信任和拥护他，支持他来到这个地方，把这个位置让给他。莱恩觉得自己辜负了他们，而他也相信，无论自己做了什么决定，他们都会相信和拥护，可最终还是欠他们的，无论过去、现在还是将来。

他来到上校身边，上校像年轻时一样，握着他手，给了他一个属于男人的拥抱，然后笑笑，继续投身工作。年轻时他就不爱说话，对于任何事情，只是微微一笑。此时，莱恩看到他眼里因自己流露出的喜悦，反而觉得心里酸酸的。他叹了口气，向旁边的一位较为年轻的军官了解情况。

"暴动最早是从不知源头且莫名其妙的游行开始的，谁也不知煽动者是谁，也不知理由和目的，随着人数和时间的推移，口号潜移默化地就成了所有人所熟知的'自由平等'，而目的地自然是市政府。本地人只有少数参加了游行，主要的游行人员是小商人和外地工人，光这就已经达到了一个很大的数目。他们扣下了市长，烧了两家国家企业和一家帝国合作企业，已知的死亡大概不下三十人，有十个对我们不利。目前暴动基本平息，所有主要肇事者都跑了，只抓到了一个老太婆。"那个年轻的军官流利地讲述着，好像从他刚接触暴动的那一刻就在为这段话不停排练，连最后的停顿都充满了预先准备过刻意为之的嫌疑。

莱恩轻轻叹了口气，所有的人都在看着自己的决定。在通天帝国的任何一个角落，只要是变革军落到政府手里，无疑是审讯过后再被绞死。那些什么都不会的家伙，只会在应付公事之余找点乐子。而那些变革者，哪怕经受酷刑也不会屈从，剩下的只有"斩首示众"一条路。

他必须做出抉择，随着手背上金色符文印记的亮起，他爱用的斧子出现在了手中。他一步步向那个年老的变革煽动者的方向走去。无数将士看到他手背的印记都会羡慕，这是难得一见的武器契约。可平民更加关心变革者的下场，他们在心里痛骂政府，唯独对莱恩保留了敬意。

那一步步，真的很痛苦，莱恩觉得自己有些眩晕，贫血一般地无法保持身体平衡。他不想再这样了，一阵阵发自内心的愧疚和痛苦冲击着他。以他现在的立场，他不可能在这个错杀一千的世界为这个老人用年龄来辩解。最终，他还是到了老人身边。

是个老妇人，她太年迈了，年龄在七十上下，身材矮小、佝偻。她满头白发，眼睛却很有神，粗糙的皮肤像岩石，杂乱的皱纹如枯木。她的眉毛浓黑，穿着破旧的灰衣，坐在地上。她的脚上只有一只鞋子，头发、身子、脸上均有血迹。可能只是一个普通的人类，没有其他血统，她没有一丝畏惧地看着这个眼前的高大男人，就像没看见他手中的斧子一样。

"我知道你，你叫莱恩，是这里的官儿。"老人不紧不慢地说道，她的声音因为嘴里所剩无几的牙齿而不清晰，可语气就像喝粥时和邻居问好一样，没有流露出厌恶，反倒透出一丝至少莱恩所认为有的亲切。

他应该答话，却没有言语，好像什么都说不出来。可能是无从开口，或因沮丧落魄而感到无力。他只好皱起眉头，这才意识到自己一直在皱着眉头。

若是聪明或胆小的人就不会再开口，可老人接着说了下去：

"听当地人说，你是个还不错的官，挺欣赏你的，或者说感谢你，能死在你手下，我也不觉得遗憾，这是身为变革者的尊严，也谢谢你尊重我。"她颤颤巍巍说到最后，嗓音刻意提高了，好让身边那些巴不得她死的人都听见，也好让那些和她拥有相同尊严者感动和坚守。她眼里还是没有丝毫恐惧，在阳光的照耀下就像尊雕像。在将死之前，她没有死死盯着要杀她的人，而选择将头向左扭去。不知道她在看什么，可能只是花草罢了。

若我也能死得像她一样平淡就好了，莱恩想。他看了一下四周围观之人的表情，深吸一口气，举起了手中的斧子。

一把匕首破空而至，上校抢起长剑将匕首挡下，可没有料到匕首的力量竟然把他掀翻。莱恩下意识向后转体，早已避开匕首飞来的轨迹。看到远处熟悉的身影，他非常震惊。

坐在一边刚刚跌倒的上校正要站起，却看到被抓的老人手里出现一把闪亮的弯刀，直刺莱恩背后。上校凭自己身体的瞬间反应，用长剑抵挡住了老人的偷袭，弯刀震脱出去。老人背后的一个肤色黝黑身材矮小的战士，一刀结果了她的生命。

莱恩转头，看见地上老人的身体还在痛苦地抽搐。她那双瞪得老大的眼睛终于流露出愤恨，死死地看着自己，狰狞的眼睛凸出眼眶，甚是恐怖。莱恩怒吼一声，照着矮小战士手中的武器就挥出一斧，那把短剑应声飞出，短剑的主人瘫倒在地，惊恐地看着眼前的上司。暴怒的莱恩一脚将他踹飞出去。

上校看着双眼通红的莱恩，想要叫他冷静下来，可身体不自觉地朝着那把匕首的主人转去。他紧握着剑，周身的空气流速变快了不少，剑也发出了淡淡的蓝光，这正是驭气。而那把匕首上边，也有极其霸道的气流缠绕。事实上，上校在力量与技巧方面，和匕首主人干脆不是一个档次——可以把气附在离开自己身体的武器上，是万中无一的天赋。

莱恩终于把头再次转向掷匕首的刺客，看到眼前的女孩，他倒恢复了几分冷静。女孩是莫亚，她此时微低着头，双眼被乱飘的红发挡住，只能看见她单调得连任何弧度都没有的嘴唇。女孩的风衣在空中剧烈摆动，所有的灰尘和垃圾都围绕着她逆时针旋转，她就处在这小旋风的中心，给在场的所有人带来恐惧和威压。

饱经沙场的莱恩能够凭借对手的战斗方式、杀气或其气流的流动来鉴别敌人，可女孩给莱恩的感觉异常陌生，那种吞噬一切的气势仿佛不属于人类。他从没见过如此冰冷强大的气息，可以把自己固定在原地，让他无法接触到漩涡中的莫亚。

上校走向莱恩，离他只有三米，他放出来自己的杀意，想与莱恩配合。感受到莱恩释放的气息后，上校率先发起了进攻，莱恩紧随其后。

无数弓手都把目标转向这边，大批战士摩拳擦掌。对方的血红色风衣在远处狂舞，伴随着金属撞击声，莱恩前边的上校差点踉跄摔倒。飞扑在空中的莫亚，以不可思议的姿态与力量，让匕首凭借与长剑的碰撞改变轨迹，出现在莱恩上方。她挡住阳光，敞开的风衣如巨大的翅膀，映射下的影子将莱恩死死罩住，紧接着她在空中三百六十度转体，一个重劈把用斧子抵挡的莱恩击退。

莱恩只觉双臂要被震脱，他那把用精铁和阻魔金锻造并始终伴随他的斧子，竟被砍开一指深的缺口。他没有犹豫，向后一跃，却发现笼罩他的黑影凭空消失，伴随红光一闪，他感觉一股突如其来的气流直袭背后。他来不及转身，刚刚起身的上校奋力为他挡下这一击。女孩向后一跃，扔出她的荆棘匕首，之前被上校挡下的嗜血匕首也无声地从地上弹起，两把匕首从不同角度射向上校，都附着着霸道的气流。

　　上校只挡下一把，他的护体气流瞬间被另一把击破。嗜血匕首命中他的心口，撕裂了肺部。倒在地上的他还想爬起，可上天没给他机会。莱恩痛吼一声，抢起胳膊一斧飞出，没起什么作用。他抱住了他的战友，上校轻轻勾起了嘴角，给了他最后一个笑容。

　　莱恩还未丧失理智，那斧头如莫亚的匕首，也有灵性，一个回旋飞回他手中。不同的是，莫亚对匕首的控制，来源于通过血晶琥珀直接对血液的控制，而莱恩用的是驭气。

　　此刻的莱恩是一头真正的野熊，他跳起来，越过上校的尸体，向莫亚挥出一斧，这一斧的力量莱恩自己都控制不住，而现在一切对他来说已经无所谓了。莫亚方才躲过飞斧，此刻根本没有武器，她脑海里依旧什么东西都没有，甚至疑惑自己在做什么。

　　下一秒，鲜血在莱恩的强横挥击下溅起八丈高，莱恩却没有斧刃嵌入肉身的手感。从莫亚身上迸出的血液，诡异地集结起来，像十几条有生命的小蛇在空中交汇。突然，它们改变轨迹，一起从空中扑下，像锁链一样，在莱恩周身游走。

　　血液阻挡了莱恩视线，但他没有因此恐惧。上校黑狼对他来说，就像亲人一般。莱恩从小是孤儿，不满二十岁就离开收养他的家外出打拼，在乱世中谋生，黑狼是他最早结识的战友中最沉默的一个。

　　空气颤抖着，那些血液聚在莱恩背后化为人形。周围空气十分黏稠，正是莱恩释放以气流的形式出现的庞大杀意，莫亚的血技在这股杀意下好像失灵了，紧接着，莱恩山崩地裂的一斧，让她直接飞了出去。

早在化形之中，两靴中的匕首已悄然跑到莫亚手中，她聚集气流与莱恩在空中对碰，这才保住了自己性命。一个女刺客本就很难正面战胜拿着巨斧的战士，自从有了这股陌生的力量，莫亚好像突然学会了驭气，血技的能量也开始变得无穷无尽。刚才那个声音，好像在说什么神力，而莱恩便拥有神力，面对飞来的箭雨，莫亚再一次选择可用次数不多的瞬移。红光乍现，她又消失了，出乎意料的是，莱恩却突然出现在自己的落点，使她猝不及防。

莱恩的气场在黑狼死去的瞬间真的变了，如果刚刚那个莫亚心中的声音说这是神力，那可能也真的是神的力量。学会驭气的莫亚，几乎可以秒杀曾经活跃在战场上的杀神，刚死去的黑狼就是例子，可莱恩可以逼莫亚血化，探测莫亚真身并判断自身瞬移落点，还拥有无比恐怖的力量，已不再属于凡人。难道这就是传说中手刃两王的艾莫蕾娜战熊？

这一击莫亚已无力躲开，精神呆滞的她在心中也终于想要闭上眼睛，可内心的声音轻轻地笑了，她告诉自己不要怕。在巨斧咆哮而至的那一刻，太阳的光辉变得尤为灿烂，光芒汇成一道光柱倾泻而下。一声巨大的闷响后，莫亚发现自己被温暖的光包围着，而光芒汇成圆盾，挡下莱恩的一斧，甚至还伤到了莱恩自己。看着围绕自己的这种灿烂的阳光，莫亚直接联想到了哥哥送给自己的圣徽。"希望持有者的心如烈火般生生不息，在最危难的时刻太阳的光辉终会笼罩于你。"莫亚这才理解这句话的意思。这不是信仰，哥哥永远不搞这一套，这是护身符，有功效的护身符。

莱恩被眼前的一幕惊到了，他清楚这一斧可以造成的伤害，可是这面硕大的金色圆盾没有丝毫损伤，反而更加耀眼。下一刻，莫亚的匕首已经插入了莱恩胸膛，随着红光闪烁，莱恩背后多了两道十字状的血淋淋的刀痕。他强壮的身体颤抖着，二十年从未有过的无助感充斥着他，还伴随着一种病态的疲惫。他浑身无力，最后终于提了一口气，向后回击，莫亚哪会给他机会？

突然，一支箭破空而至，伴随着尖利的咆哮声冲向活跃于广场中的那一抹红色。与此同时，第二支箭也划破空气。第三、第四支箭如期而至，目标也是相同。随着第五、第六、第七支箭，几乎同一时间，所有的弓手都将目标对准莫亚。他们是精英部队，驭气驱箭，射出的箭力道和准头与恐怖的速度成正比。有了这个拖延，莱恩一脚蹬地，高高跃起，飞出城外。他顾不得那么多，因为背后巨大的伤口血流不止，胸前也已被鲜血染红。他，成了逃兵，根本无心战斗，那匕首上有毒，伤口比平时痛一万倍，且无法以气愈伤。曾经无数的必死之局、困兽之斗他都没有选择逃避，可如今，他顾不得身后那一下下闪烁的红光和一声声凄厉的惨叫，在所有人的注视下逃跑了。曾经那个他放走两次的小女孩，如今正在他背后屠杀他的部下。箭根本无法捕捉到那闪烁的猩红影子，她比箭还快！比箭更精准，更致命，更恐怖！

顷刻间已血流成河。她扔出的两把匕首也好像有了生命，在空中乱舞。一时间鲜血、菜叶、武器、肢体、垃圾、尖叫和恐慌到处乱飞。

整个广场彻底混乱了。

她安静地靠在木板上，长期的训练早已让她养成半睡的习惯，尽可能保持体力，又能像蛇一样迅猛出手。在潮湿的走廊里，她嗅到了危险的味道，随后睁开了红色发光的眼睛，却没有任何动作。她平稳地呼吸着，很慢，连心跳也不存在了——如今的她是所有人的威胁，没人敢进到这里，因为没人比她更快，也更熟悉黑暗。

木板的声音，莽撞又冒失。有两个人，不，三个。她想提醒外边的守卫走廊里有两个人，而不只是他面前的一个。随后，她感受到了鲜血的味道和血液凝固的感觉，没有惨叫。有人进来了，他是谁？她能感受到对方的心跳逐渐变快，正在接近这里。另一个人已经走远了，向着一个死胡同。整个屋子都没有灯。

进来的这个人也许太过疑神疑鬼，屋子里的尸臭是半个月前一个不要命的剑士的。真可怜！面前这个可怜人连剑都拿不稳了，他是真的慌了神，如果再往旁边挪半步，他就能踩到莫亚的手了，可是他非要拿剑指向另一边蜘蛛网上的蜘蛛。女孩动了，随后过不了两秒，他倒下了，没有惨叫。

外面的光刺得她睁不开眼，所以她只好闭着眼睛杀人。这个世界好大，一下让她迷失了方向。她感觉有人在背后给了她一刀，随后自己的左腿不听使唤，剧烈的疼痛让她跪到了地上，她尝试再站起来，却只是徒劳。

没有一丝恐惧，她闻到了花香，也第一次感受到了阳光。有一个四条腿的人跑了过来，几个月以后她才知道那是人骑着马。她转身凭腰的力量从地上弹起，用仅有的匕首划开了他的胸膛，鲜热的血液让她又有了力量，那人却伤到了她的眼睛。也奇怪，跳起的瞬间她的眼睛完全适应了光明，她真切地记得，那是一个万里无云、风和日丽的下午。

那个人身体和四条腿分开了，他的上半部分躺在血泊中，下半部分跑去了不远处的小树林里。不知过了多久，等到那骑士的尸体凉透，才有大批人马过来，他们抱着自己人——也就是死于莫亚利刃之下的尸体哭啊哭的。对面的一个人高马大的军官，骑着刚才跑入树林的四足生物，拿着会喷火的金属棍子，剿灭沿途所有的贵族家族。

她记得，当那人把凶器对着自己的时候，一个男人阻止了他。那个男人提着沾满血的长剑走了过来。到了她身边，他扔了手中的剑。由于背着光，她无法看清那人的脸，就在她动了杀念的时候，男子对她说："没事的，都过去了。"

她告诉自己，这种场合下有人和她说话她理当回答，可就是张不开嘴。她那时没有语言能力，从未说过话，只懂得一些平常训练时的暗语，但她选择相信他。

"我不会伤害你。"男人坚定地说。随后他一把把她抱起，她感觉自己裙子上的血染到了他身上。

随后那个男人和他的伙伴激烈地争吵了起来，而她只感觉疲惫和安逸，枕着那人有力的心跳就睡着了。

第二天，她醒来的时候，被裹在一张干净柔软的羊毛毯里。她没穿衣服，身上的血迹已经消失不见，伤口也愈合了。

在旁边桌子上有一本很厚的红皮书，从书中她找到一张照片，那是他救自己的动机。她把照片夹回原位，在阳台上碰到那个已经失去一切的男人。

那人没察觉她已醒来，在他扭身之前，背对着她，面向窗外。阳光平铺在他身上，那个背影，她终身不忘，因为他面对的，仿佛是……希望。

莫亚出来了。女孩走出房间，竹叶摇动，夕阳把她鲜艳的红发染成橙红色，光照在她干净的脸上、左眼的刀疤上。张向阳向她挥手示意，金光从男孩和诺的脑后直射在莫亚脸上，她也挥了挥手，径直走来。

两个男人都不出声了，他们同时看着莫亚，看她红色的眸子在光与影之间闪烁。诺用余光瞟了一眼张向阳。

"你们在说谁呀？"

"你指哪个？"张向阳捏了捏女孩的肩膀。

"让你伤心的那个。"莫亚一本正经。"嗯！"诺轻轻地咳了一声。莫亚赶紧闭嘴。

"那是个非常非常非常漂亮的女孩，像你一样漂亮。"张向阳对莫亚露出个宽慰的笑容，随后瞟了一眼诺，诺恢复了扑克脸。

"天梦芸现在怎么样了？"诺问。

"不知道，塔斯兰蒂被摧毁的时候大约是我们那批学员毕业半年之后，我因为要追随变革浪潮提前离开了。朋友们……除了白雪，没人说要留校或留在塔斯兰蒂，他们在别处都有自己的抱负，所以应该相安无事。"

"但愿如此。"

"挺暖和的，好美。"这时莫亚走到两人中间，尝试用指尖触碰曙光。

"是挺暖和的。"诺说道。

"要能一直这样就好了。"张向阳笑容不变，半叹气式的深呼吸。莫亚看了看左边，又看了看右边，红色的眸子在风中闪烁，她也笑了。

她已经感受不到自己的存在，身体不断地在风中闪烁起舞。利刃带起串串血线，而那些血线会化为匕首，四散而飞。当击杀沿途的敌人后，会出现更多的血刃，更多的死亡。

那个声音一直在说话，她已经听不清了，但无论如何也没法填补自己空缺的地方。

    我的朋友们在哪呢？我有朋友吗？

"你不是有问题问我吗？"

"你怎么知道？"

"因为你是我妹妹呀。"

"我总是在想，为什么这个世界是这样组成的？为什么我们是这样的？"

"有点宽泛，不过你只要知道我们唯一要做的就是追随变革浪潮，你还要知道是变革让我们有机会站在这里闲聊，不用为生计考虑。说到底，我们发的也是战争财呀！"

"我大概懂了，但你只是在安慰我。"

"当你无法摆脱客观环境的时候，不妨对看似荒谬的认知保持一份宽容，永远不要以我们的世界观和价值观去衡量别人的生命和一件事本身。再明了的事情，也没人证明它一定是对的。当你举步维艰或左右为难的时候，多想想诺的话，按他的话去做，就不会陷入良知和世俗的漩涡中。你要记住，为拯救他人的灵魂或帮他人脱离痛苦不是你自己的罪过，有的时候，伸出援手，适得其反。"

"诺的话一定是对的吗？"

"至少对你我来说，没有一句是不可取的。"

"为什么要听他的。"

"因为信任。"

"为什么信任？"

"哈哈，"张向阳笑了，他捏捏莫亚的脸，"因为他做过的事和他为我做的事，他的身份和我的地位，他的能力和位置。因为命运、执念、陪伴等等因素，导致我无条件信任他。我根本离不开他。"

"好吧，我懂了。"

"你不懂，至少现在不会懂。"

"为什么？"

"因为你太小了。"

莫亚撇撇嘴，然后试探性地问了一句："你每天很痛苦吗？"

"没有啊！谁说的？"张向阳睁大眼睛，灿烂大笑，好像有个矮人在问他是不是同性恋。

"那你整天，为什么有那么多不开心的事？"

"你知道吗？语言是多余的，而我每天要为不同的事说大量的话，每天都在斤斤计较权衡利弊，和每个人笑脸相迎，为了给我们多留一条后路，多凑一张底牌。

"你知道吗？虽然真的很疲倦，但并非肉体上的累，只是因为这些……无异于在践踏我的精神。我想广交朋友，求的却是知己。包括诺，我们的共同语言也只限于那薄薄一层。我心里压的东西太多，经历的也太多，谁能想到？四年前，我还是一个……小男孩，哈哈！什么都不懂，只是关心……每天的课程，怎么不被老师约束，用逃课的时间做自己的小玩意——就是我学生时代深爱的锻造学……一心在自己喜欢的姑娘身上，包括拉帮结伙，偶尔夜不归宿……没有过失去。但我最大的错误就是认为生活很美好，可以一点点去经营。我本以为我能挽留，能拥有，可直到灾难落到我头上，然后一切都不存在了。

"你用心去爱，去经营，心怀梦想，憧憬未来。一腔热血直到一无所有，这只是个过程，并非所有人会去经历。但在这战争年代，你根本不知道未来是上战场，还是去要饭，至少我做学生那会儿肯定认为要为民众做些什么。可就算食不果腹之时，你也不会明白，你日日夜夜渴望上的战场，究竟是什么。战争，将人的一切抹杀为零，不存在什么所谓的爱与信仰，一下会把所有参战和未参战的人拉入沼泽，深陷泥潭。无论你做什么，哪怕你能力再大，在战争中都毫无意义，现实会呼啸着向你砸来，劈头盖脸地压过去，'轰'的一声，连呻吟也一并被掩埋。那时你就会发现，一切根本不能再去从良知、人道和真理的角度去衡量了。

"我曾一心向往自由和真爱……你要永远记住，有能力、有智慧的人，他们被给予的能力和聪明是用来支持和指导软弱的人，而不是用来压迫软弱的人，我就是这么做的，可是根本没用。

"别在意，我没事的，唯有真心付诸世界的人，现在才会如此麻木——我爹就是这样……这一战从北方诸国混战直到平息那天，从未停止。战争一定是某个执政官的失误和野心引起的，从我们对神的理解来看，那是不合常理的，超出人的理解范围之外的。你要明白，在这个大陆，某些战争永远无法停止。战争是杀人的行为，因为杀人，无论多少人组织起来成为一个集团，无论他们如何为自己辩解，杀人依然是世界上最大的罪恶。我指的就是我们，还有通天帝国，甚至整个变革军。只要帝国的权力还在，战争就不可能绝迹——战争是这种权力的结果。生在这样的世界，我选择信任我的父亲，也因此感激我生来处在的位置。我之所以无条件信任他，是因为他会给人民带来和平和幸福——哪怕是短暂的，这是我追随他的原因。

"我一心遵循理性之声，可我太怕失去，也长期处于孤独。我放弃一切，背叛变革，辜负了共同奋战、出生入死长达半年的战友、我的上司和我的战士们——我救下了你。直到现在我都不认为我是错的，但那是非理性的。庆幸的是！我欣喜我的收获，你是上天唯一成全了我的宝物，所以在任何时候，你都要格外爱惜自己的生命，不只是为你，也是为我，为诺，为所有照顾你、担心你、爱你的人。挑战命运必会被其报复，必会牵连一生，连累亲人，我的下场就是遍体鳞伤，害得别人家破人亡。

"我们一起经历过长达两个月的逃亡，在此之前还有四个月的流浪，谢谢你坚定不移地陪伴我。我第一次走向大千世界，离开父亲，像初生牛犊般中了巫术，虽然逃过一劫，却留下不可磨灭的祸根——对我来说基本算是终生的残疾。但这只是我自己，可曾想，在塔斯兰蒂，被屠国的人们，他们为我而死，是我连累了他们！是我导致唯一的寒冰上古血脉雪精灵被灭族！比圣神森林的树精还稀有，还珍贵的上古血脉，因为我遭遇了灭顶之灾——我失去了我的爱、我的全部，我……对不起。"

"不要这样，我不想你这样。"莫亚说。

"没事的，孩子，失去的早就不存在了。但……你明白吗？我希望你不认为自己是错的。不要因你自己的身份和曾经的血统而愧疚或是……沮丧……"

"我会为你做一切，我发誓。我从没这么认为，只是你为什么救我？"

"不要活得那么累，也不要太过于依赖某个人，尤其是把自己的心交出去。而我之所以救，因为你是我的妹妹，我的童年时期，我母亲的女儿……因为我认为你是她……"

"……仅此而已？可你为什么要付出这么大代价？"

"代价和收益是成正比的，而我已经看到了回报。"

莫亚害羞地低下了头，但她还是没问出她想问的，说不出口，因为她不想伤害眼前这个对她恩重如山的人。

"我还认为其实你是我的——救赎。你是……算了……"

"为什么？"

"因为你有感情，我也有感情，就这么简单。"

"我不懂，我和你……有感情？"

"你开心吗？这些年来，快乐吗？我们去过那么多地方，认识了那么多人，现在还能站在夕阳下赏竹。"

"当然，不然我现在还在……不见天日。"

"这就对了，有这些就可以了。对了，还有一点，你要记住，这也是我一直希望自己遵循的——谴责别人是愚蠢的事，在任何时候皆无必要。

永远不要怨，坦然接受你拥有的全部。恶念一旦出现在脑海中就很难驱开，但我们可以尝试了解自己，甚至削弱或消除它，了解恶念可以唤起我们另一种想法。一切的一切，看开就好。

"我一直想人活这一辈子图个什么。只是为了让短暂的生命在漫长黑暗中过得更好一点？我们从何而来又要到哪里去？有些人会为一次契机，如老天赏你的一枚金币大动干戈，甚至气得吐血。一枚金币，这对普通人家的确是大钱，但放在生命的角度去衡量，是那么的微不足道；而有些人，他们根本没这个意识，一生奔波于生计，并一辈子屈辱。换言之，那些自诩思想饱受痛苦的人，为那些使之发愁的破事而矫情，而那些事真的就不能看开吗？比起生命来，情谊和信仰到底算什么呢？我们为什么要变革，去干这档子活计，付出自己的全部。"

"我觉得，是因为良心。如果背叛至亲摒弃信仰能让他那辈子过得很好——包括精神，那也就无所谓了。"莫亚说。

"我们也得益于战争，如果没有这次变革，我们如何可以像现在这般自由。比起世界上绝大多数人，我们很富有，因为战争——我们是游离于生死边缘的人，在乱世没人比我们更有优越感，因为我们既站在正义一方，又拥有坚强后盾。我们只要想，随时可以举着光辉大旗上街抢劫一个暴发户，我们可以说他发的是通天帝国的财。在这件事上，绝对没人能站在是非的角度指责我们，只要不做出格的事。在变革军眼里，没收一个帝国富商或贵族的财产不算出格的事。我们最快的来钱途径不就是欺负和我们没有相同抱负、做黑心交易却没做慈善的有钱人吗？但你要知道，不管别人是怎么做的，我们永远也不能！你，永远也不能！因为……你……就是……这么来的。"当他吞吞吐吐地说完，转而笑了起来，像是在等莫亚的回应，也是为了快速从局促压抑的气氛中脱离出来。

莫亚知道为了这些话他做了多少准备，鼓了多大的勇气。实际上她从没想着有朝一日他能这样告诉她，他是有多了不起才能如此坦然，对她……

看着他的笑容，莫亚想：他总是笑，无论在任何人面前。

"我记住了，你说的所有话。"莫亚目光坚定，一字一句地把心声吐露出来。

"你没必要记它，孩子，没有人证明我是对的。"男孩悲哀地说。

"人为什么要活在这个世界上？"

"为了……"他犹豫了。

"在短暂的一生中，追随属于自己的真知。"诺说。不知他什么时候来的。

"如果找到了呢？"莫亚问。

"你会达到真正的宁静。"诺说。

"唉！我最想得到的是友谊、知己、姑娘，最好三者全占；我每天想念的，是我梦中出现的——我渴望它，所有的大悲伤、为之发愁的东西，都因为这个。我想要的是梦中才能出现的，梦中的确出现过……"张向阳叹了口气，打趣道。

"难道……你有我们还不够吗？"莫亚问。

"那那些连你们也没有的人呢？"没人记得这句话是谁说的。

"我想回家。"莫亚咬着牙嘶吼，红发沾满污泥，眉毛被上千种不同气味的鲜血浸透，泪从眼角流下。她声音颤抖，跪在地上，双手撑地，指甲肮脏破损，紧紧抠着面前的泥土。周遭尸横遍野。

"我们回家。"声音仿佛来自虚空。伴随大片渡鸦的哀鸣，诺跪在她身前，稳稳地替她拭去额上的泥土。他恶魔般致命恐怖的眼睛又如红宝石一样鲜艳、诱惑，脸庞却白得异常。

莫亚只觉得整个世界都染上了一层恐怖的红色，像水彩一样舞动着，围着她转，一遍又一遍地刷过天空。她的肩上停着一片黑色的羽毛，紧接着自己就被包裹在燃着黑火的羽翼当中。

羽毛消失出现、飞扬盘旋、遮天蔽日。莫亚又觉得天昏地暗，眼前唯一能看见的只是诺的影子和他苍白的脸，还有那双代表死亡的红瞳。

然后，女孩一头扑入黑色的火焰，栽进那熊熊烈焰中，紧紧地搂着面前的身影，生怕他逃走。这一刻，在无边的黑暗中，她第一次感到前所未有的安全。一、二、三、四，她数清了，那红眼睛里，有四个黑色的斑点。

"四道红瞳，鸦影幻天。"伴着一个声音，所有的颜色和黑火，包括渡鸦和黑色的羽毛，都像漩涡一样融入了一点。

那个红发的女孩和黑色火焰中苍白的鬼脸都消失了，世界又恢复了本来的面目。

一天后的傍晚，在女神之手的某座天桥下，女孩梦中惊醒："不要走！"然后虚弱的她抱着身旁的诺痛哭起来，往死里搂着。

"小姐，我快被勒死了。"

女孩情绪稳定后，才轻轻地说了声对不起。

"不怨你，在幻术抽出来的瞬间，心里会有某种缺失感，精神也容易失常，没事，你醒了就好，只有在醒了的那一瞬，才真正脱离了我的幻术。"

"你为什么能找到我？"她虚弱地问。

"那羽毛还在你身上，它没有消失，你用指头碰它了。"

莫亚明白了，可她已无力说话。她疲倦的眼睛微眯着看着熊熊的火焰。这就是诺，无时无刻不给人以安全感，她庆幸他也是自己的哥哥，自己的老师。

"睡吧。"诺帮她把羊毛毯子盖严，此刻她身上的红皮风衣已经破烂不堪。她的两把心爱的匕首，张向阳的礼物，被诺小心地收好，整齐地放在枕边。如果不出所料，诺还会陪她一天一夜，一直守着她，照顾她。但等她完全恢复过来，之后的路又要她自己走了。

她长大了，但对诺来说还没有。对张向阳来说，更没有。

艾莫蕾娜要塞与悬崖之间，郊区

　　莱恩疯狂地跑着，直到背后的伤口迫使他不得不停下。他此时此刻最担心的是莉雅，害怕她知道自己现在的状况。与其让她知道今天发生的一切，倒不如叫他死了算了。

　　他盘腿坐在一块巨石上，用气流疗伤，止血。他心中有种罪恶感，因为他抛弃了自己的士兵——他们该死，但总有人不是。可以说，在他的那种军队里的，七成以上都是混蛋，另外的也都不是好人。见钱眼开，狡猾蛮横，但他们只是选错了站位，是环境让他们成为这样。莱恩一直思考为什么这里不能像科技之源一样信仰文明，只是因为巫师会与专制统治吗？自古以来，魔法和科技带来的文明是所有种族的学者一直在思考的问题，就这点，莱恩打一开始，或者说看到那些被玷污的眼睛时，就站到了科技那一边。可他终究是个莽夫，拿得起斧子，用得了法印，骨子里流得却是野蛮人的血——完全与文明和科技对立的血。

　　在匕首刺进莱恩胸膛的那一刻，他清楚地感受到了莫亚由内而外的恶念。她仿佛行尸走肉般冰冷可怖，那种麻木与冷酷并不属于她，可那毕竟是她。也就是那一瞬间，莱恩突然疑惑自己为谁而战，为何而战。

　　所以，他犹豫了，而战场上容不得丝毫动摇。他选择了逃避自己几十年坚信却愈感模糊的东西，此刻却妄想自己无怨无悔。他的确不觉得有什么，可终究抛弃了自己喜爱的一群人，整个军队中数量很少的一小群人。同样，他甩掉了他厌恶的一大群人——那群嚣张跋扈、胡作非为的人——和一个使人作呕的影子，通天帝国的影子。

等待他的，是死亡，或严厉而残酷的刑法。

"你完蛋了！"一个尖利而动听的声音响了起来，是一个女人，莱恩再熟悉不过。

莉雅从另一侧的树林走了出来。她身姿挺拔，头颅高扬，眼神机警，每一步都充满力量，朴素的白裙轻轻飘动，高傲得像个战士。手里握着把精致又锋利的匕首，刀刃上刻有淡淡的十字图案。

"十字会？"莱恩笑了。

"你有什么遗言吗？"她的声音不带丝毫感情就流入了风中，以至于莱恩无法靠着记忆中的感觉抓住它。

"我爱你。"他思考怎样开头。无论用什么语气开头，所说出来的无不带有伤感和悲哀。随后他清清嗓，做了调整。

"完了。"他说。

女孩眉毛高高挑起，轻轻磨着牙齿。莱恩深知，这个表情代表着愤怒、恐惧、疑惑、痛苦和……莉雅。

"你说什么？"女孩再次发问。莱恩心痛了，他知道他们又进入了他一直最讨厌的状态，可他更不想让自己意识到这次与原来的争吵、冷战不一样。他爱她，他了解她，他太了解她了，他太爱她了。

"我……嗯……"他淡淡地笑。当不知道说什么，或知道说什么的时候，他都会"嗯……"，可能会持续很久很久。

她苦笑一下，放松身体耸耸肩，拿着刀子的手自然垂了下来，改成了一只脚支撑身体："好吧，我承认我出来之前一直在寻思用什么语气、什么态度、说什么？但还是笑着走出来，像我们平常一样说话，用以前的那种温情，去掩盖这些。其实我一直很纠结，因为错过这次机会以后就……我受够了！我还是没有勇气从石头后面迈出第一步，结果一咬牙就出来了，脑子什么都没想。本来还不知自己说什么，但已经被你看到了，那该说的就说呗，我已经练了几万遍了。"

"实际上，我们不都很怀念以前吗？之所以在一起，其中一个很大的原因就是我们可以这样说话，就像现在这样，不会那么……总之咱俩喜欢这样，尽管你看起来好像要对我做什么可怕的事情，却因为看在最后一次的份上，便这样对我了。"他打趣道。说到"可怕的事情"时，两人脸上的些许笑意都绽开了。

"而且我猜你受够了，指的不是我，也不是我俩之间的关系，我猜你不会因为受够我了就想要杀死我吧？"他继续说。

女孩笑着把脸扭向一侧，装作无奈的样子，还故意叹了口气，说道："幼稚！"

"是吗？我觉得还好呀！我……嗯……在你面前永远不知道……嗯，形容词，形容词，就是……算了，不说了！"他努力想表达自己的意思，就是说不出来。实际上，对于他俩，语言是多余的，任何话语和解释都只能让彼此的意思变得模糊。最后他开怀道："总之，能见到你，很开心，哪怕是现在。"

"什么意思？"

"你看不出我……很兴奋吗？"

"唔……嗯。"她无奈地点点头。

之后他们短暂地沉默了一小会，两个人没说一句话，只有风在彼此间吹过。他们互相看着对方的脸，不知不觉都笑了出来。

"你一直看着我干什么？"莉雅问。

"因为你一直看着我呀！"莱恩狡辩到，实际是他先沉默不语的。

"十字会……"，又过了一小会儿，两人还是没话。他把目光转向匕首上，看着刀子上那十字，笑了起来。

"怎么了？"

"没事，"莱恩深吸一口气，然后说道，"其实……"

"嗯？"莉雅歪歪头，她有种把匕首丢了的冲动，怕这小东西影响他继续说话。

"记得我们……洞房那天晚上吗？"莱恩快速地说了后半句，看他窘迫的样子，女孩笑出了声。

"我摸到枕头下面有一把匕首。"他继续道，虽然表面沉静水，可此时此刻他的心却比女孩的更乱。

莉雅仍然没说话，只是脸色很难看。

他长叹一声，很轻，好像只是抒发了他那波澜不惊的表象中东拼西凑出来的哀伤。他不想让女孩听见，可还是故意放大了声音："该来的总是要来的。"

"你为什么不杀我？"她的声音颤抖了，表情也扭曲了。她肩膀颤抖，口中吐露的声音又没了当初的韵律。

"答案，不显而易见吗？"莱恩自嘲地低笑着，"你成功了，成功地偷走了我的心，你以知己的方式介入我的生活，以平民的身份让我注意你，最后以恋人的形式勾走了我的魂。"

"我不忍心杀你。"沉默良久，他安静地说出了他心里的情话，表情和声音依然平静，没有犹豫，没有多余。他是一个真正的男人。

女孩终于绷不住了，回归了本来的她，并不是小时候那纯洁善良还带几分天真的她，她没有童年，她只是找到了潜意识里还存有的一丝本真。因为四下无人，她不再是杀手，终于痛哭出来，剧烈程度可想而知。她跪在地上，每天偷偷擦拭的匕首像是没用的烂拖鞋被扔在一旁。她无疑是爱莱恩的，可她整整三年每晚精神都在恐惧和担忧之间徘徊着，她一次次从暗处摸出匕首，看到莱恩熟睡的样子又悄悄把它放回去。她怕被人发现，她爱她现在的生活，可命运让她必须亲手终结此人性命。

"而那个男人还总不知足，总是惹麻烦……和不听我的话。"莉雅嗔道，只是再没以往的神韵。

"我们一起有过那么多快乐的回忆，虽然现在是这样的，但我们比世界上任何人都幸福，不是吗？我们是夫妻，你待我就像……朋友，我至亲的人！你知道我总说，友谊比爱情牢固得多。也许用知己更为合适。"莱恩含着泪真切地说。

"对呀……曾经多少的事情，政变、暴动……都过来了，相互壮胆……彼此依偎……"莉雅喃喃道。

她还在抽泣。莱恩拖着流血的身体，来到她面前。

可曾想，莱恩也是这样。他深爱他在街上遇到的小姑娘，好像只有她懂得自己的心。这个未成年的小姑娘永远不像别的女人一样，她的思维方式只和随意的美好挂钩，当他知道这个他认为天使一样的姑娘是个杀手时，他首先想到是她的经历，他深深地同情她。不忍去想，在她这样动人的性情和样子背后，一个天真的、他看着长大的小姑娘，隐藏着多少非人道的痛苦遭遇。

他始终不明白在他眼里她那么的小，却早已懂得了成人的一切，甚至成人都无法接受的东西。也第一次感到彷徨——每当他拿着战斧走到她门前，他都选择了继续向前，步入走廊昏暗的尽头。

从此，在刚刚获得终身的幸福之后，两人不得不同床异梦。曾经有相当长一段时间，每晚都不敢睡着，都不能把后背留给自己心爱的人，而且还有一层在里边：莱恩怕莉雅起疑而担惊受怕，而莉雅则彻夜纠结无法下手。

因为职责，他们牺牲了自己，只是在那可悲的光环下找到了一小片属于他们两人的公共部分，维护了一个微妙的平衡。他们都怕打破这个易碎的平衡，都只是尽可能地守着自己的本分，幻想不可能发生的东西，去做劳而无功的事。

哭声回荡在森林，是绝望的回响。莱恩轻轻地坐到女孩身旁，他突然也想哭，但忍住了。他只能笑着，很温柔地笑着，用巨大而温暖的手抚摸着女孩痉挛的肩膀。女孩的身体是那么瘦弱娇小，颤抖是如此的有力活泼，在接触的那一瞬，他胸口紧紧抽了一下。可她仍然在痛哭着。

"嘿，不要这样，高兴点，你看，至少我们向对方坦白了呀！"所有的话语都是苍白的，都是虚伪的，为什么我要一直这样，一辈子都是这样！莱恩悔恨地想。

"我有很多，很多，很多很多，很多很多很多话，想对你说。"她一连说了七个很多，那七个词越来越快，她声音越来越小，但情绪越来越稳定。

"何不把它就放在心里？"莱恩笑笑，仿佛膝盖上没有沾满泥土，背上的伤口也没有在流血。

"憋在心里难受。"莉雅深吸一口气。

"不说又如何？"他把"又"念得较重。

莉雅想了想，无奈地笑笑："说的也是，无所谓吧。"

"为什么你要杀我，那么多国王和领主都被你们的人杀了，如果你知道我已经答应为变革军敞开大门，你也会这样做？"

莉雅愣了一下，当真的听了他说出这些，她的脑袋有一刹已经不会思考，只觉得很荒谬。一种被世界欺骗的感觉和一种很虚假的不真实感包围了她。其实，这是个意料之中的结果，莱恩不可能为了所谓的恩情，为通天帝国做事。

"会，因为我恨你，你没有意识到你是个很懦弱的人吗？优柔寡断，多愁善感！"

"从你的语气我可听不出你恨我，虽然多愁善感和内心软弱等等等等，弄得我自己都很厌恶自己。"他又笑了笑，"我从没否认过不是？而且……"

"对对对！而且多愁善感又不是坏事，去你的！"她装作恨恨的样子说，然后深吸一口气，"你太过被责任所束缚！什么是原则？再容易的事情，也不愿去打破，一定要做出牺牲，但那本就无伤大雅，总是停留在无药可救的境地。你只想做好自己，对别人的看法看得太重，可你本身又不在意别人对自己的看法，别人的看法只是会影响你对自己的看法，可悲的理想主义者。可难道，一个人在世上就不需要处理好与身边的人的关系吗？你总在说对自己、对身边的人尽到了义务，担起了责任，做得够可以了，其实你把每个人都限制得很紧。"

"你还没告诉我……"

"那你为什么不能放下一切和我走？如果我不杀你，你难道还能有什么长进吗？"

"我不愿让人民蒙受苦难。"他的表情有点落寞，又突然严肃。

莉雅看看他英俊的脸，想要叹气，结果呼气的时候"噗"的一声笑了出来。

莱恩也笑了起来："怎么了？何必呢？"

"没事，没事！"莉雅摆摆手，然后两个人又开始不说话了，他们只是看着对方，但有一点——他们都很舒服，这种状态让他们很舒适。

过了会儿，莉雅突然说道："所以恩师也是假的？"

"这句话是罗杰说的，他教我的很少，但我从小在他身边长大，蒙受他的照顾和庇护。他对我来说，就像父亲……"莱恩语气有点无奈，却并无伤感。他叹了口气："你应该知道我从小就是孤儿。"

"你应该知道，"她狡黠一笑，"我也是。"

"从小没少受罪吧？"他的心隐隐作痛，他十六岁遇见她，她已经是个杀手了。

"该死！呵呵，不忍回忆的童年。"

"我能……抱抱你吗？"莱恩羞怯地问。

女孩张开双臂，身体前倾，拥住他的脖子。他把头埋在她头发里，两人就这样坐在地上，莱恩的伤口依旧血流不止。过了一会，莱恩哭了，先是无声抽泣了一段时间，然后才放出声来。莉雅开始还安慰他，随着他的手臂在自己身上越收越紧，渐渐地也哭了。

莱恩使劲把自己的头往莉雅脖子和肩膀之间压，两个人失声流涕，就这样相拥在一起，过了好久。

直到女孩彻底失去理智，号哭起来，莱恩才一下子收住了眼泪。他开始安慰她，但她听不进去。

"你说，"女孩的话语被痛哭后的抽搐打断，那号啕仅持续了几秒钟，却留下了一种病态的神经质印象，"会带我去百花谷，真的吗？"

莱恩愣住了，他感觉背后升起一层虚汗——他现在只想一头栽在床上睡一觉。随后他说："是呀。"

女孩不再说话，她现在没法正常开口，她成哑巴了。或许是她不想说了吧，她想在自己的男人面前保留一丝尊严，挽留一丝体面。

过了许久，当双方都归于冷静。女孩的痉挛不再强烈，她再次开口："我是来杀你的。"

莱恩庆幸她没有抓着他虚伪的承诺死缠烂打，反而很欣喜她说的是这句话，这样就可以从容地脱口而出："没事。"

女孩再次不说话了。莱恩轻轻吻了一下她："我爱你。"

"我也是。"莉雅回答道。

"变革军会给你个职务，"莱恩自言自语地念叨道，歪着头斜眼看向天空。女孩本想说他"没正形"，话没出口，突然他提高了嗓门，时机把握得恰到好处："那么，答应我，帮我杀了那些狗官僚！"他语气突然强烈起来，并流露出些许悲壮。莉雅疑惑地看着他，就像平常，她也喜欢倾听。

"提着我的人头，去见龙！"

莉雅明白过来，剧烈地摇头，地上早已流满了从莱恩身上涌出的滚烫的血液。

"求求你，答应我！我本来就活不成了，那女人很恐怖，伤口撕心裂肺地疼，而且根本无法止血。"他双目流露出一股能量，一抹神采在脸上转瞬即逝，仿佛是见到了绚丽的彩霞。此刻的他比任何时候都阳光："我怕我死了，你下不了手。"

莉雅一直没有动，但马上，她哭喊着，拼命和莱恩抢夺地上的匕首，可她哪里是战熊的对手。莱恩瞬间从地上抓过匕首，同时小心翼翼地避免不留神伤到几近疯狂的女孩。

突然，他一把抓住她的头发，把她拉到自己面前。两人双目只离两寸，女孩早已泣不成声。

"你应该明白我所想的，知道我所做的，我希望你理解我！"他热切地说。

"不行！"莉雅尖叫道！

当双方再次冷静下来，莱恩因为失血，意识已经开始模糊，可他依然与莉雅对视，抓着她黑发的手也没有松下来。莉雅惊恐地看着满脸血迹的莱恩，发现莱恩眼中也带有鲜血。她想起他们一起做过的所有事，再次哭了。

她本就是个脆弱而敏感的姑娘，哪受得了这份苦楚。尽管最终必定的结果已经提前给了她五年时间做准备，但也只是徒增了五年的焦虑和恐惧，又有什么别的作用呢？

"求求你，趁我还有力气。"莱恩又笑了，艰难而僵硬，但那种热切依然不减。

"我……答应你。"莉雅屏住一口气，颤抖地说。

莱恩又笑了，他托住她的头亲了又亲，然后又把脸凑到女孩的头上，依然笑着。那笑容绝对是快乐的，可无论如何都无法洗刷环绕在他们二人身上的浓浓的悲伤。莉雅也笑了，他们依偎在一起，坐在血泊中，已经不分彼此了。

此刻他们是幸福的，也是不幸的。直到在莱恩死的那一刻，他才清晰意识到对于世界的无奈，对自己无能为力的沮丧。他感受到对这个已供他存在了三十年的世界竟一无所知。

世界的确不是靠自己就能改变的，世界也不是围着一个人转的。回忆自己走过的路，想到曾经的辉煌与低谷，在战场上的杀戮，深山里三天三夜不吃不喝的匍匐，将国王之血染红斧头时的愤怒……那些好像并未发生在自己身上，或是仅属于年轻时的自己。他突然发现他早就变了，变得善良了，或是懦弱了，也可能是放不下的东西太多了。

如果他年轻，他会终身未婚；他会毫不犹豫地执行上面的指令；他会义无反顾地割断自己妻子甚至孩子的喉咙，只要他需要——只要他年轻，他所拥有的只会是军队和战友！

然而，现在的他，只会骂年轻的自己是个混蛋。现在的他，还会骂此刻的自己是个混蛋。

无力感让他没有缘由地笑了，可能是因为那仅存于心也唯一重要的那份对眼前这个痛哭流涕的女孩的温情吧。为一份责任，为这份最后的坚守，万分纠结地打破了对心爱之人的承诺，毫不犹豫地割舍了安逸一辈子的机会。而责任和坚守，在他现在看来就是一种漂亮的虚荣，都华而不实。眼前这个红着眼睛的小姑娘才是唯一的。

他后悔了，如果当初就与这个他唯一珍惜和心爱的姑娘远走高飞，一定是个不错的选择，至少比现在好很多。无非就是一辈子有着另一个相比此刻轻松许多的遗憾，一辈子受着一种远在天边一样隐隐作痛的谴责。当初，他与莉雅真心相爱，可也同因一分责任放弃彼此，折磨自己，他们彼此坚守的都是错误的一方，可最终还是摒弃了对彼此的真挚感情。也许，他们遵从感情，放弃责任，打碎一切理性，事态也将往好处发展。

如何去叫一个不理性的东西理性呢？为什么要教唆一个不理性的东西理性呢？

"你说说你，反正都要死了，就不能多活一会儿？"

尸体温度尚存，难以想象一个还活着的亲人已经离开了，很不真实，就好像脑子再问"他真的……已经……死了？"

莉雅用颤抖的手托起莱恩的额，轻轻地吻了一下，在完成这个动作之后，她尖叫起来，像猫一样发起狂来。任谁都无法阻止她用尽自己全部的力气像婴儿赌气大哭时一样去尖叫，她乌黑的头发，原来像公主一样精致的头发，也一下子神奇地全白了。

她继续无泪的大哭，哪怕已经缺氧，嗓子破掉，咯血失声也继续"呃呃"地大喊。

一只手猛地按住她的额头，苍白纤细的手覆在她带血的额头上，竹节般的手指插进她雪白的头发里。

她看到一双血红色的眼睛，双瞳各有三只渡鸦不规则地旋转，一股巨大的冲击好像进入了她的意识，让她被迫停止思考，什么都不能再想了。

巨大的羽翼慢慢收入诺的背后，就像凭空消失了一样。远处的树上，四五只黝黑的渡鸦"哇哇"大叫，还有七八只在女孩无神的双眼映出的天际中徘徊。

诺的手按在她额头上，眼睛渐变回原来的黑色；莉雅双眼突出，无神且布满血丝，同时大张着嘴，也像是个死人了。如果没有诺的强制镇定，她也许真的会因为巨大的伤痛而发疯。

而诺缓缓起身，任凭女孩张着嘴，无神地跪在地上。他走到莱恩的尸体旁边，左手袖子里划出一根黑色的铁棒，那棒子下一秒变成一把黝黑的砍刀。

他干净利落地把莱恩的人头割了下来，装进了不知什么时候出现在右手的黑布袋子里，然后慢条斯理起身，拍了拍身上的尘土，又看了眼旁边的女孩。当把视线从她身上挪开，他一把把口袋塞在怀里，向东北方走了。

他静悄悄地移动，黑袍压过地上的野草，不声不响。大概两百米之外，他回头，又向女孩看去。

他在原地矗立良久，尽管期间眉头没皱一下，但最后，又慢慢走回她的身旁，把黑色的布袋放回女孩面前。他又看了她好久，尽管他们四目相对，但女孩是不知道周围变化的。他伸出右手，想要帮莉雅把下巴托起来，但一下子又定住了。他的手颤抖起来了，但除此之外，再没别的事情发生。

他垂下苍白羸弱的胳膊，黑袍又将他的身体完全盖住了。他开始破裂，变得模糊，开始瓦解成一片片羽毛和一只只渡鸦，然后消失在了虚空里，没人能听见即将闭合的虚空里有着怎样无声的哀叹。现在，只留远处树上的渡鸦"哇哇"地乱叫了。

第三章

暗纪元 4342 年 3 月 23 日

前面的路被封住了，听旅店老板说，是自然的魔法风暴导致了泥石流，现在根本没有通过的可能——正因为魔法风暴，传送门也不能使用。

这个老板也能说是个大富豪了，拥有这个街区的全部房子，而那些房子基本上都是小一号的别墅。他拿这些出租赚钱，最重要的是，他还是个变革响应者——只要口头上称自己是变革追随者，就能得到招待，而能证明变革军身份，就可以在这里免费住下。

免费又有这么优质的待遇，白吃白住的却也不多——真正的变革者都会马不停蹄地一路向西南，朝宣战处赶去，而冒牌货根本不敢来这里，因为战火随时会烧过来。

张向阳来了之后，反复思索到底是走大路还是走小路。大路太过嘈杂，而且人挤人，变数会很多；小路虽然僻静，但容易迷路，而且他不喜欢一个人的感觉。最终他向大路妥协了，结果路上遇到沿途某小国的政变，行程被严重拖慢，他只好临时变道，之后，果不其然，误入了沼泽地，沿途万幸只遇到了一只头脑简单的吸血妖，被他背包里的生物吓得只敢远远尾随。

等穿过沼泽，黄昏将至，他遇到了个赶牛车的老农。张向阳出了十个银币想让其带路，后者生生搞到十六个。拿了钱，到了第二天中午，张向阳才搞明白，原来对方也不知道路。长期一人在外，迷路的烦躁，加上他刚好想起老农晚上的鼾声有多大，让他彻底愤怒了。他一脚踹翻了牛车，抽出刀来想给牛一个痛快，一下子又心软了。但他还是没收了老农所有的钱，拍马上路——虽然自己也不知道去哪儿，但至少知道西北方在哪里。等走了半个小时，他又后悔了，觉得不该这样对待一个穷人，越想越难受，马头向东南方一扯，就狂奔了起来。跑了大概五分钟，不知怎么又觉得那个肮脏丑陋的人是活该，又停下脚步原路返回。之后他又迷路了。

老农的事让他纠结了好久，几乎影响了之后整个旅途的心情，现在他终于找到了正确的路，却遇到了"法封山"。这是常有的事，却让他更烦躁了，甚至觉得是命运让他如此不顺。好在这里有慷慨的旅店老板，免费让他在优质环境下休息两天，他决定用一下午和一晚上整顿前些天的疲惫。

他心里装的事情太多，本就心力交瘁，加上路途崎岖坎坷，几天几乎不眠不休赶路——或说是找路，更让他快垮了。他用最后的力气安顿好马，瞧着看马的把马厩槽道里的草填满才安心，然后没打量房间就沉沉睡去。

到了晚上，该吃饭了，他到外面花园的小桌子上独自草草用餐。可能他孤独的样子受到了隔壁主人家姑娘的同情，想叫他到院子一起吃。他婉拒了。

吃完饭，也清醒了。隔壁的姑娘羞涩地敲了敲院子门，拿了两杯橙汁过来，问他要加冰的还是不加冰的。他选择加冰的，出于感激还和人家寒暄了两句，但当发现对方意欲离开，就机智地结束了话题，奉上了个迷人的微笑。

他了解到她的父亲是商人，但是农家出身，这让他对他们一家都很有好感。

那个姑娘长相不算惊艳，也就二十出头，穿着和打扮土里土气，却很干净，让人耳目一新。她的小脸给人一种恬静之感——尤其是拿着两瓶果汁站在栅栏外时，黄昏的光洒在她的侧脸上，更让他看着她的笑容时联想到阳光和露水。

他决定最后睡个觉，却不安地注视着夕阳。

他从床上醒来，这一觉很舒服。现在依然是深夜，窗外没一点光，奇怪的是，虚掩的门后却亮着灯。他想，自己晚饭后就没再开灯了，选择了继续倒头睡觉。而且，外边的灯光带着那么一点点淡黄，比下午明晃晃的白灯暗得多。光的强度，刚好能让还处于困倦之中睡眼惺忪的人睁开眼。

他穿上睡衣走到客厅里，发现有很多地方"多了出来"，印象中和白天不一样。但白天他也没仔细打量，因为屋子很大，很多房间他都没转到。

渐渐地，他认为这才是这个屋子该有的样子，后边是教室的格局，前边像个演播室，还有一个不大的礼宾台。

他打量这个房间，后边有四排木椅子，很简约，既结实又纤薄的那种，一排二十个不等，它们被木栅栏包围起来。栅栏是檀木的，华贵敦实，同样简约。为什么这里好像冰雪学院的图书馆？

前面，有大镜子、红地毯、木头楼梯，都落了薄薄的一层灰尘。台上，挂着棕红色的幕布，看起来很脏。台面铺着薄薄的绿色纤维毯子，好像还有个多媒体屏幕，屏幕的旁边是一组体积庞大的音响。

他怎么也想不起这是哪里，却确定自己一定来过这个地方。大厅现在三三两两地坐着人，都是年轻男女。他从卧室出来，现在还站在门旁，处于大厅右前方，好像从安全通道进来一样。他望向对面，今早在花园楼梯口碰到的姑娘居然在那里，单脚支地，扶着围栏和一个女伴聊天。

　　"你怎么会在这儿？"他大胆走过去问道。她还在和她的朋友谈天，只是抽说话空隙扭回头来笑道："我为什么不能在这儿？"

　　他看了眼大门，意识到门没锁，他睡前忘了锁门，那她为什么不能进来？是自己失礼了，反正今天或明天就走，他懒得去管其他人。他们看起来都是学生，都讨论着各自的话题。

　　他注意到女孩穿着睡衣，淡粉色的，而她对面姑娘的头发是深绿色。那发色让他想到了树精，不自觉想到了那晚：丛林当中，皎洁的月光，远处纯净而清澈的湖水，巨大月亮的倒影，月影中一个精灵姑娘婀娜的身姿，娇柔的身躯，在水中曼妙的身影……

　　他叹了口气，扭头一步跨上舞台，然后在上边漫步，东张西望，无意间——或说装作无意，瞟了那姑娘一眼，向她耷拉着的领口望去。又能看到什么呢？他只看到她在笑，笑得那么开心，让他一下感到心力和时间上的距离。他悲伤地叹了口气，反而觉得心里轻松，便笑了起来。

　　他跳下台子，走到钢琴旁边。钢琴盖子没有被合上，琴键上落了一层灰尘。男孩用中指轻轻抚过琴键，整个指头上染了薄薄一层尘埃。

　　他轻抚冰凉的琴键，指尖饱满的触感让他满足和安心，随后他轻轻按了下去。房间里没有人注意到有人拨动了琴弦，没有一个人看向这里，他也不想打扰别人或被人看见，他站在琴边。

　　他慢慢坐到冰冷的椅子上，又按了两下。这两下的感觉可不好，因为让他想起了塔斯兰蒂，让他回忆起了他一直逃避，又无时无刻不想要触摸的东西。他的喘息声越来越重，心又开始痛了，但仍旧自然而然地双手扣琴，一刻不停地弹起学校教的曲子——那个星球最美的钢琴独奏。

　　"嘿！你不会弹琴呵！"不知什么时候，隔壁院子的那个姑娘过来了，友好地笑道。

他看向她，他很快乐，真的很快乐。在琴声中他忘了和她还说了什么，两人兴致越来越高，她干脆一屁股坐到他旁边，在钢琴另一头和他弹出了相呼应的曲调，和他弹得一样好。

他脸红了，因为这个角度，只要稍稍斜眼，就能越过女孩的衣领。她没穿内衣，里面的春光一览无余。他赶忙起身，不敢和她坐在一起，但还是愿意与她待在一块儿的。他靠着钢琴，欣赏她的琴声，那姑娘则完全接替了他之前的位置，本来四只手，现在又变两只手了。

张向阳看着那个姑娘，她好像变白了，眼睛变大了。她真美！没有比她再美的姑娘了吧？他小心地靠前两步，又看向她的领口，有点居心叵测，正好迎上她的笑颜。

他打了个激灵，一下蹦到琴后面，就在这时，房间的灯熄了。他吓了一跳，虽还是能看到先前那几人的轮廓。正当他想大喊怎么回事，却无意瞟到了身后，他转身，顿时呆住了。

一缕月光流了下来，罩住了钢琴，罩住了整个平台，不多不少，他也在里边。弹着钢琴的女孩呢？月光下她的皮肤显得异常苍白。手指更长了，眸子变成了湛蓝色，头发全部变成了雪白色，披散下来。那件中规中矩、没扣最上面一颗扣子的睡衣也不复存在，变成了蓝色银纹的露腰罩衫，长长的披风拖在地上，上边有金线和银线绘制的鹰纹。她就像位天使——她本来就是天使。

张向阳的心揪在一起，腹部一下子感受到了酸楚和抽搐，久久不能释怀。女孩依然弹着，节奏时快时缓，乱而卷的银发垂在胸部上，盖住她半边左眼。她的眼里充满忧郁和委屈。

男孩深情地看着她，他在等她结束，他想让她弹完，然后使劲抱住她，安慰她，像以前那样抚过她的头发，像以前那样和她聊天，开玩笑。

仿佛一切从头再来，仿佛就在昨天，他哭了，他没忍住。

泪花模糊了女孩的轮廓，他依然看着她。刚好到了一个小节，女孩两三下随意收尾，琴声停了，她看向张向阳，蓝色的眸子一闪一闪。在月光下，她没有说话，男孩也没有。

其实他想问问她为什么不弹了，但他只是快乐地无声地大笑起来，整个身体都激动得颤抖。他向前走了一步，然后感到身子越来越累，越来越累。

他快支持不住了，他好像陷下去了，沉下去了……

越来越深，越来越深……

匕首抵在喉咙上，在皮肤上越压越深，颤抖起来。他哭过，眼泪已经半干，在脸上变得黏稠。现在他一动不动，盯着墙，压着的喉咙让他恶心了。

桌上有一块布，突然动起来，里边的生物露出头来，分叉的舌头像蛇和蜥蜴一样伸缩。它扬起脖子，冲他尖叫，然后开始躁动不安地在桌上跳动，打转。

男孩的呼吸越来越重，他在面对自己恐惧的噩梦。他不停地发抖，双手越握越紧。

突然，桌子上的生物"刷"地一下展开翅膀，没有任何预示，吐出拳头大的火球，喷向男孩面部。那火球速度极快，却突然在空中停住，好像被屏障挡住，向四周爆开。男孩动作不变，但左胳膊和脖子上爬满了黑色的扭曲纹路，同时眼睛散发出金色的光。

他痛苦地大叫了一声，反手把匕首甩到墙角。匕首柄撞击地板迸出火花，刃里映着橙色的裂纹，与整个屋子的魔法共鸣。

等匕首不再发光，张向阳满头大汗，大口大口呼吸着。他看向桌子上的小家伙，它也看着他。

它很恐惧，也很胆怯，浑身散发出出于本能和天性的愤怒和威胁。随后，它仰起脖子，发出嘶哑的幼龙的叫声。

男孩看向它，身上的黑纹不停回涌。他声音有点发颤，也有点干涩："不会的，天哪！我竟成了我最讨厌的那类人！我不会干傻事的……我不会丢下你的，我还要看着你……长大呢！"

小家伙把头往回缩了缩，张嘴欲叫，却没发出声音。它身上的鳞片是金色的，大小就像鲤鱼鳞，整整齐齐排布。男孩站起来，走到桌前，用食指托起它的下巴，又流出了眼泪。

"为什么？为什么在梦里，都不能和你多待一会儿？"

他已在屋外的长椅上待了好久——他出来时，天还没亮，而现在已经是上午八点。大约二十分钟才听到隔壁铁栅栏的声音，那个姑娘出来浇花了。他带着微笑走过去，随手提起水壶，打开水龙头。那个女孩被水声吸引，他们相视而笑。

等水壶半满，他扳上水龙头，自然地走到女孩面前帮她浇花。她很大方，笑着把一片地方让了出来。

她照顾这里的花草，再看看院子里的布局，男孩推断他们一家住这里有好久了。

"谢谢！"

"荣幸！"

过了几秒，他找了个机会开口："等浇完这儿，想找个活干吗？"

"什么活？"

"帮我……打扫一下屋子。"他意识到有些不妥，赔笑补充道，"我一个人肯定扫不过来，有报酬哦！"

姑娘皱皱眉，思索着。张向阳看着她，将梦中那姑娘和现在的她对比，两个不太一样，但确实为一人。

"多少钱？"她故作狡猾地斜眼看他。

"十个铜币。"

"哈哈，最少十五个。"

"十三。"

"十三个半。"

"那半个现在就给你。"男孩用一只手掰断一枚铜币，顺势用拇指弹出半枚。他抛得很圆满，姑娘仍差点没接住，她用没提水壶的那只胳膊和腰夹住了它。

他们笑了起来，随后他请她进入房间。

姑娘真去扫地板、抹桌子了。张向阳本来没这个意思，但女孩非要如此客气。她非常能干。

"您会弹钢琴吗？"擦钢琴的时候，她问道。

"不会，懂一点，但弹不出曲子。"男孩说，"你知道塔斯兰蒂吗？"

"什么？"她弯着腰，转而跪着抹钢琴腿。

"塔斯兰蒂。"

"不知道。"

"你听过这个曲子吗？"张向阳掀起琴板，单手敲了两下，只有一小段旋律。他弹得远没梦里好——梦醒了，他还记得梦中怎么弹，那么真实。

"没有，您可别再取笑我了！"她跪在木台阶上，正着身子笑答道。

"没事。"他前言不搭后语，皱着眉头，叹了口气。

"您有什么心事吗？"

"我……没事。"

"讲出来会好点。"

"算了吧！你……真漂亮！"

"您过奖了，可您真的没事吗？难受就不该一个人憋着。"

"你让我想到了我一个已逝的朋友。"

"那真抱歉，我……愿他安息。"

"她是我最重要的人。"张向阳有点结巴，左腮抽了两下。

"人要向前看，节哀顺变。"她惋惜地说。看得出她真的很难过，不过谁知道呢？

"没事了，影响你心情了，抱歉。"

"可千万别这么说！若您有什么关于她的，或想倾诉的，我随时……您都可以找我。"

"谢谢。"

"您……是变革军吗？"

"对。"

"她一定是您特别好的战友咯！"

男孩半晌没有说话，然后他点点头说："对，很重要。"

"真不幸！她是为了我们牺牲的。"

"她的死是因为我。"

"不，别这么想，别太自责了，她现在一定很幸福，没有痛苦，没有忧愁。她也在想着您，看着您呢！她希望您过得好好的，她希望您为她战斗！"

"她……希望我……对，谢谢！"

"没什么是过不去的。"

"她那么好！"张向阳恨恨地别过头去。

"苍天不公，人各有命，还是节哀吧。"女孩低下头。

"你父亲为什么要在这里？要没有'法封山'，那这里就很危险了。"男孩问。

"我父亲也是变革拥护者，我们年轻时候受过帝国的欺负，又有其他变革拥护者帮助过我们。我们家是经商的，得到消息这里会出现屏障，所以就来这里避难了。但变革军总会赢吧？"

"这里还是不安全。"

"为什么？"

"算了，其实还好，但是这儿也没有退路不是？"

"倒是。"

"谢谢你，我要出去了，这是给你的报酬。"他递出一枚金币给女孩看。

"这可不行。太多了！"

"我心甘情愿。"

"这不合规矩，而且……"她被男孩打断。

"别说了，可能你父亲也需要这笔钱呢。现在是战争年代。"

女孩想了想，就接过了钱。她说："我也没什么可以报答的，请让我把屋子扫完吧！"

"我是变革者，要去前线的，不会久留。"

"那您为什么要让我来帮你打扫？"

"我想找个人陪我说话吧！你的话对我很有帮助，她也希望我好好的，希望我为她报仇，为她的族人和朋友报仇，为所有无辜的生灵报仇。"

"您理解就好了！"她笑道。

"谢谢你，最迟六年之后，你戴着这枚戒指去打听一个叫焱阳的地方，那里很可能是个星球，到时候这戒指会帮你大忙。你可以带着一家，带着父亲、丈夫和孩子住在那里，安居乐业。"

她看看他手里的金戒指，羞涩地说："这是信物吗？"

"就当是吧！是个护身符，你永远不要舍弃，它能救你的命。"

"法宝？"

"差不多吧。"

她小心戴上，戒指上面有一只火鸟的图案，翅膀包裹着一颗火焰的心脏，她说："很漂亮！"

"出门在外别戴着，这是变革者的象征，小心惹麻烦。这是焱阳联盟的标志，它装在身上一样有效。"

"谢谢你！我该如何报答你？"女孩说。

"活着，平安活着！你要记住，自己的生命比任何东西都重要！"

"包括其他人的生命？"女孩开玩笑。

男孩沉默了一小会儿："对。"

他的情绪和回答的语气一下把气氛降到冰点。女孩脸上的笑容渐渐消失了，她小心地看向张向阳，而此时他没有注意到她的眼神，而是出神地看向钢琴。她略带试探和疑虑地问出了藏在心里的话，声音还带点委屈，像个孩子："你为什么对我那么好？我不认为你是看上了我的外表，或是对我有好感，我是说！你不像那种……"

"对。"他答得很轻，有点内疚地看向她。

"为什么我会让你想到……她？"

"我很荒诞，或是说……我处于荒诞。"他痛苦地开口，"我已经不能做我自己了！"

"你在指望什么？"

"我也不知道。"他有些忧郁，眉头紧锁，好像在受折磨。女孩看到他这样，心里感觉很痛，她觉得他不该受这样的苦楚。

"你该做好自己能看见的事，发现美好的一面，人总是会死，分离也是迟早的事，"她说到这里自己也流泪了，但还是继续说道，"何必把她想得那么重要，不要潜意识里去强化那情感，不要放纵它，否则你会变得脆弱和矫情。"

"你好像很懂这些？"他的睫毛见了这个娇柔的姑娘脸上流淌着怎样柔情的泪，也管不住眼睛了，但他依旧给了她个宽慰的笑容。尽管用处不大，因为强颜欢笑会让心疼你的人更心痛。

"我读过一些这方面的书。"她用空闲的左手快速地擦擦泪。男孩注意到，她完全没有化妆。

"我没法控制自己的情绪，我常做奇怪的梦，每次都能梦见她。"他又流出了眼泪。

"不要抑制，也不要放纵你的感情，不要压抑它。"

"可谈何容易？"他发颤地叹了口气，又说道，"仿佛告诉一个抑郁症患者不要抑郁，他的病就好了。"

女孩沉默了。

"我想对每一个人好，照顾每一个人，我认为人该是善良的。"男孩说。

"这很好呀！"她安慰地笑了笑，她的笑容那样甜，她流泪的样子让他于心不忍。

"算了……"他意识到他终究还是异乡客，就结束了话题，最后一句并不是他想要的，反而让他更有孤独感，自始至终除了她都没有人能再给自己安慰了。对于眼前这个姑娘，他真心希望她能过得很好，希望战争结束之后，他们能成为朋友。

至于为什么，他问自己。因为她真的很好，漂亮、知性、能干、大方、善良，还有一个原因，她在梦里和那个她有关系。

当然，也许她也会淡忘这一切，谁叫世事无常，生活如此？

第四章

暗纪元 4342 年 4 月 6 日

他挣扎起身，发现身处一个长满野草的没有花的灰蒙蒙的园子里。自己身上穿着奇怪的衣服，像史书里千年前农场工人穿的那样。善若水在他左侧，跪坐在他身边，穿着雪白的薄纱长裙和淡紫色的半透明披肩。

不知怎的，四处出现了白色的五瓣小花，趴在墙头，趴在腐朽的木头桌椅上，趴在脏兮兮的木秋千上和怪异的石头上。它们就像是被有心人小心翼翼地放上去的，给人造成任何事物都能发芽一样的景象。

女孩跪坐在男孩身边，依旧停留在看他的最后一眼，不舍和悲痛从忧郁的双眼淡出，却并不焦灼。

如今的善若水和之前大不一样了，就像一个慌张的女孩，她对他说："我什么都想起来了，求求你，让我和你说一次话吧！"

男孩疲倦地笑笑，注视着她纯黑的眼睛。他不明白为什么会这样，但善若水那拒人千里之外的仙气消失了。她就像一个普通人一样，和张向阳再也没有距离感，比任何时候都亲切平和。

潜意识里，他们谁都不会在意自己语言的作用和准确性——他们好像脱离了知己的概念和定义——虽然他们共处一个花园，且是无话不说的朋友。

善若水的声音不再像天籁那样美妙了，但依然动人。她喋喋不休道，我是灰叶——承哀之美。

男孩听不明白，正欲发问，却因喉结干涸而发不出声。

她恐惧地说，就像世界马上要崩塌在这灰蒙蒙的花园里："我的出生、我的存在都是为了我的主人，他是卡蒙洛，我承载着他的悲伤、阴郁、空虚、落寞、绝望，还有即将离去的释然和解脱。"

张向阳呆滞地看着她的衣裙，把她的话听得一清二楚。悲伤、阴郁、空虚、落寞、绝望……他体会着那些词。

"我记得当我出生时，他双眼含着泪水跪在我面前，他笑着说：'你真美！'"善若水看着张向阳轻轻地说，像记忆中那样用手掌抚着男孩的额头。

的确，张向阳轻轻地说。他不明白有没有第二种语气或别的话能回应她。他也有很多话想对她说，但她不给他机会。男孩无意间看到旁边紫色的荆棘条，上边开着粉红色的小花。

现在的灰叶，看着男孩站起身来，拾起那荆棘，利刺割破了她的手指。

"他说，你要永远微笑下去，虽然时刻承载着悲伤，但不要哭泣，也不应大笑。你是蔷薇之花，就像那含羞草和蒲公英，仿佛人们的依靠和寄托；你的哀婉并非沮丧和感伤，而是平静……"善若水断断续续道，"我爱着他，我的主人，从诞生起就是。可惜他疏忽了，他不知道，我也从未向他表露过。"

女孩哀伤地说。

这一切都太像梦里，男孩想。

"我还有两个姐姐，但主人说创造我的时间比她们都长。"女孩边说边看向远处的城堡。

张向阳打量了下城堡背后的苍穹，那污秽凄清的青色的边际。他有预感，那位主人就在阴云密布的城堡凸出的那节阳台上。男孩真想去拜访他，却找不到这个小花园的出口，看不到通往城堡的路。

"所以我很开心！"女孩接着说，"其中一个姐姐和骄阳一样，那么动人，永远开朗，永远在大笑着，开怀大笑着，搂着主人，他们一起做任何事，做饭、进食、跑步、恶作剧、开怀大笑、发出怪声音，大哭时也在一起，但不是伤心或绝望的哭泣。他们很高兴，那是主人幸福的泪水。那时候，我和另一个姐姐只能在旁边看着，他喜欢我们偶尔插一句话，但讨厌我们在他开心时多嘴。而当主人失意时，就回来找我，有时我们静静坐一天。

"他总在子夜或黄昏时分来到我身边，也有时是曦阳初升——那会儿才是我最美好的回忆。可毕竟在晨曦笼罩下还肯待在我身边是极少数，那时候，通常是我的另一个姐姐陪他。

"她不会说话，但主人很喜欢和她打手语，每当她有什么情绪不能马上表现出来，总是吱吱呜呜，用翅尖比画半天。主人喜欢她那样，喜欢她蹲在他肩膀上，就好像喜欢我忧郁而含笑的样子一样。我是他痛苦的载体，但他从没有伤害过我，还时常安慰我，逗我笑，让我保持原来的样子。"

"你是谁？"男孩问。可女孩不由他提问，自顾自说道："我不会受到伤害，我是没有心的，也不会流血，可能他喜欢安慰我，这样他自己也会舒心一点吧？他总会把我当成他，让我坐在他身边。"

张向阳一直严肃地听着。虽然大脑一片空白，他还是莫名其妙地伸出右手，尝试结印，却无法做到。并非他不能驱动魔法，而是法印会像水球一样怪异地变形，然后像点燃引线一样消失。

善若水哭了起来，也许是因为回忆，因为时间一去不返。或者是留恋，过往的柔情一下充盈在她体内。

她手里抓着地上的泥土，说："他总爱把我当成他，有时他会让我坐在他身边，他挤出一个笑容，告诉我他没事。他的情绪很不稳定，经常会无缘由地痛哭。等他哭舒服了，就去找我的姐姐们，和她们一起玩。我多羡慕我的姐姐们呀！主人从不和我打闹，但我的姐姐们还羡慕我呢。"

"你爱他，对吗？你的主人。为什么他就不明白呢？"男孩问。善若水想了一会，突然微微笑了，就像是诗里唱的那样。

"善……"张向阳深情地叫道。

"他本来很在意别人对他的看法，即使为了别人眼中优秀的自己，也会努力做好。也许他自己也很纠结吧？他曾想抛弃我们，后来他告诉我，放弃我们，他就无事可做了，从这点来说，是我们成全了他。这些他只对我一个人说过……他还说过他一些好朋友劝过他，他为了他们的忠告，也差点就放弃了，却有一个人支持他……可惜那个白头发的年轻人离开了……他说他是雪精灵族的，大陆从未出现过的种族。"女孩这样说道。

张向阳愣了愣……他知道雪精灵只存在于塔斯兰蒂，明明已经灭绝了。他不由得想起了寒白雪，那只在风雪中奔跑驰骋的白鹿。

"他是谁？他叫什么名字？"男孩急切地问道。

"我不知道，那是很久以前了。"现在的灰叶轻柔地说，那语气就像凉风吹入男孩的耳道。

"主人在她们身边时心里其实一直装着我，有时他玩着玩着，一不高兴了就会来找我。如果他在我身边，我的大姐，就是那个特别漂亮的——主人说像她艺术品一样，她的头发更是生生不息的火焰，热烈、抽象、升腾着——来找主人的话，主人还会发火，因为他正伤心着呢！他会赶走她，然后对着我自责，安静地坐在我旁边，和我说着心里话。"

"你的两个姐姐都很漂亮吧？"男孩笑笑，他想见见她们。

"对，我们三个都很漂亮……"她突然大叫起来，哀求道，"求求你让我说完吧，我想说。"

"你从没说过这么多话吗？感觉你以往都是有些沉默寡言的。"男孩亲切地笑着说。其实张向阳早就不想听了，他也有很多话，很多想对她说的话，而且天色渐晚，再晚一点，他们待在一起就不合适了。可他依然微笑着，很耐心，像对待小姑娘一样对待她，因为这样也挺好的。

"有一次，我们一起出去玩。主人去外面就会带我们三个一起，在家里他不让我们私下说话，除非当着他的面，因为他说我们会相互影响，那时候我们就不再是我们了。很多人都讨厌主人，他恨那些人，而且是深入骨髓的恨。他也会对他的哥哥吼叫，实际上他很感激他哥哥，只是他不知道怎么去表达。

"他经常说，如果没有他的哥哥，就不会有我了。主人的哥哥对我和姐姐们很好，尤其是我。我们谈过两次心，在主人不在的时候。他说'他很同情我'，还开玩笑说'他有些爱上我啦！要是我是个人类就娶我'。我问'为什么非要是人类'。他说'因为他更喜欢不完美的人'。他也当着主人的面表示对我的遗憾，但主人说他不懂——主人是对的。

"很多人都仇视我们，都叫他的哥哥管管他，也许这才是他讨厌他哥哥的理由——在外人面前，他从没为主人说过一句话。

"其实主人有两个哥哥，一个是他的师兄，是对他好的那个，也是管他的那个；另一个是他的亲兄弟，他通常对主人不闻不问，却会时不时给主人很多资金，让他去搞他想做的研究。"

"你的主人其实很了不起，艺术家在生活中再是个恶棍，都是有可爱之处的，因为他们心里有浪漫，源于理想生活、梦想、幻想和憧憬的美好。"男孩打趣道。每当善若水说一些，作为好的听客，他就该回应，虽然他多半没听懂，而且不是太感兴趣。生活哪有那么多称心如意的事，应该享受当下，哪怕"惬意地发呆"。更何况，是善在我对面，喋喋不休，男孩笑着想。

善若水含着泪忧伤地看了他一眼，走到他身边，慢慢跪到他面前。他竟然忘记自己和她相识多久——好像已经很熟悉了一样——但没有充分的时间，任何感情都是无法深入的。她的面孔像清水清洗后阳光第一次洒在上面时一样，白皙，光滑，紧绷，清冷。他想起了她的冰清玉洁……

这一切到底是什么？他恐惧起来。

女孩把身子伏到他的腿上，薄纱在秋风中飞扬。男孩并不能确定那就是秋风，但风中的气味和秋的感觉一模一样。她说："那次在宴会上，有人羞辱我们，侮辱我们的主人，他骂我们是……傀偏，冰冷的拼凑起来的空壳……主人很愤怒，让大姐杀了他，当着所有人的面，包括他哥哥。私下里，他对我们说，'傀偏'也许是代表'爱'的词语。也就是那时之后，所有人都避着他。"

张向阳明白了，对之前善说的所有话，豁然开朗。"我从没见过这么完整、得体的空壳。"他说。

暗纪元 4342 年 4 月 9 日

穹顶仿佛遥不可及，寒光从上面照下来，一片雪花飘在他鼻子上。

天高得异常，他这辈子就没见过如此高的天空，仿佛渔网从四面八方抛撒而下，延伸至天边，可最中间又是被谁高高提起？天很蓝，蓝得让人想哭。

太阳，是青蓝色的。四周凉凉的，那雪花一直没化，就留在鼻尖上，很舒服，也很清晰，那种能感觉得到的感觉。

好像有谁用手把它扒开了，雪掉到脖子上化了，他打了个冷战。

那人呢？她走了，走时还扭头端详他片刻，但还是走了。一甩头发就走了。黑色的，还是橙色的？红色的吗？女孩的头发在阳光下，瞳孔的颜色总是变化。

她一定很漂亮吧？她的手如此娇小，吐息那样温柔。我……大概认识她？我想和她认识，可她去哪里了？什么时候会再来呢？

想象一下她会去哪里。至少她是走了，离开了，到了一个我不知道的地方。

冷！为什么这么冷？就像在冰潭里，就像在塔斯兰蒂的风雪中。

鹰的叫声？雪鹰……雪鹰……远处那是什么？亮晶晶的小蓝光

点，一蹦一跳。它要去哪里？太远了，别丢下我，我走不过去！

它被风雪掩盖了，遁没于雪山中，消失在白茫茫的原野上，终于一片漆黑了。

我……存在……在哪儿？！

光呢？她在哪儿呢？她的头发是什么颜色的呀？白的吗？为什么呢？不！不会是血的颜色！等等，为什么我刚才会想到雪？雪花，那种晶体……雪的颜色……她在哪呢？去哪里了？我刚才……不是……在哪来着？

天好高呀！我……为什么，为什么呢？

好空呀……

好空呀。

他躺在水流中，意识渐渐恢复过来，精神得到前所未有的放松。从没有过这么彻底的宁静和安逸，之前神经好像绷得太紧太紧，也太久太久了。他不想睁开眼睛。

水冰冰凉凉的，滑过他的身体。阳光很柔，温暖着他身体没在水中的部分。空气夹杂着植物的味道，还满载着花香和药剂香味。

不知什么时候，他尚在半睡间，一个女人的声音飘进他耳朵："如果渴了，就喝这泉水。"

头顶传来哗哗的水声。就是这泉水吗？

"咕噜咕噜……"他大口喝起来。太舒服了，又甜又凉，躺在这里真是浪费，他想。为什么连手都懒得抬？之前发生了什么？想不起来了。可我为什么在这儿？

"咕噜咕噜……"他仍旧躺着，无力起身，只是把头侧到一边，嘴巴和鼻子一起没在水里，又喝了个痛快。

除了喝水，好像没什么事情是需要做的了。

又饱饱睡了一觉，他打赌自己有半年多没这么满足过了。

所以再睡一会儿，就一会儿……如果可以，我要一直赖在这里。

再睡一会儿……就……一会儿……

他再次醒来，还躺在水里，睁开眼睛，太阳还在之前的位置。过了多久呢？他不禁想到。

我需要休息。咕噜咕噜……他又大口吞着水，还差点被呛到。水从头顶划过身子，他在想，自己是谁呢？

我叫什么来着？善……呼！他深深吐了口气，脑袋里闪过一些女人的脸，但在一个陌生的地方……

我在哪？什么都想不起来了。我最好的朋友是谁呢？我要起身搞清楚什么状况，哪怕之后再躺下。

起不来……

咕噜咕噜……他又喝了好几大口。好喝，也好渴……为什么？

有个女孩的身影在他漆黑一片的大脑里滑过，一眨眼，女孩就消失了。隐约记得有一朵黄色的花，就像雏菊，能拿在手里。他是在什么时候见过呢？

他没有再喝水，因为心里空空的。

她这是怎么了？好黑呀！好渴。周围的一切都在动，但还是它们原来的样子。风里带着泥土的气息，同一块土地，夏还是夏的味道。

好明呀！

阳光刺得我睁不开眼睛，也合不上。

好冷，为什么？

心里空空的，我这是怎么了？

好空呀！

诺……诺！你在哪？我是谁？我为什么存在？

……

一滴眼泪从他的右眼慢慢滑下，只有一滴。从他眼眶中缓缓流出的泪，滚过太阳穴，落到了水里。

不带任何情感的泪水，就像打了个哈欠。

明明不伤心，为什么好像失去了什么？我现在在发呆，为什么要流泪呢？也许是太困了。只有一滴，不因快乐，不因悲伤，也没有痛苦，更无从说失去，只因为是在发呆。

尽管太阳从未停止过

对我们和我们的土地愤怒地宣泄

我们依旧庆幸

我们可以跪在同一块热土上祈祷

这旋律如此熟悉……

当我凝视你的右眼

从你蓝色的眸子里看到自己的表情

一切因爱而变得柔软

你也在看着我呀！

染黄枫林中有两条崎岖小径
又到了这个路口
我们在离别的地方相遇，在相遇的地方别离
现在呢？
我能在秋天里嗅到夏天的味道
当晨曦穿过叶羽层层
阳光只温暖你我二人

看着你，我怎记得早上刚过？
不久前我还把衣服披在你身上
与你一起漫步晨寒
坐于露水上，我在薄雾中问了些秘密
你又可记得我对你的赞美？

请你相信吧！
我愿代你在寒牢中受千年苦楚
谢谢你的眼泪，仅一滴我已知足
也许金色的阳光真的是黄昏
那从此刻，我就期盼在林间的那一头与你相遇
我不知我为何会这样
我也知道你我什么都没有
不用解释，你已经懂了吧？

就像上次和上上上次那样

我能在细流中看见你的影子

你也许就是那张我永生不忘的脸

是我灵魂的一块或全部的宁静

是我生命对记忆的载体。

如今，山上新雪化为河流

永恒之火融化钻石做的泪

曾经的快乐是什么？

我曾经爱着谁？

我的心在哪呢？

我什么时候听过这首诗？

我什么时候才能去拥抱溪流的对岸？我不愿穿过那花海，永远不！后面的迷雾我看清了，迷雾的后面我也看清了！

那里有一棵树，在风中摇摆不定。为什么我这边没有风呢？好想去到那头，在树下小憩，在那里建一所房子。

但我，永远都不会去，永远都不会！我不会选择离开！不会吧……

为什么有个人在那里？在那棵树的旁边，可他……不，不对，那只是影子，是我自己的影子。

畏惧他，他也惧怕我，而他伸出了手，他的方向，朝着哪呢？

一切终将尘埃落定，我再也感受不到呼吸的声音了，是谁在我唇边轻语，吟唱？是谁把月光摘了下来？

从无到有……我的剑，我的血，为何而……悲伤？

心里并无苦楚，眼泪却还是留了下来，慢慢滑过脸颊，能感受到这无法感受到的泪痕，停留在脸上，既不冰凉也不炽热。

风呢？风啊，快来吧！吹吹这颗泪珠吧！让我感受冰凉的感觉，让我感受空虚，以往的空虚，一贯的空虚。可为什么，心里什么都没了，空虚也没了，痛苦也没了，这些东西都走了，可怎么留下的还是空虚呢？

可……

你若永远在这里，我将伴你……去哪里？

你有兴趣和我一起走吗？

我不跟着你还能去哪？你要去哪呢？

等以后……算了！我希望你能一直留在我身边。

为什么不？不可以吗？

当然可以！我从今天开始学诗，以后天天唱给你听！

他彻底醒了，头上的泉眼不再流水，小溪已经干了。他赤身裸体坐在泥里，身上没挨着泥的地方干干净净。

他开始回忆自己为什么会在这里，可一点头绪也没有。

他检查自己的身体。第一件事就是检查自己心脏旁边的咒印，那个印记尽然如此陌生和……漂亮？这不是之前那个咒印了，但无疑还是为了封印体内的巫术。

他叹了口气。

如今感到自己充满了力量，腹部肌肉的轮廓变得更分明，四肢竟然也更结实和粗壮。他开始怀疑这不是自己的身体，也怀疑自己到底是不是自己。他看了看自己的胯下，觉得有点难为情，不过随即意识到，要是有人，肯定已经被一览无余。在他印象里，好像有女人在他身边过。

自己现在是在一个类似遗迹的地方，或者说是在森林里。环视四周，不远的地方一棵树的树枝上有衣物，旁边还有个大缸，里面有温水。

头有点疼，不过是那种睡时间长了的感觉。他站了起来，大腿后边和屁股上全是泥。他走到水缸旁边，上面写着上古精灵语"kapiel"，是沐浴的意思。他愣了两秒钟，开始担心自己是在树精的领土。如果是，就有点麻烦了。

可自己为什么会在这儿？

他在盆里洗去了身上的泥垢，湿着身子穿上了衣服。他苦笑自己真傻，因为这衣服以深绿色为主，领口和袖子的做工，包括款式，明显就是树精的手笔。

好在自己是安全的，不过也不一定。

他向外走去，绕过石门，外面是一堵高约五米爬满青苔和藤蔓的古墙。然后，他听到了人声。

"听着，blocrw！最开始是你把半死不活的他带来的，你不经同意也没打招呼，擅自闯入我们的家园！你是人类，所以你应该明白，胡闹是最愚蠢的做法，既救不了他，又救不了你！"

说话的是一个熟悉的女人的声音，她很愤怒，可张向阳就想不起是谁。blocrw 是树精对诺的叫法，这是个组合词，大概的意思是血鸦。

"已经三天了，你们至少该告诉我他的情况，而你们为什么都不说？"这是诺的声音。

"那里是树国的圣地，就在这墙后面，包括这里也没人可以随意进出！"又是这个女人，张向阳想起来了，她是柯兰特，女王的贴身侍卫，圣神森林大统领。好消息是，没有危险了，他不用担心自己的处境。

"我们可以。"一个甜美的女声笑道。如果那是柯兰特，这就是艾琳了，她们二人并称为女王的"左手"和"大脑"。这个声音张向阳没忘，印象深刻。在认识的树精里，没人比她更友善，这种友善是直接表现出来的，毫不收敛，明快大方。况且她的地位很高，因此更会被受恩者铭记。也正如此，最开始张向阳带着"世俗的偏见"，误以为是女王刻意嘱咐，在他们身边安排了这么个"精灵同人类的和平大使"，代表树精们和皇室的友善来接待他们。后来才明白，是她本性善良。

"你在这上面和我抬杠没有任何意义，艾琳，能让他在这里等着已经是最大的包容了。"柯兰特并不在意艾琳的胡闹，因为每个树精之间的感情都非常要好。

"你要相信，他不会有事的，请你理解一下，我向你保证。"艾琳说。

"他，死了吗？"诺问。

"我……不知道。"

"blocrw！我一向敬重你，你的忠诚、智慧、决心和能力是人类少见的，凭着这些也值得成为整个圣神森林信赖的伙伴，可今天你的冷静和稳重去哪里了？你只身一人，背着一个成年男性，硬闯血丛、断鬼、荆棘林三道大关，居然可以成功！最开始西南方一个巨响我还以为是地震，没想到是你撞上了铁木。

"你把他带来，自己浑身是血，双目失明了三天，你是不是忘了自己横冲直撞毁了多少树木？你用最后一口气，把他亲手交给我们，请求我们伸出援手。他已经那样了，中了四箭，其中一只刺穿左肺，瞎了一只眼睛，还少了半只胳膊加一条腿。你想起了我们，或只能想到我们，固执地认为我们会帮忙，信任我们的医术，我很感动。但现在呢？你忘了三天前是谁，在都不知道自己在哪的情况下，用带血的手死死攥着我们侍女的衣角……"

"够了！柯兰特你闭嘴！"艾琳吼道。

"天哪！艾琳，你疯了吗？你爱上他了？"

"他是客人！你为什么要……"

"等等，艾琳，停下吧！大侍卫长，是我的错，我不该这样，感谢你们没有抛弃我们。"诺笑笑，打趣道，"但请你们记得，如果他死了，不要隐瞒我，告诉我关于他的任何事。而且，如果……请别让他承受多余的痛苦。"

"圣泉可以治愈一切，只要大脑和心脏还在，就算已经死去也不会被Zycie抛弃，不要担心。"Zycie是上古精灵语中的生命之神，就是人们口中的玛雅。

"谢谢你，谢谢，其实如果他死了，我也没有活着的必要了。"诺落寞而决绝地说。

"这次是女王亲自施医，女王什么都没说，我也无能为力。我没别的意思，你也不要这样，只是要想维持一个人的生命，任何魔法，哪怕是你的幻术，据我所知世界上任何手段，比率至少都是二十比一。"这是柯兰特说的。

"什么比率？"艾琳问。

"他来到这里时，那种伤口和失血量，肯定早该……诺你应该明白，那种类型的禁术对你自己身体的负担有多重。"

诺没说话。

"一个人一个月献一百毫升血没什么，你却等同于一次性献了二十倍的量，然而……其实这个例子很不恰当，事实要更加残酷。"

"生命交换，是这样吗？诺！"艾琳惊慌地喊道。

"我自己心里有数。"诺说。

"你还好吗？"艾琳弱弱地问。

"好得很。"

"那种术很痛苦吧？"柯兰特的声音也很凝重。

"该死！你为什么要再说这个话题！"艾琳骂道。

"我很佩服你，能为他做到这步，真的！所以我只想说，我刚才并没恶意，我只是……女王一会回来，我出去了。"柯兰特叹了口气。

过了一会，也许是柯兰特走了，艾琳说："吃点东西吧，你要多关心一下自己，你也不希望他看到你这样吧？"

其实柯兰特的最后一句话，所有人都心知肚明，她的确是在担心诺。这种担心浸着一种敬畏和崇拜，因此她会恼怒他的做法。

"我不饿。"

"这样不行的，已经三天了。"艾琳难过道。

"对呀！吃点吧！"张向阳从石墙后面走出来，他把刚才的对话听得一清二楚，"你的好意我心领了，但也没必要这样吧？装个样子就好了。"

"啊！你没事了！blocrw，我就说吧！"艾琳惊喜地喊，但令她吃惊的是，诺的脸上没有流露出哪怕一丝喜悦，或是别的什么感情。他只是慢慢挺直了脊背，向前走了两步。

"她怎么样？"张向阳笑着问。

"她很好，我就知道你会问我这个。我回来了，好久不见，少爷。"

她？那个红发精灵，记得一年前初见张向阳的时候，他就一直很在意那个红发精灵，而诺等同于她的监护人。艾琳没搞清楚现在的情况，他们真的是战友吗？还是主仆？难道张向阳对诺没有任何感情？他一定是不知道诺为他做了什么。

"你知道吗？诺他……"艾琳刚开口却被诺挥手打断，随后他说："我带回了你的书。"

"非常感谢！"张向阳大笑起来。

"但是它不见了。"诺平静地说，艾琳能感受到他的失落。

"我的眼睛能感受到它，它也能感受到我。它找了过来，没有危险，却在圣神森林边界徘徊，想办法进来。我了解它，它不会冒险穿过森林，你也不要担心，它不会离开，毕竟……"张向阳打了个口型，"龙母还在这儿呢！"

诺微微点了几下头，艾琳听得一脸发懵。张向阳转而对艾琳说："我有个小伙伴在缎带河旁边徘徊，我希望你们可以派一队人去接它。它并非人类，是一种危险的却已被我驯化的生物，等它闻到诺的羽毛，就会乖乖和你走，你们务必不要伤害它。"

一片纯黑的羽毛飘到艾琳手边，艾琳小心翼翼抓住它。她的第六感告诉她会有她希望的事发生，所以略带忐忑地问："它是什么生物？"

"龙的幼崽崽。"张向阳一本正经地说。

艾琳差点尖叫出声，然后严厉地说："混沌是不可驯化的，这很不安全。"

张向阳笑道："我已经是混沌了！"

艾琳当他贫了下嘴，没有再计较："它多大，什么品种？我要你给我详细的数据，你所了解的一切。如果你不想让我们伤害它，就要确保我们的人的安全。"

"如果你们有可能会伤害他，那就不要劳驾了，我在它身上花了很多心血。"

"这我完全明白，我们无论如何也会尽可能避免伤害它，你可以陪同前往。"

"不，我完全信任你们，但是，你别笑啊！我把它当我的孩子，所以……"

"我们会像你去做这件事一样去行动。"

"实际上，它才一臂长，除了能喷个很垃圾的迷你十八道瞬间火球，并不具备其他任何攻击能力。而且，只要你们有诺的羽毛，它就不会伤害你们。"

"没问题！"艾琳笑笑，一锤定音，"什么时候给我讲讲它的故事，但还是奉劝你们，龙，终究是完全的混沌。也许你有一天需要亲手结果它，否则它会毫不留情地干掉你，无论幼龙有多温顺，等他成年，理智和情感也会不在了，因为混沌就是混沌。"

张向阳看向诺，诺点了点头肯定了艾琳的话。张向阳撇了下嘴，每当有担忧的事情困扰，他总会这样。因为他也不确定，随着小金的力量逐渐增大，他能否再控制得了它。再者，贪婪的龙种，极有可能因为他血液里的纯净火元素，做出无法弥补的背叛。

"如果我告诉你，它是金龙呢？"张向阳笑道，看艾琳的反应。

果然，如他所料的一样，艾琳瞳孔骤缩，下意识后退两步。等回过神来，不可思议地苦笑道："传说是真的？据我所知，不存在任何纯金的龙。但我相信，你不会在这上面耍小儿科把戏——只为了和我开个玩笑，所以那东西另当别论，机会总是与风险并存不是吗？"

"我需要请示女王。"艾琳说。

"我已经准了！我们和那些畜生打交道的时间太长了，只是没明白你怎么用人道主义去驯服一条龙，并且让它在没有龙母的情况下单独存活。"一个悦耳女高音从外边的庭院传了过来。"哟！气色不错！"紧接着从走廊又传来了这个声音，连同几个人的脚步声。

这个绝美声音的拥有者，正是树精女王艾文娜四世。随艾文娜而来的是柯兰特、南尼克和三个侍女。

这一界的界主，整个圣神森林的拥有者和女主人——树精女王艾文娜四世，身体纤细，轻盈动人，银白色眼睛之上，一头深绿色的海草一样的头发。她身着半透明的洁白的轻纱般的蚕丝服装，手里握着树灵至尊神杖——轻羽，面容妩媚威严，身姿优雅庄重。

几位树精头目各有各的特点：柯兰特大侍卫长身材高大，和其他身材纤细的树精不同，她有着轮廓分明的腹肌、丰满结实的大腿、强壮的手臂，胸部还被束带紧紧绑着。那一头杂乱靓丽的砖红色大波浪长发，在众人中格外突出。她的双眼，睫毛纤长，瞳孔灰黑。

南尼克首要突出的特点则是骨感，尤其是脸部。消瘦的她穿着祭司穿的那种镶蓝边的白长袍。尽管如此，依旧像其他所有树精一样露着她们特有的纤细而有力的腰部。她那一头浓密黑直的长发一直垂到地上，头顶还裹着宗教徒的头巾。她的双手手腕分别戴着一大串颜色作用各不相同的魔法手环。眼睛较大，像别的大多数树精一样，有着碧绿的眸子。

艾琳则是金发碧眼，眸色比别的精灵要淡，是个像洋娃娃和精灵公主一样的姑娘。相比女王和柯兰特，她穿得很保守，和张向阳现在穿的是同色系，与其他树精一样露着腰，上身却是游猎者那样的半袖而非吊带。绿色短裤和长筒靴，右大腿和左臂上绑着大小合适的皮包，左肩和右腿都缝着绿色的长绸缎。背后别弓，背箭袋，侧腰携剑。

南尼克是圣神森林最高祭司和圣职者，是艾琳的闺蜜。三个侍女只有一个是当年的熟悉面孔，她显然也记得他们。

"参见女王。"艾琳、诺、张向阳，包括这个花园里的两个端着圣盘的侍女都齐齐下跪。侍女和艾琳行的是树精礼，诺本该随张向阳行变革军礼，但张向阳也像艾琳一样单膝下跪，手掌向内抱胸，搞得诺只好尴尬地再改成树精礼。

"免。"女王笑意不减，不紧不慢地说。等所有人礼毕，女王说："金龙的事情我暂且是同意了，小龙不足为惧，但是我希望得到详尽的信息和除此之外你本人所持有的关于金龙的情报。当然你不想说，也可以有所隐瞒，兴许这是你的一张底牌，但看在你的小命的份上，以及那个传说的完整性——世界的又一份真知的份上，还是让我们知道的尽可能多一些吧！"

"当然，我会告诉你们所有的事情，谢女王陛下……嗯，帮我捡回一条命，还有同意了这件事。"张向阳本来只想说前面一句，但所有人都没说话，搞得他像没说完一样。

"你怎么能伤得这么重？第一次交锋不已经结束了吗？"女王的口气不乏关心。

"我……我也不记得了。"他是真不记得了。

"我看你就不想说，你的脑子一点问题都没有，我给你看过，我指的是记忆没有损失。"

"嗯？"

"哦！我可没有卑鄙到去读取你的记忆，会有记录的，而且没有障眼法能瞒住诺，别把我想得那么卑劣。"几乎没有精灵直呼人类的名字，却被女王轻而易举说了出来。

"不敢。"张向阳笑笑，他想起自己没去奔赴战场，而是去赫卡姆，而且到过沙城，还去过王朝宝库，然后……

"啊！"张向阳的头并不疼痛，但好像有什么事情想不起来，那感觉很不舒服，让他神智错乱，同时一种巨大的心理上的痛苦席卷而来。他不明白自己为什么要呻吟，但就是神经质地当着所有人的面做出了这个举动，紧接着，他眼睛一黑，抱着头跪在地上。

所有人都被眼前这一幕吓了一跳，但他们不知到底怎么了。诺看向女王，女王朝他不解地摇了摇头。诺正要开眼查看，被艾琳直接挡住，她不允许诺此刻再用幻术。

"你怎么了？"女王走到他身边，俯下身问道。柯兰特拔出剑，护在女王身边，怕张向阳突然爆发攻击。

"你在想什么？"南尼克温柔地问，并把指尖点到他头上，从那里发出一股淡绿色的悠长的光。她在读心，尝试分担男孩的痛苦，可她什么也没感受到，因为男孩什么都没想。她向女王摇摇头。

女王抬起左手，手戴了六枚戒指，其中一枚蓝绿相间的释放了一个法印，整个区域的人瞬间感受到一种宁静；然后那个空中印记二段释放，却没有任何效果；三段释放，比之前复杂了一倍，还是没效果。

"你想到了什么？"女王做了一个生动的表情，所有人瞬间会意。随后，她示意柯兰特收起武器，但柯兰特没有。

"我觉得……"男孩艰难地说，所有人都屏着气，因为他很有可能再说一段预言。这种事情不是没有过，男孩才在圣水里疗伤，这时他还是魔法体质，加上血液里的纯净的火之魔法，现在很有可能与某些原始魔法共鸣。

所谓预言的原理，就是上古残存的原始魔法，对某个生物个体的一种启迪和提示，共鸣之时，通过那个生物（或物体）的状态、声音、动作传递一种信息。这信息预示着一些可以还原过去某个场景的定律，而为预言家和巫师提供素材，那些魔法师们再通过魔法法则和魔法命运说进行预言。

魔法命运说是可靠的，因为魔法间存在必然的关系。而魔法预言就好像过去的某个因会导致未来的一个果，而某个经历过那个因的魔发链接又与现在的东西产生共鸣，把那个鲜为人知的因通过个体表达出来，方便了人们去探究过去和预见未来。

往往大事发生之前，比如第五次世界战争已经打响，这种现象会更加活跃。预言家也可以人为地去创造这种条件。

"我不记得了，好像有个女孩一直和我在一起，我和她做过很多开心的事，可一件也想不起来了。我觉得是场梦，应该……是梦吧？

"人很难记住自己的梦，而我却总做梦。那感觉模模糊糊的，太像了！好像身边有这么个人，和她一起待了很久，但细想，生命中却从来不曾出现过这个人。"

张向阳喘息着说，所有人先是不解，然后才都松了口气。

很明显这不是预言的口气，并没有魔法灵光相伴，但毕竟解释了男孩生理和心理上感到不适却无从查起的原因。有可能他在圣泉那里已经做过预言，或与他负伤前的玄妙经历有关，抑或诺带他来时他在半死状态的体验。预言后，通常会导致短期的精神错乱和不定时恍惚。

这三天有人昼夜看护他，等治疗完毕，他快醒了才撤出人手。艾文娜时刻关注他的状态，如果有类似的事情，侍女和祭司不可能不上报，她不可能不知道，她也不好去问诺。

女王皱了会儿眉头，突然弯下腰，用左手大拇指按住男孩的左锁骨，同时她的眉心出现了一个缥缈的绿色绸带状光源，连带地，她的银白色双眼也发出了碧绿色的光。诺明白这是利用精神力做出的读心，他慌忙阻止，可是为时已晚。

男孩感受到了精神力的刺激，不受控制地猛然扭头。几乎同一时刻，他的左半张脸唰地被鳞片覆盖，瞳孔像蛇一样现出难懂图案，好像是把原来的瞳孔从太阳穴方向挤走了。

这单只龙眼和女王的双眸相对，使得女王大叫一声，向后仰去，权杖扔在一旁，被柯兰特接住。南尼克眼疾手快，一挥手同样用精神力给了女王一记"强心剂"，尽可能避免去看张向阳的龙睛，并阻止自己精神力向男孩的方向扩散。

因为这是树精上古血脉创造并传承下来的优质法术，反而被反噬得更强一些，好在女王只是轻微试探——因为在诺面前使用精神力就是班门弄斧，诺出了名的忠诚，她也不想不小心就逼诺开眼——加上南尼克的精神力扶持，所以并无大碍。龙睛是世界上第二大瞳，只有恶龙才拥有，可以免疫并反噬任何精神技能。

"这是怎么回事！"艾文娜四世愤怒地大叫到。

"很显然……"男孩摊摊手，他脸上的龙鳞正慢慢消退。

"你知道你在干什么吗？你迟早有一天会被反噬，会被邪恶和混沌蛊惑。竟然傻到把龙的一部分移植到身上，更何况还是眼睛！"

"我们有分寸……"诺带着歉意，谦卑地说。

"分寸。你们……"

就在这时，庭外传来了铁盘跌落的声音，还有瓷器的摔碎声。

"公主殿下，您不能进去。您回来！嘿！"三四个侍女在叫喊，而树精这边的人能听出还有一个侍卫长也在外面阻拦。

一个绿色的身影夺门而入，紧接着又有几个女卫士跑了进来。"对不起，女王殿下！是公主太任性了！"刚进来的那个侍卫长气喘吁吁。她厚重的铠甲叮当作响，相比之下，刚刚冲进来的树精公主，头戴一顶插着一根灰黑羽毛的棕帽子，穿着游侠式的褐羽党派（树精游击队党派之一）的上衣背心。她的外衣捆在腰间，裸露的纤细而有力的双腿蹬着一双攀缘靴，里边插着匕首。这可能就是侍卫长没拦住她的原因。

"你们这都拦不住她吗？"女王深吸了一口气，缓了两秒钟，终于笑着问。

"实在对不起。我的王。"

那个侍卫长连同后边的侍女和卫士一并深低着头，单膝下跪，接受处罚的样子。可树精公主丝毫没有理会他们，甚至是女王，她显然没有弄清楚状况，或是索性逃避性地看着坐在地上的张向阳。

小公主微微喘息，一副担心又欲言又止的样子，然后像一只百灵鸟一样，对着地上的男孩弱弱地问："你……还好吗？"

张向阳缓缓起身，挤出些笑容："我没事……我没事，姑娘。"

圣神森林圣树广场某角落

"你和她很不愉快？我们的小猫长大了。"张向阳坐在石头上，诺坐在他斜对面。

"她太自负了，尽管她是我见过最优秀的……"

"最优秀的？你把艾琳放哪了？"

"如果她拿出在广场上的姿态，再多加点理智和冷静，艾琳可能真不是对手。你不知道，她基本上把整个广场上的血都化为己用，以每秒百人的速度收割战场，令人胆寒。她就像个恶魔，冷血的魔鬼。这还不足为惧。只是，那手段太过粗俗鄙陋，没有一点章法和技巧。"诺抿抿嘴唇，皱着眉头，严肃而厌恶地说，但语气依然平淡如往常。

"你后悔吗？这是你想要的样子吗？"张向阳问。

诺想都没想，答道："还是我说的，没有别的路可行，既然做出了选择，就不要再多想。也许我们对了，但这又恰恰可能说明，我们错了。你还是告诉了她不是吗？她在那时候——杀人的时候，我看到她脑海里闪过很多以前的回忆，包括那特殊的一天，也包括在紫竹林你们的对话。"

"我记得很清楚，那是个阴天，连续两三天，老天好像就要给你一场暴雨，可始终未见雨点。结果到那天，我们对那个府邸发动进攻前两个小时，和战友们骑着马晃晃荡荡在湿地赶路，毛毛细雨才落下来。"

"阴天？对，没错，那确实是阴天。"诺皱着眉头，沉默不语。而张向阳早已习惯，并没当回事。

"对，但是等我把她抱到旅店，并因此向你主动寻求帮助，在我们真正意义上相识后，天一下子就晴空万里了。真神奇呀！"张向阳感叹道，"上天在同一个时间点将莫亚和你一并馈赠于我，虽然你已经跟踪了我五年之久。"

"在艾莫蕾娜的屠杀证明她有天赋，尽管我以前就坚信她有难以估量的价值——原血族，还是部分上古血脉，对光和血的异常敏感和与生俱来的控制力，从小的残酷训练——医生都没她更了解人体构造，战士都没她更有力量。未来她足以成为通天帝国最好的刺客，或是现在已经够资格了。"诺道。

"哈！你把你放哪了？"张向阳大笑起来，顺便拍了一下诺的肩膀，反问道，"通天帝国最好的刺客？"

而诺不会和张向阳开玩笑："只不过她选择了不可能完成的任务，选择了卧底潜入。愚蠢。"

"她还是成功了吧？"

"但是相当愚蠢，她太天真了，而且她失控了，也许又回忆起了从前。"

"不管怎样，她都是我们的妹妹。"

"我们？"诺不小心脱口而出，然后马上避开张向阳的眼睛。

"她真有那么强？我好开心呀，但讲道理，放在全世界，哪怕光大陆中心和整个东方，尤其是东北，她还差得远吧……"张向阳叹了口气，暗自评估目前自己的战斗力。

"嗯……我还有个问题。"张向阳突然说，"你能给我讲讲卡蒙洛吗？"

"卡蒙洛？为什么？"诺有些疲倦地看着张向阳。

"我……"张向阳沉思好久，最终叹了口气，"我也不知道。你了解多少？我想知道全部。"

"您真的什么都不记得了？我认为这个时候您不应该有所隐瞒吧，到底发生了什么？少爷，您知道吗？我很是惶恐。"诺低声说，并警惕地看看远处的树精。女王已经走了，允许他们单独在这里聊天。

"到底怎么了？"张向阳紧皱眉头问道。

"您什么都不记得了？所有的事情？"

"当然。求你了，快说吧！"

"发生了很可怕的事，但是无伤大雅，"诺岔开话题，"我们说回卡蒙洛吧！"

"很可怕的事？"张向阳喃喃道，然后对诺说，"我现在还蒙在鼓里，到底怎么了？"

"您要先告诉我，为什么要提这个名字。"

"我不知道，好像……就是脑袋里有这个印象，你懂吗？我不知道任何东西，甚至卡蒙洛是谁。"

"也许这件事和卡蒙洛有关。"诺又叹了口气。

"什么事？所以……"张向阳突然意识到，"所以不方便告诉我吗？"

"对的！少爷。"诺带着歉意说。

"没事。"张向阳大笑起来，拍了下他的肩膀。

"要怎样和您说才有条理呢？历史上对卡蒙洛的记载不多，主要说的是他的师兄，我一说您就知道，历史上第一个、也是唯一一个成为半神的人类，却于一千年前在通天宫陨落，享年八十二或者八十三岁。实际上在达到半神之前，他的血液和肉体已经带有神性，拥有了相当长的寿命，最后却战死了。

"可以说，历史上普遍认为他们师兄弟关系不和，或者说是很不好。归其原因，传言是卡蒙洛过于任性、偏激、高傲和疯狂，性格上存在很大缺陷，还曾经背叛过锻造者。相反，锻造者却是个十分随和、正派、包容、英雄盖世的人。然而我认为，实际上锻造者深爱着他的弟弟——可以理解为锻造者很重视伦理关系，自己本身就是个十分仗义和负责的人，基本上什么事都为着卡蒙洛，呵护他。这个是被证实的，我不是随便这样推理，虽然人们总把锻造者对卡蒙洛的保护加以政治目的。

"那会儿是卡蒙洛的兄长卡基米执政，科技之源一夜之间崛起。卡蒙洛从小就在一个优越和富足的环境里成长，受过良好的教育，十岁离家和锻造者共尊一师学习高等技艺。锻造者中途改学了魔法和锻造，但卡蒙洛对高等技艺极为憧憬和专一，所以他同他师父的感情应该更深厚。顺带一提，他们的师傅同时也是卡基米学生时代的老师。

"高等技艺大概是有别于魔和气的第三类，术。现在真正的术已经失传了——卡蒙洛坚守的就是术。曾经有'术民界者'一说——我们这类人听得最多的也是那个，不过那不是我们说的术，大概是综合了三类的一个流派，是锻造者时代后几百年衍生出来的，不过也早销声匿迹了。

"那时候锻造者为一个衰败的帝国效忠，虽然绝对有能力但始终没有称帝。他常常在北方一个矗立在满是雾霭的湖面上的巨大的黑城堡里大摆宴席，邀请各路权贵、英雄、名流。那里的殿堂可容下两千人，这样的奢侈生活和交际活动长达两年多。那时，卡蒙洛也常常参加。值得一提的是，没人愿意真正和他相处，所有人都像回避麻风病人一样躲避那个狂热的人。天才都是不被理解的，我很欣赏他，包括他的思想。在这一千年之后，还有亿万人在践行他的道路。然而他摒弃了一切，倾其所有，变成人们眼中的异类。但最终，他为的还是他近乎日思夜想的一份理想，所以其实他还没能够真正超脱。

"他是新激进派思想的创始人，新激进派也衍生为现在科技之源的右派。他完成他的第三个傀儡之后仅三天便消失了。他死了，再没有牵挂，兴许那甚至不到三天的时光对于他就像享受了一百年的快乐和漫长一样。

"现在说说卡蒙洛背叛他师兄的事。在锻造者鼎盛时期——他七十五六时，几乎以一个人的力量，让全世界诚服，统一了整个西方和西北，拥有绝对的实力，却和现在北方诸国三倍数量的王朝立下和平契约。就这样一个伟人，唯一一个成为半神的人类，却在十多个魔法宗师导师和几个他的同门的合力围攻下陨落。其实本来他可以敌过他们，一来是他为了不伤及无辜，执意把他们带到黑死海上再开战；二来，也是最主要的是，卡蒙洛窃取了他的主要武器——那把用诸神云铁打造的锤子。卡蒙洛盗窃，是因为那锤子有诸神的力量，可以帮人实现一个愿望，好比神灯的传说。可我认为，事实上卡蒙洛根本没有机会窃取神锤，是锻造者主动把锤子送给卡蒙洛的。卡蒙洛有深度抑郁症，锻造者不想失去他，便让他拿自己的战锤去实现愿望。看着师弟郁郁而终给锻造者带来的冲击，不亚于自己战败陨落大海葬于鱼腹的现实，他在交出锤子那一刻已经预示到了自己的结局。可以说，锻造者是为了他的师弟献出了一切，也让世界进入了长达千年的诸国混战。

"锻造者很伟大。卡蒙洛可能很善良，很细腻，也很脆弱，因为世界上——都不说是历史上，和他相同性格的多愁善感的天才太多了。只是没人能做到他那程度，对自己那么狠，又那么成功。"

"那锤子最后如何了呢？"张向阳问。

"奇怪的是，没有迹象表明卡蒙洛使用了那锤子，不断有探险者和魔法师去寻找，但都没有结果。"

"那能不能给我说说卡蒙洛那三个傀儡？"

"没有记载，只简单提了两句，大概说那是能蛊惑人心神的魅魔，有着变态而恐怖的半人形外表，冰冷的、机械的、毫无良知和人性的破败皮囊，唯命是从的奴隶。"

"这必然存在偏见，卡蒙洛的手段和思想，哪怕他的傲气也不会允许他做出没有灵魂的傀儡。"张向阳愤懑地说。

"那个年代的确没人能接受傀儡一说，包括现在。只不过现在的科技之源有关傀儡的核心问题，在于伦理和主人的思想。傀儡本是用来保护人的，但是越来越多的制造者选择为了自己的傀儡而牺牲，刀太漂亮会让人舍不得用。当傀儡拥有智慧和思维，就要从人道、人性、良知等方面去衡量，变得充满不确定性和可控性。这两点，在种族战争中，或在任何战争中……不！哪怕在平常生活的伦理道德内，都是绝对错误的。编程好的机械的生命体……就是混乱。"

"是有些可怕。"

"实际上新派之所以能站住脚，是因为卡基米的儿子，就是一个被编程的'克隆人'。辛奈塔族的儿童拥有比我们高几倍的智商，而卡基米的儿子更是在原种族的基础上翻了四倍。并且他感恩和庆幸自己能有那样的聪明，所以他允许并支持了傀儡的诞生。"

"那后来呢？"

"后来右派就出现了，科技之源一度因此分崩离析，他们的终极社会第一次暴露出那么大问题。直到现在，右派分子，嗯，应该是新派分子更准确，遭到驱逐和排斥的今天，依然有不少人坚持并贯彻那思想。"

"为什么要造人呢？非要打破……这些，这些东西。"张向阳比画着问道。

"少爷，实际上，我不知道该不该提起那个名字。"

"无妨，不重要了……"张向阳知道诺想说寒白雪。

"实际上寒白雪小姐就像是上天为您量身定做的，而科技之源的那些人，只是不像您那么好运气罢了。"

"好运气？我……"张向阳苦笑着长叹一口气，"确实吧。好多人甚至都没有得到过，而我至少见过，但上天为什么要让她出现在我生命中，又把她带走？为什么自己心爱的艺术品，一定要有战斗能力呢？"

"据我所知，寒白雪是整个天河星系，塔斯兰蒂寒冰血脉之中起点最高的天才。"

　　"对，对呀！我明白了。"张向阳释然地叹了口气，开始找别的话题，反正也是闲聊："嗯，女王的那个法杖有什么作用，是不是算上神器了？"

　　诺有一些犹豫，最后还是说了下去："我这辈子就见过四把能和神器沾上边的武器。当然，那的确可能是神器，不知道有没有思维，不过一定宝器。我很久以前听说过木灵至尊神杖——轻羽的神话，传说它在艾文娜二世手里才能发挥极致作用。关于它的作用——最强的法术，大概能给方圆六千米的所有己方单位，提供十二点五秒到六秒不等的无敌时间，却不知道是否需要吟唱，冷却时间可能是……八分钟到十二分钟吧？

　　"再者就是瞬时的一百二十八道生命恢复咒，所需自身魔法极少，对树精还会成倍增益，次数不限……只要魔核够大，就可以一直用。本身好像还能吸收大地生命提供给魔核……

　　"然后就是方圆两千米内，我方全部单位百分之四十速度加成，和敌方单位的集体虚弱——大概和把脚睡麻了然后在水里走路的感觉差不多——能同时开十三个阵，效果不能叠加。"

　　"宝器无疑，就看有没有灵性吧，但至少也是灵器。"

　　"说不准，再强的武器没有思维或灵性，都不能归于灵器和神器之内。"

　　"完全无敌吗？或说有没有什么副作用？"

　　"基本没有副作用，有的话也是个体体质对恢复魔法的适应性问题。而且那并非刀枪不入的硬性无敌，而是快速再生。但弊端是痛觉不减，且没有精神免疫。意思说，无论它再怎么厉害，于我无效。"

　　"哈哈哈……"张向阳大笑起来。诺也笑了，只是这个脸色苍白的年轻人开始咳嗽起来，张向阳开始没当回事，直到诺渐渐跪倒地上。

　　"诺！你，你在咯血？！为什么？醒醒！快来人呀！救命！"

圣神森林太阳神殿，偏殿

"我觉得你需要给我一个不行的理由，哪怕一点都不可以吗？"男孩笑着，但同时也皱着眉头。他跷着二郎腿，敞开怀，往后仰，惬意地坐在椅子一样的树木上。

"这不需要理由，不行就是不行。况且，你认为那是简单的事吗？"艾文娜女王手里捧着茶杯，语气就像闲谈。她操着一口正宗的皇室上古精灵语，煞是好听。

"无论我开任何价码？"

"你能开出什么价码？你舍得开出什么价码？你有什么资本开出价码？"女王笑了笑，三句话就像玩笑，没带出半点令张向阳不适的感觉。

"我很需要，你也明白受益无穷，对你我都好。"张向阳直起身子。

"圣泉在任何层面，对任何人都受益无穷。"

"可那是诺，你明白他的实力。"

"与我何干？我曾经给龙爷圣泉水以答谢救命之恩，他没要，我一直羞愧着。你也知道我极不爱欠人恩情，现在我用了好几缸圣泉救了你，就当是连本带利还了。"

"我只要一小口，哪怕一点，就那么一点，半勺也行。"

女王注视着他，沉默了一会："你这样说，有什么意义？"

"好吧，我懂了。"男孩起身，长舒一口气，"虽然不知道为什么你在我身上用了那么多，但我觉得我的要求合情合理。"

"他快坚持不住了。"他补了一句。

"我不能没有他。"他走到离门两米远的地方，又补了一句。

"你愿意做这里的守护者吗？"女王突然发话，始料未及。

"什么守护者？是……像……那些'人'？！"

"对。有史以来圣神森林第二个人类守护者。"

"交换条件呢？我猜不会是圣水。"

"废话，你以为我让你做守护者还会送你一堆好东西？"

男孩无奈地笑了笑，艾文娜也笑了。

"东西还是有的，标配，和一些特殊的圣器，主要还是待遇。"

"比如？"

"可以自由在圣神森林进出，可以在任何时候调动身边的自由精灵小队。代价是，听候任何皇家权贵的调遣。"她笑得有点邪恶，一副老奸巨猾的样子，好像这笔交易达成，就能完成什么只有他们两人（或只有艾文娜四世）知道的巨大阴谋。男孩觉得她是故意要营造出一种高大上的感觉，他也爱这么干。可他依旧为她方才的拒绝而不开心，他也不明白她为什么要拒绝。当然，他也没真正怨恨树精女王，他不是那样的人。

"包括宣誓为您效忠？我的陛下。"

"我们这里不叫陛下，叫我女王，或者镜影吧，孩子。"

镜影是艾文娜四世继位的封号。上一代，也就是诸国混战时期，艾文娜四世的丈夫，三世在世时，封号"破叶"。那时树精自灭世结束帝国纵横开始，迎来八万年来最辉煌鼎盛的时期。三战后，通天帝国崛起，我们从先王三世战死，开始妥协退让，艾琳公主被杀到四世被俘，圣神森林的地盘不断缩减，战士陆续死去了不止上亿，树精又是极难繁衍的种族。

艾文娜四世的统治在走下坡路。也难怪，一个国的崛起必须有一个强大的领导者（并非一定是统治者）。但现在圣神森林真没有一个英雄可以站出来和其他五界对抗。树精依照的，就是圣树供养的亿万里参天古木，没人可以攻进来，甚至都没有其他种族可以在这里生存。

"当然，你可以有一些特权——别的、专门的、史无前例的特权。别让我解释是什么，我乏了。"女皇一改严肃的表情，轻声说。然后她站起身来，有要送他的意思。

在所有的皇室统治者里，她是张向阳最喜欢的，私下里真是一点架子都没有。虽然她已经一千二百岁以上（树精的寿命平均八百到九百岁），但仍旧青春不老，美艳动人。张向阳一直认为，在他认识的所有女人里，她可能是最聪明的人。

"当然，求之不得。我的王，要有什么登记或者凭证之类的吗？"

"把门带上，慢走，不送。"艾文娜四世走到中庭，懒得再往前，又回去坐下。

"好吧，我去看看诺，你真不再考虑……好吧，没问题，我会自己想办法的。"

等到男孩走了，她叹了口气，喃喃自语道："我该给他的，这都是命吧？诺……其实……无所谓，自生自灭吧！他根本不重要，已经被命运丢弃了。而且，他留在他身边，未必是好事。龙，是个真正危险的人物。"

圣树神殿东南方，某巨树下溶洞（1）

　　她知道他在里边，一直没有出来。他的身体还没恢复，放在三天前，这简直是毁灭性的灾难。看他那个样子，她无数次差点就觉得自己坚持不住了，就像一把冰冷刺骨的匕首，从胸腔和心房划过，然后停在动脉那里，被涌动的血液一下下顶着。

　　她哭过，难以置信他也会有那样狼狈的时候。

　　她走了进去。小心地，试探着，微微欠身，她认为这是难得的独处机会，她该随着自己的心。

　　他靠在树洞的角落里，被黑暗笼罩。通过树精的绿瞳，微弱的光线还是能描摹他的轮廓，能让她看见他。

　　阴郁如他，在瘦弱的身体后，在硕大的英雄和传奇的光环下，他亦伟岸。艾琳深知他的脾性，对她来说，他比世上任何人都单纯和温柔。

　　"这是什么？"她怕打扰他，轻声说。她指的是他旁边的空瓶子。

　　"别动，那是我的药物。"诺闭着眼睛，但艾琳以为他在看自己。

　　"干什么的？"

　　"补充我的精神力。"

　　"长期过度消耗精神力，就会透支生命，怪不得你那么虚弱。"突然她闻到什么味道，"等等！酒？你为什么要用酒做底物？众所周知……"

"酒精可以抑制药力对思维的冲击。"

"麻痹神经？我看是加强致幻的成分吧！"

诺没有说话，他深知她的聪明。

"你依赖这东西多久了？"她严厉地问。

"四年，或更多。"

她低声咒骂起来，虽然也感谢他能对自己毫不遮掩，说了真话。

"也许我该问你失眠多久了。"她说。对于诺，赋予强大精神力的药剂，再加上致幻成分，可能是让他睡眠的唯一方法。对于他，安眠药物反而没用，真是可怜！

"要不是你是 brocrw，换任何人，早就痴疯了！"她哀伤地叹口气。

"我……"诺欲言又止。

但语言是多余的。

"你能做我的 matz 吗？"经历了很久的沉默，并非他们无话可说，恰恰相反。她突然问道。

"matz？"诺起先疑惑，随后意识 matz 在上古精灵语里的意思。

"配偶？"他苦笑了起来，"为什么？艾琳。"

"我……"她脸红了一下，让诺哭笑不得的是，之后她带着她惯有的那种俏皮和温柔，理直气壮又正儿八经地说，"圣神森林的每一个人都崇尚强者，你是个英雄！"

"我？强者？英雄？我这样的有什么好的？"

"每一个圣神森林的姑娘都听说过你的传奇。每个人都仰慕你，包括柯兰特。"

"是吗？"诺又苦笑了起来，他其实知道自己在圣神森林到底拥有怎样的光环，他也毫不怀疑对于树精这样的种族艾琳最后一句话的真实性，当然柯兰特除外。

"我们厌恶人类，在那些值得尊敬的人类朋友里，你可能仅次于烈魔德了，我觉得你比张向阳强多了。"她小声说。

诺没说话，只是柔和地笑着，这是他少有的柔情，这让艾琳像个小孩一样尴尬得不知所措："圣神森林有个传统，满十八岁的女精灵都必须和拥有王室血统的真正的上古血脉之遗的男性结合，产下一子后才可以结婚。这种生育为的是改良整个种族的血脉。"

"我理解，毕竟树精的男女比例为一比五，而且上古血脉着实宝贵。"他拖长语调来转折，"可是，在我们人类看，很难理解。"

"的确，我明白，但树精的种族意识很强，你们人类在看到自己的同类，首先想到是他对自己的意义。而我们的第一意识是，我们是一个种族，而且选择权在女性手里，还必须男女双方你情我愿，这样保证了不会出现强取豪夺之类的问题。"

"可是，要是那个贵族正好有什么把柄或是让对方难以拒绝的好处呢？"

"通常来讲，没有什么是不能和同伴说的，我们会无条件互相帮助，哪怕是这种事。贵族的特权和地位，比起同族的信任和荣誉，很小。"

"是世俗局限了我？"诺苦笑。

"退一万步，只是为了生个孩子繁衍种族，之后那个孩子就和你没关系了，你也不会和对方再有什么羁绊，能受什么委屈呢？"

"好吧，生个孩子而已，能受什么委屈……"他语气带着嘲讽。当然，艾琳毫不介意。

"可我是人类呀，如果，我是说如果，那我们的孩子，该是个半精灵。"诺有点不解。

"他会继承你的幻术。"

"他会手无缚鸡之力。"诺用玩笑的口气说了句实话。凭他对红瞳的了解，如果想让自己的孩子也拥有这双眼睛，他必须分出很大一部分自己的根基，才能为他种个根。

"上古血脉生而高贵，没有和贵族产下子嗣，就不能结婚吗？"诺问，没带任何情感，只是像往常一样。

"对。"艾琳低垂着双眸，有点失落。但这也正常吧！诺想，他有点心疼她。

"brocrw，不，诺。"艾琳突然抓住他的黑袍，语气坚决。但和他对视之后，一下子又怯了，可她依然坚决地说道："等到战争结束，我们能做朋友吗？"

"我们立场不同、位置不同，这是无法改变的。"

"就算战争结束，真正地结束也……不行吗？"

他叹了口气，不知是该说战争永远不会真正结束，还是该说自己根本挺不到那时。

"诺！"她突然叫道，声音中透出热烈的期盼和诺也不知道为什么的激动。

"答应我！等这仗打完，我们做三天朋友好吗？"她说到最后几个字的时候，眼睛突然红了。

他看着她，好像醒悟了什么，一下变得悲伤起来。虽然他表面还在笑着，但无疑，他欠她太多了，仅她对他的那份期待，他也无法还清了。

"好！"他说，声音有点颤抖。

圣树神殿东南方，某巨树下溶洞（2）

"其实我一直想问你。"张向阳皱皱眉，轻轻地说，语气就像闲聊。诺靠在墙角，像垂暮的负伤者，慢慢抬起头来。杂乱的刘海仍遮着眼睛。

"我一直想知道，红瞳的作用。"他轻叹一口气，转成开玩笑的语气，"我猜你在翻我白眼，至少心里。"

诺没有说话，头也没动一下。

"我知道，但是我也不希望这是我们最后的时间，谢谢你救了我。"张向阳眼圈红了，声音略带伤感。

"世界上每个人都有精神力，红瞳只是工具，就像精神力的使用渠道。"诺的声音那样的突兀，他的嗓子有些干，压抑得可怕。

张向阳没有说话，安静地听着。他很绝望，非常绝望，从没像现在一样，他也知道他不能为了诺违抗艾文娜，和树精翻脸，哪怕只是为了其他朋友。

"一道红瞳只能造成最简单的精神震荡，比凭空释放的精神冲击所产生的消耗要小得多，但是也分种类吧，比如不同的形态和方向，包括作用。

"二道可以使用普通的幻术，进行一般的精神迷惑和施加一般状态，但对开启三道的人，几乎起不到作用，顶多是精神对抗。

"三道就变得实用起来了，但付出的代价也更大，这里的代价因人而异，或是因眼而异。开启三道，便是红瞳拥有者里边较强的了，红瞳的可怕也是因为有三道红瞳这一说。三道最基本的作用是实现现实到幻像和精神力到实物两种转化。前者就是精神干扰和侵入，后者则是瞳技，比如我的'三道·焱咒'……你大致明白了吧？

　　"所谓四道红瞳，是将精神力全部外放，同时达到百分之一百二十的利用率，可以创造空间。我的绝技之一'鸦影幻天'，是专属于红瞳鸦的四道瞳。可以对一定范围内的所有人造成精神冲击并减缓速度，同时在精神焦点扭曲时空或者是物态。

　　"不同程度的人对精神冲击的抵抗程度也不一样，光拿鸦影幻天的范围性精神冲击举例，把一道红瞳以下三个境界分为三个档次，分别是三目：没有练气和精神力修炼的普通人在半目以下；鸦影幻天释放后，在百鸦与红月的笼罩下，半目到一目半会暂时性失去意识；一目半到二目半会短暂晕厥；达到一道的程度但没有红瞳会有片刻精神恍惚；拥有红瞳会造成精神震荡，呕吐、幻听之类的。

　　"红瞳都是独一无二的，这点很重要，几千万个红瞳拥有者没有一个是重复的。我的瞳的特质在于可以实现幻象到现实的转化，就因为这点，几乎冲破了幻术这个概念，因此'红瞳鸦'的名号才能流遍大江南北。"

　　"那，五道红瞳呢？"张向阳严肃地问。

　　"五道建立在四道之上，将全部外放和体内的精神力集中于一点，同时达到百分之百的利用。"

　　"我有点不理解，刚才百分之一百二十，现在又只有百分之百了？"

　　"精神力在释放的过程中会有很大的损耗，没有红瞳，释放出去的全部精神力只能有百分之三十起作用。同样的消耗量，一道的精神震荡就可以达到百分之九十；二道的幻术可以利用百分之八十，没有红瞳可能只有百分之二十；而三道可以利用百分之六十。五道的百分之百，利用的是四道百分之一百二十的百分之百。"

"有六道红瞳吗？"

"我不知道那时候红瞳会变成什么样，就我的鸦眼来说，我能想到的无外乎两种结果：一，精神力彻底外放，到时候我几乎全知，也将彻底超脱，人性不再。我可以看清或说是理解一切事物，轻易剖析任何生物的情感，但可能我也将不复存在。

"或者就是第二种，我可以把幻象永久性地转化为真实事物，但我认为这种能力很有可能是第一种可能的附加属性。"

"将幻象永久变为现实。你说的是造物吗？你指的不复存在……你自己还会有意识和思维吗？"张向阳深吸一口气。

"对，造物。"诺喃喃嘴唇，"等等，我想到了第三种可能性。我，很有可能变成一只眼睛。"

张向阳微张着嘴点点头，等回过神，眉毛不自觉跳了一下，然后尴尬地笑起来。诺也笑了笑，他真的已经笑不动了。

"我想再陪你聊会天。"张向阳道。

"当然，少爷。"少爷两个字竟说得如此艰难。

"我有个有趣的想法。有七道红瞳吗？"张向阳笑着问。

诺听完之后，把头低下，沉默了好一会儿，认真思考着。张向阳的笑容逐渐消失了，转而变成了一种忧虑的不安的表情。

"有。"诺说，语气十分坚定。张向阳因为诺的沉默早已猜测到了这个答案，但真正听到，还是被吓了一跳。

"八道呢？"张向阳又笑着问。

诺又思索了一小会儿，不过也就几个呼吸："也许吧？"

"九道呢？"

"如果有九道红瞳，可能我根本不会出现在这个世界上。"诺笑笑，这句话已经暴露了很多东西，但是对于诺已经无所谓了，虽然在平时，他绝对不会说这些。

他们彼此凝视，张向阳一下子发现，在他的认知里，诺隐藏的太多了，他的背后，绝不止表面这么简单。七道瞳，那会是什么？也许六道已经算得上是半神了吧？就和……妈妈一样，张向阳想。这双眼睛背后的谜太多，红瞳这种专门用来战斗的眼睛就像是神的造物——几千几万的红瞳，分别对应不同的能力和强弱。他们为什么会诞生在这世上？然而相比之下，红瞳的谜还是最不值一提的谜，有太多未知的东西等着自己去追寻，而现在……

张向阳又看了一眼诺不堪的样子。

"你从来没有什么故事吗？好像我的所有事情你都知道，我什么都会告诉你，但你呢，如果我没记错你是有喜欢的人的吧？"这个问题反而让气氛更加沉重，但是还有什么更有意义的话题呢？

"没有，我可能只是喜欢一个……形象，就好像一个念想。"好像是那个形象激励了他一样，他的双眸发出暗淡的红光，但只一瞬又消失了，瞳孔重新隐没在阴影中。他又借了精神力维持自己的活力。他已然这样子，精神力的使用无疑是在透支生命力。

"你没必要这样。"张向阳道。

"那样太累了。"诺恢复了原来的样子，人一下就变了，声音变得正常，刘海都不乱了。精神力的支撑可以瞬间让他达到某种状态，比如此时，他挺起了胸膛，黑袍也除去灰尘，甚至不再有褶皱，变得无比黝黑和干净。

"我本来，想去为你要些圣水。只一口，就能增千年寿命，很不可思议对吧？"他本来想接着他的话质问他，累又如何？但话到嘴边蹦出来这句。

诺微微抬头，慢慢站了起来。

"整整一上午，"张向阳为了克制自己，转过身去，但还是吼起来，"艾文娜就是不给！"

他的声音回荡在整个岩洞里，诺无神地看着他。张向阳没分析出那眼神意味着什么。

因为我最终效忠的是龙吗？诺皱皱眉头，然后又想，不过这都无所谓了。其实在这一刻，张向阳能陪在他身边，他就知足了。人一生当中总会有真正感到安逸的时刻，他欺骗了艾琳，骗她自己可以活到遥远的未来，到那时再和她做朋友。而此刻，他感到了真正的安逸，因为一切对他来说已是尘埃落定，这是他多少年来翘首以盼的时刻。圣神森林的首都在他心里算是个不错的地方了，因为他不忍心让艾琳知道，至少他们离得这样近。

但都无所谓了吧！

"她是在帮你。"诺的嗓子突然酸楚了一下。

"帮我？对你见死不救是在帮我？"张向阳站在诺面前，来回踱步，两手摊开再次大叫道。他以为诺说的是，生离死别可以让一个人成长，而对于诺的死，足以让他蜕变。

荒谬至极。如果没有诺，张向阳基本就失去的灵魂，而他又如何向他心爱的莫亚交代？诺因救我，死在了圣神森林的某棵巨树之下。她该多自责自己的第一次行动？而这自责必定会让她付出巨大代价。重要的是，她该多怨恨我？

"等等，你能不能帮我看一下我的巫术。我的意思是，你知道的，任何动物只要舔舐到我的血就会被感染，而现在巫术的绵延足以供我发挥原来五倍的能力，连心脏的咒印都变得比原来……规整很多，现在看来简直就是一幅画，哈哈！我想知道，它是否还具有传染性，你的眼睛能做到吧！"张向阳突然顿住，微眯眼睛，稍稍斜视他。

诺再熟悉不过这个眼神了，每当他这样，总没好事发生，或者说，他有了什么特立独行的计划。

"我试试。"

诺取了一滴张向阳的血，放在指尖上，三道红瞳骤开，仅一小会便道："太神奇了，你的血里几乎不带有任何杂质，巫术似乎都被封印在你心口的咒印里，说是用'住在'更准确。"

"而……"张向阳期待着问。

"而圣水里的物质，是最纯粹的生命魔法，就和你血肉里的火魔法一样纯净！难以置信！少爷你不是特例！世界上肯定还有像你一样的……"他暂时找不到形容词。

"你能得到这个结论……正和我想得一样！"张向阳大笑道，嘴咧到了最大程度。

"你的血液里残存着百分之二十到三十，甚至三十以上的圣水成分，正在慢慢被吸收，和你的自身的火元素融合，好像能产生共鸣。确切说，圣水在激活你的能力。"诺欣喜地说。

"我真傻！"他兴奋地跳了起来，"你确定巫术不会传染？！"

诺有点搞不懂现在的情况，懵懵懂懂地点了点头："她们有可能给你换了咒印，才让你的巫术……"

突然，引龙匕随着烈火出现在张向阳手中，紧接着男孩反手就向自己的手腕割去，因为龙睛，诺根本来不及也无法制止。

伤口不深，但血不断地涌出来，无数豆大的血滴从手肘滴下。张向阳大叫一声"快！"，没人想让这血白白浪费。

这个洞穴里的时间突然静止了，掉落的血珠悬停在空中，里面印着诺的三道红瞳。这就是红瞳鸦的能力，实现幻象到现实的转化，让掉落的血真实地、纹丝不动地停留在空中。在现实中干预物质，是其他任何红瞳无法做到的。

"……"诺张开干涸的嘴，却没有发声，他惨白的脸上渗透出无与伦比的震惊。他从没料到张向阳有过这种打算，想都没想过。

"不行。"诺坚定地说。

"听着，诺，好好想想，我们是多么需要你，联盟是多么需要你，莫亚和我不能没有你！想想沙大哥，要知道我们是个整体，一家人。我们都是孤儿，都有过悲惨的经历，这些年患难与共，那两万多里的路不是白走的！你帮了我这么多，我一辈子都不会忘，现在我有能力做出弥补，希望你不要把我拒之门外。

"我有那么多朋友，塔斯兰蒂的那些人都很棒，包括我的姐姐，我都想把你介绍给他们。现在联盟只有我们百来号人，难道你希望到了未来，那个伊甸园里空出你的位置吗？想想莫亚，你忍心离开吗？她那么像我们的妹妹。天哪！我觉得她是上天赐给我来赎罪的！也是上天安排我们两个走到一起的。我们从小就认识，你忍心让羁绊定格在这里，然后再不断拉扯我吗？实际上莫亚也是让你赎罪的，我们从没有过寄托，从今天起，我们能一起爱她，保护她，看她成长。她好不容易变成这样，却要蒙受你的离开而带来的痛苦。

"好吧，好吧！我不再说责任了，你也腻了，我们都腻了，你一辈子都在为责任活着，如若放弃能力，做个普通人，你也不该在这里死去。从现在起，光想想你自己吧！你是个好人，如果能成功，想想你未来的格局、你的野心和抱负，我不希望死亡局限了你的脚步！如果你有一个健康的身体，如果你能使用魔法，如果你能拿得起剑，会驭气，如果你可以不受任何限制地使用瞳力，那么……"

突然诺好像明白了一切，张向阳也在他苍白的脸上发现了前所未有的兴奋的神情，那种迫切的激动近似渴望，从诺的瞳里散发出的狂热，嗜血的狂热。

这种欲望，诺的欲望。张向阳由心底为诺能产生这种欲望而高兴，他太爱诺的这种欲望了。这才像是人啊！

诺的牙齿狠狠嵌进张向阳的手腕，手紧紧地抓着对方的衣服，而张向阳能感觉得他的力气越来越大，抓得越来越紧。血液在手臂上流淌，他的疯狂把张向阳都吓到了，但男孩没感觉到哪怕一丝疼痛。

"喝吧！使劲喝吧！"张向阳大叫起来。如果一口能增千年寿命，每口血液又有着百分之三十的有效成分，那么用不了多久，用不了多久！

因为圣泉还残留在张向阳体内，再加上他自己的体质，根本不用担心失血的问题。诺紧握的手不住地颤抖，他的黑袍舞动起来，弓着的背就像海波一样翻腾，一只只渡鸦的影子分离出来，却又无法彻底脱落。那些渡鸦哀号着，黑袍开始不规则膨胀，像不断漏气又渐渐膨大的皮球。跪着的他简直有一人高了。

直到他痛苦地叫起来，撕心裂肺，那皮球才破掉，分为两份。取而代之的是两只巨大的不规则的黑翼。除了脸，诺的其余部分均成了黏稠的黑色油状液体。他就像泥人，那些黑泥淌落下来，后又燃起黑色的火焰。

那是张向阳从未见过的，因为龙睛，那些染着黑火的焦油无法触碰到他。

诺已经不再吸食血液，身体却承受着巨大的痛苦。那些痛苦不该是圣水成分带来的，也许是张向阳特殊的血液，饱含最纯正的火之魔法的血液。

突然，诺安静了下来，在他身上发生的一切化学反应好像都结束了。

他的头深埋着，头发凌乱无比，血水伴着唾液从口中滴落。张向阳不想打扰他，就这样守在他身边，也不知道该做什么。

不到三个呼吸，以诺为中心的空间抖动起来，巨大的精神冲击迫得张向阳措手不及。诺的精神力外放了，就像洪水一样波涛汹涌，直接逼出了张向阳半脸的异变。

男孩的左眼彻底变成了龙的眼睛，左脸上布满了粗糙滚烫的鳞片，甚至耳根和太阳穴伸出来龙角一样的骨头。但这会儿不像以往，男孩没感到剧痛，圣水已经完全把移植的龙睛和他本身契合在了一起。他突然发现，他的左眼好像自己有了生命，在眼眶里不受控制地动了起来，这把他吓了一跳。

更可怕的、更令人震惊的在后面。有那么一瞬，他与诺痛苦绝望的眼睛对视，诺惨白的脸上满是黑泥和鲜血本已足够恐怖，但他的眼睛……诸神呐！他的眼睛，张向阳一辈子都不会忘记，在他血红色的瞳孔里，清晰地印着六个黑点，六只小米大的渡鸦在他红色的瞳孔里盘旋。

这代表什么？六道红瞳！他不敢想，也容不得他想，因为紧接着，第二波更猛烈的精神冲击即将迸发。

他已经察觉到自己眼睛的异样，一旦第二次迸发发生，后果不堪设想。

他飞速退了出去，才没受到过多波及。到了外面，他脸上的龙鳞开始快速退却，只是眼睛再变回原来的样子还要花很多时间，向来如此。哪怕是整个眼眸变异，一旦脸部恢复正常了，那有了生命的龙睛才受张向阳控制。

山洞里回荡着诺的惨叫，张向阳不忍心听下去，徘徊了一段时间才决定离去。他不敢走太远，就在那棵巨树两千米以内打转，结果，一不留神，迎面遇上了艾琳。

其实是艾琳自己出来的，她一直没走，并且探听了在山洞里发生的全部。

"谢谢你。"泪水从她美丽的绿色大眼睛里涌出，但顷刻，她就控制住了，尽管泪珠还在脸上，还是露出了微笑。

"这是我们自己的事，没什么好说的。"张向阳笑着安抚她。

"把他交给你，我就放心了。"

"实际上是他一直在照顾我。"

不得不说，她本就是个大美人，流泪时更是楚楚动人，甚至让张向阳都动容了，生出一种怜惜之情。

"答应我，让他好好的。"也许这是她辈子唯一一次含泪抛出的话，她又流出了眼泪，这语气表达的含义已经分外清楚了。

看到她对诺这么忠诚，张向阳的眼睛也变红了。"一定！"他几乎是在宣誓，然后又腼腆地笑了起来，"都会好起来的。"

"嗯。"艾琳咬咬嘴唇，使劲点点头。

他们相视而立，从容地拥抱了彼此。两人没再说什么安慰的话，因为都心知肚明，一起向诺的方向看去。

"你为何对他这么好？我真是羡慕死了。"张向阳打趣道。

艾琳光凭相貌，从某种程度上，比莫亚还漂亮些，这是以张向阳的审美去看的，不能一概而论。但有一点是绝对的，就是艾琳一定比莫亚更动人，毕竟莫亚总和小孩一样。但二人比起寒白雪——男孩记忆中的最后一幕，四年前那个十七岁半的雪精灵——还是略逊一筹。如果她还活着，现在的她，二十一岁半的她是什么样的呢？

想到这里，张向阳又惆怅了起来。

"爱一个人需要理由吗？"她笑着答道。

张向阳注视着她的双眸，过了一小会才做出回答："爱一个人需要理由，但不需要说出来。"

最终，艾琳没有说出她深爱诺的理由是什么，张向阳一开始也打算要知道。也许对于艾琳，或是每一个树精甚至姑娘，爱是不需要理由的。但诺的强大和来自红瞳鸦几近传说的光环也是理由之一呀！

圣树神殿东南方，某巨树下溶洞之外

"你的名字很美，直到我走后才弄清它的意思，其实这是个很适合你的名字。"张向阳笑着说。他清楚意识到，这一刻，他们二人在为同一个人的命运担忧，所以他愿意和她聊天，彼此熟悉，顺便帮助她度过这段时间。艾琳同样可以感受到这些，就像以往感受树木、阳光和雨水一样。

她报以微笑，看向神殿的方向回忆起从前："其实我最开始不叫艾琳，而是叫艾淋，有沾湿的意思，代表着清秀巧智，有清梦无痕的意象，而现在，这个字是尊贵、疆土、风仪、碧玉的意味。这个名字是女王赐的，是原来文庭公主的名字，也许这代表着王对我的宠爱吧？哦！你还不知道吧？原来我是王的门徒——王并不只是医术出类拔萃，她的感知力也是整个国家最强的。"

张向阳耸耸肩："这个我知道，树精姑娘的知性大多因为与生俱来的感知能力，而女王的气质，超凡脱俗。"

"你真会说话，"艾琳又给了他个微笑，这个笑容的目的有迎合张向阳夸赞树精姑娘知性的成分。她说："当时学院里有过一次分歧，好像是高年级的一次决斗，并非在竞技场里。那时我才十七岁，想出手阻止，但实力远不敌他们。我运用感知能力，范围涉及了小半个学院，然后恰巧被王感知到了。我是说，王在树灵万物中感受到我在感受它们，我和王产生了通感，然后我就幸运地被她选中了。我没有父母，她就像我的母亲，而树精之女艾妮，也就是未来的王，就像我的亲妹妹。"

"嗯，我明白，在我们——包括诺——眼里，树精当中，你是最具柔情和真诚的姑娘，就好像时刻在我们身边。"

艾琳没有回应张向阳的再次赞美，而是用沉重的语调说道："文庭公主的离去对王是一个打击，非常大的打击。先王死后，她几乎把所有的寄托放在了她身上，而最终她却死于人类的铁蹄之下。"

"嗯，其实我不太懂你为什么和我说这些，但是……好吧！我真不知道我现在应该……"他有些尴尬，但艾琳所描述的，确是那个种族冲突不断的黑暗时代，对于那时候发生的事情他没有见证，他还没有出生。

"作为人类，我很抱歉，但我知道如果可以，我更愿意和精灵们做朋友。"张向阳缓缓地吸了口气。艾琳意味深长地看着他的眼睛，他下意识避开了她的目光。

"谢谢你。其实最开始的时候，自从先王战死，王开始避免和人类接触，但是公主忘不了杀父之仇，从她身上也的确越来越看到先王的影子。

"她是个才华横溢的军事家，学生时代就在圣神森林第一高等学府圣树学院任学生会主席，她的人格魅力更使她拥有一大群倾慕者和追随者。那时，她已是整个民族的精神领袖了。虽然王禁止和人类再发生摩擦——多数先王旧部也尊重王的抉择，毕竟先王在位时他们受了不少好处，他们认可她——但年轻一辈中，几乎所有的学生，那些初生牛犊，因为思想代沟和王的保守政策，都在王和公主之间选择了公主。上亿由年轻精灵，甚至是在校学生组成的自发小队，脱离了王的约束，徘徊于圣神森林边界。他们以文庭公主为核心，唯她马首是瞻，用闪电的魄力与力度击溃人类的边界势力。"

"我依稀记得，艾文娜三世是最强大的一代君王。"

"的的确确，公主统兵的样子极具先王的影子，就好像他还活着，南征北战，所向披靡。"艾琳顿了一下，又问，"请问一个无法改变的已知结局，和一个一切都是未知数的未知结局，你会选择哪个？"

"为什么这么问？"

"我只想作为参考。"

"第二个吧。未知结局其实都可以，注定的也不错。"张向阳笑笑，"告诉我你为什么要这么问？"

艾琳沉默了很久，才叹了口气："因为我一辈子都无法离开森林，我的命运是注定的，叶落归根。即便知道如此，有时还是想出去看看——没人限制我，那还好，自己会想明白。可种族界限和职责致使我无法离开疆土，反倒越来越想不透。"

"你为什么想离开？"

"自由。"

"说实话树精是我见过最自由的种族。"男孩笑笑。

"可是，我想要的是能追随所爱之人浪迹天涯的自由。"

男孩点点头。

艾琳看着远处一望无际的森林，凄婉一笑："诺是不是想去哪儿就能去哪儿？"

"对。"张向阳舔舔嘴唇，笑着承认。

"世界上有那么多美好的地方，对我来说却只是在图书馆里！"艾琳轻轻长叹一口气，感叹道，把气氛拉回到在这圣洁的森林该有的那份轻松。

"比如百花谷吗？"张向阳笑着问。

"百花谷是不存在的，我们证实了。"

"是吗？我还一直以为……好吧，真遗憾……"张向阳顿了顿，"我一直不明白你们的分级和体系，你能给我讲讲吗？每次我们步入圣神森林就有一队树精神不知鬼不觉地监视我们，等过了缎带河，他们就会射箭警告。他们好像无处不在，人数分配也极不均匀，有的队伍有五个战士一个弓手，有的是六个弓手两个法师，但都没有人背盾牌。有趣的是，上次我们被一队人押往中心大殿，半途又碰到好几队人，竟有三四队没有请示你们的'上面'，直接放下手头任务，加入了押送队伍。还有好多完成任务折返途中的小队，也在当时的押送队里互换了队员，或要走了部分成员，并决定不回去交差了。好像那些任务就像是自发的？可他们的装备和经验老到的样子，却像是皇家军队，并不是……"张向阳坐到了地上，艾琳也坐在了他的旁边。

听完张向阳的话，艾琳捂嘴笑了，这个问题于她好像过于幼稚了："我不知道该从何说起。怎么说呢，平时树精多数三到十五人为一队，采用游击和闪电打法，队长需要注册，还要通过相应的考验，但成员是不加限制的，小队人数灵活，可以随意合并。

"一旦有重大战役，嗯……特殊行动，依然需要有人统领，包括战术和配合方面，也不能群龙无首。所以，每个树精小队在执行任务途中，如果统领们有需要并发号施令，哪怕与自己正在的任务和意愿相违，也要服从指令。当然，统领们一般会和一支小队达成不用言说的契约关系，毕竟不敢随便使用自己不熟悉的。

"关于我的职位，这么说吧，同伴们都称我为远弓翼统领。目前国泰民安，所以平时就只负责弓兵的指导呀，发掘学生呀，培训国防呀什么的。嗯，基本上，所有用弓的精灵都要优先听我的派遣和指挥。

"哈哈哈，然而远弓翼这个词，就像个称号。怎么说呢？在众统领中，这个称号只有我有，是一个特殊的荣誉。基本上每个树精战士都会学习匕首、弓箭和传统魔法，可像骑术、盾术等并不是战士们的必修课。

我呢，是唯一负责'远弓'培养的。"

"远弓就是三人拉的那种大弓吗？"

"对，整个圣神森林举国上下，所有的重弓兵，都归我管。那种弓可不是光凭技巧和力量就够了，还必须心意相通，同时存在一种默契。相传历代帝王都可以一人拉开那种弓，我们的镇国神器就是一把三米长千斤重的远弓，先王艾文娜三世就有那种力量，让每个树精都打心里钦佩和敬畏。可……实际上女王拉不开，她甚至都不能单人拉普通的三人弓，可能因为她并非帝王血脉，而只是摄政王，且主修医术。

"可我们唯一的下一代，也就是艾妮，实际上她的血统不明，虽然的确是女王的亲骨肉。她虽有天赋，但并非出类拔萃，比她更具天赋、更具实力的树精太多了。那个孩子太贪玩，思维和别人不大一样，她当不了战士，因为太善良了。"

"你就很善良呀！"张向阳笑着说，他不太赞成艾琳的说法。这个说法本身是没问题的，可他仍不希望用在艾妮的身上。而且，刚刚的话题偏私人了一点，诸如女王不具备被传统认可的能力，和艾妮血统不纯的言论。

显然艾琳已经因为他的义举，完全把他们当自己人了，但这对她本身的利益是一种危害。他希望她好，因为她对诸好，所以他不想她冒什么风险。

可转念一想，这么说来，细细琢磨一下，艾妮其实并非艾文娜一族的血脉，只是嫁给艾文娜三世的女王和他族的后代，因为艾文娜四世从夫姓，所以艾妮才带了这个王室姓氏。这意味着在王位继承方面，艾文娜一族断了，他们可能不会认可这个嫁入豪门的媳妇在流亡阶段生的野孩子——女王当初是和龙一起回来的，当时已有身孕——或说必然会因此起疑，把矛头直接指向身世不明的艾妮。无疑，女王不可能再和其他男子有后代，因此艾妮成为唯一，也是必须承受这一切的人。

那一个新的问题是，艾妮的父亲是谁？她的血统来源于哪里？为什么在那段往圣神森林逃亡的途中，一界女王会怀有身孕？这是父亲的一张底牌吗？父亲知道吗？简直牵扯太多……那另一半血脉的来源，至关重要。

"我？我也有冷血的一面。"艾琳撇撇嘴，略显可爱地轻声说。张向阳能不信吗？

"唉！这么说吧，我和南妮科拉不开一张大弓，但和柯兰特两人做到了。龙也试过，拉的就是迁木神弓，他看到那兵器，几乎……怎么说呢？五体投地吧！别见怪！当然，你是他的儿子，也可以想象他的那种欣喜。他心血来潮，想试一下，女王念他是救命恩人，且无以为报，就准了。当时整个圣殿被他那种刚毅澎湃的气充满，我这辈子都没见过那种……我该怎么说呢？呵！那是种伟大的、遥不可及的力量！他气场完全超过了先王，可惜他没成功，是因为木灵没有选中他。"

"选中？"张向阳看着艾琳憧憬的表情，快笑死了，他也的确为他的父亲自豪。龙也一直是他的榜样，而他也有五年多未曾见过他的养父了。

"那可是神器！宝器拨乱法则，灵器拥有灵性，神器具备思维。这虽是衡量标准，其实并不清晰，没有明确界限，比如迁木既能拨乱法则，又拥有灵性。"法则指的是世界本来的道理。暂停时间、死而复生等都属于违背自然法则。

"我这辈子都忘不了龙来时的场面，"艾琳接着说，"第一次见他，一袭黑袍，独自站在神殿前的广场中心，背对着我们，面向女王。风衣在风中摇摆，背后背着一把黑色的长剑和一个破烂的包裹，那剑比一般的剑还长一尺，包裹里装了来源于荒蛮冥界的失落的宝物。那一夫当关万夫莫开的形象，令人记忆如此深刻。

"上亿年，很少有人类亲眼见过圣神森林的神殿，又因长期战乱和政治变动，我们已有几千年不欢迎外来种族，谁知第一个异乡客，就是那个令整个圣神森林举国上下闻风丧胆的敌人。而那次，他是以朋友的身份，为了我们的利益，孤身到这里来的。你肯定想不到当时有多少小孩，带着憧憬的表情，俯身在树根下面偷看；有多少人对他剑拔弩张。可是，就那个形象，是他让我第一次真切地认识到'英雄'两个字，做到那个程度，也不过如此了。"

"艾琳……"张向阳长舒一口气，抬头望天，叹道，"他向来如此，遗憾我自知永远无法超越他。"

"你太多愁善感，比起龙，这可不是当好领袖的料，钢铁手段同样可以得到人们的敬畏和归附。"艾琳没有安慰他的自嘲，而是直接说出了自己的想法。

张向阳如此回应："可那就不是我了，我不想重复别人的人生。"

"说回柯兰特，她是女王的御前大侍卫长，她才是真正像元帅一样的人物，骑兵、步兵、斥候、战法、战牧、禁卫军、法师，包括'那些人'，都要听她的。守护者们说是效忠每个侍卫长，但实际上只是对柯兰特有忌惮。"

"嗯……"张向阳沉默不语，突然狡猾地说，"没事，我只听你一个的。"

"我又不是侍卫长！"艾琳嗔道。

"她可能是整个国家唯一有能力和龙正面交手的人。她和神树签订了契约，放弃了她的上古血脉，放弃了树精与生俱来的魔法天赋，放弃了作一个'普通的'树精，甚至在精神上，放弃了属于一个女人的全部。"艾琳无不悲哀地说。张向阳大概听过古老的神树契约，传说艾文娜二世拥有这个能力。

"她应该能生育吧？"

"应该能，因为种种因素，譬如承受能力、女儿身、资源问题、非王室。据说柯兰特本人也不是纯粹上古血脉，可能比较困难吧？当然王亲口说过想要尽可能保留她生育能力，所以王只让她继承了这个能力的六成。"艾琳并不确定。

"那就没事。"

"你把那事看得那么重要？哎！人类！"艾琳两手一摊，用一副看透男人的口气打趣道。张向阳笑而不语。

艾琳接着说："然后，南尼克是医师会的副会长，所有的医者可能都接受过她的批评，包括女王。"

"副主席？那谁是主席？"张向阳不解地问。

"主席是女王。"艾琳不给一点过渡时间，迅速道。

"哦！"张向阳恍然大悟，一下子明白了女王的实权，脑补出一个很有画面感的地位。不过说来，有谁能避免对女王效忠？他现在就是那类人的一分子。他已经对女王做出保证，理论上讲，他和他的联盟成员不再是自由的独立变革者了，现在从属于圣神森林这个绝无仅有的坚强后盾。

"我们没有巫师和魔法师协会，魔法师们相对独立，自成一派，只为女王效忠。他们可以挑选他们认为有天赋和资质的学生，把他们从学院里领出来单独培养，他们甚至都不对女王的御前侍卫效忠，他们的效忠对象只是女王，所以基本上哪怕是这里一个高阶法师，都只是和柯兰特平起平坐。

"臣民对国家效忠，国家等同于女王，小队成员对队长效忠，学生对老师效忠，门徒对魔法师们，就是导师们效忠，'那些人'对统领们和女王效忠，而魔法师要专门在先王面前起誓，树精的……"

"不用解释了，我明白了。现在我在想，柯兰特是不是除了特种兵，什么都能管？"对于这个问题，张向阳又觉得柯兰特手里的权力太大了。

艾琳看出了他的疑惑，一歪头："对！她和女王是从小到大的好姐妹，大概上学那会儿——也就是二十四岁之前，就熟识了。实际上我这么年轻，能到这个位置实属不易，她大概和女王同一个年龄。"

"意思是说，她比你大七百多岁？"张向阳的惊讶程度不亚于第一次见到圣神森林的神殿。

"这话可不能瞎说。不过是的。"艾琳窃声笑道。

"她是如何和神树的那个……"没等张向阳问完，远处便传来了骚动。他们被慌乱和惊恐的叫喊声打断。

嘈杂和混乱在二三里之外，隐约听到最多的精灵语言是"ojlen"。可是在这里，怎么会有"火灾"呢？要知道圣树笼罩着的树木，无论如何也不会被火焰灼伤的。

艾琳大手一挥，一棵巨大的树根拔地而起。这个几乎可以算是"工程浩大"的魔法是顷刻间施展的。

树根有八丈长、五丈宽，载着张向阳和艾琳二人向事发地点飞去。树根不断从地下冒出，上端还在迅速生长，其整体在地上滚动迁移，而撑起二人的地方却异常平稳，速度之快使张向阳能听到耳边呼呼的风声。

方圆百里，几乎所有的树精都往那边赶，所有精灵都能感到树灵遭受的痛苦与同伴的不安。等看到冲天黑焰，所有人都傻眼了，吓怕了。

远远看那巨树，张向阳的心悬了起来。他出了一身冷汗，双腿已无力站稳，手不住地颤抖。同样担心的还有艾琳，程度也和张向阳近似，好在周围都是她熟悉的同胞们，她才没有晕倒。

那场面何其惨烈，本如堡垒、直插云霄的树干，垒壁已完全被黑火代替，看不出树的影子，就像是黑色的火柱；比云层更厚更大的枝叶也被燎得噼啪作响，伴随不断因空气压缩而产生的爆炸，几乎震耳欲聋。因为风的缘故，越往高走，烈焰越像旗子，有时竟被拉成几十米长，只怕再点着与它相邻的巨树。此时此刻只有二人知道，这千人才能环抱的巨树变成如此模样，定与诺脱不了干系。

在场的树精几乎没有巫师和法师，他们都只会与生俱来的简单木魔法，怕弄巧成拙，也不敢擅自妄动去救火。人们很快发现，这棵旁边也有一棵巨树，它的枝叶与正燃着的枝叶相连，却没有被火势蔓延，仿佛只是这棵树自己在燃烧，与其他物体没有关系。更神奇的是，黑焰居然没有温度，几只大胆的树精甚至把指头伸到了黑焰中也没受到伤害。

张向阳断定这火有水也是浇不灭了，然而之前在洞里看到的那种焦油状的黑水，正从烧净的部分缓缓流下，仿佛这棵树是被烧化了一样，应该是黑焰把它们变成那样的。如果无法引燃别的物体，那么就是这棵树本质在"自燃"了，如此说来，甚至是一个对诺有利的现象，因为这黑焰从物理上是伤不到诺的，之所以会有这般景象，完全可能是诺蜕变之后力量失控造成。

张向阳宽慰了许多，但他不敢掉以轻心，也不敢贸然以身试险，进去营救。可下一秒，他感受到那已有三分之二化为焦油的大树中，有一处温度是属于人类的。

那是诺的心在跳动。

他没死，接下来只要静观其变就可以了！他如此安慰自己，可又担忧那所谓的六道瞳了。另一个让他担心的问题就是：周围没有任何一点精神力，本不该是这个样子的，至少之前外泄的精神力也会有残留呀！

"可以轻易把精神力聚集一点……可以造物，也可以剖析万物。"诺说的那些不断在他心底打转，他无法感知，也无法控制那黑火，他的龙睛也没有抵抗反应。这又是为什么？精神力本与龙睛水火不容，可现在却没有感到威胁？那熊熊燃烧的黑色火焰仿佛也在宣称，诺已和这个世界独立。

艾琳屹立在树前，站在可以站的最近的位置，绿色的眸子坚定地看着树的中心。她无法知晓诺的情况，却做好了一切准备，一切的准备。哪怕是为了即将出来的怪物和同族拼命，抑或是为了诺，以命换命。

所有人焦急地等待着，"伟大的红瞳鸦"就在里面的消息，已经在围观群众之间传开了。没有一个人敢发声，哪怕小小地抱怨这次损失；没有人敢公然敌视这位站在艾琳身边的人类，也没人敢对也许处于危险中的红瞳鸦不敬。所有人都知道，站在艾琳旁边的，是龙的儿子；引起这场大火的，是背着那少年、独闯圣神森林三道大关的人。所有人都明白，为何坚毅决绝的泪水，会挂在他们一直敬爱的女王远弓翼统领担忧落寞的脸上。

火焰燃烧的声音就像地狱恶魂的惨叫，越来越明显、清晰，也越来越能动摇树精们的心智。包括艾琳，人人能感受到这棵已经上万年树龄的巨树发出让人撕心裂肺的哀号。少数树精因为于心不忍但无可奈何，留下痛心的眼泪。

树木在融化，黑水伴着黑焰像瀑布从天上落下。

"对不起。"诺紧紧搂住艾琳，像个撒娇的孩子，像个矫情的情人。他哭了，眼泪一股接着一股向下流，落到女孩的肩膀上。

"没事，我的……"艾琳也紧紧抱住诺几乎赤裸的身体，毫不在意在场的众精灵，包括张向阳。她用上古语深情地吐出一个词"爱"。

因为这句话，诺放开了她，艾琳脸红了。

"我……"诺像孩童一样不知所措。

"对不起，是我……"艾琳也一样，但最终她还是舒了口气，在这方面，她比诺更勇敢，"我不要你做出承诺，也不要对我心怀愧疚。如果我们是朋友，你对我至少有义务，但我们是知己，所以别提什么责任。像个男人一样——别的男人一样，战士一样，放手吧！追随那个男人，尽情浪迹天涯！"她指指张向阳，然后接着说，语气不改："我会永远等你的，但不要惦记我。爱像牢笼，我是自由的精灵，你本是比我更不受约束、更需要自由的鸟儿。所以，我们都不要被困住了，我不想拖累你，像你这样的英雄，应该……"

诺看着她，抬起强壮结实到令人难以置信的左臂，用拇指为她拭泪。

"我爱你！我深深地……爱着你。"艾琳痛苦地说，然后发呆般无神地看着诺的眼睛，道，"只是世界本来这么大，我出不了森林，那么多震撼人心的地方，没法同你一起去外面看看。"

"我明白。"诺低声说。

"看到你这样……"艾琳用双手抚摸着诺红润的脸颊，泪流面面，幸福地笑着。

"我明白。"诺对她耳语。

"我们是知己，所以别再说抱歉。"艾琳挣脱他的怀抱，迅速扭身离开，而她转身的片刻，连站都站不稳了。

月亮湖（1）

现在是晚上，本该伸手不见五指的密林里充斥着泛着蓝色荧光的草本植物。诺选中一片被树林和灌木围起来的草地，要求张向阳于夜幕时分到达。如今，两个人已经随意地交了好久的心。

"圣树是万物之本，百川江流蒸发汇成雨水，泼洒在圣树的遮天羽叶上。那些雨水流下来，和树汁混合，再被自然过滤汇总，集结在一起的汁水注入圣树脚下的瀑布，导致下面的圣泉湖水成为饮一口能增千年寿命的圣水。"

"就是我们喝的？"诺问。他已不再是弱不禁风脸颊苍白的病人，变得眉清目秀，雄姿英发，圣水甚至改变了他的体格。他不再穿以往单一的一席黑袍，彻底改变了形象。

现在的他，套着用瞳术幻化出来的厚重黑革，肩部和胸前的厚度就达一指宽，其表面，毛质柔软顺滑，色泽饱满。如今他肌肉硬硕、结实、紧致，轻而易举就将这袍子撑了起来。

他依然延续之前的风格，不露出身子的任何一个部分，只是袍子下摆拖地的部分虽完全规整对称，却变得更大，更沉，就算增了紫色，看着亮一些，却愈发显得毫无生气。

他肩部的皮革之下，扣着和他体型相符的黑色将位披风；之上，两边各缝一条巨大而密集的鸦羽领，高度几乎和其头部高度相当，一直拖到腰间。

现在他已然似一代枭雄，与张向阳并排卧靠在树干旁边。而诺的这个形象，于几天后的擂台比拼大出风头：

女王为了让树精中出类拔萃的天才们明白，自己和这两个外来人有多少差距，就决定举行一场一对一的对决。因本给外族部落准备的观战席占了整个大斗场的六分之一，而那时却只有诺一个人昂首挺胸站在第一排。南尼克在女王面前打趣："他一个人站在前排，简直撑起一支军队的威严。"

"对，然后溢出来的圣泉水会等量分开，汇入环运江和流入地下，地表江水不断分流成河水和溪水，导致圣神森林中环生机盎然，魔法充盈；外环虽有百米巨树霸占阳光，但地表依旧植被充裕。

"流入地下的圣泉水掺着富有魔力的地下水，再继续滋养地下世界的药园。"

"地下世界？有多大？"

"难以想象，那个温室估计拥有整个大陆一半以上的珍稀药材和植物，万年之上的达到上亿种……同时，很多被使用过玷污了的圣泉——比如我的洗澡水，会倒入你穿过的三道大关：血棘、铁木和紫青嶙。

"之前那些被中外环植物利用的环江水和其分支会流淌到外边，汇成缎带河——圣神森林的边界河流——虽然他们西南方领土早就超出了缎带河。好在，缎带河里边不会有一丝杂质和有害物质，永远清澈。它们终究会流到一个迅速蒸发的大潭里，并送到地下，如此循环。"

"不，少爷，涌出的地下水源在注入圣树的树汁和雨露前，有一部分汇集到了一个叫月亮湖的地方。"

"什么？"

"您不想知道那个湖水吗？我一说您就会知道。我们第一次来的时候，曾经无意间，或是您无意间撞到了一个树精姑娘洗澡。"

"嗯……"张向阳咬咬嘴唇，皱眉道，"怎么了？就是那个湖水？"

"我想您大概猜到那姑娘是谁……"诺谨慎地说。

"树精之女……艾妮。"

诺点点头，今天下午他刚刚从女王那里得知那个湖泊是殿下的私人场所，而她只要在圣树神殿，有一半以上的时间都会待在那里。

诺伸出手，指了一个方向，被一堆有着巨大叶片的植被挡住的地方。

看着诺的笑容，张向阳意识到他知道的比自己多。

"别和我说，我刚才说的你都知道。"男孩皱皱眉头，而诺含着笑意点了下头。

这么说也包括地下药库那部分？他什么时候变成这样了？这是诺吗？男孩感觉有种莫名的羞耻感，然后对着诺的胳膊使劲来了一拳，有史以来第一次。诺纹丝未动。

张向阳大笑着道："可恶！你别笑了，还是你原来那张脸好看，你这个样子我完全无法适应。你现在胳膊是不是比我都粗？"

而诺只是惬意地把身体重心向下压，没有说话。

"这里太美丽，为什么会有这种植物？"张向阳长舒一口气，"可惜她看不到这儿。"

男孩指的是莫亚，诺理解成了寒白雪。随后他也意识到了，无可避免地遗憾了起来，但很快摒弃了这种感觉。

"现在你是否愿意和我说说你的那个印象？有时我也觉得自己只是爱着一个形象。这很难说，因为在我脑海里她是由诸多美好的面构成的。"

"我不知道，多半都忘记了，太模糊，那时候我才十二岁……"

"你第一次发觉自己喜欢一个姑娘是多大的时候？"

"六岁。"诺没有丝毫犹豫。

"看来那还不是你的初恋。"

"先加个前提,我没有欲望。"

"人都有欲望,只不过是压制住了而已。"

"在精神层面上我已经不属于人类。"

"可现在呢?我看你原来那样子……现在你的脸都能分清楚微笑和大笑。"

"现在也是这样,唯一不变的是我决定由衷地热爱生活——实际上我一生中没有什么时候比现在更喜爱这空气和草地——并去充分体验它。但是,很遗憾,就算现在,您口中的浪漫,对我唯一有利的一点就是提醒我不要超脱……"

"是吗?"张向阳有点不甘和失望。

谁知诺突然轻轻地唱了起来:

> 我从没想要去眺望远方,在蓝天和白云交汇的地方,雾霭升腾,天波荡漾。

张向阳难以置信地看着他,半天没合住嘴,这太不可思议了——这本是一件绝对不会发生的事情。看见诺的眼神示意,张向阳苦笑起来,却尴尬得张不开嘴,终究也合着他的韵律唱道:

> 一切浮沉都被扫去,留下跳动的绿影,垂在漩涡间,流走了时间。

诺想了一会唱起来,还伸出左手,用食指当指挥棒轻轻滑动。中间因张向阳接不上而连唱了两句：

> 畅想云端，你我遨游于天外，精神统一，无止无休。
> 直到有一天你离我而去，脱离我，只留下白云和余晖，波光闪烁。我站在灯火之间，头顶漆黑的夜，看你远去。

张向阳心里想着曾经的时光，却发现有些东西很模糊，有一瞬间，他竟然记不清寒白雪的样子了。他试图去回忆，却发现连每一个梦里的她，都或多或少是有点不一样的。难道是自己淡忘了？他一下有点懵，但也没怎么放在心上。

他温柔地唱道：

> 白色的长发，盘在心头，将我绑起来，直到我也离开的那刻。

诺好像想好了一切，能马上接起来：

> 紫色，从未消退。你如湛蓝的宝石，像湖泊。黑色的羽翼，白色的心。

张向阳低语道：
> 直到她死了，我也不知道她想什么。

诺也附和着：

> 直到她消失，我的心才有了依靠。

345

张向阳的情绪没有因为诗歌内容而受到干扰，虽然他常陷于此，但相比这些更容易感怀伤神的时刻，他只有一个人的时候，或是在精神脆弱的时候，有一些触动，才会深想。

不知怎的，他突然认为自己没那么在乎寒白雪了，也许是因为诺的好风貌弄得他心情舒畅，这的确是一件能让人舒心极长一段时间的事。

"你不心痛？"诺问。

"这回的确没什么，仿佛已经很久没有想她的事了。"

"我最后再问一遍，"诺解释道，"我不喜欢啰唆，你真的什么都想不起来了？"

"对。"

"那我要告诉您件事情，您不要激动。务必不要激动。"诺慎重地说，这使张向阳的心悬到了嗓子眼上。

"我救您回来的时候，您暴走了。您的火之血脉，或者说是您自己启用了那种力量。我想知道为什么？"诺闭上眼睛，张向阳可以通过他的这个表情看出他很苦恼。

"我不知道。"

"您使用了您曾经的那股力量。"

"曾经？有多……曾经？"

"在中巫术之前。"诺叹了一口气，"您几乎……点燃了半个沙漠，赫卡姆相离最近的城邦都基本蒸发了，冲天烈焰直至皇城边上，虽然没有直接伤害，但城墙还是被融化了。"

"我……什么都不记得，甚至对赫卡姆的皇宫都一无所知。"

"热浪波动的区域，平民无一幸免——我不能在您大病初愈和我恰恰虚弱的时候说这件事，可就是……现在，但我相信是有什么东西迫使您不得不这么做，尽管您失忆了，但我还是支持您的处理方式。树精们不知道那火是你干的，她们以为你是受害者——实际上您就是受害者，我很关切到底是什么导致的这一切。"

"我完全不知道，但我也不会因此而自责——关于……平民，你不要担心我。"男孩陷入了沉思。

诺的红瞳知道男孩不可能不自责，但这已经是他预想的最好结果了，红瞳没有侦测到张向阳有比较明显的身心上的变化。

"上一次我使用这个能力……"

"是在塔斯兰蒂的北极圈，您被巫术生命体袭击，因为救寒小姐而第一次彻底释放了您的力量，之后又在心脏边中了一箭巫术的情况下，强行发热，为她治疗一天一夜，导致留下巫术的病根。"

"如果我没中巫术，那我到底有多强？"张向阳看看自己的手心。

"没有人能在中了巫术后还发力使用魔法为别人疗伤的情况下支持一天一夜。"

"可她还是死了，而且你说多了，不到一天一夜。我又失控了，证明也许我遇到了迫不得已的事情。"张向阳喃喃道。

"或是情景重现，"诺说，"最坏的是受人利用。"

后边两点是张向阳始料未及的。诺确实高明。

"我能感觉您从气质上发生了一些变化，不知是不是又死过一回——我一直相信困境使人彻底成长，要么就是那件事……世界上没有对错，我不相信真理，真理只是一个定义，无边的定义。它就是一个普通的名词，不可怕也不神秘，更不具备所谓的强大力量。它是一份信仰，可定义为自己给自己的追求，但谁又能把信仰说个明白？万物与我出自同一根源，没有对错只能包容，可包容也是个名词，不比真理体面多少。隐忍包容，罪恶的念头也因此消除。"

"我不知道……这就是你把我叫来的目的？你说这些只是为了让我

坚信自己没做什么伤天害理的事？"张向阳开玩笑地苦笑一下，"当人们接触到真理的时候，都会对这个浮躁的世界感到厌倦，如果没有，就会对自己的良心感到不安。我向来不喜欢在哲学领域打转的，也不喜欢以自我为中心。其实，我宁可信神，也不信什么狗屁真理，但是我连神都不信，这可能就是我每天良心疼的原因。"

两个人都笑了。笑罢，诺说："这不是叫你来的真正原因。"

他轻松地笑了起来，并给了个安慰的眼神。因为他这样，张向阳又苦笑起来。

"我另有所图，"诺说，"实际上，脱离一段感情的最好方式就是选择，或是说投入另一段感情。"

"其实我也这么认为。"

诺又指了指他们的左边，那个被密林遮挡的地方，只说了两个字"选择"。

张向阳先是不明白，突然恍然大悟，不可思议地看着他的同伴，默不作声。

"这是个百利而无一害的决定，无论对你，还是对我们的未来。"诺慎重地说道。

张向阳沉默了一会："我负不起那份责任，而且这不符合伦理，我没法……"

"没法放下？"

"不，我早就放下了。"

"你不该逃避，其实我能看出来，你也觉得她还行吧？那还犹豫什么？觉得高攀不起吗？少爷。"诺苦笑着激将道。

他的表情确实同常人一样丰富了，声音也充满了磁性和力量，不同于以往的无力和冰冷，但张向阳就是想打人。

圣树雨叶层，山洞密室

"他真的那么做了？"艾文娜四世银白色的眼眸在偏暗的溶洞中闪闪发光。她站在石平台上，泛着蓝光的水流从她的脚下淌过，然后缓缓流下五级石阶，四散而去。

"对。"艾琳答道。

柯兰特和她受到召见，并排跪在女王面前行礼。南尼克斜站在平台往下两三节台阶的地方，面对她们。

"这证明他品质不坏，"南尼克叹了口气，"至少……"

"我只是担心他们不一定是单纯的主仆关系……"女王皱皱眉头，"红瞳鸦是龙的仆人，而非他自己的。这证明他和他父亲的关系比我们想的要近。"

"这又有什么问题，如果我是他，我当然会想尽一切办法，毕竟那是父……"柯兰特不解地说。

"可是，红瞳鸦，红瞳——鸦，你不明白吗？"女王问。

"我觉得不至于。"艾琳道。

"你别说话，有关 brocrw 的话题我是不会听你的，"女王捂嘴笑起来，"我的小妹妹已经被人类的男人勾走了魂。"

艾琳脸红了，但没说什么。柯兰特叹了口气，南尼克笑了。

"我把话挑明了，brocrw 可能是唯一一个龙部署在他身边的眼线，并且是一个很恐怖的人物。他轻而易举就能知道别人的想法，我们所有人在他眼中是没有秘密的。而他又是个拥有绝对暴力，还用脑子杀人的家伙。我不明白为什么，张向阳，好吧，我们就这么叫吧！为什么他能对这个风险视而不见？"女王叹了口气。

"也许是龙睛？"艾琳问。

"那岂不是更危险？"南尼克道，"不出意料，brocrw 八成知道龙睛的全部，并知道怎么利用它。"她话语双关，所有人陷入了沉思。

"我不相信张向阳只是个傀儡。"女王道，"但他为诺做得太过了。如果是我，就会用诺曾经在黑森林救过不少树精这层关系与我们谈条件，没准铲除隐患的同时，还能捞到好处。首先如果是我，绝对不会因为这个事冲撞女王，他却找我谈——说谈判也不为过——了半上午。无疑在诺和圣神森林之间他选择了诺，谁都知道，龙的诺比我们危险百倍。"

"可能她认为我们更不可信任？"柯兰特问。

"问题在于，只要对龙有一丝丝怀疑，他就应该明白，把诺留在身边永远没有翻身的机会，而且龙的背叛比起我们的利用……在龙那里，他甚至会死无葬身之地。"女王不解地说。

"也许他被诺洗脑了。"南尼克说。

女王听完她的话沉默良久："我一直对他期望很高，甚至不期望是因为诺的种种才能迫使他离不开他。他有自己的想法，他是个非常睿智的人，一点都不比诺差。"

"说起这个，我倒想知道为什么你会让他做守护者，给他那些怪物的特权。"柯兰特问，并且犹豫片刻才说，"而且，我很担心艾妮公主。"

艾琳下意识咽了口口水，然后又控制不住地笑了起来，虽然她极力忍耐。

"你还敢笑？"柯兰特恨恨地说。

"错都在我，是我一直调戏小公主的……"艾琳终于严肃起来，但南尼克听了"调戏"二字，却忍不住也笑了。

"本来，他们两个——至少小公主对他是没什么的。一年前艾妮在回家的路上，和第一次来到圣神森林的张向阳偶遇。她一直很冒失，跑得太快了，把人家撞下了巨树。而他在空中接住了她，并且把自己垫在她身下，导致他的大腿被树枝刺穿——虽然凭借超强的自愈能力几分钟就恢复如初。但……"艾琳把转折拖得很长，"但细节是他们落地后，正好有个这么大的一个几乎完美的苹果——还是'红苹果'，掉了下来，砸到他头上。艾妮看着人家的腿伤，本来担心得都快哭了，却又被张向阳的两句玩笑逗得哈哈大笑。确实她还是小姑娘……不过，要是我，我也会那样，所以……你们是不是想接下来的剧情了？张向阳顺手把那个苹果送给了她！你们知道异性送我们红苹果代表着什么，但他肯定是不知道。"

"但是，据我所知，艾妮公主不吃这套呀！比小男孩还野蛮，不像个……"南尼克疑惑道。

"所以我说主要怪我嘛！"艾琳顺便幸灾乐祸地看了眼愤怒的柯兰特："回去之后我看到桌上有个红苹果，就笑话小公主。哈哈！你们没见过她涨红脸害羞的样子。然后我就一直逗她，逗了大概半年，她就……"艾琳又有些难以启齿了，"……变得……厚脸皮了，用承认的方式反击我，结果现在她自己也当真了，分不清楚了。"

"你……"柯兰特咒骂了一句，然后像炸毛的野猫一样怒道，"别'结果现在'的了！"她转向嘿嘿笑的女王："您也管着点，别把圣神森林拱手让给人类了！"

不得不说，用优美的上古精灵语咒骂有种很突兀的感觉，尤其是平常还十分严肃的柯兰特。但是女王的心态和艾琳是一样的，或说艾琳的不正经是和女王学的。

女王笑着道："还不知道以后圣神森林是不是艾妮的。"

本来柯兰特深深觉得对面这三个人对自己充满恶意，听女王这么一说，一下子又严肃起来。艾琳和南尼克也转向女王。

柯兰特道："不怕的，艾文娜，我们唯一的威胁就是魔法师们的派系，我和艾琳拿着整个圣神森林百分之八十的军事力量，您和南尼克控制着医师协会……树精说白了就是个战和医……包括支持您的旧臣……"

"政治斗争没你想的那么简单，有朝一日你们几个可能不得不听他们的。而且等到某一天，不远了——也许就是龙的变革战争全面打响之后，他们会瞅准机会逼着我退位，或是让我去赴必死的局。"

女王说得轻松悠闲，但所有人都知道，她就算为了艾妮也一定会寸步不让。她早就计划好了一切，随龙重回到圣神森林那一刻起就一直密谋和准备，手里握着不止十张底牌。

"也许这是一场变革，如果我们干得漂亮，甚至能彻底摧毁圣林的那些大法师们。到时候圣林会注入新的血液，你们以为我的目光仅止于内斗？和……避免不被夺位？你们别忘了，圣树也是站在我们这边的，柯兰特你知道圣树也有思维。也许有一天，哪怕我们几个姐妹都战死了，艾妮——艾文娜五世——会承载着吾夫祖辈之名，继承我们留给她的资源，带着倾国树民，将迁木大弓的靶心直指六族圣地。"艾文娜四世轻笑起来，银白色的眸子锐利无比。她虽在洞内，但洞外就能俯瞰整个圣神森林国境和包括圣树、神殿……在内的各处要塞。当没外人时，她通常不会有什么激动表现，那些霸气和狂妄一般是做给外人看的。

女王漫步走下台阶，到了柯兰特面前，又轻盈地笑了起来："你真的认为我们是他的靠山？也许以后整个圣神森林，要依仗着艾妮，仰仗着他呢！而现在，艾妮在我的'引导'下，应该在月亮湖。"女王意味深长地笑了。

月亮湖（2）

他看向黑压压的雨林深处，缓慢起身，跨过诺的衣摆，还不忘再看一眼靠在树上的诺。与诺的目光碰撞，诺隐在暗处的瞳孔变成了血红色，而另一只裸露在暗光下的眼睛还是平常的样子，只是黑不见底；在阴影之下诺的半张脸上，只能看见五只芝麻大的渡鸦，在红色的小圆盘里均匀打转，而他隐藏在暗光里的半个嘴唇轻轻勾起。

张向阳愣了一下，随即懂了他的用意。

诺是在炫耀他刚获得的力量，实则在展露现在张向阳拥有的力量。这是为他打气，诉说未来和前途，给予他支持的同时告诉他，叫他安心——因为始终有五道红瞳在注视着他——提醒他，任何错误都能被纠正。

张向阳一瞬间很感动，见诺微微点头，稳步向前走去，一边用手松了松领口。当他离开了蓝色荧草的草地，扒开雨林的灌木和宽大的树叶，梦中想到的那个湖泊映入眼帘。男孩的前方，艾妮坐在石头上，望着湖水中巨大的月影，轻轻地哼着树精古老的民谣。

当女孩看见他，先是掩饰不住的欣喜，然后突然害羞地低下头。男孩想，绝对是有人教过她这样做，不然她肯定会一股脑儿地说自己在丛林中的遭遇。可能是艾琳吗？反正他不会往艾文娜那边去联想。

张向阳竟然发现，带着花环的小姑娘就像五年前一样，是以与她同样的姿势坐在水边。曾经的她，那天以蓝色的长靴轻轻点着溪水，而小姑娘则是赤着脚点着湖水。他像五年前，见到那个同样坐在溪边的白发姑娘时一样，亲切地笑着问："我能坐在你身边吗？"

小女孩先是愣了一下，然后笑了，难以置信地，和五年前的她一样做出相同的动作——像只小鹿一样一歪头，只是一缕深绿色的头发垂到嘴边。

虽然当时那只雪精灵没露出像艾妮一样天真活泼的甜笑，但她说出了和艾妮同样的话。

"当然……"

男孩轻轻吸了口气，他的手里有一个饱满的红苹果。

尾声

六族圣地西南城邦

"真有你的，居然在衣柜里开了个门，我还真以为你就住在那个小破庙里。"火狐踢了踢脚边那丛嫩绿的草茎，笑了起来。草上的露水沾湿了他的长靴，此时森林正处清晨时分，百米开外的树荫还是灰蒙蒙的。

"这算不得什么，我还看到有人从井里联通了一个空间，那是个逆向的魔法，就像是漏斗，这样扭曲起来……你要把它扭转过来，"老巫师乌尼克索用长魔杖和比成爪子的手比画道，"必须头向下栽进去，然后你会从半指深的水潭里一下子立着浮出来，就像倒了一下。不然，什么事都不会发生，你只会被困到井里。我还建议他加一个封禁法术呢！他没兴趣，说该把那些入侵者传到极北之地去喂龙。"

"高明的手段，我是说你这个，而且极北之地现在还有龙吗？"

"废话，我以首预师和魔法会挂名副会长的身份担保，那边的白龙和雪龙大部分还是珍稀物种，几千年以上的元素龙，身上满是水晶和寒气的那种，正儿八经的元素混沌单位……好吧！扯远了，话说你真被关了二十六年？"乌尼克索不可思议地眨眨眼睛，他外表近似五十岁，忧郁、老成而英俊，是一个成就颇高、极具声誉和魅力的三百多岁的巫师。

"通天宫，你测不到也难怪。"火狐笑笑。

"对不起呀！老弟！"他叹了口气，无不惭愧和同情地说。

他们走出森林，跨入麦田，一下被温暖的橙色光辉照耀，那是春日才有的荣光。火狐扭头一看，背后的森林蒙着一层翻滚的薄雾——那是个迷宫。

"你看这里多好！那排木屋就像半个村落，里面的食物能支撑一千年以上！看看那果园和山丘，天然湖泊和温泉，还有山羊和斑猫……"乌尼克索带着旋律高声唱起来。

"你不是喜欢黑猫吗？取向变了？"火狐坏笑着调侃道。

"黑猫通幽冥，会打乱这里的平衡。"老巫师并没有因年轻人的调侃而生气，"这些都是属于我一个人的。哈。"他自豪地大笑一声。

火狐耸耸肩，环视这里的美景："每一个巫师毕生的追求。"

"肯带你进来一来是因为我信任你，二来还你人情，三来因为你无可匹敌的魔力和对魔法理解的权威性。"乌尼克索严肃地轻声说道。突然，他又压低声音："你不会出卖我吧？如果世界动荡，体系崩溃，你可以来我这里，我们两个人一起生活，度过艰难的日子，但别带其他人，我求你了——女人也不行。"

"别说那些没用的了。你猜我看到什么了？"火狐惊讶的程度远大于从简陋破柜子的另一头进入森林。

"哦！"巫师再次自豪地笑起来，还有一丝色情的味道。

"真不知道是谁看错了眼，会为你光着身子在花田里采花。我的天！她简直就像'森林之女'一样自然大气，如此不可思议。"这回火狐眼珠子都快瞪出来了。

"没错，她就是你想的那样。记得那句金言吗？苹果……"

"苹果能吃，鸟儿能啄，花儿会笑。"他轻声念叨着，看那姑娘站起身来，向他们走来。

"而她，如果你有兴致……"老巫师露骨地笑了笑。

待曼舞一般走到他面前，胳膊上莫名其妙就挂了一筐苹果。她并没有给火狐献任何预料的殷勤，哪怕只是笑笑——虽然她一直包含笑意。一个苹果塞到他手里，而他一直抱着学术的角度去欣赏着那具胴体。

他是可以直接读心咒的男人，可不动用法印，仍无法剖析她的组成和构造。

"你真可爱。"火狐对她笑笑，还用食指划了下她的小脸，而她依然没任何回应，含着笑意与他擦肩而过。

"谢谢。"老巫师微笑着回应火狐的夸奖，然后鼻子指一下火狐手里的苹果，接着说："来咬一口！"

火狐看着手里的苹果端详了一会，然后大口咬下一片，无比甜美多汁。

"可惜她只能存在于这里，而且没有自主的思维。"老巫师叹了口气。

"已经非常了不起了，你怎么做到的？"火狐看着刚才碰了她脸颊的手指，疑惑道。

"再说吧！其实我是不会告诉你的，而且你是不是第一次？"老巫师笑了笑，火狐也相信他不得到等值的好处是不会轻易说出来的。这个魔法如果是他研发出来的，那就是世界一流的水准了。

"不是第一次，但这种是第一次，类似的情况我不是没见过，我二哥偶尔也玩傀儡的。"火狐答道。

"怪不得如此淡定。"

"这不是我如此淡定的原因，这怎么说也是小场面。"火狐含着笑意说，巫师没接茬。

"对了，我想和你简单说一下预言的问题，显然这是我们目前最有意义的话题。"乌尼克索说。

"我没看法，实际上都麻木了，见怪不怪。"火狐无奈地笑笑，打趣道。

老巫师骂了一声，也笑着道："最不可思议的是这预言成真了，难以置信。"

"其实还好吧？"

"你知道那个预言吗？"乌尼克索问道。

"当然，照习惯我认为你会重复你的版本。"

巫师已经背诵了起来："'纯金之焰如凛冬绽放的半朵鲜花。洗礼终会到来，世界将被颠覆，等到冬日升起一轮寒阳破土而出，一切会被冰封，宇宙进入最后一个轮回，历史不再有意义。待一切消融，白焰腾起，仅有的种子也随眼泪落地生根。到时，此种不会萌发，必将燃起烈焰。'"

"我不是不相信'世界将被颠覆'，只是达成条件太过诡异，一开始想不明白命运要怎样才算为我们体现出所谓的'冬日寒阳破土而出'，就在前不久，我的三观终于先被'颠覆'了。"

火狐从开始随便的语气逐渐变成了热切："在赫卡姆，有一股史无前例的无比璀璨的火之元素爆发，瞬间移平了几个相邻的城镇！其纯正浓度和力量，不得不让人联想到……"

"魔源！"老巫师补充。

"所以，你应该明白，那东西在我手里，从这个世界的进程来讲，应该是最具意义的。"火狐正对巫师，邪笑道。

"我不懂你说什么。"巫师瞳孔骤缩，向后退了一步。

"快点，别卖官司了，乌尼克索，我什么都知道。你还想装模作样？你一直就有对吧？"火狐威胁到。

"如果……"乌尼克索奸笑起来。

"没有如果！"火狐厉声叫道。

"你打算在我的空间和我动手？"乌尼克索已经做好结印的架势。

"只要我打个响指就能让你的空间彻底崩坏。"火狐又笑了起来，并故意叹了口气，"你连让我拔剑都做不到。"

"你！"老巫师颤抖起来。他并不是惧怕火狐，实则他是个不怕死的亡命徒，但他万分爱惜自己创造的空间，包括里边的一系列珍贵魔法，比如那个金发姑娘。

"我不会亏待你的，如果我们不起兵戈，你将是我的朋友。"火狐把'朋友'二字说得很重。

"原来不是吗？"老巫师冷笑一声。

"别打嘴皮子官司了，我们的时间都很宝贵。"

"我看是你吧！"老巫师凶狠并带着怨气讽刺道，"说得好听，你怎么不凭着你的博爱和良知，或许还有正派和兼济天下的决心去和卡拉迪打官司？告诉他，那等权利在你手里会更有意义，看看他会不会把帝位让给你？"

"我是为了这个世界的真知。"

"真知？"巫师冷笑一声，"魔源很可能是灭世时代和诸神一起到来的，不是这个世界的产物，而是某些神的一部分，是他们种子。没有神的阴谋，上古精灵血脉也不会元气大伤，销声匿迹。而为什么就会出现人呢？人也是诸神阴谋的一部分，也许为的就是成为魔源的载体。那些幸运而又不幸的、被选为元素使徒的人，等到他们联合到一起——这是个必然的趋势，便可以匹敌这个世界上一切合理力量的总和。你走这条路，去探寻真相，路的尽头也一定是……"巫师一挥袖子恶狠狠道："毁灭！不要等你一脚踹开诸神的大殿，闯到了神坛中央，才知道为人类带来了毁灭！"

"使命源于召唤，我自诩是被召唤者。为什么不把这力量为我们所用？人类的诞生也并不只是为了成为魔源的载体，诸神还有很多赌注押在我们身上。他们想方设法，不就是为了来到我们这个世界吗？灭世时代他们险些成功了一次，但不代表人类就一定不能像上古精灵一样创造奇迹——尽管空前强大的他们付出了那么大代价，但魔源恰恰是我们的契机和出路。如果没有我们这群知情的法师，世界的毁灭只是时间问题，可无论我捅出多大篓子，牺牲的都并不是我们这一代不是吗？据我所知真正的巫师没有生育能力。"火狐笑了笑说。

老巫师想了想，最终叹了口气："疯子，你到底图什么？你真的是为拯救人类？这么荒谬的想法？我们没有胜算，不过好在，并不是我们这代要面对这些。"

他一挥手，三朵小花从他的袖子里飞出。

"熔彦之花——火之魔源的一部分，寒霜之花——冰之魔源的一部分，破碎之花——械之魔源的一部分。"老巫师叹了口气，"你知道我找了她们多久吗？"

这三朵花平稳地浮在空中缓慢旋转，均只有鸡蛋大小。熔彦之花像一朵烧得通红的铁海棠，花心像火山口一样源源不断喷吐出熔浆和黑烟，顺花瓣间隙流向底部；寒霜之花就像是冰晶的集结体，三层环状寒雾伴着冰碴绕着像冰刺一样的花瓣旋转，花心不停交替闪耀着淡蓝和洁白的光；破碎之花是由浅绿而半透明的半圆形、三角形、菱形构成的，相比前两朵几乎可以说是静态，只是那些图形时而不断细微而整齐地律动，导致花儿周期性时大时小，总体就像静止一样，单纯旋转，高频震动。

"我的心理年龄理论上是你三倍，而且……也罢，不过，你为什么会有三朵？"

"我本来只有两朵，后来运气比较好吧。"

"我要知道这三朵花的来龙去脉。"

"这三个宝贝在我手里也没用，但这是一个筹码，对别人有用的东西在自己手里就是筹码。"老巫师背过身去，三朵花飘到了火狐的口袋里。

"你为何如此信任我？"火狐疑惑地问。

"因为在我心里，你值得信任，更准确地说，是值得结交。和你成为朋友，远比那三朵花来得划算。"

"这么大的人情确实难还呀！"火狐欣慰地叹了气，说道："我追寻璀璨之花就用了四百年，而这一下子就得了三朵。"

"你有璀璨吗？暗之魔源？"

"不在我这里，但我知道它在哪里。"

老巫师没有说话，火狐继续道："世界上一共有五朵花，可理论上是十三朵。"

"闻所未闻。"

"唉，那是你无法理解的力量。"火狐的言下之意是，他本人是理解的。

"最后一个问题，"火狐接着问，"为什么是'寒阳'？我听到的版本……"

"这你就不懂了吧？"乌尼克索笑了起来，好像外边的预言家都是外行一样，"你没感觉那魔法带有一股悲伤的味道吗？"

后 记 也许是他们选中了我

一个小男孩，十岁的时候，在小区楼下，遇到一个同龄小女孩。他看她长得漂亮，像极了自己幼儿园时相处了一周的玩伴，就直接去问她是谁。女孩不想说，但他猜对了她的名字，只是与记忆里的姑娘姓氏不同。他认定自己一定见过她，虽然的确不是一个人。

这件事情太神奇了，他认为是老天爷有意安排的。受此驱使，他喜欢上了那个姑娘，但从来没有成为朋友，也没说过什么话。

他会抽大把时间去她楼下坐着，反正学业也不忙。长时间一个人坐在楼下，让他养成了一些习惯：譬如永远不会感到一个人无聊；喜欢偷偷和存在于脑海里的人对话；喜欢做梦和失眠；喜欢深夜、雪和雨水……因为那个姑娘，他对四季充满期待。幻想所有事都和她一起做，把她想象成他想让她成为的任何样子。不开心的时候，会喊她名字，会坐在她的楼下看课外书，或者连续几个小时发呆。

他认为是她成就了他，他拿得出手、夸得出口的一切，貌似都是因为她。因为她，才会喜欢书和电影，喜欢写东西和画画。

有时也会因此而痛苦，想要脱离这个感受。有时也委屈，不知如何拉近他们之间的距离。每当他下定决心准备忘了她，她就会在现实或梦中出现那么一下。如果是梦，醒来会懊恼为什么不能在梦里多待一会儿？

363

在某些特殊节点，他们总会相遇，却依然不熟。

　　其实他早就明白，他喜欢的只是他为自己设立的一个形象，一个无限美化的精神寄托。比如，他梦到的都不是她本人，而是不同版本的她的样子。这让人痛苦，因为他喜欢的是一个世上根本不存在的完美的人。后来，他把她拆成许多份，她的相貌、性格、行为……彼此独立开来。他重新组合了那些碎片，挑自己喜欢的搭配，构建新的角色。每个角色都令人欣喜，新角色又继续衍生。在此过程中，他也逐渐完善自己。他把他们当作朋友，但是……

　　我从小就爱做梦，每天都会做梦。梦的场景一般都是在一个有特殊规则的世界里，而且总含着某种启示并带着相同感觉。经常梦到同样的人，有的梦甚至是连续和重复的。

　　这是初中时的一个梦：

　　我在淅沥小雨中路过某个泥水和坑洼较多的小巷，看见一个一袭白衣的陌生女孩，站在远处拐角的电线杆旁。

　　小学五年级之后，爷爷便不再接送我了，但我分明坐在爷爷的电动车后座上经过那里。她一直微笑着看着我，目送我离开。这让我一直也看着她，直到我已经离她很远了，才回想起，她的白鞋子在泥泞中好像一尘不染。

　　下一幕，我已经站到了教学楼四楼，站在熙来攘往的学生当中，看着楼外的瓢泼大雨。但实际上，那并不是我们的教学楼，我们教学楼总共五层，那个楼有七层，且每层楼的墙壁都有六七米高。那是个纯玻璃打造的楼房，墙、地板、天花板全是透明玻璃。

　　远处的天昏黄朦胧，黄土渲染过似的。

　　整个楼层的学生都在闹着，有的指着玻璃外的世界大叫大笑，有的斜挎书包匆匆走动，或三五成群围在一起聊天。只有我是一个人，只能对着玻璃墙外的一道道水痕发呆。

我穿着校服衬衫，双手插在口袋里。不知为什么，发现自己左脚的鞋外侧前端脏了，沾了很大一块泥巴，便用右手从左边的口袋掏出一团卫生纸（这个动作我记得非常清晰），弯腰欲擦。余光瞥见身后的左侧有一双白鞋，也是一个人。我随即想起，这双鞋和那个女孩穿的鞋子一模一样。

我直起身扭头看去，就是她！她对我笑了一下，仍是那个笑容。可我刚与她对视，立即被某种痛苦笼罩，只好抱着头跪在地上呻吟。

那一瞬间，我好像被电击了，她微笑的形象好像触动了我灵魂里的某块阴影。在梦中，我想起从小到大的那些让我羞愧、愤怒、尴尬和懊恼的事。奇怪的是，却没有悲伤、彷徨和恐惧的。

记得最清楚的，是幼儿园时，因为念不出英文字母"W"被老师一脚踹到地上。当时教室的整个空间，被一种诡异的寂静和恐惧充满，他们的目光都看着地上的我，没人去看老师。我的眼睛对着老师，却用余光看着全班人。

类似的场景历历在目，忘记的没忘记的一并涌现，一件一件掠过我的脑海。然后我就醒了，对那个女孩的面容却一点儿印象都没有，只记得她的眼睛。

这种梦，并非很特殊的现象。曾经父亲一觉醒来惊喜地对我说，梦见我出书了，而且非常真实，每一页他都读过，写得奇好无比，而且用的是他从未见过的一种叙述手法。可当我问他内容，他什么都记不起来。我一个朋友，梦见语文课上老师叫他起来背《赤壁赋》，那篇文章真真切切浮现在他脑海里，只需移到口中说出来罢了。背到一半儿的时候，他卡壳了，醒来后，依然有那种真真切切的感觉。

我的梦，通常是这样的味道和感觉，和我所写的东西非常相似。每个梦都给我一种崭新的体验，初中那会儿，每每醒来，都会流眼泪，只因为那些不是真的——我无法活在梦里，而我想让那些人永远留在身边。

心智依年龄随时间成熟，那份长达四年的守望，与足伴终生的影响不再像当年那般清晰。有一点是明确的：从儿时情窦初开到少年迷茫徘徊，对她的那份情感——亦可称为寄托，不知不觉转到了梦中，成为一种企盼。等到拿起笔，不再矫情，外加骨子里与日俱增的孤僻、高傲和无法掩盖的自卑，使得对梦中美好与缥缈的忧思，开始集中体现在幻想中，后又转变为对现实的失望和痛恨，对未来的不安和焦虑。

从梦中情人到梦境，再到只能孤立无援地依靠幻想，是我十多年来的心路历程。

幻想是什么？

理想与现实总是太远，正如想象永远不可能坐实。她总是离我很远，日复一日地出现在我的梦中、眼中。可是当我明白，这不是真的，而我也无能为力将她描绘，无法让世人感知她眼中闪烁着怎样的光芒，便每每痛哭流涕。

这是我在 2017 年 3 月 24 日 23 时 38 分发的一条"QQ 说说"。总自诩心中存有浪漫，也总认为自己时刻漂泊，无处为根。

如今，我已经彻底不在乎梦了。

无数次带着不甘和沮丧从梦中醒来，在尚存余温的被窝里暗暗流泪，好像已经很久远的样子。那对于我自己，何为归属感？尽自己所能把曾有的幼稚，以及情感、体验和冲动用文字呈现，把生活中每句能触动我的话，每个能让我汗毛竖立的场景放在小说里，哪怕这些文字只是留给自己，也是意义。

这些就是目前我心目中唯一有意义的事，也是唯一能做的事。与学习不同，努力去学，在桌前多坐半个小时，只是让我减轻作为学生却不务正业带来内疚、空虚、自责。但话说回来，写作何尝不是？

所有的故事，我从小学五年级就开始构思。那时并没有把它写出来的念头，甚至还不知道可以有用文字把它描述出来这样一条途径。直到初一下半学期，因为早期接触并爱上了"巫师"系列，并把据此翻译过来的原创小说《猎魔人》读通透，才恍然惊觉：哦！我也可以把我想的写出来！

这貌似不是什么难事。

因为学业压力等问题——平日要在日趋紧张的学习生活中抽出有限时间创作，同时必须在高二下半学期前完成初稿好留有时间做高考冲刺，很多震撼的东西无法在这卷书中体现。等到高考结束，有了充裕的时间，我会马上着手第二卷的工作。

雨后走在路上，不自觉地看向地上的水坑。城市的倒影，那些灯红酒绿就映在里面，好像下面有另一个天空。有时会想，我走在上面会不会掉进去，下面是否真的有个世界？

曾听说，某处下大雨，为了快速排水打开了下水井盖，有人在洪水里走着走着，突然就掉入隐藏其中的下水道里了。我问父亲那还能活着吗？父亲说，活什么？迅速就被冲跑了。

倒不是"活什么"吓到了我，但"迅速就被冲跑了"这几个字构成的画面，在我脑海里挥之不去——那个不起眼的小水坑，会不会有一个或几个水泽仙女，趁行人不注意指挥水元素搞恶作剧，或者这个水坑是否通着另一个水坑呢？是不是所有能反射光线的物体都是相通的，有一种生物可以专门在镜像世界里穿梭？

有时骑自行车去学校，幻想着马路上会有一股股水涌现，和我保持同一个速度。等它们多起来，然后就会漂浮，化作一个空中水球。一个少女（最开始仍以水泽仙女做模板）的轮廓会从里面浮现。她的脸慢慢冲出那晶莹的水珠，然后是胸部、腰部、腿部，直至脚尖。她坐在那个水球上面，依旧和我保持一个速度，她会朝我微笑，我们很早以前已是朋友了。

我仍然骑行在大街上，我加速，她也加速。等快到了学校，那水球慢慢下浮，我停下后，它刚好碰到地面，紧接着突然破掉，就像一个装水的大气球被扎破。少女落到地上，没穿鞋子，身上一层薄纱带水贴在身上，头发还湿漉漉的。

……

很多人都曾经幻想过虚幻的故事，哪怕是同真实存在的人进行想象中的对话。或小时候拿着玩具，嘴里发出那些电影里的声效。与别人不同是，我太重视这些了，经常无法控制地在想，太多人物活跃在我脑海中，更多的已被忘却。

有时惶恐自己长大了，会失去儿时的童真和单纯，就像那些承载童年经历和快乐回忆的匣子，开了一个口子，里面的东西正在一点点逝去。

我喜欢雨和夜，所以长做下雨的梦。雨后和夜晚的清爽中，总夹杂些淡淡的哀伤，我能读出那种悲凉感，因此而惬意。无论心多乱，多么纠结、空虚和悲哀，那种感觉永远能把我拉到一个宁静平和的状态，让我暂且放下一切困扰自己的事。一到雨天和傍晚，我就想写东西，就多愁善感。我从不把这个当坏事。

可以负责任地说，也可以不负责任地说：正因为有了写作，有了书中的我的"角儿"们，让我坚守至今。我会勇敢前行，也希望自己是幸运的，能把自己多年的心血和最初的热情放在书店的某个角落。

　　小时候常幻想自己能是一只小老鼠，一直住在一个小窝里，为此还用雨伞、靠垫在沙发和窗帘间"垒窝"。后来读了卡夫卡的《地洞》，发现自己想的和他还不一样。我们都盼望最简单的生活，都只求小小的一块阳光，都缺乏安全感，都想有个只有自己知道的藏身之处。但毕竟，我不用紧张、担惊受怕和担心食物。从小养尊处优，又非在战争里衣不蔽体，所以我的小窝是个纯粹的安乐窝，是抱着享乐的心态钻进去的，不必担心别人的侵犯和算计（如果有必要——哪怕没必要——加上些像《猫和老鼠》里面那样高端有趣的防御系统，就更好了）。对我来说，窝越小越好。越小，我越舒适。

　　这就是儿时我最大的追求。放到现在，这个追求依然可以概括我所能想到的、全部的其他追求。为什么说是他们选中了我，因为我眼见的生活中，貌似没有一个与我一样的小青年，能花如此工夫和精力把这些付诸文字，并写成长篇。我庆幸有个作家父亲，他开明隐忍，亦师亦友，根本不会因为学习成绩批评我，更不会把这些说成是不务正业。尽管他偶尔也会为我的学习成绩忧心忡忡。

　　作为通俗小说，我极力追求的是浪漫二字。让笔下的每个人都有浪漫，并非言行的浪漫，而是心中的浪漫。

　　初一曾写过一万四千字网络小说式的流水账，讲的就是我现在这本书里反复点到的，张向阳和寒白雪曾经那段繁花似锦的光阴。当时已经把他们的故事构思完整，一心想写出一段感天动地的传奇爱情。一个真实的阻力横在前面，十三岁的孩子还是太嫩，肚里墨水太少，根本写不成。尽管极力打磨语言，终究摆脱不了无味的枷锁，让人没有读下去的欲望。

猛然醒悟，该直接写时间线较短的故事，虽不好拿捏，但甩开了自己不擅长的"日久生情"情节，也避免了枯燥乏味。断然放弃了自己的处女作，然后一咬牙，就是四年以后的今天。

　　随后，一个玄幻故事如何脱离流水账，就成了始终在思索的问题。试了很多方法，才有了现在的样子——两个故事穿插进行，用各自重要的部分相互代替千篇一律的承接内容。诸如游玩赶路的部分，能省就省。比如洛克和莫亚有过几天风花雪月的经历，但张向阳和善若水也有，为了避免重复，我直接删去了洛克和莫亚的部分，仅在几天后用短短三段话来概括。

　　对于人物，我总想赋予他们一些灵魂上的东西，把他们的思维、意识、行为和命运归结其中。一个人，冥冥之中会有什么指引着他，任何行为都不是无动机的，任何情绪都一定有原因。哪怕是绊了一跤，也可以说你就是个"会被绊的人"，会在这里、此刻、此心境下，来这么一下。而这些行为（表现），可以映射出一个人的性格，甚至经历。再往深究，体现了内心的意图和渴求，甚至这个世界对他的干扰。之后再去寻找他们追寻的东西，那东西不仅限于物质，甚至不仅是心灵脆弱时的依托和出路。我往往把这些体现在某个人给他造成的某个错觉，或者某个不相干的物品，或和一个人的一次对话的某一句中。之后，他在与别人交谈转述那些的时候，或者他一个人的时候，又会怎样看待，得出什么结论？那东西在他心里又会如何变化，被什么东西改变。

　　我一般会先想象一个我喜欢的人，让他和我对话，他的基本轮廓与性格特点确立之后，再为其构思一个完整故事，而细节方面，以上便是出发点。

　　一个人做一件事，行为必定会有一个合理的动机，但放在小说里，往往他会虚晃一招，那些无端的怪异的行为我们无法看出缘由。剧情的走向是书中人决定的，不同结局间的落差给读者的触动，也是这些"违背理性和常理的行为"成就的。这便是人物自身的魅力和小说本身的魅力，浪漫也在这里体现。我就是要想办法创造并写透这些非理性的事情。

对一个陌生的充满未知和危险的人伸出援手，却不是理性与道义良知之间搏斗的结果，而是一种说不清楚的不受大脑控制的决然。这可以说是优点，没有人是绝对理性的，所以这种直觉更是一种品质——明知是错的还要去做，明知不靠谱依然去做。并非是一个长久以来孤独残败的魂魄需要一个人去救赎和成全，而是那个伸出援手的人，在经历长期的幻灭、悲痛、悔恨和空虚之后，同样需要一个栖息之所。两个孤苦的灵魂彼此相濡以沫，舔舐伤口，这是相互的。

写一个故事，尤其是这种吃情节且"坑"还多的故事。一方面，不仅要身临其境去体会直观可见的人物心中的真实所感，同时也要注重人物做出决断时的心路历程，包括人与人之间的微妙关系。最细腻也是最重要的部分，同情、愤怒、怜悯这些感受不需要刻意点明，一个女孩对一个男孩的感情，可能不经意间体现在某句话的某个词中。另一方面，也是最重要的，至少是我的小说的主旋律：要跳出去看问题和事情，要从本质去理解角色和结局。一本书中每个出场人物的灵魂都是有关联的，我们要尝试从"命运"的角度发现这些联系，故事里的人的潜意识也一直被"命运"这个概念干扰。

有时我也在想，我不仅仅局限于通俗小说，甚至它已经不是了。在构思和写作时，我极力从里面涵盖一些真正可以触碰现实和读者内心的东西，从文字方面也是。我把自己的生活融入进去，不想让读者只是哗哗读过去看个热闹，而是希望他们带着问题和期待去看第二遍的。

从起笔那一刻起，我已真正把脸和心贴在了电脑屏幕上。后来，读的书越来越多，认识在不断成长，对事物的看法和角度也在不断变化。

加上对故事理解得愈加清晰，对人物分析得愈加透彻，这个故事早与我最开始的构思天差地别。的确没有什么是不变的，没有一个形象、一种味道能一直保持着原来的样子，就好像反复读一本书一样。

女主莫亚，曾经残忍、冷酷、寡欲、孤僻、不善言辞的形象现在已全部归为叛逆和幼稚，而本质，却是坚强、单纯和善良。男主张向阳，我本想描述一段传奇，后来逐渐发现，我自己、读者，包括人物自己，没有人需要这段传奇。我把自己的性格和思维投影在他身上，无限放大。他本该大义、倔强、温顺、细腻、包容，而现在才发现，他该是纠结的存在。

他纠结自己，并痛苦于自己不断地纠结。他痛恨自己，对自己进行变革和推翻。他因多愁善感而患得患失，一个好结局的出现，哪怕从一种不错的状态变成另一种，一种美好抵达另一种美好，他也会叹息时光不再，无法挽回。但同样相信，任何方面的缺失都是一种牺牲，是对其他方面的促进。他认为无论肉体还是精神、思想、心智上的苦难，都会让他成长，自己现在能享受到的片刻安逸，都是之前无论好事、坏事促成的结果。他虽然懂得活在当下，却又是半个理想主义者。

他在不断和自己对抗，和自己做的决定对抗，和自己的心智对抗，和自己的位置和立场对抗，和自己的经历和生活、过去和现在、现实和幻想对抗。曾几何时，记得才读《悲惨世界》那会儿，就希望自己所写的是浪漫主义，后来才发现自己走的是有着浪漫色彩的"现实主义"路子。其实这些概念是纠结不清的，就像通俗文学和纯文学的界定一样。

尽管男主是这样的，但他并不受现实生活——即大人们所谓的生活，以及责任——拘束与胁迫。他就像个孩子，似乎与广大的"文艺青年"同病相怜。归根结底，因为我也是个孩子，他所纠结的和我纠结的虽然不同，但我们纠结的"方法"是一样的，纠结时的感受是一样的。这是一种矫情，一个成熟的成年人完全可以这样批判。但孩子的世界，或书中的世界就是这样。

　　给他一个指引，不断地制造困境，让他层层碰壁，然后不断打破困境，不断做出牺牲和取舍。一环扣一环，仿佛在迷雾中摸索，在旋涡中漂泊。直到有了很多线索，在身后层层叠叠的脚印上有了几缕光辉，好像连成了图腾，离真相越来越近。但真相是什么？对我而言，一个有真相的故事，不是一个完美的故事，我们真正流连忘返的，是那个永不消失的指引。那个指引伴随我们同角色一起走过那些弯弯折折的路，我们目睹和分担了他们的命运。哪怕那个指引在世界边境之外，仍会散发微光，把所有人的意志牵动到一起，那是一种令人窒息的、澎湃的感动。

张瀚卓

2019 年 12 月 8 日